# 丰子恺译文集

## 译文集 第十一卷

丰陈宝 杨朝婴 杨子耘
丰一吟 丰睿

编

ZHEJIANG UNIVERSITY PRESS
浙江大学出版社

# 本卷说明

本卷收录丰子恺先生翻译的柯罗连科著《我的同时代人的故事》（Ⅱ）（与丰一吟合译），该译本最早由人民文学出版社于一九五九年五月出版，本卷即根据此版本并参照上海译文出版社二〇二〇年二月的版本校订刊出。

# 本卷目录

# 我的同时代人的故事（Ⅱ）

［俄］柯罗连科 著

丰子恺 丰一吟 译

# 著者序言[1]

　　《我的同时代人的故事》第一卷的读者同这书的主人公分手之后，已经过了好几年了；在这新近的过去和现在之间发生了许多事件。对这故事题材阔别多年，自有不便之处，然而也有好的方面。在茫茫的过去中，当时曾经出现在前景上、出现在视野近处的许多详细情况，可能已经消失了。然而视野本身却扩大了。保留在记忆中的东西，现在出现在更广大的视域中，出现在新的环境中了。

　　我结束第一卷，是在一九〇五年[2]，俄罗斯革命刚刚爆发的时候。现在，革命已经达到了转捩点，我怀着特别的兴味来回顾"我的同时代人"过去所经历的"乌烟瘴气的"长途。也许读者也想怀着几分同情看看这个已经熟悉的人物，而且会这样想：这一代人多么富有预感，他们的意识生活从对终于消灭的制度的斗争开始，在这制度的瓦砾中结束，这些瓦砾又铺设了未来的道路。而崩溃了的过去的错误和难于根除的习惯，还会有多少残留在这未来中啊！

---

　　[1]　写于一九一九年。

　　[2]　这里作者弄错了：《我的同时代人的故事》第一卷在一九〇五年刚刚开始写作，至于完成，则是在一九〇八年十月，后来在一九〇九年重新修改，出单行本。

# 目　　录

# 第一章　初期专科学生时代

## 1　在玫瑰色的烟雾中

　　我最初发生这种心情,还是在罗夫诺的时候:有一天早晨,邮递员给我送来一封信,上面盖着工艺专科学校的图章,写着我的名字。我心惊肉跳地拆开了这封信,取出一张上端填着我的姓氏的印刷通知单来。工艺专科学校校长叶尔玛科夫通知我,说我被录取在一年级[1],须在八月十五日以前来校报到。

　　我看了信之后向四周一望,觉得在这几分钟内仿佛已经过了整整一昼夜:邮递员来到以前是昨天,而现在已经是另外一天,是今天了。我仿佛睡了一夜,醒来的时候不但已经换了一个人,而且好像也换了一个世界。这种感觉是从那张有印刷文字和叶尔玛科夫签署的坚实的灰色纸上产生的。此后我在街上奔跑的时候,觉得房屋、墙垣和一路遇见的居民们也都用不同的眼光来看我。事实上他们的确也是开天辟地以来第一次看见……专科学生某某人。

---

　　〔1〕　柯罗连科进彼得堡工艺专科学校是在一八七一年秋天。——原编者注(下面脚注如无特殊说明,皆为原编者注)

　　我有好几天随身带着这通知书。我一人独处的时候,常常把它取出来反复阅读,每次都感到一种新的满足,仿佛这不是一个枯燥的公文,而是一首诗。这的确是一首诗:脱离旧世界,被召唤到你所希望的光明的新世界去。……召唤的人是"校长叶尔玛科夫"。在我想象中觉得这姓氏联系着一个很坚强的、几乎像花岗石一样的(大概是联想到了西伯利亚的叶尔玛克[1])、同时又是无比崇高而明慧的人物。就是这个叶尔玛科夫在等候我八月十五日以前到校。他需要我去执行他的崇高的使命。……

　　这种心情是愚蠢的,我当然也意识到它的愚蠢。因为叶尔玛科夫的签署是印刷的;这种通知书他并不亲自签字,而是由办公室大量地散发。我知道这一点,然而这并不能改变我的心情。我的理智很聪明,可是感情很愚蠢。当我给自己指出了事情的真相之后,我的嘴巴不由得张开到了耳朵边。我必须转过头去,不让人家看见这种愚痴的笑容,不让人家因此而猜测到叶尔玛科夫在召唤我,需要我在八月十五日以前亲自去见他。……

　　我怀着青年人的利己心,完全不顾问母亲关于我的行装的操心。她向人抵押了她的恤金领取簿,卖了些东西,向可借的人借了些债,终于凑成了两百卢布光景。然后她又同裁缝施姆科长久地商谈。

　　裁缝施姆科是一个矮胖的犹太人,面庞宽阔,脸上的薄嘴唇和尖鼻子给人一种近于阴郁的滑稽印象。父亲在世的时候,我们常常嘲笑施姆科,尽情地讥讽他的外貌,猜测他的作弊。父亲死了之后,母亲生活困难,施姆科到我家来,批判地检查了我们的服装情况,一本正经地对母亲说:

---

　　[1]　叶尔玛克(卒于一五八四年)是哥萨克兵的将领,曾经征服西伯利亚。——译者注

"唔,该缝一件大衣和两套制服了。"

"施姆科,你要知道我现在没有钱,将来还不知道怎么样呢。"母亲悲哀地回答。

"哪里!"施姆科反驳,"您没有钱,可是有孩子。……孩子难道不是钱?……"

于是他又替我们缝衣服,不计较付款日期,而且不再像从前那样讨价还价。

现在他在我们家里展开了他的业务。他探问我是否要缝"最新式的"样子,知道我讨厌最新式的样子,他竟高兴得叫将起来,于是就尽情地施展他的创作幻想。他把衣料浸过,蒸过,量了尺寸,裁剪了,给我试穿一下,然后缝制。终于由他一手把我打扮好了,虽然打扮得不十分阔绰,价钱却很便宜。他替我缝了一套夏装,布料结实而坚硬,棕色地子上有黄色的小花束。此外他又替我缝了一件大衣。我当时隐约地觉得:有花束纹样的坚实布料很像家具上的套子,却不像到首都去穿的服装;而那件大衣很像西班牙式的斗篷。……然而我对于这些并不讲究,毫不介意。不管式样如何,我只觉得自己穿着崭新的衣服,"十分朴素,却别有风味"。

呜呼! 忠诚的施姆科的这种创作想象的发挥,后来带给了我不少苦痛和烦恼。……

苏奇科夫回家来过假期;他已经在首都住过一年,我当然就向他探问种种情况。他不知怎的不大肯多讲,然而我还是探听得了:专科学校和中学校完全不同,教授一点也不像中学教师,专科学生也不像中学生。完全自由。……没有人来监视你上课。……而且专科学生之中有很出色的人物。其中有的人你会把他当作教授。论争开展得多么激烈! 谈的问题多么高深！光是要懂得所讲的事情，就得看许多书，作许多准备。……

他仿佛偶尔顺便地告诉我，说他为了种种原因，仍旧留在一年级里，因此我们将来又是同班。

在这假期的中央，我长满了十八岁，但是我觉得我早已不能容纳在我周围的这个狭小的世界里了。这世界整个儿只有这么一点点，就好像局限在一只平坦的盘子里，在监狱和邮局之间的范围内扰扰攘攘，到处都是熟悉的，枯燥无味，陈腐可厌。我在这里的最后几天中有一个傍晚，我用告别的眼光望望在公路街上散步的群众，我面前的暮色中突然浮现出官员米哈洛夫斯基的脸来，我以前曾经把这个人当作"名诗人"。他嘴里衔着一枝粗大的雪茄烟，雪茄烟上的火亮一亮，照明了他的异常乏味的平面孔和突出的、毫无表情的眼睛。不久以前我还觉得这个人后面映着一圈诗的光轮。此外还有多少人曾经被我看作高尚人物，只因为他们都是成年人，而我是一个小孩子。可是现在我已经长大，这个狭窄的世界就缩小了。……以前的聪明人或是变得愚笨了，或是变得十分平凡了。……现在我能够敬仰谁，能够崇拜什么人或什么东西呢？这里有哪些人知道并且能够指出我这年青的心灵所向往的高尚生活呢？……即使仅仅是想到这种高尚生活，去找求它、怀念它、想望它，他们之中又有谁能够做到呢？……没有人，没有人！

我心中产生了一种自高自大的信念，认为我恐怕是这城里最聪明的人了。我的看法是这样：在这像盘子里的水一般从关卡到邮局往来动荡的潮流中，所有闪现在我面前的人，我全都能够了解。在所有的人都应该知道的事物里面，他们所知道的，我全都知道了。可是他们却猜不到我对他们怀着怎样的看法，我心中萦绕着怎样的理想。

我这种想法真笨。后来,我变得聪明些了,就很容易在生活的最荒僻的角落里找到比我高明的人。可是在那时候,我似乎仅用"文学发展"这一种尺度来衡量一切。

然而必须指出:对于另一个世界,对于在八月十五之前等我去的那个世界,我并不自高自大。反之,我到那个世界去的时候准备怀着一种真诚的信念,认为我在那个世界面前渺小而不足道。不过,说实话,我心中隐藏着一种希望:在那股光明的、雄厚充实的生活潮流中,我也会前进,会与某些人并驾齐驱,并且赶上别人。……但是如果这时候有人想指示我,说在我将要离去的这个世界和我所向往的那个诱人的世界之间,并没有质量上的区别,说那班"堂堂的高等学校学生"只不过是由一些平凡的人集合而成的,这些人大都像我现在一样无聊而乏味,——那么我一定不相信,也许竟会替我的理想叫屈。……

## 2　我途遇"名人"

母亲和住在附近的一个舅舅[1]送我到别尔迪契夫,从这地方开始可以趁火车了。铁路通达基辅、库尔斯克、奥廖尔、都拉和莫斯科。

第三次打钟。我热烈地和母亲拥抱,然后坐进车厢里;母亲就把哭丧的脸偎在舅舅胸前了。一声尖锐的汽笛,惊吓了听不惯的人们,然后火车震动一下,使得车厢里跌倒了几个人。接着发出喀啷喀啷的金属声和隆隆然的轰响声(那时候火车还没有像现在那样完善),车站和月台就向后退。母亲和舅舅看不见了。我坐在自己的座位里了,努力不让邻座

---

[1]　即布罗依·约瑟福维奇·斯库列维奇,他住在罗夫诺附近,是务农的。

的人看见我的不由自主的眼泪。……

那时候没有直达车,每一段铁路各自为政。从基辅到库尔斯克的火车,在我们的火车到达基辅之前早已开出了;我只得在索菲亚客栈过夜,等候下一班火车。第二天早晨,我从自己的房间里走出来,站在平台上,这个大城市的喧嚣扰攘使得我惊愕万状,茫然失措。正在这时候,我碰见了罗夫诺的两个女教师:扎维列斯卡雅和柯玛罗娃。她们亲切地同我打招呼,邀我和她们一同去游览大礼拜堂,过后又叫我到她们那里去喝茶,她们就住在这客栈的另外两个房间里。我很愿意接受这个亲切的邀请,但是为了怕难为情,我辞谢了;就是在辞谢的时候,我心里也还是很想去。这两个青年妇人在同我分手之前,用批判的眼光打量我一下,其中有一个说:

"你听我说:你到了彼得堡以后,替自己另外定做一套衣服。……你知道,这套衣服在首都穿是不相宜的。"

"对呀,对呀,"另外一个接着说,"缝一套像样一点的衣服。……还要做一件大衣。你身上穿的倒像是一件斗篷。现在流行狭小的紧身大衣。……而且要短得多。"

"你这顶帽子仍旧可以用。……这样式跟你的鬈发很相配。"

她们愉快地互相交谈着,亲切地向我点点头,就走了。我心中发生了恐怖的孤独之感,而且想到我这套"不时髦、然而朴素文雅"的衣服引起了她们的讥讽,觉得很不愉快。……

第二天早上醒来的时候,我已经身在基辅和库尔斯克之间的火车里了。昨天晚上我不知不觉地睡着了,现在我的眼光首先落在车厢壁上一个引人注目的告白上:"谨防扒手。"关于这一点,母亲和舅舅也曾经再三关照我。所以我一醒来,首先抓住了我的行囊。行囊安然无恙,但是我立刻觉得自己四周包围着可疑的阴谋分子,他们都想探取我的宝库。我在椅子上坐起来,用"机敏洞察的"眼光向四周张望;我当然立刻就会猜测到这里哪一个人有危险性。……

这时候火车正停在一个车站上,全部沉浸在愉快的阳光中。乘客不很多,大部分还伸直了身子躺在椅子上、搁板上,有的竟躺在地板上、椅子底下。车厢的一端传来生动而激烈的犹太土白的谈话声。附近,邻席的椅子背后,靠窗坐着两个青年人,在那里轻轻地谈些什么,两个头差不多碰着。……

其中一个穿着一件褪色的红褐色大衣。我在座位上动了一动,他就把脸转向我,这张脸很宽阔,长着些面疤,眼睛细小而略带绿色。以后他和同伴谈话的声音更轻了。"这个人必须防备,"我心里这样决定;这时候我才看一看我自己的近邻。

这是一个绅士,穿着灰色大衣,戴着当时盛行的漆布帽子。他大概是在这个车站上车的,我醒过来的时候,他显然在注视我。他的年龄不能明确地看出。起初我觉得他完全是个青年人,但是后来我发现这印象是错误的,眼睛旁边的皱纹和黄色的浮肿的脸,表明他或是一个上了年纪的人,或是一个早衰的人。他那双褐色的小眼睛带着一种柔媚亲切的表情向我浑身打量,仿佛他准备立刻同我谈起话来,向我表示衷心的好感。我本来也准备向他倾吐相互的好意,然而这时候我的眼光碰到了另一个更有趣的人物。

这是一个青年军官,戴着金边眼镜,穿着普通士兵穿的灰色呢大衣。穿士兵大衣而佩军官肩章,是当时盛行于米留青派自由主义青年军人[1]之间的一种打扮。这种带着民主军人色彩的人物,在当时为数不少;一般说来,军官中"知识分子"较多。在偏僻的小镇里,他们常常管理置备完善的"军营图书馆",甚至替本地的青年人当"阅读指导"。……

这个军官的脸庄重而可亲。他旁边的钩子上挂着一把军刀,一只小皮箱上放着一叠报纸。他刚刚放下一张读完了的报纸,点起一支烟,把烟气喷向打开的窗子外面去。……

他旁边的位子空着。我想,要是能够同这个和蔼的军官坐在一起,该多好啊。可是我觉得不好意思:我这样突然地迁移座位,会使人感到奇怪,甚至可疑。

我正在犹豫不决,车厢的门打开了,走进一个新的旅客来。这是一个中年绅士,服装朴素文雅,戴着金边眼镜和棕色手套。一双灵活的褐色眼睛愉快而略带讥讽地从金边眼镜里张望。在柔软的亚麻色髭须下面,显露着一种特殊的"知识分子气质",仿佛奥穆列夫斯基[2]作品中的一个主角。

我热切地盼望他坐到我的旁边来。然而他只是向我这个乏味的人瞥了一眼,立刻向搬运夫指点一下军官旁边的那一角。"两个都是知识分子气质的人。"我心里这样想。……

--------

〔1〕 德米特利·阿列克塞耶维奇·米留青(1816—1912)是一个元帅,又是军人作家,写过关于苏沃罗夫的作品。他身任军事部长,在二十年间致力于俄罗斯陆军及军事的改组工作。他采用种种方法,来加强陆军的军事训练,改善士兵生活,提高军官阶级的水平。

〔2〕 奥穆列夫斯基(1837—1883)是俄罗斯作家英诺肯齐·瓦西列维奇·费陀罗夫的笔名。——译者注

　　搬运夫把皮箱放在空位子上了。那个绅士打开钱包,用戴手套的手指掏出一个小银币来,从肩膀上向后递给那个搬运夫。搬运夫接了银币,失望地向他看看,想说些什么,然而大概是不敢说,就走出去了。那个绅士对军官说:

　　"我坐在这里您不会嫌挤吧? 啊呀! 巧极了! 您不认识我了吗?"

　　军官向他转过头去,细看一下,说:

　　"如果我不弄错,……您是涅格利先生吗?"

　　"对呀,我是焦多尔·米海洛维奇·涅格利,朗诵艺术家。……我们在 N 见面过。……请您不必顾虑,我这里座位很宽敞。您这一大叠是什么报? 噢,是《声报》……是关于涅恰耶夫案件[1]的全部报导吗? 嗯,这件事儿真有意思。……很有意思,……"他这样补说一句之后就坐下来,"在十二月党人之后,恐怕还是第一件事吧。……"

　　"还有彼特拉舍夫斯基派[2]。……"

　　"是的,但是这是政府的夸张。本来是一个无罪的小组。……让我看看好吗?"

　　"请看吧。"

　　绅士拿了一张报纸,把它展开来,过了一会说:

　　────────

　　〔1〕　即所谓"蓄意推翻俄罗斯现行制度的阴谋案件",是于一八七一年七月一日至八月二十七日在彼得堡高等审判厅特殊法庭审理的。

　　〔2〕　以布塔舍维奇-彼特拉舍夫斯基为首的革命小组的成员。他们集会讨论俄罗斯政治生活问题,研究西欧政治文献,尤其是空想社会主义者(主要是傅立叶)的作品。彼特拉舍夫斯基派坚决反对专制政体和农奴制度,拥护共和政体。这小组出现于一八四五年至一八四九年之间。后来彼特拉舍夫斯基派被奸细出卖,受了逮捕,被起诉为从事"破坏现行国家制度"的活动。他们之中大多数人被判死刑,后来改为苦役刑。

"您有没有注意到斯巴索维奇[1]的发言里用来称呼我们这班人的那句流行语？……知识分子无产阶级……很确切。您说是吗？……"

军官点点头,微笑着回答了些话。我用心倾听,希望这两个在完全陌生的人群中立刻相识的可亲的人继续讲下去。"仿佛是同一个团体里的成员。"我又获得了一个文学的定则。车厢里他们所坐的一角,在我看来是一个光明的小岛,突出在这晦涩的、乏味的、也许竟是怀着敌意的世界中。我自己也多么希望移居到这小岛上去。……但是这当然只是一种难以实现的空想。也许将来我渐渐地聪明起来,灵活起来,我也能够堂堂皇皇地接近这种人,一开始说话就叫他们知道:"我也是你们的人。"

火车早已在飞奔了,在轨道连接的地方发出隆隆声,链条叮当地碰响。涅格利先生和军官默默地看报,偶尔简短而低声地交谈几句。那些犹太人继续用他们的土白激烈而迅速地谈话;我的戴漆布帽子的邻座人早已和我相识,并且同我谈话,谈得很长久,语调从容,态度亲切而内容乏味。我无心无思地听他,生怕遗漏了那个角落里"交换意见"的谈话。这时候我的邻座人向我表示关怀,他问我是不是一个新生,是不是从乡僻的城市到首都去的。他劝我千万要当心,因为火车里扒手很多,而我当然是带钱的吧？他说他自己一点也不怕。首先,他是很老练的。再说,他除了车票之外只有"一个卢布三十个戈比"。……喏,就在这里,在钱袋里。……

他笑着,打开他的钱袋,把袋底翻出来给我看。不知为什么他把这动作反复做了好几次,我看了觉得有点奇怪;同时我感到不好意思,因为

<hr />

〔1〕 符拉季米尔·达尼洛维奇·斯巴索维奇(1829—1906)是政论家和批评家,又是律师,曾经在涅恰耶夫派的案件中担任辩护人。

我不能专心地听他讲话。……我觉得他这个人心地善良、和蔼可亲,然而乏味之极。……我的眼睑沉重起来了。我觉得他的眼睛又带着和蔼可亲的表情在看我的脸,但是我的眼睛不由自主地闭合拢来,眼睑渐渐懒得活动,要睁开来越来越困难了。……我把背靠在车厢壁上,开始睡觉,同时觉得我那个怀善意的邻座人把头靠在我的肩上,也放心地在我胸前睡着了。……

　　过了几分钟,我在温暖的偎傍和深重的好意的感觉之下,甜蜜地睡着了。……又过了几分钟,我觉得发生了一种变更,就醒过来。……

　　我一下子弄不清楚,不知道究竟发生了什么事。我的邻座人的头的确靠在我的胸前,姿势很奇怪,而且他这样子显然是不舒服的;而在我正对面的椅子上(我几乎不能相信这一点),坐着涅格利先生,他两肘支在膝上,用灵敏而含笑的眼光望着我们两个人。有几个乘客显然对什么事情发生了兴味,环绕着我们,也在那里笑。……我脸红了,在座位上动了一下,但是涅格利先生向我做个手势,叫我不要动,然后指着我的亲切的邻座人,朗诵起来:

　　　　黎明时莫把她惊醒!
　　　　黎明时她正睡得稳。[1]……

　　我们周围的乘客中发出一阵笑声,我就觉得我身上的温暖的重量立刻减轻了;虽然这位亲切的邻座人在这时候很自然地打着眠鼾,我却清楚地感到他并没有睡着,只是假装没有听见这种无礼的嘲笑罢了。我就

----

[1]　费特的诗《黎明时莫把她惊醒》(1842)中的句子。

觉得他很可怜。……这时候在车轮的隆隆声中隐约地听见一声汽笛,火车开得慢起来,显然就要到达一个车站了。戴漆布帽子的邻座人突然惊醒,擦擦眼睛,站起身来。

"车站到了吗?"他惊慌地说。

"是啊,车站到了,还不知道是什么站。"涅格利先生坦然地回答,"你当然是在这里下车的啰？是不是？……"

"是的,是的,在这里下车。"亲切的邻座人含糊地说着,就伸手去拿自己的干瘪的小包裹。……

火车开进月台,缓冲器发出剧烈的碰响声。涅格利先生把手搭在这个陌生人的衣袖上,对他说:

"先生,等一等。"接着他就对我说:"青年人,你的东西都在吗?"

我这时候才明白,立刻迅速地抓住了我的行囊,使得旁边的人都笑起来。行囊安然无恙,底下放着钱包。……我放心地透一口气。……戴漆布帽子的人很快地走出车厢去,后面跟着讥笑的和敌意的评语。火车开动了,他站在月台边上,当我们经过他面前的时候,他伸出拳头,向窗子里表示威胁。……

车厢里的人就开始讲各种偷窃事件。过了一会,乘客们都走散了,各自回到自己的座位里,只剩下涅格利先生和我两个人。

"啊,恭喜你,青年人,"他微笑着对我说,"你这样便宜地摆脱了祸事。刚才跟你打交道的分明是个老骗子。他把自己的钱袋给你看了好几次,你注意到了没有？这是一种手段。……像你这样的公子哥儿——对不起,我的意思是说,像你这样初次从内地趁火车出门的人,一听见人家提到钱袋,马上就会抓住装钱的行囊或者衣袋。……我刚才注意到你抓住了你的行囊。……于是他就来缠住你了。……要不是我叫醒了你,……咳,咳,没有关系,这有什么可感谢的? ……"

我满脸通红了,那可恶的怕羞使我不能好好地表达出自己的感情,我觉得很懊恼。在这种情况之下,我往往先说出了含糊、晦涩而不像样的话,然后才想到恰当而像样的话。……虽然如此,我想起了受这个优秀人物的恩惠,总觉得非常高兴。

我刚才的梦想实现了。火车向前飞驰,我和涅格利先生并坐着,我们低声地谈话。他立刻猜测到我今年在中学毕业,现在是到首都去。他问我去进什么学校,听说我是去进工艺专科学校,他很赞成,因为国家的未来全赖于技术知识的进步。……况且……工人问题是当务之急。可是我老实对他说,我进技术学校是暂时的,是不得已的,因为我是实科中学毕业生,没有资格进大学,但是以后我还是希望转入大学。他听了这些话,眼睛里显出讥讽的表情。……

"这么说来,你想立刻走上已经踏平了的道路吗? 将来做官吗? 不是? 那么做什么? 做律师? ……嗯,……那更好了。……这么说来,你想发财吗? ……不错,青年人,很不错。律师的确是……一种安乐的人。……"

我就向他辩解。我说斯巴索维奇和其他的人……在涅恰耶夫案件中……做辩护人是尽义务的。

"啊,原来如此! 那么请你原谅我。既然你热心的是这一方面,那又作别论了。……不过你最好还是放弃这个主意。你不能做雄辩家,因为你的口音坏得很。你说的不是俄罗斯口音,也不是小俄罗斯口音,而是诺沃罗西斯克的土白。……用这样的口音来发言,而要打动听众的心,是很困难的。……"

"可是,斯巴索维奇……"我胆怯地替自己辩护。

"啊,老兄! 他是斯巴索维奇呀。不是所有的人都能做斯巴索维奇的。……不过,没有什么关系。……但愿上帝帮助你。……"

火车向前飞奔,迅速地吞食了空间,我觉得它又迅速地吞食了时间。再过不久,我们这次迷人的奇遇就要结束了。……那时候我就要和这个已经征服我心的人永远分手。……

涅格利站起身来。

"喂,青年人,我们等下还可以谈谈天,"他说,"到库尔斯克还有好些时间呢。"

"我到沃罗日巴就要下车的。"我用懊丧的声音回答。

"为什么?"他问。

"我有一个舅舅〔1〕在苏麦,我要顺路去望望他。我到了沃罗日巴雇马车去。"

涅格利先生的脸上现出兴奋的表情。他又坐下来,略带沉思的样子对我看看,说:

"我告诉你,……这真是天缘巧合。我也需要到苏麦去。……我要到那里去表演。你的舅舅是不是有地位的人? 他在苏麦住得很久了吗?"

"他是预审推事。……在那里住了五年了。"

他又想了一想,说:

"我们的确是一路的,我们一同走吧。而且你雇马车也可以便宜些。可是,对不起,你已经把你的情况都告诉了我,而我还没有向你作自我介绍。我叫焦多尔·米海洛维奇·涅格利,是一个朗诵艺术家,而且,在内

---

〔1〕 即根利赫·约瑟福维奇·斯库列维奇。

地是很有名的。……怎么？你失望吗？请老实说,大概你以为我是一个流浪乐师,是一个在舞台上装腔作势讨好观众的丑角吧。"

他把柔软的手掌亲切地放在我的手上,用诚恳的声音轻轻地说:

"不,青年人,你弄错了。我不是流浪乐师,而是一个艺术家,是一个怀抱理想的人! 舞台是我的讲坛,朗诵是我的说教。我把尼基丁、莱蒙托夫、柯尔卓夫、涅克拉索夫、裴多菲[1]、雨果介绍给无知的民众,我启发民众的感情,假使没有我,他们这种感情会永远酣睡。当我的声音在高高的舞台上响出的时候……像警钟一般,……使得他们颤抖,……像电火一般,使这些天真纯朴的心灵燃烧起来。……"

他说话声音很轻,很诚恳,是专对我一个人说的;然而那个穿红褐色大衣的邻座人还是回过头来用好奇的眼光望望我们。涅格利立刻停止了谈话,默不作声了,后来他握住了我的于,说:

"那么,讲定了,一同走?"

我用沉默的眼光回答他,他大概可以在这眼光里看出感谢的欢喜。我现在回想起这光景来,似乎觉得我们的火车在光辉灿烂的原野上奔驰,而我的周围弥漫着金色的云雾,云雾中浮现出涅格利的神妙的姿态,他是一个朗诵艺术家,……说教者,……"新人物"。……

"沃罗日巴车站到了。……停靠十分钟。……"

我拿了我的皮箱。涅格利同军官告别。那个穿红褐色大衣的、鼻子像鸭嘴的旅客想对我说些话,可是我沉醉在狂喜中,并没有注意他,匆匆地下车去了。涅格利带着一个搬运夫,跟在我后面走出车厢来,他

---

〔1〕 山陀尔·裴多菲(1823—1849)是著名的匈牙利诗人,一八四八年革命的参加者。

叫搬运夫替我拿了皮箱，就挽住了我的手，带我走进头等餐厅。我感到局促不安，可是他叫我在桌子边坐下来，态度那么温和而威严，使我不敢反对。

"拿菜单来。"他对侍者说。

穿燕尾服、戴线织手套的侍者拿菜单来的时候，我感到为难。"上头等餐厅"在我看来是一种不可饶恕的奢侈。然而我的眼睛注意到了"甜菜汤——三十戈比"一项。这还吃得起。涅格利叫了一杯伏特加、一杯白兰地，又要了一只空杯子，然后点了鱼子和鲟鱼两样菜。……他把白兰地和伏特加混合在空杯子里，津津有味地喝了下去。

旅客们在小吃柜台旁边喧噪了一会，渐渐走散了。火车拉一声汽笛，轰隆轰隆地开走了，只剩下一个空落落的餐厅、一个简陋的柜台和我们两个人。开开的门里望得见一个未曾铺砌的小院子、一些简朴的铁路建筑和一片新鲜动人的田野。听得见马车的铃声，看得见俄罗斯式装配的骨瘦棱棱的马。

涅格利用餐巾来揩揩髭须，向侍者招招手。我生怕他也付了我的三十戈比，连忙拿出钱包来。涅格利微笑着向我看看，说：

"你要付吗？唔，那么也好。……我们到了苏麦算账。在路上，一切费用最好由一个人来支付。青年人，你可以练习练习。……替我付一卢布五十戈比，你自己三十戈比。……给他十戈比小账。喂，老兄，替我们喊一个马车夫来。"

走进一个马车夫来，他穿着一件腰身很高的外衣和一双很肮脏的长统靴，恭恭敬敬地站定了。涅格利带着笑颜向他一看，说：

"你好，巴甫洛老兄。过得怎么样？"

"我是盖拉西姆。"马车夫惊奇地回答。

"对,对,盖拉西姆。……我弄错了。巴甫洛是另一个。"

"老爷,您认识我的吗?"马车夫天真地问。

"当然认识。而且知道你的老板是谁。"

他就回过头来向着我,愉快地转动着那双褐色的眼睛,对我说:

"他的老板是一个有名的人物,但是,……"他放低了声音继续说,"是一个非常吝啬的人。关于你们的老板有这样一首诗:

> 或是鱼,或是虾,
>
> 康德巴是个大傻瓜。
>
> 或是虾,或是鱼,
>
> 康德巴做人真太愚。
>
> 这样也罢,那样也罢,
>
> 康德巴总是个大傻瓜。

"怎么样? 对不对?"他回过头去对马车夫说。

"是的。"马车夫带着天真的惊异之色回答,接着狼狈地向侍者们和柜台上的人看看。他们听了这位风趣的客人的打诨,都在那里笑。

"喂,盖拉西姆,我们到苏麦去,要多少钱?"

"老价钱:三个卢布。"

"两个半,二十戈比酒钱。对你老板说:载的是艺术家涅格利先生。他知道我的。来,把皮箱拿去。"

马车夫又无可奈何地向周围看看,就顺从地拿了我们的行李。……

过了二十分钟光景,车站的屋顶和水塔的尖端由于草原高低不平而不大看得见了;在很远的地平线上,有一团白色的烟气在那里推移。涅

格利畅快地吸进一口新鲜空气,说:

"祖国,感谢你的治疗身心的旷野! ……你大概还不懂得这种情趣吧? 治疗身心的旷野在你是不需要的。你喜欢涅克拉索夫的作品吗?"

"很喜欢。"

"会背吗?"

"涅克拉索夫的作品中我有许多会背。……"

"背一些给我听吧。"

我向周围看看。庄稼差不多已经完全收割,然而有些地方还堆着一束束的谷物,荞麦的苗床发出淡红色,有几辆载货的车子在路上爬行。土堆后面显出一个小村庄的许多草屋顶来。我就开始念:

> 田里的谷物长得真高,
> 我们的荒村显得很小。[1] ……

涅格利起初稍微皱皱眉头,后来开始用心倾听。我念到最后一节,他突然接了过去,自己来念完了这首诗。我觉得他这一接,仿佛抓住了这片田野的全部幽静的诗趣、田中残株间的萧萧的风声,以及低地里某地方的锋利的镰刀的铿锵声,——他把这一切都融合在涅格拉索夫的真挚谐调的诗句中了。我由于一种衷心的幸福的哀愁之感,眼睛里淌出眼泪来。

他向我斜看一眼,说:

"你富有情感。你念得似乎还不大好。但是你稍微练习一下,可以

---

〔1〕 涅克拉索夫的诗篇《出殡》(1861)中的句子。

念得很像样。谢甫琴科的作品呢?"

"念得更不好。"我回答。

"试试看。"

我毫无信心地念了些,而且常常念错,因为我完全不能掌握乌克兰口音。他又皱皱眉头,说:

"唔,……这的确不好。……你念涅克拉索夫作品的时候还富有感情。嗯,嗯,……涅克拉索夫的作品念得还可以。"他自言自语地补说一句。

天色渐黑。田野上沉寂起来。不知不觉之间,明亮的星星一颗颗闪现出来了。地平线上长久地横着一条光带,后来这光带也消散了。我们一路上默不作声。不久就要到达目的地,我们就要分手了。我觉得时间默默地过去很可惜。……

"我请问您。"我开始胆怯地说。……

"什么事,青年人?"

"您刚才跟那个青年军官谈到涅恰耶夫案件。"

"对,对,……你听见的吗?"

"听见一些。我想请问:他们为什么杀了伊凡诺夫?"

"当时必须这样。"涅格利严肃地说。

"可是伊凡诺夫是一个正直的人。……大家都说他不是告密者。"

"是的,……他是好人,……可是当时必须这样。"涅格利断然地说,就不再开口了。……

我想:"他知道的大概比报纸上登载的更多。……或许他也参加过这些事件。……他和那个青年军官都参加过。……"

我觉得夜色中充满了模糊而神秘的形象。我虽然还是不懂得为什么必须"这样",我虽然不能同意这件事必须这样做,但是不敢再问下去。

远地方隐约地闪现出火光,大概就是那个城市。再过半小时,旅途就要结束了。我想起了这一点很不高兴,仿佛将要同一个可爱的姑娘分手似的。……涅格利似乎猜测到我的心理,转过头来对我说:

"我问你,青年人! 你能不能在苏麦耽搁几天?"

他不等我回答,就兴致勃勃地说:

"你知道,我们可以一同登台表演。……"

我吃了一惊,几乎吓坏了。我? 在观众面前登台表演。……这不可能! 然而涅格利认为这不算一回事。他一切都考虑过了。他说我的朗诵还算有感情。在印刷广告的两天之内,他可以训练我。我登台时穿的燕尾服可以去租借。我的舅舅会向群众吹嘘,把门票分发给法院里的同事们。……这件事就会办得很出色。

假使我答应了他,不知道结果会怎么样;假使我不是处在现在的情况之下,不知道我能不能拒绝这个完全征服我心的"优秀人物"。而现在我的时间的确不够:十五号快到了,我还得在莫斯科耽搁一下,去看看我的妹妹[1],还要在彼得堡租房子。……

"可惜,可惜。"涅格利失望地说,"那么,我现在还要请求你一件事,你大概不会再拒绝我吧? ……"

"只要是我能够做的。"我热情地回答。

"这件事你能够做:今天晚上我们一同在旅馆里宿夜,明天早晨你再去找你的舅舅。老实对你说:我实在舍不得跟你分手。……"

---

〔1〕 这妹妹就是玛利亚·加拉克季昂诺夫娜,她那时在莫斯科叶卡捷琳娜学院求学。

"啊,当然可以,……"我兴奋得言语混乱了,……"我也,……您不知道,……我……我真……"

我终于困窘起来,说不下去了。

我们来到苏麦,时候已经很迟,就耽搁在一个不大好的旅馆里了。我胡乱地在几把椅子上睡了一夜,这些椅子有好几次在我身子底下分裂开来。但是无论是睡着,或者是因为铺位不舒服而常常觉醒,都觉得很愉快。我预备写一封信给母亲,这时候就先打腹稿,我要告诉她:关于我的情况,可以请她放心。我自会找到我所需要的一切。又告诉她说,我运气很好:我已经认识了一个不平凡的优秀人物!

当我醒来的时候,涅格利已经盥洗过,精神勃勃地坐在桌子旁边,正在写些什么。

"啊,你醒来了!……你起来吧,我们一同喝茶。现在让我先把这件小事情结束一下。"

我连忙盥洗,五分钟之内已经一切就绪。涅格利按一下铃。走进一个人来,站在门口了。

"老兄,把这个拿去,关照他们快些送校样来。明白了吗?"

"是。……厂里吩咐过要先收定洋。"

"你去吧!"涅格利用命令的口气对他说,然后转向我:"唔,我打听得你舅舅住的地方了。并不远。你要在他那里耽搁多少时候呢?"

"最多两天。"

"唔。这期间我们当然还要见面。……今天你在亲人家里过一天,明天早晨再到这里来。一定要来!那时候我还要跟你结算我们这笔小小的账款。"说过之后,他回转头去,看见那个印刷厂的信差还是一动不动地站在门框边,就对他说:"你还在这里吗?"

"是。……厂里吩咐过要先收定洋,……"他用机械的语调重复说。

涅格利装出了个微妙的神经质的鬼脸。

"瞧,多麻烦!"他嫌恶地说,"每一次表演会都有这样的一个前奏曲。……这是流浪艺术家的生活的黑暗面。你听我说,……我要你放一笔小小的押金在这里,保证你一定再来看我:你已经在餐厅里付过账,……后来又付马车费;我们这笔共同开支继续到明天吧,请你再付这家伙两个卢布。"

我连忙付了钱。

"谢谢你。现在你到舅舅那里去吧,我去办点事情。需要一个会场。……还要得到警察局许可,另外还有种种事情。……那么你能不能留下来听听你的朋友——艺术家涅格利——的朗诵表演呢?不行?好,算了吧,算了吧。……那么明天见!"

舅舅收到母亲的信,昨天就等我,我没有来,他有点不放心。他听我讲了这次同涅格利的幸运的会面,滑稽地挺起了眉毛说:

"问你借了钱吗?"

我为我的新朋友抱屈,面孔涨红了。

"舅舅!"我用埋怨的口气说,"您不知他是怎么样的一个人。……他是一个艺术家,一个说教者。……这是我们这里的社会说教的唯一的方式。……"

"借了多少?"他又问,但是看见我有点懊恼,就说,"好,好,……算了。让我们听听你的艺术家的朗诵表演吧。……"

我这个舅舅从前曾经是一个乐天者和机敏家。现在他生了肺病,然而他的眼睛里还是常常放出幽默的闪光来。我很喜欢他,可是他毕竟不过是我的舅舅,而涅格利却是一个朗诵艺术家和说教者,他远远地超越在舅舅的判断和他的讥讽之上。

第二天早晨,我急急忙忙地跑到旅馆里,仿佛去赴幽会似的。在走廊里,我前面走着一个小茶房,两只手里都端着盘子,盘子里盛着酒瓶、酒杯和酒菜。他在一个房间的门口站定了,小心地用脚把门踢开,我就看到了这房间的内部。通过一阵阵的浓重的烟草气,看得见桌子旁边围着一群欢乐的人。特别使我注目的,是一个身材魁梧的青年人,这个人面庞宽阔,脸色像生肉一样红,身上穿着一件斜领绸衬衫,胸前横着一根沉重的金链条,从衬衫的一个口袋通到另一个口袋。从这个烟雾弥漫的房间里传出嘈杂的酒醉似的话声、叫声和笑声。这一群人显然是玩了一个通宵的纸牌,到这很晏的早晨才结束。

涅格利先生不在前天晚上我们一同宿夜的那个房间里。小茶房从开开的门里望进来看见了我,就走进房间来,不知为什么用餐巾在桌子上一掸,对我说:

"我马上去通知。他在税局先生那里。他关照的,叫您一定要等他,不要回去。"

于是他走了。

过了一会儿,门开开了,涅格利先生走进来。他的脸上又像是略微起了皱纹,又像是悲哀。他默默地走近我来,用力地、含义深长地握住了我的手,探究似的对我的脸看了几秒钟。后来他放脱了我的手,跨两三步,坐在桌子旁边了,把头埋在两只手里。我心中感到一种不可理解的激动。……在这紧张而严肃的沉默的瞬间,隔壁房间里传来一阵喧噪声。……那边的人在笑。他们敲着桌子,叫某一个人。……

涅格利先生把脸转向我,脸上带着讥讽和痛心的表情。……

"你看他们好吗?"他问。

我一句话也不回答。我没有考虑到这一群人,而且显然是由于缺乏观察力,对他们没有作出明确的结论。可是涅格利先生已经考虑过并且得出了结论:

"你知道他们在做什么?"他带着抑制的愤怒和悲哀问我。接着立刻简洁生动地说:"他们这班强盗在抢劫。……"

随后是沉默,我觉得这沉默中充满着可怕的、通电似的紧张。

后来涅格利先生开始用一句一句的话来打破这沉默,他的话说得很轻,字字清楚,仿佛灼热似的。……

"你听! 他们在作乐,在大吃大喝。……你听见吗? 听见吗? 而我呢! ……为了我的说教,……为了我的正直的说教,……唉!"

他用低沉的声音呻吟起来,后来突然转向我,开始更轻声、更清晰地对我说话,仿佛要把一种重大而苦痛的秘密铭刻在我的心头。

"何必隐瞒真情呢? 我的亲爱的、纯洁的青年啊,你知道我现在处在怎样的地位? 身上一文钱也没有! 赊账! ……天哪! 在俄罗斯谁肯赊账给一个流浪的说教者呢? 昨天你在这儿的时候我定印的那些广告……必须先付钱,否则那个印刷厂老板,……那个吝啬的剥削者,……不肯把广告印出来。这样一来,我的表演会就开不成了! 明天他们就要把我这个说教艺术家像条狗似的赶出这个寒酸的房间去。……而你,……你还……。"

我的心沉了下去。周围的一切多么可怕,多么恶劣。转瞬间我就会看到自己也参加在这共同的罪恶中。……

但是涅格利先生的眼睛从金边眼镜里温和亲切地向我看。

"前天你问我:'为什么? 当时为什么必须这样做?'(我知道他讲的是关于涅恰耶夫和伊凡诺夫的事。)是啊! 必须这样! ……你知道:在这个国家里,一切都可以这样,一切都必须这样;在这里,像这班家伙(他用大拇指通过肩膀向后面指点一下)就可以酒醉饭饱,嘻嘻哈哈,而像我和你这种人,就只得哭泣……。唉,哭得血泪交流。"

他又把头埋在手里,默默无言了。他的肩膀微微抖动。……难道他,……难道我昨天看见那么堂皇的涅格利先生,哭起来了?我屏住呼吸站着,深为感动,茫然不知所措。而从那班"强盗"的房间里又传来叫声和笑声。……

我羞怯地走近涅格利先生去,对他说:

"涅格利先生,我,……请原谅我的冒昧,可是我,……我总不能……。如果您同意在我这里拿您所需要的钱去印广告或者作其他的开支,……那么……我这里现在有……"

我就把自己的干瘪的钱包交给他。

涅格利抬起头来,用濡湿的感动的眼睛仰望着我。

"你,……你要这样做?……可是,不,不。……我不能,不应该……"

钱包已经放在他手里了。他就把它打开,开始用仿佛读动人的墓志铭那样的音调点数钱包里的东西:

"行李票,……通信地址,大概是彼得堡的朋友的。……十块,……二十块,……三十五块,五十块……"

他用疑问的眼光盯住我的脸看,一面继续用那种动人的音调说:

"大概……在别的地方,……在行囊里,你的慈母还亲手替你缝着一两百卢布吧。……这才是全部了。……真是不容易,这个青年人自己是无产者,还伸手援助同样无产的艺术家。……啊,谢谢你,谢谢你!……当然不是谢你的钱,这钱我能不能拿还不知道,我是感谢你对人的纯洁的信任,这种信任……"

他眨眨眼睛,用一块薄手帕的角在金边眼镜里面揩了一下。

然后改变了语调说:

"可是,慢来。……你既然要这样做,那么,……金钱的事不是可以随随便便的。你坐下来吧。嗳,这就对啦。现在让我们来打开天窗说亮话:你一共究竟有多少钱?"

我脸红了,红得简直发烧,我觉得我仿佛欺骗了一个信任我的优秀人物。

"全部……都在这里了。"我费力地说。

涅格利先生的眼睛里迅速地闪现出一种复杂的失望表情,接着是一瞬间的冷冰冰的态度,仿佛他确实生气了,后来又表现出一种诙谐的惊讶,最后竟变成了怀疑。……

"都在这里了?"他问,"你带了这点钱到首都去? 大概以后他们再寄给你吧? 是吗?"

"我想在那边找些教课工作。"我用十分抱歉的声音喃喃地说。……

他笑起来。

"唔,这工作不容易做呢。你得吃点苦头。……好,不要紧,青年人,不要脸红。我知道你的财产和你的善良的意愿有点不相称。……所以我更加要感谢你了。……不过,你当然得计算一下。……慢来:到库尔斯克,……到都拉,……到莫斯科,……到彼得堡。……这样吧,我拿你十个卢布去印广告。……另外再,噢,好吧,好吧,再拿五个卢布。……你总算救了我。……表演会开得成了。我将来会有钱。你在彼得堡的地址是什么? ……其实我何必问,只要寄到专科学校就可以了。而且我自己也许不久就要到彼得堡去,那时候我会来找你,我的可爱的青年人。那时候你大概也不会拒绝我这个清贫的流浪艺术家的帮助。……是吗?

你真的不会拒绝我吧?……好,那么现在……"

他从椅子上站起来,握住了我的手。他不放脱我的手,身子略微向后一仰,似乎突然想起了一件事,就盯住我的脸看,同时说:

"我的好朋友,还有一个小小的要求:关于……关于我们的事,你最好绝不向你舅舅谈起。这种人的心已经由于生活的枯燥无味而变得冷酷了。……他们不见得会了解……"

"当然不说。"我断然地说。

"那很好。"

我们的房间的门轧轧地响了。门里出现了一个茶房的呆头呆脑的脸。

"税局先生……"他开始说,然而涅格利脸上装出一种痛苦的表情,用愤恨的声音说:

"我知道了,我知——道了。……管他什么税局先生,你们都给我滚。……"

茶房走了。涅格利先生又转向着我,用非常容易打动我心的语调说:

"好,我们可以分手了。……但是青年人,请你相信我。……对,对,我知道你是相信我的。……涅格利好比是一个流浪的犹太人,一个茨冈人,一个无家可归的人。但是他不会忘记:在他的生活之路上,在一个漂泊的说教者的艰苦的旅途上,命运叫他跟一个纯洁的青年人相会,……跟一个信任他的,……热诚而富有同情心的青年人相会。那么再见了,……再见了!"

涅格利先生紧紧地拥抱我。我觉得他的柔软的髭须碰到了我的面颊,后来他的嘴唇贴在我的面颊上了。我还来不及答谢他的拥抱,他就

放开了我,迅速地跑出去了,只留下我一个人在这空房间里。四周肃静
无声。只有那班"强盗"的房间里迸发出一阵十分嘈杂的欢呼声、笑声和
叫声,仿佛是把门突然一开的样子。……

　　这个不大熟悉的城市的街道上,显得暗淡而寂寥。下着凄凉的细
雨,天上浮着一团团的灰色的云雾,马路上全是黏滑的污泥。但是我心
中仿佛在奏音乐,这音乐有点悲哀,然而更加显得庄严。……多么优秀
的人物!……"他们在做什么?……他们这班强盗在抢劫!"啊,他这话
说得多么动人!我在那个烟气弥漫的肮脏的房间里所看到的那一群卑
鄙的人,被他用这一句话来尽情描出了。……那个自命不凡的红光满
面的青年人,……大概就是那个税局先生吧?当然是了。……昨天茶
房说,只有一个房间里有客人,而且正是一位税局先生。……而今天涅
格利又是从税局先生那里来的。……为什么呢?这个卑鄙的人和这个
流浪说教者之间有什么共通点呢?涅格利先生一提起这个家伙,脸上
就显出痛苦的表情,其原因是很明显的。大概是这家伙要贿赂。……
他还挂着金链条向人夸耀呢。……"而我为了我的说教,……为了我的
正直的说教……"他和我分手之后,到哪里去了呢?他现在正在跟谁谈
话呢?……我们分手之后,那班"强盗"用这样的欢呼声来欢迎哪一个
呢?……"在我的生活之路上,在一个漂泊的说教者的艰苦的旅途上,
……命运给我送来了一个纯洁的青年人。"……难道他所指的是我?在
他看来我算得什么呢?……一个乏味的、未成熟的、穿着可笑的西班牙
斗篷的孩子。……他那双聪明的眼睛还向我看过,带着深切的悲哀仰
望过我。……啊,涅格利先生,可爱的、美丽的、聪明的涅格利先生!艺
术家,朗诵家,知识分子无产者,流浪说教者。难道,啊,难道我永远不能
再见您了!

我想到这里,眼睛润湿了。……

然而,如果读者以为我的同时代人笨得这样不可救药,像这里所描写的他的心情那样,那么这位读者就弄错了。这个怕羞的青年人即使在这时候也并不完全失去观察力。……当他心中奏着庄严的交响曲的时候,他并没有失神,还是能够注意到周围的情状:街道肮脏而寂寥,马路上轧轧地开过一辆破旧的轻便马车。的确,涅格利先生的形象浮现在他眼前的金色的云雾中,光彩焕发,令人神往,威严地占据着他的意识的光明的一面。然而同时,在灰暗的阴影里,现出另一个形象来,虽然晦涩,却还是非常清楚。只要把它放到明亮的一面,它也会很显著地突出来,不亚于那个壮丽的形象。这个涅格利先生大概是在遭逢失败之后带着未定的计划到库尔斯克去的。他到苏麦来弯一弯,是专程为我。……我替他付了饭钱、马车费、旅馆钱和广告印刷费。他计算我的财产的时候,眼睛里闪现出失望之色。……他以为我还要带得多些。他故意说伊凡诺夫当时必须被杀。其实关于这件事他一点也不知道。……还有,……他一定是从那班"强盗"的房间里跑出来看我,后来又回到他们那里去的。也许他现在拿了我的钱继续在那里赌,而且要把这些钱统统输给那个红光满面的青年人。……而当我来到彼得堡的时候,身边剩下的恐怕不到十个卢布了。……

但是我把这第二形象描写得太粗暴,太过火了。其实那时候这第二形象不过是试图在我的意识中显示出来——轻微、飘忽而且非常胆怯,只要那壮丽的形象一动,它就消失。当这第二形象试图从阴影中移到明亮的一面来的时候,我就觉得懊恼而痛苦。我刚刚同涅格利先生本人分手,……难道还要同回忆中的涅格利先生分手吗?……不,不!这时候那个堂皇的涅格利先生又说了一句使我心神恍惚的话,那个卑鄙的第二形象就消散在烟雾中了。

总而言之,在这时候,我也是理智上看清了涅格利先生,而感情上仍然愚昧地崇拜地,希望他永远是这样的一个涅格利先生。……而他留给我的印象也正是如此。……他还是继续这样地支配我的心。如果不久以后命运又把我们两个人拉在一起,而且他又对我说几句动人的话,又用悲哀痛苦的眼睛来仰望我,那么,无论他叫我到什么地方,我恐怕会永远跟着他走,不会去听那个第二形象的胆怯的低声的警告。

后来我到了彼得堡,当我生活困难,像这条泥泞街道一般凄凉而寂寥的时候,堂皇的朗诵艺术家涅格利先生的形象还一直充满着魅力从玫瑰色的烟雾中浮现到我眼前来。我似乎觉得他打开了门,走进来,用他那双灵活的眼睛从金边眼镜里向我望望,说:

“我来了。一个流浪者,一个茨冈人……我知道你生活困难,所以来找你。青年人,你老实告诉我,你是不是曾经对我怀疑?……”

舅舅又开玩笑地问起“我的艺术家”,但是他看出了我的心情,就不再谈这件事。他开始实际地检查我的经济状况和其他情况。结果是非常可怜。他自己并不富有,而且正在生病。在他那双以前曾经愉快活泼的黑眼睛里,现在显露出对孩子们的孜孜不倦的深切的操心。不管怎样,他还是弥补了那个朗诵家在我的经济上所造成的损失;此外,他又把他自己的一套黑衣服送给我。舅舅个子很高,他的外衣的衣裾遮盖了我的脚跟。他哈哈大笑,说:

“不要紧,不要紧。……到了彼得堡叫个裁缝改一改。要不然你穿了这套衣服像个什么样子。”

傍晚,当我坐着康德巴的马车离开苏麦的时候,又有乌云推移在这城市的上空,霏霏的小雨落在沉寂而泥泞的街道上。电杆木上和墙垣上

有几张很大的纸在我眼前闪过,我能够看出上面写着几个粗大的字:

朗诵艺术家焦多尔·涅格利

　　细雨打在这些广告上,我想天气会妨碍我这位出色的朋友的表演会,心里很担忧。

## 3　我落入强盗窠

　　在车铃叮当的路上,在到库尔斯克去的火车里,我都觉得很寂寞。

　　在库尔斯克,我所乘坐的车厢里走进两个我已经熟悉的旅客来,即那位鼻子像鸭嘴的先生和他的同伴。他们一直走近我来,向我问好,并且作了自我介绍。鼻子像鸭嘴的先生姓苏巴列夫斯基,原来是工艺专科学校的三年级生(另一个人的相貌和姓氏,我不知怎的完全忘记了)。他们因为有点事情,在库尔斯克耽搁了两三天。……他们在莫斯科还要耽搁。我装作完全相信他们的话,但是实际上,我觉得这样相貌不扬而衣衫不整的人不可能是专科学生。不过我现在已经是一个老练的人,不容易受骗了。他们提议,叫我到了莫斯科和他们一同耽搁在柯柯列夫旅馆里。我婉谢了,说我要住在叶卡捷琳娜学院附近的地方,因为我有一个妹妹在那里。……

　　到了莫斯科的古老的库尔斯克车站上,我又后悔了。当我拿着皮箱走到月台上的时候,我立刻被叫喊声、粗野的脸、高举的帽子和响亮的招揽顾客的声音包围起来了。他们抓住我那件倒霉的西班牙斗篷的衣裾,夺取我手里的皮箱,盯住我的眼睛,把各种气息——大都是酒气——喷到我的脸上，似乎在嘲笑我。……远地方闪现出苏巴列夫斯基和他的同伴。我现在觉得他们可亲了。苏巴列夫斯基的一双眼睛其实很仁善，相貌一点也不愚蠢。他也许真是一个专科学生。至少不是一个强盗。我连忙走过去，但是他已经不在了。这时候我耳朵边听见一个沙嗄而柔和的声音：

"东尼科夫旅馆。……一共只要四十戈比。不必叫马车。行李包送到。……"

我挣扎得疲倦了，就听天由命。

一个长着黑胡须的、相貌非常阴沉而有点像和尚的人拿了我的皮箱，把它捐在自己肩膀上了，使劲地在人群中开出一条路，向前走去。他走得很快，我立刻落后，同我的皮箱告别了；但是到了车站门口，这个黑胡须的人在那里等我，我们就一同走上莫斯科的街道。

我们走了很久。通过了巴尔干区，然后转弯抹角地走过几条胡同。我心里正在打算，如果碰到一辆马车，我就雇它到柯柯列夫旅馆去，这时候我的向导站定在一座楼房面前了。这条胡同狭小而肮脏。上面是阴暗的天空，下面是潮湿的路。这房子的墙上写着几个大字：东尼科夫旅馆。这几个字似乎是用窑墨写的，被雨打湿，黑水一条一条地淋在齷齪的墙壁上。虽然时候还早，大门却已经关上。向导拉一拉门铃。里面响出一阵颤抖的、凄凉的铃声，接着是嘶哑的狗叫声。一个肥胖的妇人开了边门，放我们进去，又立刻把门关上了。

一个方形的小院子里齷里齷齪的，样子很萧条。我有生以来还是第一次来到这样的院子里，我觉得我真像身在井底了。在一堵墙上也有两个被雨水浸蚀而模糊了的字：旅馆。我们走进一扇矮门，我似乎觉得这是一个山洞的入口。经过厨房之后，那个黑胡须的人引导我通过一条小

走廊,来到了后面的一个房间里,对我说:

"就在这里。每天四十戈比。您要不要茶炊?"

他出去之后,我环顾一下我新租下的这个房间。这房间很狭小,只有一个窗子,窗子上全是苍蝇粪。天花板是黑沉沉的,糊壁纸也是黑沉沉的,天空也是黑沉沉的,外面暮色苍茫。窗子很低。我走近去,想要轻轻地把它打开。一间黑越越的堆屋的门里立刻探出一个狗头来,发出嘶哑而愤怒的叫声。

我心里想:这一下我真像是落在罗网里了。院子是关好的,窗子外面有狗。即使我能够冲到院子里,还是无路可走。院子四周墙上的黑越越的窗子神秘而凶恶地窥视着这个陷阱。……

走廊里传来一阵嘈杂声,我不由得耸耳倾听。有一个人要闯到什么地方去,另一个人不让他去。我的房间和走廊之间的单薄的间壁动摇而颤抖起来。

"我命令你,……让我去!"一个男子的沙哑的声音用力地说,"阿加菲雅,……阿加菲雅,……究竟谁是这里的主人?……你和叶尔米希卡这强盗折磨我。……你们这些凶手,叛徒!"

他挣脱了,走廊里就响出一阵杂沓而迅速的脚步声。我的房门突然打开,门槛上出现一个五十多岁的男人。这陌生人上身穿着一件敞开的毛皮外衣和一件破烂的斜领衬衫,下面只有一条单薄的土布裤子,赤裸裸的脚上穿着一双破靴。他的目光粗野,眼球溜来溜去,仿佛受了惊似的;稀薄的灰色头发散乱地矗立着;胡须歪在一边。他抓住了门框,以防跌跤,然后蹒跚地跨进我的房间,一直走到我面前,开始对我说话,喷出来的全是酒气和患热病的气息。

"你听见吗?……请你做个见证。他们不放我进来。……叶尔米希卡他们是强盗,凶手。不行,胡说,……活见鬼,想瞒过人。……"

他眯拢一只眼睛,狡猾地向我眨眨,说:

"我也不是好欺侮的……我不会放过他们这班凶手。……我……要告到沙皇那里。……"

走廊里传来门碰响的声音。大概是那个妇人把叶尔米希卡叫来帮忙了。这个醉汉耸耳倾听一下,向我弯下身子来,神秘地、匆忙地低声说:

"不要声张。快给我二十戈比,就好了。……以后你去跟这些混蛋扣算。我是老板,不会叫你受屈的。啊,亲爱的! 你这个好青年。……"

我被他的惊慌而匆忙的神色所迫,立刻给了他一个二十戈比的钱币。他贪婪地抓住了钱币,把它塞在嘴里。他这动作做得正及时,因为那个黑胡子和胖妇人已经在走进房间里来了。这陌生人这回不再表示反抗,只是在走出门去的时候向我点点头,似乎含有深长的意义和默许的神情。……不久,喧噪声在远处静下来了。只听见模模糊糊的抱怨声、叹息声……和一个人的哭声。……

黑胡子带着阴森森的神气走进我的房间,起初送进一个盛着茶壶茶杯的托盘来,后来又送进一把小茶炊和一只装着法兰西面包的盘子来。他做这些工作的时候一句话也不说,也不向我看,出去的时候也一声不响。

我已经非常明显地看到我目前所处的地位了。难道还可怀疑? 我已经落在一个强盗窠里了,就像奥斯特罗夫斯基戏剧里的"热闹地点"的巢穴一般。不过不是在森林里,而是在莫斯科的巴尔干区,比在森林里更糟。他们到车站上来接客,显然是专门为了诱骗那些没有经验的青年,就像我,被裁缝施姆科打扮成这个模样,分明是这一类的人。周围的屋子显然是没有人住的。……只有一个窗子里有一点幽暗的火光在移动。……那里住着的大概也是这一伙人。窗外有一只凶暴的恶狗看守着。大门锁闭着。……

我在想象中把这个阴惨的主题发展开来。我想，这一伙人里面显然有一个人良心未曾丧尽。……但是他常常用酒来灌溉这良心，只有在喝醉之后，才威吓他的同伴们，说要揭穿他们的阴谋，并且他又去报信给那些不幸的牺牲者。……刚才他那么神秘地想对我说些话，那么含义深长地在门口向我眨眼睛，是不是允许我什么呢？……显然的：他允许帮助我。也许这个善良的、悔过自新的罪犯能够设法瞒过他们的戒备，带些人来，在千钧一发的时候把我救出去。……有时的确有这种情形。……但是，……他能不能做到呢？……

只是有一点我觉得奇怪：那个黑胡子的强盗和肥胖的泼妇看见那个醉汉的时候，都仿佛哭过了似的。对，我的确记得那女人的哭丧的脸。有什么呢，这也容易解释。她到底是个女人。……也许她看见我年纪轻轻的，觉得可怜起来。她一定有过一个儿子。……这儿子已经死了；要是活着，现在年纪和我差不多。惯做强盗的人有时也会有这种感情。我似乎曾经在一个可怕的故事里看到过这样的情形。……然而这对于无罪的牺牲者，毕竟是没有什么帮助的。这种幸福的结局只有小说中才有。……而现在，严肃的现实包围着我。……

桌子上放着一把茶炊和一只五戈比的面包。茶里面当然放着蒙汗药。我拿出茶炊里的茶罐来，把里面的茶倒在一只垃圾桶里了，把茶罐洗了几次，然后煎我自己的茶。盘子里放着几块糖。我也用舌头舐舐看：味道奇怪，仿佛是金属的。砒霜不是也很像糖吗？好吧，让他们以为我已经被麻翻了或者中毒了。而实际上我要喝许多浓茶，通夜不睡觉。

……也许我可以遇救。……至少也要死得有点意义。……

不可以背着门坐。我就换一个座位,坐到墙边的另一把椅子上去,可是一坐下去这椅子就坍倒,原来一条腿已经断掉了。我把这椅子照旧靠墙安放好,就端着茶杯坐到床上。

我肚子饿得很。我觉得茶的味道好极了,面包也很好吃。"也许是我一生中最后一次了。"我悲哀地这样想,又倒了一杯茶。最好再来一只面包?……我就在桌子上敲几下。

那个泼妇进来了。她的一双眼睛都哭肿了。她显然是由于苦闷的良心责备,别转了头,不敢向我看。我请她再拿些面包来,她一声不响地出去了,过了几分钟,又一声不响地拿进两只面包来。她这两只面包大概是到外面去买来的。

就在她出去买面包后不久,那只狗曾经大声吠叫,拼命挣扎,链条锵锵地响。……

我喝饱了茶,想把门关好,然而门闩插不进闩孔里去。

时间过得很慢。茶炊唱完了它的凄婉的歌,就静下来。房子的那一头有人在惊慌地谈话,碰了两次门,狗又狂吠了一次。以后就肃静无声了。……

我觉得可以稍微躺一躺了。躺着并不等于睡着。相反地,躺着想象起来更方便些。我要想出一条出路来。

有一样硬的东西立刻从薄薄的褥子底下隆起来。我把手伸进去,摸到了……椅子上掉下来的那条腿。显然已经有人在这里体验过我所体验到的况味,大概他是拿这条椅子腿来自卫的。我这个前辈碰到了怎样的命运呢?可能就是两三小时以后等待着我的那种命运。……这件事什么时候发生呢?当然是在黎明之前,当人们睡得最熟的时候。

……无论如何,我要感谢这位不相识的朋友临死以前的策划。……臭虫立刻向我猛烈地袭击,再加上这个坚硬的自卫武器,当然就不容我睡着了。……

我没有熄灭蜡烛;蜡烛快要点完,发出哀怨悲切的爆裂声。屋子里肃静无声。墙外传来首都夜市的喧哗声、马车的辚辚声、群众的扰攘声。……远处响出一声汽笛,仿佛是从另一个世界里传来的。这是库尔斯克车站上的汽笛声。火车到了,旅客们纷纷下车,到各家旅馆里去。……专科学生苏巴列夫斯基曾经劝我住柯柯列夫旅馆,现在他想必已经睡在很好的床上,没有臭虫,褥子底下也没有椅子腿,安全而又舒适。而在更近的地方(是那个黑胡子告诉我的)就是叶卡捷琳娜学院的大厦。公共寝室里有一排排清洁的床铺。其中一张床铺里睡着我的妹妹。……她是否感应到:我就在附近的这个强盗窠里,有性命之忧。也许她感应到这情形,现在正在辗转反侧,在睡梦中哭泣,呼唤我的名字。……我的眼睛里要淌下眼泪来了。……

睡在这条椅子腿上面不舒服极了,可是,不去管它!现在无暇顾到舒服了。……拉赫美托夫[1]曾经睡在木柴上面。……还有一个人,——我不记得是哪一个了。……我无论如何决不会睡着。……只要一听见走廊里有可疑的声音,我就这样抓住了这条椅子腿,把它拿到自己身边。……他们一定是从那边的门里进来。……我可以清楚地看见他们。走在前面的是那个面目狰狞的黑胡子。他后面是另一个不认识的人,相貌更加阴险。……他们以为我已经被麻翻了,其实我正在从眯住的睫毛中间窥探他们,手里紧紧地握着椅子腿。……他们偷偷摸摸地

---

〔1〕　车尔尼雪夫斯基的小说《怎么办?》中的主人公。

走近来。我立刻跳起来。啊,你们没有料到吧?我就像电光一般迅速地打过去。……黑胡子跌倒了。……一场斗争。……一场很长久的、不声不响的、混杂不清的斗争。……我似乎疲乏了。……有几个人就袭击过来。……但是这时候救星到了。……那个悔过自新的醉汉拿着灯,带着人,喧嚣地闯进来。……我得救了。恐怖的一夜过去了。……到了青天白日之下。警察来了,记录了实况,好奇的人都纷纷向我打听。……是的,这个断送了许多无辜的外乡人的强盗窠,是我揭穿的。

在那只凶暴的恶狗守卫着的黑暗的地下室里,找到了一堆人骨头。……人们见了恐怖不已,大家摇头。……报上登载了这新闻。妹妹、母亲和涅格利都读到了。他们起初惊慌,后来当然高兴了。……一切都很顺利。大家争先恐后地要我担任工作。每天工作三小时。每月四十五个卢布。我富裕了,还可以寄钱给母亲。我一级一级地升学。……起初在工艺专科学校,……后来进大学,……又到别处。总而言之,一切都如意称心。……

一切都那么如意称心,竟使得我甜甜蜜蜜地睡觉了,尽管床上有臭虫,而且睡在一条木腿上,而且不脱衣服,而且是在强盗窠里。……

我醒来的时候,好像是突然被人推醒的,我最初想到的是:我还活着吗?

我活着,夜已经过去了。房间里很明亮。太阳光掠过窗外的屋顶,照在房间里的墙头上,淡黄色的柔和的反光回射到像陷阱一样的院子的地上。黑胡子站在桌子旁边,正在收拾器皿,发出叮叮当当的声音。

"您就这样不脱衣服睡了一夜,"他悲哀地说,接着又低下了头说,"昨天晚上打扰了您,……对不起。……"

"那个醉汉是谁?"我问他,同时觉得异常欣幸,敏捷地站起身来。

……黑胡子深深地叹一口气。

"作孽！说出来也难为情。他原是这里的老板。染上了酒瘾，有什么办法呢。我们把他关起来，可是总不能成天守着他。昨天晚上我出去了。您派老板娘去买面包。我们以为他睡着了。老板娘走到大门口，他悄悄地跟在她后面……狗叫起来。她回头一看，哪里晓得他已经奔上街去，赶不上了。……于是又喝醉了酒。……老天爷，可怜可怜我们这些作孽的人吧。他的钱不知道是从哪里得来的，真奇怪。"

我记起了我给他的二十戈比，脸红了。黑胡子把器皿放在盘里了，又把他那张颓丧的脸转向着我。

"我原是商人出身。老板是我的哥哥。可是现在我在他们这里当茶房，有什么办法呢。有点进账倒还不去说它。可是，您大概也看得出：这难道像一个旅馆！到车站上去接了一个好客人来，看见了他自己也难为情。"

他伤心地摇摇头，继续说：

"我们以前在本乡生活可真安乐呢！我们是道地的商人。老板娘阿加菲雅常常穿着天鹅绒大衣上教堂去，简直像个伯爵夫人！现在她身子都哭坏了。我也是这样。我们为了治好他的酒病，哪一件事情没有做过：在圣像面前供香烛，祈祷。……"他突然改变了口气，问我："怎么样？您要不要茶炊？"

"好，请拿来吧。"

"或者，我们不客气了，就请您跟我们一起喝茶吧。价钱便宜些，茶炊生得很热。老板娘自己喝的。"

我看到他们都是好人，觉得很难为情，就满口答应了。老板娘在一间狭小的、堆满东西的卧室里，坐在茶炊面前。圣像龛前点着一盏凄凉的长明灯,帐幕后面传出有酒癖的老板的眠鼾声和呓语声。老板娘的眼睛发红,可是我觉得今天她的脸完全变了样。这张脸上还保留着过去的娇美的痕迹;她的态度彬彬有礼,当她把满满的一杯茶递给我的时候,我竟感到有欠身一下的必要,就羞涩地起身致谢。

黑胡子独自在厨房里喝茶,然而厨房很近,我们可以一起谈话。当他们又对我讲起老板的酒癖和破产的情况的时候,我觉得他们两个人非常可怜,就开始安慰他们,说了许多蠢话。我对他们说:无论是圣像或是莫斯科河对岸来的巫医都是没有用的。只有科学才有效验。我在一本书上读到过,现在有治疗酒病的医院。……我到了彼得堡,打听得这一切情况之后,一定写信告诉他们。……科学,啊,现在只有科学能创造奇迹。……

"唉,你真是一片好心,愿上帝保佑你。"这个可怜的女人送我出旅馆的时候对我这样说。我不知道她是否相信科学治病的效力,然而我极希望对他们作这小小的效劳,因此说话非常诚恳而有信心。

黑胡子又要到车站去接客了,他就顺便给我指示到叶卡捷琳娜学院去的路径。这一天是假日。教堂里的钟声鸣响,声音悠长、低沉而悲哀。……我觉得整个莫斯科很像我旅馆里那个破了产而哭丧着脸的浮胖的老板娘,这些钟声仿佛是她的号哭声,她正在哀悼她穿天鹅绒大衣时的那些好日子。……

我和妹妹的短暂的会面没有冲淡这印象。我们两人坐在一个圆柱大厅里。我觉得心中有了股热情想要在这个小巧玲珑的穿学生制服的亲妹妹面前迸发出来,而另外有一种力量抑制着这热情,使它冷却。……妹妹立刻被人叫了去。当我走出学院的时候,悲哀地呼应着的钟声合唱中,又加入了大伊凡钟楼的钟声。……这钟声均匀而悲壮,仿佛有无尽的哀思回旋飘忽在莫斯科上空。……

这一切引起了无限的烦闷,使得我站定在自流广场上,茫然不知所措。幸而我想起了我的旅伴苏巴列夫斯基和他的朋友。离开火车开出还有许多时间。我一路问去,不久就到了柯柯列夫旅馆。

两个专科学生都在房间里,这房间很高,几乎是在阁楼上了。我走进去的时候,他们有点慌乱的样子,正在忙着把一些书装进皮箱里去。苏巴列夫斯基看见了我,欣然地伸出手来。

"你来了,欢迎得很。要喝茶吗? 茶炊在桌子上,请你自己倒吧。……你瞧,我们在这里整理一些书籍。这本书你看到过没有?"

他递给我一本书,记得好像是弗列罗夫斯基[1]的《社会科学入门》。关于这本书我完全不知道。

"那么你知道拉萨尔[2]吗? 不知道? 这么说来,你们那一带地方还没有听到过关于社会主义的事。"

社会主义这个名词我是第一次听到。有一点我现在完全明白了:我以前怀疑苏巴列夫斯基,真是糊涂而愚蠢。现在相反了,我觉得他的一切都特别动人:他那不漂亮的脸,善良的俄罗斯大学生的逍遥自在的态度,甚至他那粗厚毛织物制的红褐色大衣,都很动人。两个专科学生怀着友谊的关心跟我谈了很久关于彼得堡的情形,并且忠告我初到时耽搁在什么地方。后来我们分手的时候,已经变成好朋友了;我走出旅馆,觉得精神振奋,虽然莫斯科的钟声还在那里奏出绵长无尽的哀歌。……

---

〔1〕 弗列罗夫斯基(1829—1918)是有名的俄罗斯经济学家和政论家瓦西里·瓦西列维奇·别尔魏的笔名。——译者注

〔2〕 拉萨尔(1825—1864)是德国小资产阶级社会主义者。——译者注

## 4　到彼得堡了！

　　真奇怪:在这两三天之内,我好几次证实了自己的愚蠢。那个戴漆布帽子的家伙险些儿偷了我的东西,而正当这时候我却一味还在怀疑并提防苏巴列夫斯基。……还有涅格利先生的事。……然而涅格利先生的形象在我记忆中现在还是充满着迷人的光彩,撵走了他的晦暗的、现实的第二形象。我发现自己有时不知不觉地把嘴唇装出"知识分子的气派"。……后来我又把东尼科夫胡同里极其善良而纯朴的人当作强盗。最后,我以为自己落入了危险的陷阱,怀着可耻的心情睡着了。……

　　这一切照理应该大大地削弱了我的自信心。但是事实却相反。我再度出发到车站去的时候,觉得仿佛的确经历过了这一切危机,全靠自己有丰富的经验和非凡的急智,才能获得胜利。

　　到了喧哗扰攘的车站上,我又沉浸在玫瑰色的烟雾中了。在售票处我碰到了罗夫诺的一个同学柯瑞涅夫斯基。他比我早一年毕业,当了一个时期的家庭教师,现在带着赚来的钱到彼得堡去。可怜的人在这纷纭杂遝之中完全张皇失措了,他惊皇地向四周张望,左手抖抖索索地抓住自己的行囊。

　　"天哪!"我想,"两三天以前我也是这样的。……"我立刻去做了他的保护者,把他的行李交给了送我来的那个"商人出身"的人去保管,然后我们在售票处排队;我装出非常自信而老练的样子,因此这可怜的人一步也不离开我,拉住我的大衣,像拉住救星一样。我同那个"商人出身"的人像老朋友一样握手道别;后来我们走进挤满人的车厢去就座的时候,我觉得柯瑞涅夫斯基就像不久以前从基辅开出的火车里的我,而我是他的慷慨大方的保护者,就像堂皇的涅格利先生一样。……

那时候从莫斯科到彼得堡的客车要走整整一昼夜;傍晚的时候从莫斯科开车,到了第二天黄昏,我和柯瑞涅夫斯基才走出彼得堡车站,来到尼古拉广场上。

我高兴得心头怦怦地跳动。彼得堡! 我所认为生活中最优良的一切,都集中在这里;因为从这里产生全部俄罗斯文学——我的心灵的真正的故乡。……这时候正是夏尽秋初。在微明的夜天的背景上,浓重而梦幻似的显出一堆堆的房屋,下面的路灯像一串串亮晶晶的念珠一样向远方伸展,这些路灯照例在这夏去秋来的晚上重新开始放光。[1]……路灯的光显得那么明亮而清澄,仿佛度过假期之后初次来担任工作,而且这工作还不十分必要,因为空气中还充满着从地平线底下照射上来的神秘的反光。……清爽的天空之下的这种愉快的灯光、街上的喧嚣声、有轨马车的隆隆声、行将消失的晚霞、被西风吹到广场上来的一种特殊的浓烈的海水气味,——这一切和我的心情异常调和。

我们站在大门口,等候杂乱无章的马车逐渐散去,然后我用全部身心来体味一下彼得堡的情趣。看吧,从前曾经怀着紧张的心情"独自"走到学馆大门口的我,现在已经站在这个伟大城市的门口了。瞧,那边,在左面,就是一条像河流一般宽阔的街道的口子。……

这当然就是涅瓦大街。……我知道这条街,因为我曾经详细地向苏奇科夫探问一切,而且好几次想象初看到这条街时的情况。哦,原来这里就是果戈理小说中的庇罗果夫中尉[2]散步的地方。……在这些错综

---

〔1〕　彼得堡地近北极,夏天晚上很亮,有"白夜"之称,可以不点路灯,所以这里说路灯到了秋天才开始放光。——译者注

〔2〕　果戈理的中篇小说《涅瓦大街》中的一个主角。

复杂的高楼大厦中,还有一个地方曾经住过别林斯基,杜勃罗留波夫也在其中某地方思考和工作过。他曾经用冻僵的手写道:"亲爱的朋友,我正在受罪,因为我曾经做了正直的人。……"涅克拉索夫现在还住在这里,这样说来,我是和他呼吸同一种空气了。还有叶尔玛科夫校长和新鲜的、极其新鲜诱人的专科学生生活,都在这里等候我。这一切都很美好、玄秘而新颖,并且像这一串串的路灯一样,一直伸展到充满着神秘莫测的沸腾生活的幽玄的远方。……路灯的火光在风中飘摇不定,仿佛是有生命而正在那里戏耍着的样子,它们对我说了些亲切动人的话,似乎在允许我什么。……

我这样详细地描写这一瞬间,首先是因为它永远铭刻在我的记忆中,好像是标明过去生活的终点的一块路牌。其次,又因为同是这些路灯,后来对我表示另一种态度,甚至……就用这些飘忽的火光把我赶出彼得堡去。……

在那一瞬间,我想起了自己年青力壮、前程远大,觉得很幸福。马车散去了之后,我穿过广场,弗雷德利克斯公寓[1]的客栈里的一个谦恭的茶房拿了我们的皮箱,跟着我走,柯瑞涅夫斯基紧紧地拉住我的衣袖。

只有一件很小的、实际上完全不足道的事情,略微破坏了我的欢乐情绪。我们这个简朴的客栈位在豪华的北方旅馆后面,我看见客栈大门口一家地下室小店的窗子里有新鲜美味的大面包。我走下去,问他们买一只……法兰西面包。一个脸庞宽阔、胡子满面的面包师刚刚切了半只大面包给另一个人,这时候就用冷淡的讥讽的眼光打量我一下,说:

"对不起,我们没有法兰西面包。……我们卖的是俄罗斯面包。

---

〔1〕　然而那时候这公寓似乎不是用这名称。——原注

……"

于是他和他的两个伙计都用嘲笑的眼光向我看,这么一来,我……立刻觉得自己仿佛被人从彼得堡抛了出去,抛回到了我那个有浑水池塘的偏僻遥远的小城市里。……我分外清楚地想起了裁缝施姆科,因为我受到这种惊奇嘲笑的眼光,无疑地一部分是由于他的杰作。……

然而这毕竟是些小事!……无论如何,我总是到彼得堡了。……

## 5　我卜居在谢苗诺夫团[1]

第二天早晨,大概是由于一种忍耐不住的欢喜,我一早就醒来了。我的旅伴还睡着。我赤脚走到窗边,向街道上望望。丽果夫卡街那时候还是一条河,或者,说得更正确些,是一条泥沟,在这上面每隔一个短距离架着些木板。天色阴沉灰暗。这是当然的,怪不得有人把彼得堡的天比作灰色的军大衣。……现在它这样子的确很像。云雾从涅瓦大街向兹纳明尼教堂的屋顶上推移。这光景美妙极了。"彼得堡的雾"也曾经好几次被描写过。一点也不错!我无疑地已经在彼得堡了。

我们房间里的茶几上放着一本小册子,里面有彼得堡的市街图。我连忙抓住了它,来不及穿衣服,就开始研究我们所要走的街道,以便到那些地方去找寻罗夫诺的几个同学。我先找好了一个地方:谢苗诺夫团小皇村街四号八室。柯瑞涅夫斯基起来了。我们喝过茶之后,我很有把握地带他走上涅瓦大街。他觉得很奇怪,不相信我,常常停下来,生怕迷路。

―――――――――――

〔1〕"团"是彼得堡一种地区单位的名称。――译者注

"我问你，你说有一座阿尼契科夫桥，桥上有马的。马在哪里？一匹马也没有。"

"喏，马在这里；这是亚历山大剧院。你看见吗？我们走到那里向左转弯，走花园街。……这就是公共图书馆。"

"我问你，"他又怀疑了，"你说有个干草市……我们走到现在，一直不看见干草市呢。"

然而干草市果然出现了，老实说，我见了也觉得有点惊喜。在奥布霍夫街开始处的干草市上，停着一辆有轨马车。这马车刚刚开到，马车夫正在把马匹从后面调到前面来。我大胆地下了决心，要坐到马车的上层去。并不是为了我这乡下人的脚不惯于走石板路，却是为了像乞乞科夫[1]所说，要见识见识彼得堡的各种情况。柯瑞涅夫斯基又怀疑了。

"喂，你怎么啦！你看，没有一个人坐上去……"他低声地说，拉住我的大衣，不让我上去。但是我用力挣脱了，就走上扶梯去。

这时候我们两人有点像陀思妥耶夫斯基的《两面人》里可怜的郭略德金先生走上医生鲁青希比茨家的扶梯上去时的情形。柯瑞涅夫斯基是那个胆小而怀疑自己权利的郭略德金，而我是那个傲慢的郭略德金，我相信我们"像大家一样"并不丧失乘坐在这辆华丽的马车的上层的权利。

马车开动了。街道右面有一所房子上写着"交通工程学院"。我们同学之中有谁进这个学校？似乎一个也没有。马车开上一座桥，经过封坦卡河。我们两人都挺起身子，伸长脖子，仔细观赏不曾见过的景色：一条装木柴的货船开进桥底下去。再过去是君士坦丁军事学校的一列很

---

〔1〕　果戈理的小说《死魂灵》中的主人公。——译者注

长的建筑。扎波津家两兄弟和扎威佳耶夫是进这个学校的……左面有一座火黄色墙壁的长长的建筑。和我们并坐着的是一个戴眼镜的青年人,穿着蓝色的工作外衣,脚踏一双长统靴,头上戴着一顶有绿帽圈的帽子,这时候他站起身来,很快地走下扶梯去。"瞧!瞧!这是工艺专科学校。……"大门开在两条街的转角上。的确,建筑物往往各有其相貌。这副相貌多么聪明!像……像什么呢?……像我所想象的校长叶尔玛科夫,堂皇而严肃。大门口有许多进进出出的和站着的人。我们刚才那个邻座人走到这学校里去,像回家一样,一路上同人打招呼,愉快地交谈几句。

"这是一个典型的专科学生,"我对柯瑞涅夫斯基说,"多么聪明的相貌。"

后来我和他相识了。呜呼!我又一次证实了自己的缺乏眼力。这青年的确是很典型的,很浅薄的。

然而,我只管回头望专科学校,瞪着眼睛看两旁的街景,不觉打起呵欠来了。马车辘辘地驶行,经过一连[1]一连的地区,开到了两条街转角上的一个小教堂面前。……我站起身来。

"售票员,这是不是小皇村街?"我慌张地问。

"正是。"

我发疯似的跳到了车子的下层,柯瑞涅夫斯基吃了一惊,连忙紧紧地跟着我来。……小教堂已经在后面了。……我回过头去面向着它,从马车的平台上跳下去。仿佛有人抓住了我的脚跟,把我推倒在肮脏的马路上了。马车已经向前开去,仿佛一条大船,我就好比从这船上掉在海

---

[1] "连"也是彼得堡一种地区单位的名称,范围比"团"小。——译者注

里了;我看见马车后面的平台上现出我的旅伴的惊慌的脸。……

　　售票员打一下铃,不很和气地放我这个可怜的旅伴下了车,对他解释:下车的时候应该向前面跳。

　　我们来到了小皇村街和大皇村街[1]交叉的地方。这里有一个教堂——对的,我的笔记本上写着。第二号门牌。……一家杂货店……第四号门牌。一点也不错。第八室,从这个扶梯走上去。……

　　"喂,怎么样!你看,我把你带到了!"我在柯瑞涅夫斯基面前自夸。他的样子总好像不相信这桩工作会这样顺利地完成。老实说,我也觉得这是一个小小的奇迹:三星期之前,在罗夫诺的一座桥上,苏奇科夫在我的笔记本里画了几条线,写了几个数字。现在这些记号都很正确地变成了这个小教堂、这家杂货店和同样门牌号码的房子……再过一会儿,我们就可以在这喧哗扰攘的人海中看到一个自己人,一个同乡和同学了。……如果我们拉一下门铃,门开了,人家告诉我们,说我们弄错了,这里并没有什么格利涅威茨基[2],只有漠不相关的陌生人,那可怎么办呢?只要拉一下门铃就见分晓了。……如果拉错了,他们也许还会生气。……

　　我终于拉了门铃。门开了,走出一个年青的女仆来,我们以为她是"小姐"。她并不生气,也不吃惊,只是淡然地回答,说格利涅威茨基是住在这里的,但是现在不在家。"请进来吧,他也许快回来了。"

　　我们走进一间宽敞的然而布置得很杂乱的房间,里面有两个青年人。一个坐在椅子上,两条腿伸得很远,头向后仰起,望过去只看见鼻

　　　[1]　现在叫做外巴尔干街。——原注
　　　[2]　这名字所指的是斯比格涅夫·阿达莫维奇·涅格列别茨基,他起初是工艺专科学校的学生,后来是矿山学院的学生。

尖；他正在胡乱地弹六弦琴，手法拙劣得很。另一个人在窗子旁边卷纸烟，斜过眼睛来看一册很厚的书。

他们并不特别注意我们的来到。弹六弦琴的人又在弦线上拨了一会儿，然后站起身来。

"你们大概是格利涅威茨基的董(同)学吧？"他问。他的脸是紫铜色的，不很清爽；他说"同"字的时候发音很特别，声音仿佛是喉咙里挤出来的。

"是的，我们是从罗夫诺来的。"

"达胆(他谈)起过。可是达老不回来。我们也在等达。"

"怎么搞的，……去得那么长久。"看书的人咕哝地说了一句，又埋头在书本里了。我觉得这人的相貌非常严肃而有知识分子风度：脸部轮廓粗大，丰满的嘴唇上长着薄薄的髭须，胡子分成两绺，一头浓密的黑发。当他弯下身子去看书的时候，这黑头发就遮住了他的脸，于是烟气通过了头发飘出来，我不知怎的想起了涅克拉索夫的句子："大学生不会把烟灰撒在你的书页上。"

我恭敬地这样想："真是一个严肃的大学生。"

"我们来自我介绍一下，"弹六弦琴的青年人说，"我是尼库林，工艺专科学校的学生。"

"我是威塞里茨基[1]。"另一个人用悦耳的胸声说。

门铃又响了，格利涅威茨基走进房间来。他是一个身材修长的美男子，长着一头挂到肩膀上的金黄色头发和一双灰色的大眼睛。他如果穿上了白袍，很像神剧里的天使长。他现在肩上随随便便地披着一条呢绒

---

〔1〕 他的真姓是威塞洛夫斯基。

巾,样子很像浪漫主义时代的德国艺术家。他在中学里的时候比我高两班,被认为优等生。我一向是仰攀他的。现在看见他诚心诚意地欢迎我们,心中很感动。然而他脸上的欢喜兴奋之色立刻消失了,显出一种忧虑的样子来。他卸下了呢绒巾,把一包东西抛在床上了,开始在房间里踱步。他走起路来脚步声很轻,没有得得得得的声音,而仿佛脚跟在地板上摩擦,啪哒啪哒地响。我细看一下,发现了一种可悲的真情实况:他的靴子的后跟完全没有了,地板上留下一些湿脚印。

　　"喂,结果怎么样,米罗奇卡[1]?"尼库林带着疑问的态度看看格利涅威茨基,拖长了声音问。

　　"结果怎么样,一点也没有!"格利涅威茨基愤愤地回答。

　　"多少给点吧?"

　　"多少给点,嘿,只值一个半卢布。"

　　尼库林恨恨地使劲啐了一声,……

　　"呸——,……有这种事。你这个人真怪,怎么不告诉达(他):今年春颠(天)还是用八个卢布赎出来的。……"

　　"他说再穿一个夏天,半卢布也不值了。"

　　"说得有理。"威塞里茨基沉着地说。他一直在看书,仿佛对于他们的谈话和失败的结果都不注意似的。可是我怀着恭敬的心情猜测到:格利涅威茨基一定是拿了什么东西到当铺里去抵押。希望落了空,现在他们弄得走投无路。一定是这样的。这还有什么可疑呢? 要知道他们是大学生,是知识分子无产者呀! 这种人似乎又叫做"落魄文人"。……巴黎有一个拉丁街区。……在那里也是学问和贫困生活在一起,像亲姐妹

---

　　〔1〕 格利涅威茨基名叫米罗斯拉夫,米罗奇卡是他的小名。——译者注

一样。……要是我提出……

我看看我的两个新朋友。只有尼库林穿得还像样。威塞里茨基没有穿上装,衬衫的一只袖子没有扣好,宽大的裤子上的口袋破裂而翻出了。我想,我希望参加他们的团体,也许不会是放肆的要求。

这件事自然而然地成功了,一点也不费力。他们这团体的确遭逢着危机。房东已经拒绝他们再在这房间里住下去。这房间在他们是太贵了,太阔绰了。就在这幢房子的顶层上,有一个正好住四个人的房间空出来了,这房间可以用一个堂皇的、文学上的名词来称之为“文星阁”。现在这个房间的租金还缺少四个卢布,可是他们三个人一个钱也没有,茶也没有,糖也没有。格利涅威茨基曾经到第四连苏奇科夫住过的房子里去找他,可是他还没有回彼得堡。

我的十七个卢布现在变成了一笔大财产。半小时以后,他们房间里已经有茶炊愉快地沸腾着,桌子上放着白面包和香肠;傍晚的时候,我们就把我们的皮箱一直搬上“文星阁”去。柯瑞涅夫斯基不参加我们的团体。他克服了自己的羞怯,详细地打听了租房间的办法,就走到谢苗诺夫团的街上,看了几张招租广告,小心翼翼地走上扶梯,胆怯地拉门铃,斯文一脉地讲价钱,傍晚的时候就租到了一间价廉物美的房间。

“真是一个小心谨慎的青年人,”尼库林说,“一个深思远虑的人,避祸就福。……”

“当然,”威塞里茨基认真地说,“他这样做是对的。……老弟,跟我们住在一起……不会有好处的。”

他说过之后挥一挥手。我很喜欢这句自我坦白的话和他说这话时的认真的语调。……但是实际上我当然并不同意这句话,我觉得自己非常幸福。难道这样快就可以找到比这里更好的地方吗?

　　这是一间低矮的房间,用板壁隔成两半。窗子不很大,是方形的。天花板缺去一角,因为这房间上面就是屋顶。

　　我的新朋友们早就躺在床里了,我却站在窗子边眺望。……夜色神秘而模糊。灯火历乱,有一个高烟囱上冒出红色的火焰,有一个地方发出火车的汽笛声,下面平地上望得见一长串路灯。……在这一片星火迷离、模糊混乱的黑暗中,不知道白天出现些什么? 当然是一种美妙的、不平常的、意想不到的情状。

　　我又不想睡觉。瞌睡被欢喜欲狂的心情驱除了。我现在是在彼得堡,在谢苗诺夫团,和三个同学住在屋顶底下的"文星阁"里。……我在一张简陋的桌子旁边坐下来,开始写信给弟弟[1]我想要从这里,从这个堂皇的"文星阁"里把充满在我心中的感情投射到遥远的可怜的小城市里去。"是的,我运气特别好。我立刻在像飞鸟一般生活着的知识分子无产者中找到了安身之处。我的新朋友都是出色的人物。格利涅威茨基你是记得的,只是现在的格利涅威茨基和我们在罗夫诺时所认识的格利涅威茨基大不相同了,就像一个寒酸的中学生和一个典型的大学生之间的差异一样。他长成大人了,才能发展了。尼库林的外貌虽然不很动人,然而性格很有特色。他是一个精通哲学的人。他常常引证路易斯[2]的话,崇拜库诺·费舍[3]。然而这团体中最优秀的人,要算威塞里茨基。他是科斯特罗马人,神甫的儿子,是神学校出身。他具有平民

──────────

　　[1] 柯罗连科写给弟弟的信的原稿,同他专科学生时代其他的信札一样,没有被保存下来。

　　[2] 乔治·亨利·路易斯(1817—1878)是英国资产阶级哲学家、生理学家、实证论者。──译者注

　　[3] 库诺·费舍(1824—1907)是德国唯心论哲学家。──译者注

知识分子〔1〕的风度,是波缅洛夫斯基〔2〕所描写的一类人物,只是没有病态的反省,态度稳健、沉着而坚定。他沉默寡言,说话带有科斯特罗马口音,严肃而有威力。别人称他为瓦西卡〔3〕,对他略带嘲笑的态度。他对于这种态度置若罔闻。我觉得他含蓄着一种未曾发泄的巨大力量,这种力量将来一定会一鸣惊人。他不断地看书,几乎手不释卷。我们搬到新房间里去的时候,他把所有的奔走忙碌的事都让我们去做,自己只拿些书本;我们刚搬好,看见他又在窗台边看书了。他一边卷纸烟,用唾沫来粘住它,一边斜过眼睛去望着摊开的书页。仿佛他是一向住在这里看书的。你知道他这样用心看的是什么书? 当他暂时跑到另一个房间里去一下的时候,我往他的书上瞥一眼,原来是盖尔曼·果贝的年鉴〔4〕。翻开的地方是《统计——面积和人口》这一章。另一次他在看的是《彼得堡的卫生设施》。旁边又放着一册很厚的《刑法》。他拿　本书来看了一会儿,推开了,又看看另一本书。他深深地考虑了一番,又拿过第一本书来。他显然是在彼得堡的卫生情况和刑法之间看到了一些不可解的联系。这种联系当然是存在着的。这个思想特殊的人显然自有独得的看法……"

---

　　〔1〕　平民知识分子是俄国在十八世纪末至十九世纪形成的一个社会阶层,其中包括商人、小市民、僧侣、农民,也有小官吏和失去阶级地位的贵族。平民知识分子中产生了不少革命家;别林斯基、车尔尼雪夫斯基、杜勃罗留波夫、谢甫琴科和七十年代的革命民粹主义者,都是其代表人物。——译者注

　　〔2〕　尼古拉·格拉西莫维奇·波缅洛夫斯基(1835—1863)是俄罗斯作家,曾经在长篇小说《小市民的幸福》(1861)和《莫洛托夫》(1861)中真实地表现了平民知识分子的形象。——译者注

　　〔3〕　威塞里茨基名叫瓦西里,瓦西卡是他的小名。——译者注

　　〔4〕　指一八六七年至一八八五年间果贝所出版的《万有年鉴》。果贝是《世界画报》和许多流行杂志的出版者。

我到深夜才把信写好。熄灭了蜡烛之后,我还一直在黑暗里朋友们的眠鼾声中微笑。尼库林的眠鼾声最响。其次是威塞里茨基,他的眠鼾声似乎特别坚实悦耳。

第二天早上我还是怀着那种欢喜欲狂的心情。太阳从方形的窗子里轻快地斜照进来,街上响彻着各种各样的、富有音乐性的叫卖声。那时候彼得堡街上的声音比现在悦耳得多。一个响亮的女声唱着:"野樱——果,野樱!"一个男中音唱着:"削刀,磨剪刀,修剃刀!"有一个结实的低音唱出一长串哀怨似的词句,末尾是"地板刷——子"这几个字。最后,有一个鞑靼人用喉音朝天喊着,仿佛鹰的叫声:"收旧——衣,收旧——衣!"

街上隆隆地开过载重货车的时候,我们的整幢房子微微震动,窗玻璃发出轻微的锵锵声。我知道这是因为彼得堡这个城市是建立在松软的沼地上的缘故。

窗子里望得见彼得堡郊区特有的景色:屋顶、荒地、院落、工厂的烟囱。在简陋的木造房屋上面耸立着一些巨大的石造建筑,望得见煤气厂的半圆形的储藏器和几家制造厂的朴素的门面。远处地平线上有一带树林,其中有几个教堂的墙壁在太阳光中闪闪发亮。这是佛尔科夫墓地。

我觉得这一切——小贩的悦耳的叫卖声,工厂的汽笛声,联结尼古拉铁路和皇村铁路的那条支线上的火车的急切的叫声——都和我的来到有关。……一切都仿佛与我同乐。

## 6  我醉心于工艺学

工艺专科学校的校舍里像蚁冢一样拥挤,虽然课业还没有开始。

那时候实科中学学生一届一届毕业出来,都涌进技术学校里去。学生生活的重心显然从瓦西里岛转移到了伊兹马伊尔团和谢苗诺夫团[1]。单是工艺专科学校,这一年考进一年级的学生就有一千五百人,这一大群人在八月十五日以前就已挤满在学校的走廊里、办公室里和制图室里。同乡人约定在这里初次会面,老同学假期结束之后在这里相见,大家纷纷收自己的信,记录住址,向办公室领取居住证,在制图室里占据位置。

那时候的专科学生和现在的完全不同。没有制服。服装多种多样,然而大多数人都穿长统靴和灰色或蓝色的工作外衣,腰里束着皮带。有的工作外衣很华丽,衣袋上绣着花,袋里放着金链条,外衣上束着宽阔的运动员腰带。但是大多数外衣很朴素,是在亚历山大市场上用六十个或者七十五个戈比买来的,腰里束着狭小的皮带。因为专科学校是属于国有财产部门的,所以学生们有时在这样的服装上又添加一顶有绿帽圈的帽子。

但是不戴这顶帽子在街上走,也看得出这是工艺专科学校的学生。这些学生的模样都是大众化的。多数人留长头发,戴眼镜,披着呢绒巾。这些形形色色的面貌、体态和服装,仿佛表现着一个共同的型范,我在这型范中欣然地看到了异常熟悉的面貌。……一个强壮而略带粗鲁的工

---

〔1〕 换句话说,就是从大学(在瓦西里岛上)转移到了高等技术学校。

人,脸上有知识分子气色和脑力劳动的痕迹。这就是我读了施比尔哈根[1]的作品之后所臆造出来的那个理想的青年人。《砧锤之间》中的这个主人公是从文化的高处下降到工人环境中来的。……这是两个世界的联系,是工人中的知识分子,或者是知识分子中的工人。

我和格利涅威茨基两人在走廊上走,我的眼睛东张西望,兴致勃勃地观察这个新世界的详细情况。有人叫格利涅威茨基的名字。一个高个子的、脸部轮廓粗大而举止像一头仁善的熊的金发青年同他握手;这人的灰色工作外衣上留着一些洗涤过的油迹。他使劲地摇摇格利涅威茨基的手,说:

"你好。近来怎么样?假期里做了些什么?"

格利涅威茨基略微有点脸红了。他们两人以前同在一年级,现在这个身材魁梧的金发青年已经升到三年级了。

"没有什么,……"格利涅威茨基回答之后就反过来问他,"你怎么样?"

"我曾经坐在拖石碴列车的火车头里到波列谢去。……实习开车。"

"吃力吗?"

"没有什么。我身体好。起初当火夫,后来当司机助手,很有趣味。"

我们周围聚集了一群人。别的人也都去作过各种"实习":当普通的工人,当考勤员,当机械装配师。为政治目的而"到民间去",那时候还不曾有过。专科学生去实习,都受人欢迎,受到保护,他们除了微薄的薪水之外又得到相当数量的"奖金"。学生们回来的时候增长了许多见识,而

---

〔1〕 弗利德利希・施比尔哈根(1829—1911)是德国小说家,小说《砧锤之间》的作者。

且初次得到了小小的一笔钱。我贪婪地倾听这些叙述,由此而得到了有力的鼓励,同时又唤起了我的理想。

整个大厦仿佛是专门造就这种智力人才的,而且替他们创造气氛和环境,墙上挂着机器构造的图表:用正确计算的曲线绘成的大螺旋、杠杆、曲柄、滚筒、整速轮、偏心轮。根据数字得出线条,根据线条造成形状。瞧,现在这些东西已经涂上生铁色、熟铁色和铜色,已经具有金属的外表了,许多模型默默地摊列着。……我的想象力不知不觉地往远方奔驰,看到了这些机器在工厂里轰轰地开动或者在轨道上飞驰的情况。锅炉沉重而均匀地喘息着,活塞前前后后地移动,齿轮轧轧地震响,整速轮里吹出风来,火车在茫无边际的平原上飞驰前进。……在这境地的周围有千百万人在活动着,这是一大群不知名的工人,他们的神秘的面貌是所有的文学作品都感到兴趣的。……

这一切当然没有清晰的概念,只是混统而模糊地出现着,然而剧烈地支配了我的想象力。这座充满着喧嚣声和谈笑声的大厦,在我看来也像一个智力的工厂,在这里造就新人物去建设新生活。穿着黑色燕尾服站在辩护席里用富有表情的姿态向法官发言的律师的形象,同那个丰富多彩的"工艺技师"的形象一比较,忽然在我眼前变得暗淡无光了。其实我何必一定要当律师呢?我在这里所看到、所感觉到、所推想到的一切,难道不是更有趣味吗?由抽象的数学公式转变为顺从人意的沉重的机器,这过程难道不是富有诗意的吗?……这是受金属支配的境界中的艰巨工作,……这是智慧对无意识的自然力量的权威,……这是无形中参加了千百万工人群众的引人入胜的伟大生活。

无论是"到民间去"的运动,或是现成的民粹主义纲领,那时候都还没有。因此,这种思想从那一代人的共同的智慧气氛中产生出来之后,就自然而然地弥漫在空气中了。

格利涅威茨基带我经过走廊,穿过一个小院子,院子里有一个烟囱冒着烟,一股一股白色的蒸汽咝咝地直喷出来;最后我们来到工场里。这里有许多学生和普通工人在技师的指导下工作着。学生们选定位置,登记了姓名,同去年认识的邻座人互相交谈着。空气中散布着机器油的气味。滚筒转着,无穷尽的皮带在空中迅速飞驰,旋床的支柱发出轻微的轧轧声。虎头钳里看得见锯得很美观的螺帽和从不成形的团块中产生出来的金属形体。

格利涅威茨基在这里也碰到了熟人。当他和他们谈话的时候,我站在工场里观察其中的特殊的生活状态。在一片辘辘的滑车声和皮带的运转声中,我的活跃的想象力离开了这瞬间,飞驰到了很远的地方。……再过几年,……我掌握了技术,变成了同这个波列谢的实习生一样聪明强壮的工人。我住在工人宿舍里纯朴、严肃而善良的人们中间。空闲的时候我读些有益的书给他们听,对他们谈科学,谈一种现在我自己还没有懂得的然而是优良的生活设施。大家都应该平等,大家都是弟兄。……轮到我工作了。我穿上一件皮外衣,站在机车的平台上了。我扳动手把。蒸汽发出扑扑的声音,缓冲器锵锵地碰响,轮子笨重地转动了。越开越快,越开越快。巨大而沉重的火车载着几百个要把自己的欢乐和悲哀、希望和志愿带到某地方去的人,迎着猛烈的风向前飞驰,吞没空间。……震耳的汽笛声通知前面所有的一切赶快让路。……路旁闪过各种色彩的信号灯、电杆木、小桥、岗亭……树木都跌向后面,仿佛被砍倒似的;两旁闪现出村子里的灯火,立刻又在暮色中消失了。……

到了一个小车站。车子停下来。月台上灯烛辉煌。司机用心检查一下火车头，看看压力表，试试手把。旅客们在月台上踱来踱去，等候铃声。一个盛装的夫人牵着一个傲慢的绅士的手，走向火车头来。这当然是她[1]，就是曾经忽视一个寒酸的中学生的隐秘而深切的爱情的她。她带着闲散的偶然感兴趣的表情看看机车室。……这个穿皮外衣的人的晒黑的脸上有一种特相牵惹了这位夫人的注意，唤醒了她的模糊的回忆。……然而来不及细看，铃声响了，他们就走开去。火车又钻进了黑越越的夜色中。头等车厢的窗子里现出这女人的沉思的脸来。她竟没有想到，他们的生活、希望和幸福都操在前面机车里火光荧荧的燃烧室旁边那个穿皮外衣的人手里。她可以安稳地睡觉。司机机警地望着前面，望着远处的信号灯，用坚强的手握住手把。前面有一片模糊的红光，是灯火，……是一个城市。他们在这里分手了。她走上自己的康庄大道，走向生活的光明的顶峰。而他不走这条路。……他继续驶向阴暗的远方，一直向前，去迎接不可知的新生活。……在前面，只有简陋的农舍里的黯淡的灯火照亮他，农舍里住着贫穷困苦、朴陋无知的人们。……

　　格利涅威茨基用力地拉我的衣袖，才把我从机车上的长途旅行中拉回到现实世界来。我们重新回到了校舍本部之后，在一个陈列室里有一种新的光景使我吃了一惊。有一个穿黑外衣戴金边眼镜的高个子青年人，站在一群学生中间，把一只手放在一个圆柱形的生铁设备的顶上，正在讲述它的装置和性能，学生们都兴味津津地听他讲。他的样子完全像一个教授，当我知道了他只是一个四年级生的时候，觉得很惊奇。他发明了一只有专门技术目标的炉子。炉子的模型在工场里制成，这新发明

----

〔1〕　这里所指的是玛娘·兰斯堡，是作者初恋的对象（见《我的同时代人的故事》第一卷附录《童年时代的恋爱》）。

立刻就被演示出来。……

"第一带,"这个青年学者用平静的眼光向他的听众头上的空间望望,说,"符合于高炉里的预热带。……它从铁条通到这里,大约到三分之一的地方。第二带是还原带。大家知道,这里的二氧化碳对烧红的煤发生作用。……"

我一点也听不懂这段讲解;然而这个漂亮的、纯粹知识分子风度的讲演者,生得眉清目秀,苍白的脸上一双黑眼睛特别富有表情,他这姿态又支配了我的想法。我的同时代人的理想形象立刻依照新计划作了一些改良。如果过了几年之后,他……也变得同这个具有发明家的聪明相貌的青年人一样,岂不很好?然而我的幻想继续进展的时候,立刻碰到了显著的不相称。过了几年之后,……说得更正确些,过了四年之后,……不,完全不可能。像他这种人显然是从另一个模型里制造出来的。而我们这种人只是在污浊的池塘上面的中学里胡乱地学了些,没有灵感,没有对知识的真挚的渴望。……我又觉得自己渺小而暗淡无光了。……

这是我第一天到专科学校去,我离开学校的时候,对这里的学生怀着极崇高的观念,对自己则怀着极悲观的看法。我在校门口碰见一个和我同年龄的青年,显然也是个新生。他身材和我一般高,不留髭须,服装和我一样可笑。他穿着一件灰色大衣,上面的中学制服钮扣已经拆下,换上了黑色的皮钮扣。我们的目光意义深长地相接触。我觉得我们两人像照镜子一样互相看见了自己的形象,而对这形象两人都觉得不满意。"这也算是个……专科学生!"我在他的不亲昵的目光中看出了我自己的想法。

"不,我大概永远不会变成一个真正的专科学生。"我没精打采地想。

格利涅威茨基仿佛也精神颓丧,因为他碰见许多老同学,想起了虚度的两年。街上飘着绵密而沁人肺腑的毛毛雨。早晨天气暖和,我出来的时候没有穿大衣,只穿着可敬的罗夫诺裁缝施姆科所缝的一套夏装。有花束纹样的上装湿透了,像湿抹布一样粘在我身上。我诅咒它。我想起了海涅关于南京棉布裤子的一番动人的话。……"一个青年人坐着,泰然自适地喝咖啡;这期间,在辽远广大的中国,使他致命的东西正在生长,开花。这东西在那里被纺好了,织好了,不管铜墙铁壁,找到了通向这青年人的道路。他用这种南京棉布来做了一条裤子,毫不介意地穿在身上,就变成了一个不幸的人。"〔1〕我也是这样毫不介意地在罗夫诺穿上了这套服装,从此人们一看见我就觉得我可笑。这套衣服里仿佛缝着一个符咒,它使得它的所有者变成了一只落汤鸡,不让这个可怜的罗夫诺中学生变成成年的"典型的"彼得堡专科学生。……

　　就在这一天,或者是在此后不久的某一天,我和格利涅威茨基到亚历山大市场上去买些东西。我们在第一连,在封坦卡河岸街和升天大街上又碰到了温和的秋雨。我又觉得自己变成了一只落汤鸡,正在这时候我们碰到了苏巴列夫斯基。我已经很喜欢这个人,碰到了他仿佛看见了亲人。他还是穿着那件红褐色的旧大衣。他的大衣也湿透了,也粘在肩膀上;他的旧帽子的帽缘挂下了,样子很难看,上面滴下雨点来。但是他没有注意到这一点。他正在聚精会神地同一个朋友谈话,他们两个人在雨阵里走,昂然地无所顾忌,仿佛天上并没有下雨,地上并没有泥泞的水洼,身上并没有粘住的大衣,头上并没有可笑的湿透了的帽子。我高兴地同他打招呼,又满怀欢欣地目送了他多时。……他不是也穿得很坏

〔1〕　节自亨利希·海涅的作品《观念——勒·格朗特文集》(1826),第十九章。

吗？样子一点也不像一个漂亮的专科学生。但是他显然绝不像我那样心头感到压迫。这是什么缘故呢？这是因为他完全不顾虑到外表,而只想到另一种内在的更重要的事。……这样看来,我也应该忘记了外表,而只想到重要的事情,力求获得这新生活中的优良的本质。

走到一家小店旁边,或许只是一个摊头旁边,格利涅威茨基站定了,对我说:

"你听我说:你该买一顶工艺专科学校的制帽。"

我们用半个卢布买了一顶。伙计把我的湿透的帽子用纸包好了,我就把有绿帽圈的制帽戴在头上。"其实这也可以不必。"我心里想,但是并没有抗拒这顶新帽子的诱惑,因为这样一来,总算表示出我是属于这伟大的学生团体的人了,至于别的方面,任凭别人怎么看法,我是在所不计了。后来我们又买了一件价廉物美的灰色工作外衣,似乎只花了七十五个戈比。此后我就不再为服装的问题伤脑筋了。……

## 7　略入歧途

正式开课以前,外埠来的青年们成群结队地在彼得堡街上走来走去。这些人都在瞻仰首都的面貌,找寻朋友;每一次在客地上的会面,都使人感到特别富有趣味和意义。……新生们常常到像井一样的院子里去,登上扶梯,闯进公寓房间里,在这些地方喧哗吵闹,故意装出放浪不羁的样子,来模仿那些有经验的老住户。灯火明亮的街道旁边的人行道上常常有学生在散步,偶然碰见就结识了朋友,有的人在某地方闹了些小小的笑话,就骄傲地把这些事互相传述着。……

有一次,我们在同学扎鲁茨基住着的房间(在花园街有名的雅科甫列夫客寓里)门口大声地敲打他那扇关闭着的门,一定要他来开。扎鲁茨基把门开了,他没有穿好衣服,样子有点狼狈和惊慌。后来我们在床前的屏风旁边发现一双女靴,大家一齐哈哈大笑。……过了一刻钟,侍者送进茶炊和面包来,我们这群人就一面喧哗地交谈,一面喝茶,一个草草地穿好了衣服的临时充当女主人的马路天使来替我们倒茶。……

　　这是一件卑鄙龌龊的丑事,但是这种丑事是公开而坦白的,几乎不算是罪恶。这种事还不会引起议论,它倏忽地过去了,没有伤害良心。那时候文学中还没有谈到——或者几乎没有谈到——所谓"性的问题",在青年学生之间也还没有关于这问题的调查。大多数成年人同青年人谈起这些事情的时候都很坦白,像谈日常生活中的事情一样;有些教师竟带着刚刚毕业的中学生去做最冒险的勾当。不久以前这些青年还是不准吸烟的。中学的校规禁止吸烟。现在教师常常随意地把香烟匣子递给青年人。……中学的这条校规已经不存在了。在一个普通男子看来就没有别的规则。……于是青年们赶紧利用这自由。……我们所保留着的,至多不过是本能的羞耻心——家庭影响的无意识的残余。……

　　只是到了后来,所谓"运动"涌入了学生环境之后,才和社会道德问题一同触及了与此有关的个人道德问题。

　　即使到了现在,这个严重的问题当然也还是没有获得解决,但是至少已经提出来了。人们懂得了羞耻,有了判断力,有了是非之心。这当然是大大地前进了一步。……

　　就在那些日子里,有一天晚上,我们一大伙人到玛尔青凯维奇先生的舞蹈研习所里去。这个"高尚的"机关现在似乎还在原地方,在豌豆街和封坦卡河岸街的拐角上,虽然已经改了名称。它的大门口点着电灯,照旧很神气地张着条子布。

那时候入场费很便宜，大约只有三十戈比，但是他们留心察看"客人"的服装，务求穿得合乎体统。不过这体统是很广义的。学生就属于例外。记得只有穿长统靴不能进去。……

我们来到的时候还相当早。灯烛辉煌的舞池里有几个在我看来很高贵的女士在那里走来走去；岂知后来其中有一个人竟不拘礼节地坐在她所不认识的格利涅威茨基的膝上了，我看了觉得奇怪之极。这是一个还很年轻的金发女郎，脸上有一个伤痕，这伤痕使得她那副孩子气的相貌显得很奇特。

她的举止态度很像一只美丽可爱的小猫，她的发音略微有点含糊不清，她厚着面皮邀请这位"学生少爷"到大桨手街上她自己的家里去。

后来客人越来越多，声音嘈杂起来了。有一个服装潇洒不羁的青年人走近我们来，向格利涅威茨基打一个招呼，坐在我们旁边的椅子上了。他用波兰语同格利涅威茨基谈起天来，操的是华沙口音，声调悦耳。那时候工艺专科学校里有许多华沙学生。教室里常常听见响亮的波兰话，这些波兰话突出在俄罗斯话的背景上，就同"文雅的"波兰人突出在俄罗斯学生的灰色背景上一样。他们的服装比较讲究，他们的举止态度中显露出华沙所特有的一种轻薄的浮夸。走到我们这里来的那个学生，是这种华沙类型中较为特出的一个。他的步态懒洋洋的、黑色的 à la capoul[1] 式头发形成美丽的圈圈挂在额角上。一种略带轻蔑的微笑仿佛凝滞在嘴唇上，嘴唇角里衔着一枝烧得正旺的粗雪茄……他立刻同那个女郎谈起话来。他自己不说一句粗鲁的话，却很幽默地诱导她说出暗示的猥亵话来，而且自己并不笑，只是用一种亲切而轻蔑的态度来鼓

---

〔1〕　Capoul 是法国一家理发店的名称。——译者注

励她。他没有事情可做，就逗她玩，仿佛对付一只惹人爱怜的猫或者一只家养的狗。但是在谈话之中他突然架起夹鼻眼镜，兴味津津地转过身来向门口眺望。

舞池里新来了一对舞伴。一个穿便服的、体格结实的绅士挽着一个青年女子走进来了。他的样子像一个巨商，又像一个惯于发号施令的大官。光秃秃的脑袋、宽阔的下颚、肥胖而红润的脖子、浓重地染了色的髭须和粗鲁傲慢的脸部表情，使得这个硕大而庸俗的身躯给人不愉快的印象，同时又使得这个身躯特别刺眼。他的女舞伴打扮得鲜艳夺目。她穿着一件粉红色的绸衣服，胸口开得很低，周围镶着白色的毛皮。孩子气的漂亮的脸庞、栗色的波浪形头发、略微傲慢的表情，——这一切在我觉得纯洁鲜丽，令人心向神往。我心中似有所感：这形象依稀仿佛地像某一个人，它唤起了我的兴奋的回忆。我凑近格利涅威茨基去，轻轻地对他说：

"喂，米罗奇卡，……原来规规矩矩的女人也到这里来的。"

坐在格利涅威茨基另一头的那个波兰人把夹鼻眼镜戴一戴正，滑稽地挺起一只眉毛。

"他是个生客吧？"他轻轻地问格利涅威茨基。"这位朋友真滑稽。"

但是他立刻很有礼貌地转向着我，说：

"如果你要知道她是谁，我告诉你，她是弗洛达瓦〔1〕来的加丽娜丫头。我在波兰的时候就认识她的。加丽娜丫头，小加丽娜，加丽娜！"

他眼睛盯住了向我们走近来的那对舞伴，用既不提高也不降低的声音说：

_____

〔1〕 波兰的城名。——译者注

"你知道她为什么到这里来？为的是要让人家看看她的……看看她这位……又为了让这些可怜的人(他轻蔑无礼地托住了刚才同他谈话的那个青年女子的下巴)羡慕她的绸衣服。……啊？怎么,我说的不对吗？……"

"嘿,……装腔作势。"那个青年女子显然怀着妒忌,这样说。……

绅士装作不听见的样子。他的女舞伴更加骄傲地仰起了她的漂亮的头。……

他们经过我们面前,一直朝前走去,引起了全场的注意。……

这种注意之中显然含有特殊的意味,略微引起了他们的不安。绅士回过头来,对他的女伴轻轻地说了些话。她脸红了,微微地点点头。……他们显然是想离开这里了。……

当他们回转身来又经过我们的椅子面前的时候,那个大学生把雪茄烟从嘴里拿出来,可惜似的对它看看,突然把它丢向前面,仿佛没有注意到有人走过。那个女子惊慌地叫了一声。雪茄烟在空中飞过,落到了她手里举起着的那把扇子上。灼热的烟灰撒在她的袒露的肩膀上和胸衣里。那女子把手从男舞伴的臂膀里抽出,跑到化妆室里去了。

这一切发生得非常迅速,她的男舞伴一时竟弄不清楚是怎么一回事。

他疑惑地向四周正在笑着的舞客看看,后来转向那个大学生。……这青年若无其事地坐着,姿势完全照旧,两只脚向前伸出,两只手而且已经插在袋里了。绅士怒容满面而犹豫不决地向他看看。……一时之间这个魁梧奇伟的人仿佛要袭击他的文雅小巧的对手了。正在这时候,他的女伴用手帕遮着哭丧的脸,从化妆室里走出来。他就立刻回转身去迎接她。他把手伸给她,他们两人就在无情的笑声、口哨声和无礼的讥评谩骂声中穿过舞厅出去了。……一个穿燕尾服的胖胖的绅士——是玛

尔青凯维奇本人,或许是他的经理人——跑进舞池来,惊慌地向四周望望,说:

"诸位先生,诸位先生。……对不起,我们这里是一个体面的机关。……不可以胡闹。……诸位先生,请守规则。……"

他做一个手势,台上就奏出前奏曲……舞客们纷纷跑过去邀请女舞伴,占定了位置。观众也离开了原来的地方,涌向跳舞的人那里去。过了一会儿,舞池里就出现了疯狂般的不可名状的热闹场面。跳坎坎舞[1]的舞女们立刻故意似的采用了最放肆的速度。她们的腿拼命向上踢,身体扭来扭去,裙子飞起来,在空中飘扬。男子、搽胭脂的妇人、几乎还是幼女的美貌姑娘,都发狂似的回旋着,不识羞耻地笑着互相碰撞。空中响着讨厌的尖叫声,灯火颤抖着,枝形灯的玻璃坠子叮当地碰响,乐队里急速地奏出热狂的音乐,激励着热狂的人们。从扶梯上走进几个警察来,舞池里的人看见了他们就发出笑声、口哨声,又学猫叫声。受学生侮辱的那个绅士跟他们一起走进来,他向四周望望,对人们怒目而视。这时候隔壁舞池里又在闹事了。有一个像普通俄罗斯店员的、相貌不扬的绅士喝醉了酒,变得猴子一般敏捷,他看见一个像棍子一样笔直的高个子绅士反剪着手,手里拿着大礼帽,独自在舞厅里闲步,就把几个铜币丢进他的大礼帽去。铜币丢进去的时候发出很大的叮当声,然而当那个绅士突然回过身来的时候,铜币又都滚到地上去了。玛尔青凯维奇先生这里这天晚上真是杂乱得很:舞池里又发出笑声、叫喊声、口哨声。……

我们几个新生本能地聚集在格利涅威茨基周围,他向四周看看,那双生动地突出的眼睛里表示出他所特有的担心的神情。

---

〔1〕 法国游戏场中所表演的一种猥亵舞蹈。——译者注

"诸位,我们走吧。……要出大乱子了。这个纨袴子拉佐夫斯基真该死,刚才他跟我们坐在一起。……"

扶梯头顶出现了拉佐夫斯基的身影,这时候我们急忙走下梯级去。舞池里有人正在搜寻他,他却站在扶梯头顶的平台上,照旧神气活现,泰然自若。侍者擦亮了一根火柴,恭恭敬敬地送到他面前,他就在这火柴上从容不迫地点起一枝雪茄烟来。他点燃了烟,慢慢地走下梯级去,这时候门房连忙从挂衣架上取下他的大衣来。

朦胧的天空中萧萧地落下无穷的细雨来,天空下面一片模糊的灯光。有几辆速步马车和雇用马车驶向灯光照亮的大门口来。服装豪华的绅士们伸出手去扶着女士们,她们撩起了长后襟,从马车上跳下来,迅速地跑进前厅去。学生们、公务员们、店员们、马路天使们都走向这里来。所有的人都被吸收进这灯烛辉煌的前厅里,走上扶梯,到舞池里去了;舞池里正在大声地奏乐,要用这乐声来遮掩嘈杂的胡闹声。

我起初觉得这一切景象过分剧烈,胸中感到一种恶心。不堪入耳的音乐,无数的女人,她们的厚颜无耻、毫不怕羞的态度,热狂的坎坎舞,……模糊的回忆的恐怖,对于女人形象所感到的辛辣而阴暗的悲哀,——这一切还在我心中盘旋着,仿佛深渊底上的污泥。……后来,在这一切混乱状态中,巧妙而泰然地掩饰着无耻之心的拉佐夫斯基的形象,显得非常清楚而明确了。额上盖着黑须发而目光冷淡的脸,仿佛突出在这片雨雪交加的黑暗中,我的背叛的想象力竟企图把理想化的浪漫主义的外衣加到他身上去。……他那种行为当然是残酷的。我的记忆中刹那间浮现出一个年青女子的由于羞愤和烫痛而显得很尴尬的脸。……但是他为什么要这样做呢?他大概在他本国的什么地方碰见过这个女子,爱上了她,……梦想她;分手之后还是梦想她。现在他看见她挽着这个厚颜无耻的俄罗斯官吏的手臂，所以他向她丢雪茄烟蒂。爱情在这时候转变成了愤怒的轻蔑。而他这动作做得可真妙极了！并不预先计划，也没有准备，更不加思考。他的思想和动作都同闪电一样。当那个强壮的男子转过身来向着他的时候，他的态度多么沉着。他一动也不动，眉毛都不挺一挺。他有一种泰然自若的内在力量，不需要表露到外面来。为什么那个人不打他？他要打他，伤害他是很容易的。但是这个学生相信他不会打，这信心像一个魔术圈一样包围着他。……

必须承认：我的同时代人的想象力一时被舞厅里这个用潇洒不羁的态度来捣乱的梅菲斯托费尔[1]的形象支配了，虽然为时不久，然而确有其事。……当然，这不是单纯的捣乱，而是内中含有爱情或别种图谋的捣乱。……

我的同时代人怀着生来丰富并且由于过早阅读而十分发达的想象力，站在歧途上。文学的这种影响，向来似乎还没有受人充分的注意。文学中的批判的因素和游移不定的形象，会破坏青年人在这种场合下所产生的精神完整性。青年人失去了原有的精神完整性，就去找求另一种新的完整性，努力依照新的、才有眉目的未来人物类型来形成自己。而在这时期，青年人就容易去追随别人的使他惊愕的任何疏狂有力的行径。……

然而这一次小小的迷途并没有特别的危险。这种心境只发生在从谢苗诺夫桥到小皇村街这一段距离之中。到了第十二号阁楼里，它就消逝了。我的同时代人并不骄傲。他并不把这种心境的消逝归功于自己

---

〔1〕 歌德的作品《浮士德》中一个恶魔的名字。——译者注

的德行,也不归功于自己的坚贞的道义。他初到首都时的境遇,本身就已经不利于闪现在他眼前的那种人物类型了。以前屡次提及的罗夫诺裁缝的技艺,说不定也是其中的一个重要原因。他觉得自己穿着样式这样别致的服装,要怀有舞厅里这位恰尔德·哈洛尔德[1]的心情,总是很困难的。……

## 8　第十二号阁楼及其房东和租客

后来,蒙蔽着我那双愚昧的眼睛的玫瑰色烟雾消散之后,相继而来的是失望和乏味的感觉;然而在这一年内,我的记忆中还是牢固地保留着几个可亲的形象。在这些形象之中,我回想起我们的"文星阁"里的情况,尤其是回想起我们的房东费多尔·玛克西莫维奇·崔文科和房东太太玛芙拉·玛克西莫夫娜时,总是怀有好感。

房东崔文科是一个典型的尼古拉时代的士兵,长着特异的尼古拉式髭须,这髭须一直长到耳朵边,成了连鬓须。当他每天准备到喀山街的典当铺里去办公而穿上他那衣领很紧的长裾制服的时候,他的脸就发红,髭须竖起,显出异常愤怒甚至威吓的样子。然而这副神气是虚假的。实际上他是一个沉默寡言的好人,完全服从他的太太。

玛芙拉·玛克西莫夫娜是孤儿教养院出身的。她在很小的时候被人从教养院里送到芬兰的一个村子里,她在那里学会了一种半俄罗斯半芬兰的特殊方言,一生都用这种方言来说话。譬如她说:她的费多尔·

---

〔1〕　英国诗人拜伦的名著《恰尔德·哈洛尔德游记》中的主人公,是一个孤独的叛逆者。——译者注

玛克西莫维奇每天出去办公；猫咪舐食牛奶，跳到屋顶上去，——她说这些话的时候，语法都是不正确的。[1] 这就使得她的语言有了一种稚气的腔调，她这个人根本就像一个肥胖的大孩子。崔文科是一个服过兵役而领用年金的人，已经上了年纪，为"慕色"而娶了这个无家可归的孤女，他们的生活过得非常和睦。他总是叫她玛芙拉·玛克西莫夫娜[2]，称她为"您"；而她却率直地叫他崔文科或者"我的崔文科"，称他为"你"。他每天早晨打扮起来，装出严肃的样子，出去办公；而她在家里从事烹调。可是烹调并不需要多少时间：玛芙拉·玛克西莫夫娜每星期两次用一只大砂锅来煮一块排骨；每煮一次，可以吃好几天，有时做白菜汤吃，有时煮羹吃，有时煮面吃。因此屋子里经常弥漫着一种特殊的、白菜和脂油的浓烈气味。烹调完毕之后，房东家的小房间里开始发出缝纫机的声音。这声音响得很长久，很匀称，在几小时之内，不过间断短短的几次。这是玛芙拉·玛克西莫夫娜在缝制病院用的罩衫，每件工资六个戈比，借以补助她丈夫的年金和薪俸。中午时候，整个寓所里闻得出菊苣咖啡的气味；有时来一个邻妇，和她一起喝着咖啡，把我们这幢房子里最近的新闻报告给她听。后来又响出缝纫机的声音。到了六点钟光景，玛芙拉·玛克西莫夫娜搁下了工作，就在这小房间里准备晚餐。门铃响出的时候，她的圆圆的脸就喜气洋洋，仿佛她的崔文科是作了一次冒险的远游归来。他们吃过晚饭，在帐幔后面的床上休息半个钟头，然后一同

---

〔1〕 她提到赞多尔(阳性名词)的时候，动词应该用阳性结尾，却用了阴性结尾；提到猫咪(阴性名词)的时候，动词却用了阳性结尾。这一点在原文中可以分明看出，中文则无法表出，这里只得加一句"语法都是不正确的"。以下她所说的话里常常有这种语法错误，中文均无法表达了。——译者注

〔2〕 这是名字和父称，这样称呼是表示尊敬。——译者注

开始工作。她继续绗罩衫,而他在他的狮子鼻上戴上一副玳瑁边眼镜,用一根粗针来拙劣地修补他那异常粗糙的呢裤子。……工作完毕之后,他们喝茶,玩纸牌游戏"杜洛克"。只有在这时候,我们才听到他们的谈笑声。有时是崔文科的声音,这往往是他纸牌打赢了而发出的欢喜的叫号声。但是他常常打输,所以我们听到的大都是玛芙拉·玛克西莫夫娜的响亮的、真心欢喜的尖叫声。我们取笑崔文科,说他还是热爱着他这位相貌年轻的胖太太。实际上他的确像一个乖孩子一样完全无条件地服从她;而她却怀着无意识的女性的狡狯装出一种样子来,表示他是她的威严的主宰者,她很怕他。

"喏,……要照我的崔文科所吩咐的那样做。"她常常十分认真地这样说。……

他们没有孩子,这是他们两人的共同悲哀的经常的根源。未曾耗费过的母爱使玛芙拉·玛克西莫夫娜的脸上显出一种动人的哀怜之情。她把这种爱发泄在她的丈夫身上,发泄在猫儿瓦西卡身上,甚至发泄在我们这些临时租客身上。有时玛芙拉·玛克西莫夫娜的一双眼睛带着泪痕,而崔文科那双又长又浓的眉毛蹙紧了。我们知道这是因为我们长久没有付房钱,那个主宰的丈夫认为应该要我们搬出屋。而当我们一有钱就把欠着的房租全部付清或者即使付了一部分的时候,玛芙拉·玛克西莫夫娜脸上就显出骄傲得意之色,崔文科则有好几天局促不安地、抱歉地挂下眼睛。

要走到我们的房间里去,必须经过厨房和房东家的小寝室;这间寝室兼作食堂、工作室和客堂用。他们睡得很早,而我们到很夜深还常常进进出出。崔文科听见门铃就起来开门。他简直好像不必醒觉,起来拔开了寓所的总门的门闩,又躺下去睡了。我们先摸索着通过了黑暗而摆满东西的厨房,然后经过这对睡着的夫妇旁边。一座很大的圣像龛前面点着一盏长明灯,把光线照在一张宽阔的双人床上,床前张着帐幔,所以只看见两个头。靠边是崔文科的胡子满腮的脸,里面是玛芙拉·玛克西莫夫娜的正在梦中微笑的像月亮一般浑圆的脸。……我常常觉得躺着的简直是两个心地纯洁的孩子,他们同这个大都市的喧嚣复杂的生活毫不相关。

有时候通向厨房的门开起来有些阻力。必须用气力,而且慢慢地开,以免碰伤崔文科家的另一个租客。这是一个"美术家",名叫库兹玛·伊凡诺维奇,也是孤儿教养院出身。这个人很可怜,身体虚弱,胸部患病,眼睛里常常含着泪。他的居住地实在只有炉子和门之间的一只大箱子,他躺着的时候有时身体挺直来,把两只脚撑在门上。他晚上睡在这箱子上,白天就把这地方当作工场。他的工作是在灯罩上着色。他在一只碟子里调好水彩颜料,左手拿住灯罩,以轴为中心,把它机械地旋转来。右手拿着画笔,也很机械地在各处涂抹。他这样顺次地用笔蘸了玫瑰色、红色、绿色和棕色的颜料来涂抹,把灯罩转了几次之后,灯罩上的散乱的点子就组成了一个美丽的花圈。库兹玛·伊凡诺维奇把灯罩移开些,用他那双含泪的、病弱的眼睛看看它,他那憔悴的脸上刹那间闪现出艺术的满足之色来。……然后他拿起另一个灯罩来,想一想:现在用什么颜色,画什么花,——再画玫瑰花呢还是画琉璃草和紫罗兰。……

我有时看他工作,惊叹他的手法的迅速和正确,这时候库兹玛·伊凡诺维奇的脸上现出一种暗自得意的微笑。

"不,……哪里谈得上,"他谦虚地说,"我们以前画得好得多呢!……现在眼睛坏了,常常出眼泪。"

他也是孤儿教养院出身,和玛芙拉·玛克西莫夫娜是同一乳母的;这种同乳姐弟关系在彼得堡的这一特殊阶层中就等于其他一切亲戚关系。他这个租客对房东当然是不很有利的,他们完全把他当作亲戚看待。照算他只付"屋角"的租金,然而玛芙拉·玛克西莫夫娜常常补充他一些伙食,似乎是瞒过崔文科的。崔文科装作没有注意的样子。

有时在休假日,崔文科家玩"国王"的游戏,我或威塞里茨基偶尔也加入。他们也请库兹玛·伊凡诺维奇参加。他顺从地从他的角落里慢吞吞地走出来,带着自惭形秽的样子,把衣服裹一裹紧,道一个歉,然后用颤抖的手来拿纸牌。然而纸牌游戏显然只能给他带来苦痛。尤其是当他开始走运的时候。……有一次,他做了"国王",狼狈得要命,竟使得玛芙拉·玛克西莫夫娜可怜起他来,对他说:

"啊,你这个人真淘气。……好,去吧,去吧,你去吧,国王!卡罗林·伊凡诺维奇,你让他过去吧。你瞧,他害羞了!"

这位好太太学习我的难读的名字和父称,终于学不会,所以用卡罗林·伊凡诺维奇这个绰号来称呼我。……我让开了,这个不幸的国王就溜进自己的角落里去了。……

"他这个人本来是很能干的,"玛芙拉·玛克西莫夫娜带着毫不拘礼的怜悯口气说,"都是烧酒这命根子。……都是这该死的东西不好。……得了,现在来玩王牌游戏吧。……库兹玛,你什么都不中用。连纸牌也不会玩。"

我觉得这个可怜的人很有意思。他有点像陀思妥耶夫斯基作品中的主人公。我觉得如果叫库兹玛·伊凡诺维奇把心事坦白一下,那么他一定会说出极其悲哀而有意义的话来。然而他所讲的只是断篇的话,完全没有联系和意义。……

有一次他手里转动着灯罩,说:"以前我们那个工场里有一个技师。……我告诉你,他的鼻子真红,……红到这样的程度:洋红加鲜红。……

真的,我不说谎,……嘻嘻嘻,……还要加些绀青。……"

他轻声地笑起来,然而他连笑都不会。笑声变成了嘶哑声和咳嗽声。……

"喂,库兹玛,库兹玛,"有时玛芙拉·玛克西莫夫娜问他,"你到哪里去了三天?"

"在彼得堡区〔1〕。"库兹玛清一清喉咙,规规矩矩地回答。

"大概在警察局里过夜吧?"

"是的,玛芙拉·玛克西莫夫娜,在警察局里。第二天他们放了我。……因为他们知道我……"

有一次,我上课回来,看见库兹玛·伊凡诺维奇神情异常。他喝醉了酒,态度放浪不羁,带着特别自满的样子。他话说得很多,不咳嗽,也不裹紧外衣,只管夸耀自己的天才和成就。他装作宽容的样子拍拍崔文科的肩膀,然而毫不隐讳地告诉他,说他"配不上玛芙拉"。他在玛芙拉·玛克西莫夫娜旁边献媚地走来走去,两手叉着腰,含意深长地眨眨眼睛。崔文科微微皱着眉头,然而并不说什么话。玛芙拉·玛克西莫夫娜笑得打滚。

就在这一天的晚上,我从苏奇科夫那里回来。天色黑暗,而且阴雨。路灯上都蒙着一圈模糊的光;水洼里因为有雨滴落下来,水面不绝地在灯光中波动着,像活的一样。我们门前的街道中央,有一个醉汉在走路,嘴里唱着一只芬兰歌曲。……我认出他是我们的库兹玛·伊凡诺维奇。……

后面传来隆隆的车轮声。马车夫大叫"让开",但是喝醉的库兹玛·

---

〔1〕　彼得堡城里一个地区的名称。——译者注

伊凡诺维奇只是把身子摇晃一下,装个姿势站定了,大声地朗诵起来,响得整条街都听见:

傻瓜倒有马车趁,

聪明人反而步行。……

"趁马车的傻瓜"立刻跳下车来,抓住了这个美术家的衣领,就喊警察。我和另一个路过的学生请求那绅士放了这个可怜的人,说他喝醉了,所以不知道得罪的是什么人。然而没有用,那绅士不回话,看也不看我们。一个警察用手按着马刀,从小教堂那边跑过来,又来了两个管院子的人。那绅士拿出自己的名片来交给警察(警察看见了名片,就挺身立正,像僵尸一般);然后坐上他那漂亮的马车。车轮的隆隆声立刻在街道尽头消失了;警察不顾我们的说情,就把库兹玛·伊凡诺维奇带到局里去了。

从这时候起,我们再也看不见这位美术家了。……玛芙拉·玛克西莫夫娜哭着,派崔文科去打听。……崔文科多方奔走,利用晚上的时间跑了好几个地方,结果带来了一个悲哀的消息:这位美术家不明不白地死在警察局里,已经被埋葬在佛尔科夫墓地上一个无名的坟墓里了。……

"一定是他们打他,一定是这样的,"玛芙拉·玛克西莫夫娜呜咽地说,"大家都知道他们这些警察全是混蛋,……不通道理的。……库兹玛哪里经得起打。他身体虚弱,……简直像只小鸡。……"

于是她像小孩子一样用她那双肥胖的手的手背来擦擦眼泪。……崔文科把死者遗下来的几个灯罩送到店铺里去,夫妻两人用所得的钱在附近护城运河上的米隆尼教堂里超荐了他的亡魂。

"屋角"空了。然而这个美术家的幽灵似乎有一个时期还盘旋在这寓所里;晚上我照旧小心地开门,以防撞着了躺在箱子上的库兹玛·伊凡诺维奇。……我回想起他,总觉得良心上有点过不去。……我没有为他尽力。然而我和威塞里茨基分析一下这件事,得出这样一个结论:我无法效劳。不过心里总还是念念不忘。……我希望年光倒流。我的想象中出现一群青年,就像我们在中学时听到传说的那些捣毁警察局的基辅大学生一样。……需要拿出力量来,……于是叫嚣,骚扰,格斗,捍卫,胜利……读者所熟悉的我的同时代人的形象又以新的姿态参加在这事件中了。……

除了那个不幸的美术家之外,我们的寓所里还有一个幽灵,在我看来具有生动活现的形状。在我们租这屋子的两年前,我们这房间里的间壁的那一面曾经住着一个工人。他养一只金丝雀,连鸟笼遗留在崔文科家里。后来金丝雀死了,鸟笼还挂在窗子上,玛芙拉·玛克西莫夫娜每次看见了这鸟笼,总要说起关于从前这个租客的一些事。……

"也是一个怪人,"她说的时候带着淡淡的微笑,同说起库兹玛的时候一样,"不过不是醉汉。完全不是。他一滴酒也不喝。……也不像已经故世的库兹玛——祝他入天国——那样闯事。……他只知道工作完毕回家立刻喂金丝雀,……打扫鸟笼。……唉呀,卡罗林·伊凡诺维奇,真奇怪,这只金丝雀简直认识他的:他吹着口哨,打开鸟笼的门,鸟就跳到他肩膀上,……吱吱喳喳地叫。……他的性命丧在书本里。……"

"怎么叫做丧在书本里,玛芙拉·玛克西莫夫娜?"

"他看了许多书。"

"那有什么关系。是不是得了神经病?"

"不——,……我是个笨女人,不知道该怎样讲给你听;我的崔文科是个聪明人,参加过战争。……可是他也不懂得这是怎么一回事:为什么我们的保罗·卡尔波维奇丧了性命。……不过的确是丧在书本里的。"

"玛芙拉·玛克西莫夫娜,您为什么这样想呢? 我们不是也看书吗?"

"你们又是一回事。你们干的是这一行。你们是学生。他和你们不同:他应该在工厂里好好地做工,多赚些工钱。……回到家里睡一个大觉,……像他的同事们一样。不过,说真的:和他同事的工人们都会喝酒,喝得很厉害。老是相骂,打架……"

"你瞧,这样难道比看书好吗?"

"那还用说:……呃,的确,……他老是看书。……他找到了和他志同道合的人。他们一来,就开始念书。后来争吵起来,喊叫起来。……我对他们说:你们为什么一齐喊叫。这样真不好,等会儿会打架呢。……他们笑起来,他就对我说:我们不会打架的。……我们争论是为了要使大家生活过得和睦。……说是为了要使世界上没有富人和穷人。又说大家应该平等。……我对他说:哈哈! 你们真聪明。你们怎样使大家平等呢? 譬如我的崔文科有一件很好的皮大衣,是碰巧在典当铺里买来的,一共出了三张红钞票[1],这是不容易的! 而你那件大衣那么单薄。你难道能把我的崔文科的皮大衣抢去吗? ……他说:为什么要抢呢? 那时候大家都会有皮大衣了。……谁要就可以拿。……我说:你们到哪里去拿呢? 他说:向公家拿。……我说:那么你们现在就去统统偷来吧。……"

她开心地哈哈大笑起来,笑得面颊上出现了两个酒窝,她那笨重的身体不断地颤抖着。……

---

〔1〕 即十卢布钞票。——译者注

"哦,那么他怎么说呢?"我对这段天真烂漫的叙述深深地感到了兴趣,就这样问。

"啊呀他呀,……他什么都不懂,像个小孩子一样。……他说,等到一切都共有之后,谁都不会偷东西了。为什么要偷自己的东西呢?……你瞧,他说是自己的东西!你们这些自己的东西是从哪里拿来的呢?……他老是看书,看书,看得昏头涨脑。……"

她放低了声音,带着天真的恐怖的表情说:

"他在工厂里给抓住了。……他们不许他回家一趟。他们到这里来,到这屋子里来。我吓死了。崔文科出去办公了,只有我一个人在家。……他们翻箱倒箧,只管检查他的书。……衣服,裤子,两双长统靴,这些他们都不要,只管查看他的书。……从此我们就不再看见我们的保罗了。我派我的崔文科夫打听,我说,崔文科,你去问问看……可是后来自讨了一个没趣。……"

"他们怎么说?"

"他们说,崔文科先生,你何苦来。……你是一个忠诚的公仆,为什么要去关心这种人呢?……这种人应该关进石牢里;每星期去问一次,是不是还活着。……你瞧,卡罗林·伊凡诺维奇,为了看书弄到这步田地。……"

这段天真烂漫的叙述给我鲜明的印象。我当然知道一些关于乌托邦学说的情况,然而都是片段的,而且知道得不确切。傅立叶和圣西门[1]的原则只不过是原则而已,我不大记得清楚。但是在这里,就在这

---

[1] 沙利·傅立叶(1772—1837)和昂利-克劳德·圣西门(1760—1823)是乌托邦社会主义者。

个房间里,曾经住过一个纯朴的工人,他和同样纯朴的工人们一起讨论过这些问题。这样看来,这不仅是书本上的事。

玛芙拉·玛克西莫夫娜因为不懂事,所以笑他;实际上这位不知名的工人哲学家是正确的。这道理很简单:如果全部财产都变成了公共所有的,当然就没有人会偷东西了。……这些问题居然已经在工人之间被讨论着了。……

我当然不相信他是被活活地关死的。……一定是把他流放到什么地方去了。……也许此刻他还在流放的地方讨论这些问题呢。……我没有在这里碰到他,多么可惜。……

然而这种事以后还有,我还会遇见许多类似的人物。……要知道我已经在彼得堡了!

# 第二章　专科学生时代

## 1　落魄文人

　　读者在上文中大概已经注意到:我的同时代人对于文学中的题材和人物类型的影响,具有特殊的感受力。不属于文学描写范畴的、小城市里的单调的日常生活,在他觉得是非正式的"不像样的"。然而与文学所描写的世界有关的一切,在他看来都蒙着一层略带梦幻的因而引人入胜的光辉。

　　玫瑰色的烟雾继续蒙蔽着我对彼得堡的最初印象。这里的一切我都喜欢,连彼得堡的天空都喜欢,因为我早就在文学描写中认识它;连挡住这天空的枯燥无味的砖墙都喜欢,因为我在陀思妥耶夫斯基的作品中认识过它们。……我甚至喜欢没有保障的生活和饥饿的前途。……因为这也在学生生活的描写中看到过,我是通过了文学的三棱镜而观察生活的。

　　读者大概记得朗诵艺术家焦多尔·涅格利这个生动的人物,他曾经在到彼得堡去的路上清清楚楚地说过一句话:"他们在做什么?……在抢劫!"说得非常生动有力,使我的同时代人的钱包立刻为了他的利益而大大地减轻了。这件事仿佛是一个预兆:现实生活自管用它自己的态度来答复我对它的文学看法,我当然面临着失望。……

住在小皇村街四号的"文星阁"里的我们那个小团体,结果只剩了三个人:我、格利涅威茨基和威塞里茨基。本来和他们同住的尼库林,认为和我们分居较为合算,所以搬走了;不过他还是常常到我们这阁楼里来玩。而我们三个人就仿佛成立了一个"穷学生"友爱互助组。

我和格利涅威茨基起初对功课怀着最美好的期望,所以热心地去听课。教室里坐着许多肃静无声的听讲者,我这个渺小的身体也参加在里面,犹如沧海一粟,讲台上初次出现了一个穿黑礼服的人,这时候我心里跳动了一下。"教授,教授,……"这是教投影几何学的玛卡罗夫[1]。他身材矮小而瘦削,相貌文雅,带有神经质,目光凝集。他站着讲课,只有需要作较复杂的几何图时才走近黑板去。平常他只要用手在空中指划一下就够了。他左手的大拇指和食指仿佛紧紧地抓着一个"数学点",而右手从这一点引出想象的线条来,把它们投影在想象的平面上。人家说他曾经用圆规来测量他妻子的身体,替她"按照图式"裁了一件跳舞衣,彼得堡的上等裁缝都认为这是一件模范的制品。这趣话使我感到兴味。我想:如果用这些投影和计算,可以表现出像美人的苗条身材那样细致的东西,那么数学这门功课一定不是像我在中学时所感到的那样枯燥而抽象,于是我热心地注意玛卡罗夫的纤细的手指以及他那想象的点在空中飞驰的情况。我简直好像能在空中看出这些线条的痕迹,仿佛极细的蛛丝一般。……

读者由此就可断定,"工艺学"不是我的天职。我学起纯粹的数学来感到困难,必须勉强地集中注意。然而我到制图室里去的时候却怀着真

---

[1]　尼古拉·伊凡诺维奇·玛卡罗夫(1824—1904)是一八六二年到一八九七年彼得堡工艺专科学校里的数学教授。

心的兴趣。……在制图室里,有一个穿黑钮扣灰色大衣的青年和我坐在一起,他把制图板放在和我同一张桌子上了;我一看见这个人就讨厌,因为我觉得他是我自己的反映:他像我一样毛发蓬松,而且似乎像我一样乏味。我还发现一个相似点:我们两人绘图都很热心、迅速而精美,那个仪表端庄的白头发的制图教师对我们两人表示同样的满意。

不管怎样,这期间我对学校里和我们阁楼里的一切都感到满意,我甚至长期地忍受着饥饿。我和格利涅威茨基每天都去上课,热心地听讲并记录。在第二次或第三次课间休息的时候,我们到门房间里去,因为这时候有邮信送来。我们心中怀着一线希望:有没有谁的汇票寄到? 然而那个态度冷淡的大胖子门房总是对我们说:

"格利涅威茨基先生,您没有。……您也没有。"

"威塞里茨基也许有吧?"

"也没有。"

格利涅威茨基叹着气,走到衣帽间里,若有所思地穿上了大衣。关于每天食粮的操心,不知怎的自然而然地变成了他的任务,仿佛是预先约定似的。他交际很广,结识许多同学。这些人对于功课和自己的前途都不很介意,每次家里有钱寄来,总要挥霍一下,即使每月一次也好,借以调剂经常的饥饿。这些"棒小伙子"之中有许多人,连专科学校里的门房都不认识他们的面孔,然而在谢苗诺夫团和伊兹马伊尔团的范围内,任何一个台球计数员都能极正确地报道:此刻他们之中谁在什么地方和哪些人大吃大喝。

"西曼斯基先生在我们这里打了十二盘球,他们喝了啤酒,扯破了呢绒。……他们现在有了钱,在这里约了伴到'白天鹅'去了。……

格利涅威茨基忧愁地走到"白天鹅"去,他一进去,就受到热狂的欢迎。他们拥抱他，请他喝他所不喜欢的啤酒，又邀他打一盘台球。他答谢了他们的盛意，互相说了些俏皮话，就掮着一个长长的球杆在台球桌周围走来走去，瞪出了他那双漂亮的眼睛，察看应该把哪一个球打到中部或角落里去。他身材高大，相貌漂亮，头上戴着一顶潇洒地翻起帽舌的工艺专科学校制帽，样子很像一个无忧无虑的"布尔希"〔1〕。但是他一刻也忘不了在小皇村街上的"文星阁"里挨饿的朋友。在这群花天酒地的伙伴里，无论他们向他提出多么诱惑的建议，他总是极其断然地拒绝，借了两三个二十戈比的钱币，就拖着两条疲劳的长腿走回我们的阁楼里来，我和威塞里茨基正在这昏暗的房间里愁苦地饿着肚子等候他。我们已经熟悉他的门铃声。他走进房间来，除下了呢绒披肩，默默地把一个钱币抛在桌子上了。他脸上带着疲劳和不满意的神色，因为又是乱糟糟地过了一天，又缺了几课，而他所决意要开始的"新生活"就渺茫了。他走了好几家饭店，又在台球桌周围转了几圈，两条腿都走痛了。他还喝了几杯啤酒，但是肚子和我们一样饿。

我愉快地从床上跳起来，披上呢绒披肩，跑到克林大街上一家熟悉的香肠铺里去。

我走到那里，他们不须问我，就把一种可疑的香肠和大蒜称十四戈比给我。我们怀疑这种香肠是用马肉做的，所以比别种香肠都便宜。然而我们并不在乎这一点。我又到邻近的面包店里去用六戈比买了四磅最黑的酸面包。这是我们日常的饭餐。如果格利涅威茨基张罗来的钱还有余多，那么我们就用这余多的钱到小店里去买一撮有扫帚气味的蹩

---

〔1〕"布尔希"（Burache）是德国大学生中专事花天酒地、拔剑决斗的一派的别称。——译者注

脚茶叶和四分之一磅糖，这糖当然是嚼着下茶吃的了。假使偶然得到些工资，例如抄讲义的报酬，因而我们有了几个卢布，这时候我们的制度还是不变。付了两三个卢布的房钱，其余的就作为友谊互助金。有时格利涅威茨基新近的债主中有一个人跑到我们的阁楼里来，忧愁地向四周看看，说：

"朋友，你们都好。格利涅威茨基到哪里去了？不在家？啊，该死！告诉你们，我有两天没有吃饭了。……好，再见吧。"

于是格利涅威茨基除了对于我们这小团体的日常操心之外，又添加了另一种操心：他采取紧急措施，有时运用极意外的经济策略，把不久以前还是富有的人邀到自己这里来，请他们喝小店里买来的茶，吃十四戈比的香肠；有时为了慰藉这些穷人的苦痛，竟又设法带他们到"白天鹅"去。这是我们隔壁无名胡同里的一家木造的小饭店，是一家极简陋的店铺，糊壁纸已经污旧，屋子里充满着啤酒气息。屋顶小阁里设着一张台球桌。桌上的呢绒屡次破损而被仔细地修补好，这就使得它有了一种"清贫自尊"的样子。

起初我觉得这一切都很有意思，好像学生中的"落魄文人"的生活。……然而……学生生活的特殊风气渐渐缠住并迷惑了我们。在这个天真烂漫的集团里，要打一盘台球和喝一次啤酒，往往比吃一顿饭或者办到讲义容易。关于这团体里的每一个人，都有同样的权利说他是"受坏朋友引诱"的。例如正当西道罗夫一本正经地翻开机械学或化学的笔记本来的时候，伊凡诺夫欢天喜地地闯进他的屋子里来。原来"两老"终于给伊凡诺夫寄了钱来，因此正好趁这时候到"金锚"去。而正当伊凡诺夫决心"开始新生活"的时候，西道罗夫又来叫他到那地方去了。这时候彼此之间谁也不认真计较，当时身上带钱的人就请客。……这是寻欢取乐者的真正的共产生活。

结果,有毅力的人在一两年之后就恐怖地逃出了这个迷津,迁居到这都市的另一个地区,转学到另一个学校去了。有几个人的父母从内地赶出来,把儿子带到莫斯科、基辅或华沙去,但求他们远离"金锚""白天鹅"和这班宝贝同学。有的人没有这种毅力,或者他们的操心的父母没有这种先见之明,他们就沉沦到底,有时结果很悲哀。……

这种生活方式的不利,我渐渐地才感觉到。因为玫瑰色烟雾的消散需要时间。……等到它消散之后,悲哀的真相就清楚地暴露出来:一年损失了。……

## 2　我的理想的朋友

但是现在这些失望还没有来到,目前我生活中新鲜美好的一件事,就是我做了专科学生,虽然做得很不像样。……我的想象中拥集着许多模糊的形象。……其中占据首位的,当然是"真正的专科学生"的理想形象。……我在这沸腾的青年环境中贪婪地观察。

我在第一卷里已经提到过我的好朋友苏奇科夫。……他到彼得堡比我早两年,我以为这一年会使他发生巨大的改变。……然而并不如此。他仍旧是我童年时代就喜欢的一个老好人。格利涅威茨基比我们两人都年长,到彼得堡已经是第三年了。他的外貌很生动,身上披着呢绒披肩,起初我觉得他是一个道地的"布尔希"。可是不久我看出他还是具有我们所熟悉的"罗夫诺人"的特点,就也和他亲近,然而对他并没有什么幻想,态度很随便,即所谓"平等相处"。

我对于尼库林更少有敬佩之心。……他态度很神气,自认为哲学专家,然而他对人类思想的全部活动的看法十分奇特。他认为每一个后起的思想家都要打以前的一切思想家的嘴巴而且推翻他们;而在这特殊的竞赛中,他认为包括着全部哲学史和文学史。……我有一次提到别林斯基,尼库林只是嗤之以鼻。……他说:"别林斯基算得什么? 达(他)崇拜普希金。可是皮萨列夫曾经骂普希金。……这种人真该打耳光,见达(他)的鬼!"他就用这话来把别林斯基也推翻了。尼库林曾经在长时期内认为库诺·费舍是最伟大的哲学家。然而有一天,他把一个惊人的消息带进我们的"文星阁"来:出现了一个新的思想家,就是曾经写世界史喜剧的德国人约翰·舍尔[1]。

"你们知道,所有这些宗教创立者、改革者、人间的善人、革命家、学者、哲学家,……所有这些人,你们知道,都不过是喜剧演员罢了。……"

"那么库诺·费舍怎么样呢?"有一个人狡狯地问他。……

"达(他)算得什么,……库诺·费舍也该打耳光! ……"

于是他装出一种富有表情的姿态。

在我们这个亲密的团体里,只有威塞里茨基一直盘踞在我的想象中。我喜爱并敬仰他的一切:长长的头发,丰满的面颊下边长着尖形的小胡子,隐约显露出来的带优越感的微笑牵动着薄薄的髭须底下的优美丰满的嘴唇,尤其是他那沉默寡言的态度,在我看来充满着特别深刻的意义。我曾经说过,他多么专心一志地埋头研究果贝的年鉴中的统计部分,同时又研究刑法。有一次,在我们同住的第一个月里,我、格利涅威茨基和尼库林三个人一同回家,看见威塞里茨基正在埋头读书。挂下的浓密的头发中间冒出纸烟的烟气来,然而威塞里茨基潜心于阅读,竟没

_____

〔1〕 约翰·舍尔(1817—1886)是德国的唯心历史家。

有听见我们进来。……假使我是一个画家,我一定要拿这个优秀人物来做模特儿,画一张题名"用功的大学生"的画。然而尼库林扑嗤一笑,拍了下自己的衣襟,带着沙哑的笑声说:

"瓦西卡!……你们瞧,真糟糕,他在打瞌睡了。……纸烟都没有熄灭。瓦西卡,当心火烛!……"

威塞里茨基抬起头来,带着轻蔑而镇静的态度看看他:我认为尼库林简直是一个"犬儒主义者",不能了解威塞里茨基。……

于是我觉得有点自傲,因为我是了解他的。

在彼得堡的黄昏里,……不知道是细雨还是海上飘来的雾,笼罩了教堂的圆屋顶,弥漫在街道上,蒙住了路灯的昏暗的火光。我快步地从专科学校或公共图书馆里跑出来。我从某一个时候起,常常热心地跑图书馆,在煤气灯的咝咝声和翻书页的沙沙声中浑忘了一切。图书馆关门以后,我快步地走过花园街、奥布霍夫街和皇村街,回到家里去。有轨公共马车或者轧轧地震响的夏宾式马车,在我们看来都是享受不起的奢侈。我走得很快,一口气奔上了肮脏而气味难当的扶梯。……门上蒙着一层黑色的漆布。昏暗的门灯照亮着那块写着"费多尔·玛克西莫维奇·崔文科"的铜牌子。我来到家里了。我们的房间里很暗。格利涅威茨基不在家。威塞里茨基为了节约,没有点灯。暗沉沉的房间里响着低微的六弦琴声,两只猫眼睛闪闪发光。玛芙拉·玛克西莫夫娜的猫很喜欢音乐。威塞里茨基常常弹波斯进行曲、歌剧《茶花女》中的咏叹调和凄凉的伏尔加歌曲。隔壁传来含糊的谈话声和醉汉的歌声。隔壁寓所里不久以前迁进一个大学生来,是科斯特罗马人,名叫凡卡·罗果夫,是威塞里茨基的朋友。他是《俄罗斯世界》印刷所及柯玛罗夫和切尔涅耶夫两人所办的报纸的校对员,这一点使我很感兴趣。有一次我到他那里去,看到了书籍刊印过程的秘密;凡卡·罗果夫脸上有麻点,穿着红色的斜领衬衫,戴着眼镜,正在看校样,我觉得他很像古登堡[1]。每两个星期,在领到薪水的日子里,他总是举行酒会,房间里充满了喧噪声、叫喊声、醉汉的歌声。有一次威塞里茨基从他房间里回来,似乎挨了打的样子。他注意到了我的惊疑的眼色,微笑了一下,说:

"这些人都堕落了。……我对他们说了一句忠告的话。"他又微笑一下,挥一挥手,……"有什么用! 险些给他们打了一个耳光。……主要的是我可怜保罗·戈利茨基。……他是我们神学校里的优等生。……老弟,一个英明人材堕落了。……"

他就和我并排地躺在床上,开始谈论精神环境的风习和堕落的人材。……我屏息静听,我觉得这一切都很新鲜,都是出于文学的,是神学校的反应[2]。威塞里茨基对于保罗·戈利茨基的悲叹使我更深切地依恋我这位同住在一起的朋友。

## 3　娜斯佳姑娘。理想的朋友丧失了威望

似乎是在第三个月上,威塞里茨基发了财。起初,他收到家里寄来的一套科斯特罗马裁缝所做的全新的黑衣服,还有几套衬衣;过了几天,工艺专科学校的大胖子门房带着善意的微笑递给格利涅威茨基一张汇款通知书,说:

"这是寄给威塞里茨基的。您拿去吗?"

---

[1]　约翰·古登堡(约 1400—1468)是德国人,欧洲活字印刷的发明者。——译者注
[2]　指波缅洛夫斯基的神学校随笔。

　　格利涅威茨基喜气满面了,因为这张汇单是七十五个卢布,简直是一笔大财产!我们的"文星阁"仿佛大放光明了。最近玛芙拉·玛克西莫夫娜常常哭。我们欠了房租,因此他们夫妻之间发生了争吵:崔文科又主张采取严格措施,而这位好心的太太不忍赶走我们这几个穷人。这一天威塞里茨基突然变成了英雄。尼库林知道了这件事,照例嗤之以鼻,说:

　　"喂,朋友们,这回可要当心了。……谁跟他一块儿到邮局去。……不然他就溜到勃罗尼茨基街上的朋友那里去了,哪里还看得见他的影子。我知道他的脾气。……"

　　威塞里茨基用沉默而轻蔑的眼光来回答他,而我听了简直怒气满胸。第二天早上,格利涅威茨基谈到尼库林这告诫的时候,我竭力反对这种对朋友的不信任,态度非常愤慨,因此格利涅威茨基虽然犹豫不决,终于让步了。威塞里茨基神气十足地穿上了那套崭新的黑衣服,带着我们的信任和希望,独自到邮局去了。格利涅威茨基到学校里去了,我这一次留在家里,阅读苏巴列夫斯基带给我的弗列罗夫斯基的著作。

　　我这样地坐了一个半钟头,门铃声响了。玛芙拉·玛克西莫夫娜去开门,但是走进房间来的不是威塞里茨基,而是我所不认识的一个女人。这人大约三十岁光景,一双黑眼睛很灵活,脸上显著地长着些髭须。她的服装相当华丽,像一个专门经营妇女时装的人;她的态度很活跃。她向房间的四周一望,说:

　　"怎么?还没有来?"

　　我立刻局促不安起来,便问:"您找谁?"

　　她除下帽子,把它放在桌子上了,就把我们房间的门向着正在好奇地察看的玛芙拉·玛克西莫夫娜迎面关好,老实不客气地坐在椅子上了。

"我找威塞里茨基。……我在这里等一下吧。……"

我们房间里就肃静无声。我努力埋头看书,但是不大看得进去。我总觉得这个陌生女人那双灵活的黑眼睛一直在盯住我看。房间里的沉寂使我感到苦痛。时钟滴答滴答地响着,厨房里传来锅罐碰响的声音和房东太太的喧噪声。

"啊呀,天哪,好厌烦。"这个陌生女子突然这样说。我满脸通红了。我觉得这叹息声中含有非难的意思:假使我是一个"真正的专科学生",而不是一个孩子,就会招待这位女客,我们两人就都不会寂寞了。……可是我不知道应该说些什么,我的脸涨红了。

这女子突然站起身,用轻快的脚步向我这边走过来;我感觉到她的手摸住了我的头发,她的两膝碰到了我的两膝,就惊慌而恐怖起来。

"多么好的鬈发,"她说,"我的兹纳明斯基的头发也是这样的。我叫娜斯佳。你大概听人说起过我。工艺学校的学生都认识我的。……你怎么啦,预备一直这样看书吗?"

她就把我手里的书拿去,把它丢在躺椅上了,说:

"我们谈谈天吧!你不要害羞。你这是什么?……铅笔和纸吗?很好。我立刻写几个字给你看。我也会写字的。我和大学生同住了四年,不是徒然的。"

她拿起铅笔,把它舐舐湿,把纸移到自己面前,弯下身子去,滑稽地竦拢了她那双又浓又黑的眉毛。

我以前听到过一些关于这个娜斯佳的事。她曾经和专科学生兹纳明斯基以"自由恋爱"的名义同居在一起。去年兹纳明斯基毕业了,找到了职业,到别处去了,就像当初相遇时一样若无其事地抛撇了娜斯佳。

据说她现在自由了,有许多人都愿意代替兹纳明斯基的地位,尤其是因为兹纳明斯基为娜斯佳"几乎完全不曾破钞"。她是一个出色的女裁缝,她和兹纳明斯基以朋友关系同居。现在这个有趣的人物坐在我旁边,滑稽地皱拢了眉头,正在写一个字条给我看。……

我当然感到兴趣。……"这女子费了许多力,好容易写完,就把纸递给我,那双灵活的黑眼睛狡猾地盯住我看。

我接过来一看,简直惊惶失措了,因为纸上赤裸裸地写着一句猥亵的话,虽然笔迹很粗拙,像涂鸦一般,然而还是很看得清楚。这个漫不经心的专科学生在四年之内显然只把这一点努力地教会了他的同居者。这和我的文学观念是完全不相称的,所以我当时一定显出一付傻头傻脑的窘相。娜斯佳仰起了头,哈哈大笑,从我手里把纸条抢去,撕破了,丢在屋角里,认真地说:

"给别人看见了,不好。……"

这时候又听见门铃声响,走进房间里来的是格利涅威茨基。娜斯佳随随便便地和他打一个招呼,说:

"你好! 我认识你的,你是格利涅威茨基。我是来看威塞里茨基的。我刚才在塔拉索夫胡同口碰见他。他答应借钱给我。付房钱到期了,可是我没有钱。……你以为怎么样,他不会骗我吧?"

格利涅威茨基表示担心的样子,搔搔后头颈。

"邮局里付款的时间早已过了,"他说,……"他怎么还不来。"

门铃又响了。走进来的是尼库林、苏奇科夫,以及和苏奇科夫同住的库列舍维奇——这是一个在华沙铁路局服务的青年人。尼库林知道威塞里茨基没有回来,就滔滔不绝地说:

"唉,你们这些人头脑真高明! 怎么可以放达(他)一个人去! 真是些傻瓜,蠢材。看来全都是这个无知小儿不好。……"

他伸起手来粗暴地在我脸上打一下。

"唔,也许不要紧!我知道到哪儿去找达(他)。……一定在勃罗尼茨基街上,达(他)那个当公务员的崩(朋)友那里。……怎么样,我们一起去吧。"

他们都去了,我又和娜斯佳两人留在房间里。等了个把钟头,心烦得很。难道尼库林说的话是真的?我想不会的吧。突然门铃又响起来,一群人喧哗吵闹地闯进我们的房间里来。威塞里茨基被尼库林推着,走在前面。他显然很狼狈,而且有点喝醉了。他的胳肢窝里和大衣袋里有酒瓶和纸卷。

"喏,把人交给你们,"尼库林哈哈大笑地说,"我们在勃罗尼茨基街的啤酒店里抓住了这家伙。……"

威塞里茨基看见了娜斯佳,略微有些狼狈,然而立刻振作起来。

"啊,娜斯佳小姐。……好极了。……我们来吃点东西吧,要一把茶炊来。……索性大吃大喝一番。喂,老弟,"他转过身来对我说,"请你跑到施列科夫店里去买些好茶叶来。……路远一点,没有关系。……"

我就跑到铺子里去买茶叶,因为我们家里已经没有茶叶了。我回来的时候,看见房间里只有娜斯佳和威塞里茨基两个人,其余的人都到"白天鹅"去打台球了。我看见娜斯佳似乎带有醉意:她的眼睛润湿,面颊红晕了;她摇摆着身子,正在唱一支乡村歌曲。威塞里茨基拉我到一旁,给我一张钞票,说:

"老弟,帮个忙。……你也到'白天鹅'去吧。"

然而我在那边总难免有羁束之感,我就和格利涅威茨基商量好,我们决定停止打球,大家一起回去喝茶。……

　　一回家,我立刻觉得我们的"文星阁"里有点不妙:娜斯佳远远地坐在桌子的那一头,而威塞里茨基坐在椅子上,离开她很远,用恶毒的眼光望着她。他完全喝醉了,全身松懈,脸色颓唐了。娜斯佳则相反,她这时候似乎完全清醒了。她一见我们进来,那双蹙拢的黑眉毛底下就闪现出炽烈的目光来,盯住我们看。

　　"啊,诸位大学生,你们好,你们终于回来了? 怎么这样快?"

　　她猛然地站起身来,一只手撑在桌子上,装出一个果敢而漂亮的姿势,继续说:

　　"你们设计陷害女人。你们都是坏蛋,都是坏蛋,不是大学生!"

　　她那长着黑髭须的嘴唇像小孩子一般可怜地颤抖一下。突然她的眼睛盯住了我。

　　"啊,这个须发的人也来了。他也是一个调皮的孩子。……我眼睛一眨,他也不见了。他知道他的朋友的用意。……嘿,可恶的坏蛋,你们都是可恶的坏蛋。……"

　　她把头埋在手里,号啕大哭,两个肩膀一上一下地颤动。……我把身子转向威塞里茨基坐的地方。他已经不在那里了;他拿了大衣和帽子,迅速地穿过房东家的房间,跑掉了。尼库林跟着他奔了出去。

　　我还没有完全弄清楚发生了什么事,也走下扶梯,跑到了街上。尼库林迅速地向勃罗尼茨基街方面跑去,他的身影在雾中消失了;威塞里茨基却原来就在很近的地方:我们这幢房子里有一家肮脏而阴暗的小酒店,我偶然向这酒店的窗子里一望,看见柜台里面有一个女人手里抱着一个小孩,威塞里茨基垂下了头,就坐在她旁边的椅子上。我推一推门,门铃叮当叮当地响起来。这女人惊慌地抬起眼睛来看我,当我走近去的时候,她说:

"我以为老板回来了。……他是你的朋友吗？……我怕他。……你瞧，他闯了进来。……他喝醉了，还要我倒酒给他喝。……说话都不成样子。……"

威塞里茨基抬起头来，用异常刻毒的声调说：

"喂，请问：谁允许你下这样的判断？……一点逻辑也没有。……"

他想站起来，但是摇晃了一下，倒在肮脏的地上了。

这时候老板也走进来了，他是一个相貌阴沉的壮健男子。他司空见惯地把整个场面打量一下，立刻明白了情况；他对我完全不加注意，用他那只有力的手把威塞里茨基从地上拖起来，拉他到门口，把他推到街上去了。我连忙跑出去，正好扶住了威塞里茨基，使他的头不致在路灯柱上碰伤。我就扶着他走向我们的扶梯去。他走路脚步很不稳定，他的脸在路灯的微光中由于苦痛的抽咽而颤抖着。我扶着这个醉汉，觉得很吃力，然而这时候尼库林赶来了。他照例扑嗤地一笑，挽住了威塞里茨基的另一只手臂，我们两人就把他扶到了楼上，他到了房间里，立刻倒在床上，打起鼾来。

娜斯佳还在我们房间里，正在同苏奇科夫和格利涅威茨基和气地谈天。这时候她要求一个人送她回家。我和苏奇科夫就穿上了外衣，和她一同出门。

夜已深了。路灯的光在雨丝中幽暗地闪动着，雨越来越大了。

娜斯佳住的地方离开我们很近，她和她母亲同住；然而她不想回家去。因为时候已经迟了，而且她走到了外面，突然觉得醉意更浓了；这般模样，她不敢回家去。

"最好请你们送我到塔拉索夫胡同里我的女朋友家里去。"她这样要求。

　　我们在稠密的细雨中走到了塔拉索夫胡同。娜斯佳在这胡同左面第一幢房子的门前叫我们停了步,她向屋檐下的台阶走上两三级,回转身来,把手伸给我们。

　　"好,那么谢谢你们了。再见吧,两位先生。我刚才用坏话骂了你们,请不要见怪。因为你们的朋友把我侮辱得厉害。……"

　　我想走上台阶去替她按门铃,但是她阻止了我,笑着把我推开去。

　　"我自己会按门铃的。……你们去吧,去吧,去吧! 人家看见我跟你们在一起,不太好。他们以为我在不知什么地方游荡。……去吧,去吧。"她重复说,直到我们走出大门,向最近的一个拐角转了弯。然而我们走了一段路,两人都停下来,又回转去,因为我们觉得娜斯佳的行径很奇怪。雨下得很密,排水管里潺潺地响。路灯暗淡无光。我们望见台阶上一个女人的身姿孤单地坐着。娜斯佳把头埋在手里,低声地在那里哭。

　　"娜斯佳小姐,亲爱的,您怎么啦? 您为什么不按门铃? 难道想在门口过夜吗?"

　　她抬起头来。我觉得她的脸上一付可怜相,像一个受了屈的孩子。

　　"我不能……。难为情的。……她也和她的老母亲住在一起。……我这样喝醉了酒,走进去成什么样子呢。……"于是她哭得更厉害了。

　　我们斟酌一下情况,决定劝娜斯佳到旅馆里去住一夜。

　　"单身女人去开房间他们不容许的,"她说,"两个人去也不成样子。既然你们这样好意,那么三个人一同去吧。……"

　　我们身上钱带得不多,于是我们约定在第四连街角上的金鹰旅馆相会,我就快步跑回家去拿钱。跑到家里一看,威塞里茨基已经睡了,格利涅威茨基也睡了。我把格利涅威茨基推醒来,向他说明情由,我们两人就去检查威塞里茨基的财产。结果很可悲。七十五个卢布只剩下三十五个了。格利涅威茨基取出一部分来准备付崔文科的房钱，我拿了一部分去付旅馆钱。

我在约定的地点会见了娜斯佳和苏奇科夫。一个瞌睡蒙眬的茶房漫不经心地替我们开了门，后来又半睡半醒地送一把茶炊来。这时候他对我们这三个人作何感想，不得而知了。多半是什么也没有想。这是寻常的事。然而到这旅馆里来开了房间清清白白地过一夜，无疑地是很少的。喝茶的时候，娜斯佳竟是一个和蔼可亲的女主人。她的酒差不多完全醒了；当她模仿喝醉的威塞里茨基的种种殷勤脸相时，我和苏奇科夫真心地哈哈大笑。……我们到四点钟才睡觉；早上和我们这位女客分手的时候，大家已经变成好朋友了。记得我醒来之后，连忙穿靴子，生怕娜斯佳看见我光着脚。

我回家的时候，怀着非常新鲜的感想。这样的女子我还是第一次看到。……的确，她曾经写一句猥亵的句子给我看。当我们只有两个人在房间里的时候，她曾经不拘礼节地来摸我的头发，把自己的膝盖碰到我的膝盖上来。这样一来，对她仿佛可以随意不拘了。但是突然她又当面骂我们坏蛋，而我们受到了羞辱，就像小学生一般规规矩矩地站着。后来她又以动人的姿态孤孤单单地坐在门口的台阶上，由于羞耻和屈辱而哭泣。最后，又非常不成体统地和两个青年男子在旅馆里过夜。……但是在旅馆里她又立刻变得规规矩矩，使我们的说话和动作都不得随便，仿佛我们正在和我们所熟悉的罗夫诺女士们中最"高尚"的一个人交往着。……

是的，在这世界里一切都是相对的！道德也是相对的。可怜而可爱的娜斯佳，她和大学生同处四年，所得到的知识只能写一句猥亵的句子而已。……这个经营妇女时装的人所周旋于其中的道德概念范围是很广的,这范围里有许多是我以前一向认为"规矩女人"所不应该做的事。但是她严格地替自己划定这个范围,而坚贞地处身于其中,比许多高尚的女士更加坚贞。……无论如何,我们两人都觉得她比我们这些人更加有道德而纯洁。……

"可爱的娜斯佳。"我和苏奇科夫分别的时候,我们为这不平凡的一夜所给我们的印象下了这样的一个结论。

然而我注定着还要分析另一个也是意外的印象。我回家去没有看见威塞里茨基。他在格利涅威茨基还睡着的时候,留一张字条给我,就离去了。他在字条里写着,说我误解了他的善意,袒护了一个烟花女子。因此他和我永别了。……

这时候我不能把我所得到的种种印象结合为一个整体。……我了解娜斯佳,我看到了"烟花女子"这个称呼简直生气。但是,照这样看来,我所崇拜的威塞里茨基究竟是怎样一个人呢?……尼库林警告我们的话看来是真的了?……威塞里茨基竟是一个欺骗朋友而用卑鄙手段来引诱妇女的酒徒。……现在出现在我眼前的,不是那个读年鉴和刑法的沉默寡言而深思远虑的威塞里茨基,而是他的萎靡不振的醉脸;尼库林曾经把他从一家酒店里捉回来,而另一家酒店的老板又把他推出店门去。……

唉,读者,我知道你将认为我这个深思远虑的朋友是毫无意义的,不值得在我的回忆中占据重要地位。……但是这个人在我当时的心境中曾经起重要作用。……优秀的威塞里茨基的形象好容易才从我心中离去,在那里留下了一片痛苦的空白;而尼库林的"犬儒主义式的"笑声,使我痛苦得流下眼泪来。

过了几天，威塞里茨基又来了，样子很奇怪。他身上没有穿大衣，也没有穿科斯特罗马寄来的那套新衣服。这些都已经被他和那个公务员两人花光了。由于醉后的异想天开，威塞里茨基去赎出了我舅舅那套黑衣服，现在就穿着它来到我们这里。他身材不比我高，因此那件背心比他的腰身低得多，而外衣的后襟碰着脚跟。他显然是为了酒醉闹事，跟那个公务员吵了架，就这般模样地从勃罗尼茨基街来到我们这里，一来就倒下去睡觉了。

黄昏时候我回到家里，听见间壁后面传来眠鼾声。我已经猜测到了。走到自己房间里，我点起灯，坐着看书，等候格利涅威茨基。过了一会儿，眠鼾声停止了，接着就听见沉重的呻吟声。……我有一时间竭力不去注意这声音，但是后来忍不住了，就拿着灯走到隔壁去。威塞里茨基坐在床上，两手插在头发里，正在沉重地呻吟。……

过了半个钟头，我们言归于好。……以前的优秀的威塞里茨基——我所崇拜的对象——当然已经不存在了。……现在出现在我眼前的，是一个庸弱的人，"神学校"和宗教生活的牺牲者，然而……我还是爱他。我们又并排地躺在床上，他又用由于中酒而略带沙嗄的、然而娓娓动听的声音把可悲的经过讲给我听。是的，他也染上了他环境中的这种可怕的恶习。……他挣扎着，他需要道德的支援（这时候他热烈地拥抱了我）。……他的喝醉有时竟到了恍惚见鬼的程度。……"很小的鬼，你知——道，"他用他的科斯特罗马口音拖长了语尾说，"很小的鬼，长着大耳朵的。……不过，这没有什么道理。……还有更可怕的……"

他的声音更加沉重了，我甚至觉得他的脸色发白了。他接着说：

"我常——常梦见：我仿佛在走扶梯。这座扶梯很宽阔，光线很亮，一点灰尘都看得见。……我费力地爬上去,因为我知道他在上面的平台上等我。……他脸色苍白,眼睛像两团炭火,而且……你知——道,相貌竟和我一模一样。……"

"哦,怎么样呢?……"

"于是我走上去。……我巴不得不去,可是他站在最高一级上,用两只大眼睛来吸引我上去,等候——着。我一直走近去,和他四眼相对。……你知——道,我仿佛走进了他的身子里,或者是他走进了我的身子里。……多么可怕,简直要发疯了。……"

我恐怖起来。灯光幽暗了。……我在薄板中仿佛看见威塞里茨基的或者他的第二形象的白得可怕的脸。我为我的朋友感到恐怖,为这个我所认为堕落了的、庸弱了的,然而还是极其可爱的朋友感到恐怖。这个已经失去了发光的新形象又长久地保留在我的迷惘的想象中。

## 4　饥　饿

我们这个小团体生活很穷困。不知不觉地身体渐渐由于饥饿而衰弱起来:两只脚疼痛,脸色发白了,行动有时萎靡不振,听讲的时候注意力迟钝了,脑子上仿佛罩上了一层膜。

我和格利涅威茨基还努力想赶上功课,然而终于赶不上。……这一年内我们到饭馆里去吃饭只有五次。起初,饭馆里飘出来的热菜的香气,异常地刺激我们的嗅觉,引起我们的食欲。但是这情况渐渐过去了,后来烤肉或浓汤的气味简直使我们感到憎恶。我饿了一天,从制图室或公共图书馆回来,所渴望的只不过是我们从克林大街上买来的香肠,——的确只是香肠和一个半戈比的黑面包。有一次,由于某种机会，我们在长久不上饭馆之后到叶列娜·巴甫洛夫娜饭馆[1]去吃了一顿，这一天夜里我们就仿佛患了虎列拉。这时期诱惑我的只是糖果点心铺的橱窗陈设品。实际上这是一种慢性的饿死，只是拖长时间罢了。

但是我们都是年轻人，有钢铁一般的健康。虽然对于世界的一切印象，我们现在仿佛是通过了一层暗淡的烟雾而感受的，然而有时还不免有生动活跃的感情发作，这些发作后来起了反作用，变成了沮丧。

我回想起了一件事。有一次我走出公共图书馆，回到家里去。我必须经过花园街、奥布霍夫街和皇村街。平常我总是不知不觉地走这一段路，然而这一次觉得体力虚弱不堪。我想起了格利涅威茨基有一次也逢到过这样的情形：他走了很多路，体力虚弱了。他的衣袋里偶然放着一张邮票。他毫无顾虑地走进最先碰到的一家杂货店里，笑着请他们买了他这张邮票。店主人一看这邮票是五戈比的，就称了五戈比白面包给他。这一天我发现我身上也带着一张七戈比的邮票，我就决定照格利涅威茨基一样做。但是我既没有格利涅威茨基那样讨人欢喜的外貌，又没有他那大方而愉悦的态度。因此，当我走进花园街上的一家小店里，羞涩地请一个胖子商人买我的邮票的时候，他起初用轻蔑而锐利的目光把我从头到脚打量一番，然后又沉默了一会儿，用非常瞧不起人的声调说：

"大学生，我们不要，不需要。我们买邮票是在官办的邮局里买的，决不向饿肚子的大学生买。"

我走出小店去的时候，店员和顾客们的目光密密地集注在我身上。我曾经在什么地方谈到过傅立叶作品中关于一个凶狠而贪婪的小商人

---

[1]　公爵夫人叶列娜·巴甫洛夫娜在彼得堡开办的食堂之一。

的一番激烈而充满憎恶的话，现在这段话浮现到我的记忆中来。……对于这个贪婪的小商人的憎恶大大地鼓动了我，我竟没有觉察到怎样地走完了向我们"文星阁"去的这段很长的路。

## 5　虚无主义者保罗·戈利茨基

我认识了罗果夫他们这一伙人。他们都是威塞里茨基的同乡，是科斯特罗马的神学校学生，全都是不可救药的酒徒。其中有两个独特的人物惹起我的注意，那就是伊凡·柯洛索夫和保罗·戈利茨基。

威塞里茨基讲了许多关于戈利茨基的事给我听。他是科斯特罗马神学校的优等生，人们都指望他会被保送进学院。然而他在最后一年里写了一篇作文，这篇作文写得很出色，但是充满了一种"不良思想"，因而用官费进学院的事竟想都不必想了。然而戈利茨基还是决定去进学院。据威塞里茨基说，他步行到了基辅，优越地通过了考试，被取入了学院。那时候他还没有喝上酒，是一个教徒，因此又被人看作宗教教育的未来人材了。然而后来他醉心于当时的"世俗思想"，开始热狂地阅读杂志，学习德语，以便阅读德国哲学家施特劳斯、施雷尔玛赫尔和黑格尔的原著。又过了不久，他变成了一个"虚无主义者"。……在彷徨歧途的俄罗斯知识分子——包括宗教知识分子——的头脑里，很容易灌进否定的热酒；而同时真正的酒也猖獗起来。那时候在文学界和知识分子环境中都流行着一句话："豪饮如神。"……

"老弟，你知——道，"威塞里茨基告诉我，"我们的保罗抛弃了一切：万念俱灰。……当然也怀疑人世。……他在学术讨论会上发言的时候，好像一个否定一切的魔鬼：彼亦虚空，此亦虚空。……于是，你知——

道,神甫们立刻把他驱逐出去。他们不需要这种人。"

此后戈利茨基就去进大学,起初进莫斯科大学,后来进彼得堡大学。这时候他已经痛饮了。

他在莫斯科的时候,在一个显贵人物家里教课。这位贵人是一个自由主义思想的将军,他的妻子是一个"机敏家",起初他们之间的关系搞得很好。他们很喜欢这个相貌像梅斯托费尔而富有尖刻的机智的、性格奇特的、神学校毕业的大学生,常常拿他来取乐。但是有一次,将军邀请一群显贵人物来,想给他们看看这个有趣的虚无主义者,岂知戈利茨基喝得大醉,出席在这集会中,对所有的显贵人物说了刻毒的讥讽话,因此闯了大祸,使他不得不离开莫斯科。

戈利茨基的形影不离的同伴柯洛索夫和他完全相反:这是一个心地极善良的大汉,然而单是他的相貌和魁梧的体格,就使人不禁发生畏敬之感。他异常沉默,他一生的任务仿佛就是保护他的朋友戈利茨基,使他不致为了说讥讽话而受到恶果。据说有一次,"为欲增广见识",朋友两人偷偷地跑进位在干草市和奥布霍夫街拐角上的当时有名的"威捷姆斯基修道院"[1]的巢穴里。戈利茨基和一伙盗贼谈起话来。谈话的时候大家喝了些酒,不久戈利茨基的刻毒的打诨就引起了冲突。全靠柯洛索夫气力大,才把他从大祸中救出。朋友两人好容易平安无事地从"修道院"里逃了出来。……

有一次,罗果夫在命名日收到了一笔钱,于是我们这些邻居们就大吃大喝了一个通宵。第二天中午,戈利茨基走进我们的房间里来,在这以前我已经约略地见过他几面。他长着一头金发,身材不高,面色苍白,

---

[1] 这地方名为"修道院",其实是盗贼乞丐会聚之所。——译者注

脸形尖削,鼻子像鹰嘴,棕色的小胡子向前矗起。我正坐在桌子面前热中地阅读施比尔哈根的著作。他走近我来,看看书的题名,说:

"啊,施比尔哈根! ……读吧,青年人,读吧。这是一册好书,可以使心灵高尚。……还有一个作家叫做阿维巴赫[1](他竟用纯粹的大俄罗斯口音来把'奥厄巴赫'念作'阿维巴赫'),老弟,这个人的作品更有趣:这里面的国王都'在高地上'接吻。"

他说话的语气要粗暴而激烈得多。我听了觉得突如其来,而且为施比尔哈根抱屈,因而脸红了。

"喂,喂,青年人,不要生气,我是说着好玩的。……我有一时也是这样的。……但愿你将来也能够和我一样。怪不得你跟威塞里茨基要好,而且据说还崇拜他。……老弟,抛开他吧,不值得的,他是一个浅薄的人,虽然是我的同乡。也许崇拜是青年时代特有的事,况且《圣经》里也说过:崇拜谁? ……但是你可以回答说:谁也不崇拜。……这是不值得的事! ……你知道:前面的是有福男儿,后面的自讨烦恼。……所以老弟,你对于所有的人都要立刻看出他们的内幕。于是你会看到,威塞里茨基是一个极其装腔作势的人。"

我听见他末了一段话的语气中有一种善意的、几乎是温柔的音调。从这一天起,戈利茨基就常常到我们这里来。有一次,罗果夫那里发生了一场醉后的争吵,戈利茨基和柯洛索夫竟到我们这里来要求宿夜。我们有一张宽阔的双人床,我和格利涅威茨基在床边拼些椅子,一同睡在这上面。现在我们就四个人横躺在这床上了。我躺在戈利茨基旁边。

---

[1] 贝尔托尔德·奥厄巴赫(1812—1882)是德国作家。戈利茨基在这里所说的是他的小说《在高地上》。

将近早晨的时候,我仿佛做了一个噩梦:我觉得有一只枯瘦的手紧紧地掐住了我的喉咙,又看见一张苍白的脸和一双闪闪发光的眼睛俯伏在我的头上。我没有花多大气力,就把喝醉的戈利茨基从我身上推开了。

"戈利茨基,你怎么啦?醒醒吧。"

"你是谁?"他逼紧了嗓子问。

我说出了自己的名字。

"呸,鬼迷了!……上帝显灵。……我以为是萨霞·别拉文呢。"

别的人都醒了,柯洛索夫也醒了。

"他常常这样的。"柯洛索夫打着呵欠,用他的低沉而稳定的声音说,"朋友们,你们知道:别拉文是他的朋友,他们两人清醒的时候极要好。可是一个人喝醉了的时候,就去找另一个人,一定要弄死他。我这个人真是酒醉糊涂了,怎么让这家伙跟这孩子睡在一起。这回让我睡在他旁边吧。他大概不会来掐死我。"

"啊,请原谅吧,……"戈利茨基说着,就挨近我身边来,我闻到一阵热烘烘的酒气,突然他亲切地吻我一下。

这个人唤起我一种特殊的热烈兴趣。……在我所知道的文学作品的人物类型中,戈利茨基不能归入任何一类,然而他具有一种真实不伪的悲惨气氛。这一年他应该参加法律系的最后一次考试。等到考期临近的时候,戈利茨基突然不见了,不再参加罗果夫那里惯常举行的酒会。我问起他的时候,他们告诉我,说戈利茨基正在拼命啃书,好去参加列德金[1]的考试。列德金是一个卓越的教授,但是被公认为一个很古怪而刚愎的人。例如人家说他很不喜欢亚美尼亚人,常常减他们的分数。

---

〔1〕　彼得·乔尔该维奇·列德金(1808—1891)是彼得堡大学法学通论的教授。

"教授先生,我实在不是亚美尼亚人。"有一个高加索人考完之后说。列德金已经预备打分数了,就从记分册上抬起眼睛,用手指指着这学生的鼻子,十分认真地问:

"是什么?"

"我是格鲁吉亚人,的确是格鲁吉亚人。"

"啊,那就不同了。"

列德金就在记分册上打了一个"可"字。

在他和戈利茨基谈话的时候,曾经发生多次独特的争论,学生们之间有一时期常常讲起这些争论,传述着列德金的言辞和戈利茨基的刻毒的辩驳。列德金对戈利茨基很感兴趣,然而据说这也是危险的,因为他考这种学生的时候特别注意而不留情。戈利茨基不愿意丢脸,就停止了喝酒,跟柯洛索夫、别拉文三人日日夜夜地用功。不幸这时候从科斯特罗马来了一个神学校里的老同学,他是留在故乡当乡村神甫的。于是朋友们"大开酒戒"。这神甫有钱带来,他们就大喝其酒,戈利茨基喝得大醉,考试的时候呆若木鸡,一个问题也没有回答。

后来他到我们这里来的时候,带着不自然的兴奋和愉快的情绪。他手舞足蹈,说了许多双关语和俏皮话;又谈到互相用"打耳光"来排挤的哲学家们,使得尼库林冲冲大怒;还讲了些拯救灵魂的话,使得天真的玛芙拉·玛克西莫夫娜乐不可支。……

我记不起是这一次还是另一次,他又在我们的"文星阁"里宿了一夜。……格利涅威茨基有一个朋友从故乡来,他和这朋友到旅馆里去宿夜了。威塞里茨基也不在家,他又跑到勃罗尼茨基街去了,因此只有我和戈利茨基两人宿夜。半夜里我醒过来,看见戈利茨基睡的地方空空如也了。这一天夜里很明亮。……我们这阁楼的低矮而宽阔的窗子在黑暗的墙壁上映出明亮的方格子。记得这时候天上出现彗星,黄昏时候我们常常很长久地眺望它。现在彗星已经看不见,然而窗子里流泛着朦胧的月光。我张望一下,看见这个明亮的四方形里映着戈利茨基的富有特征的侧影:钩形的鼻子和尖尖的胡须。他两手托着下巴,一动不动地坐着向远处眺望,在那里,在稀疏的房屋、工厂烟囱和空地的后面,佛尔科伏墓地上的树木形成浓黑的一片。我不知怎的恐怖起来。我就起床,走到窗子边,轻轻地把手搭在他的肩膀上。他吓了一跳。

"啊,是你哟? 老弟,你看:那边,在墓地上,月光里白朦朦的是我的骨头。……"

我望一望,看见月光底下黑沉沉的树丛中两三处地方有白色的点子像磷火一般闪闪发光。……这也许是礼拜堂和钟楼的墙壁,也许是墓地上的小教堂,但是在戈利茨基用极度悲哀的语气说出的话的影响之下,我远远望去,似乎觉得这是一片梦幻的幽暗的旷野,处处有白蒙蒙的骨头。我的心由于深切的苦闷和怜悯而紧缩了。我就和他并坐了,也把肘支在窗台上,我们两人这样地坐了很久,一面眺望着朦胧夜色中的远方,一面谈话。……谈些什么,我记不得了。只记得我真心诚意地想对戈利茨基说些亲切的慰藉话。但是我这个几乎同孩子一样的青年人,对这个生命之火几已燃尽的人,能够说些什么呢? ……他显然也想对我这个孩子说些善意的警诫的话。然而他也没有找到什么恰当的话。

直到很久之后,我才领会到这个毁灭了的优秀天才者和他同一代人的精神悲剧。生活全都阅历过了,全都被否定了。起初这是新鲜而有趣味的,然而这种否定的趣味不久就尽行丧失了。一味否定生活,一味仇视生活,借此营养心灵,——

……心灵会疲惫起来，

这里面含有许多真理，但是很少欢乐。……[1]

那时候涅克拉索夫已经在"虚无主义一代"的生活中窥见这种情形，而写出这诗篇了。……青年的心灵找求着能够和生活妥协的东西，——即使不能和现实妥协，那么和现实的可能性妥协也好。……屠格涅夫用意外的死亡来结束了巴扎洛夫[2]的悲剧。巴扎洛夫在他临死时的悲惨的忏悔中，罄吐了绝望的怀疑主义的毒汁，怀着这种主义反正是不能生活了。在"思想现实主义者"这一代人面前横着一条走不通的道路，他们在不合理和不自由的生活中梦想合理、自由和个性的圆满。

这一切是我后来认识了这一代人中别的"老学生"的时候才考虑而领会到的。

而在那一天的月夜里，空中有彗星在某处游移着，我听了一个毁灭的人的幻想的话，心中只燃起恐怖的同情和深切的苦闷。……我想出话来安慰他，说并不完全绝望，说他明年一定会考取，又说了些类乎此的闲话。

"不，老弟，……不必说这种话。……再拖一年？……为什么呢？朋友，你要知道，主要的是：一切，这一切都是为了什么？根本一切是为了什么？所罗门是个聪明人：虚空，虚空，一切都是虚空！……再加上酒醉的虚空。……何苦去做乏味的苦工呢？"

这个思想成熟的人向我这孩子提出这个问题，我当然没有准备好答话。

---

[1]　摘自涅克拉索夫的诗篇《萨霞》(1855)。

[2]　屠格涅夫的小说《父与子》中的主人公，是一个虚无主义者。——译者注

不久戈利茨基离开了彼得堡,我就不再看见他了。后来我设法向我所遇到的科斯特罗马人打听戈利茨基以后的命运。消息模糊不确。他们说起有一个戈利茨基,曾经替一个公证人当文牍员,这公证人是他的同学好友(大概就是那个忠诚的柯洛索夫)。……他们又说,这个人很有才能,富有尖刻的机智,然而是一个不可救药的酒徒。……

关于戈利茨基(这里所说的是他的真姓氏),我不再听到任何消息。……

## 6  圣像出事。我和威塞里茨基分手

有一天夜里,我们这个小寓所里发生了一件非常事故。三点钟左右,和我们这房间贴邻的房东家的卧室里,发出一声可怕的声响,然后听见一些奇怪的声音,仿佛一个受了惊的孩子的哭声。我醒过来,连忙随便拿一件衣服披在身上了,跑进房东家的房间里,立刻明白了一切。

在崔文科家的简单的陈设之中占据首要位置的是一座笨重而庞大的圣像龛,玻璃框里面供着一尊镶着沉重的金属缘饰的圣母像。圣像面前点着一盏长明灯,玛芙拉·玛克西莫夫娜从来不忘记替这盏灯买油。现在这圣像龛已经掉在地上,玻璃打得粉碎。长明灯打翻了,油流出来,没有熄灭的灯芯上的颤抖的火焰用动摇不定的光线来照明着这零落破碎的场面。

崔文科点起一盏灯来。他只穿一件衬衣,然而没有忘记在鼻子上架上那付粗玳瑁边的眼镜。长着翻鼻子、浓髭须和尼古拉式连鬓须的那张脸,样子悲哀而阴郁;在帐幔后面的双人床上望得见玛芙拉·玛克西莫夫娜的孩子一般圆圆的脸。她的脸由于恐怖而变相了。她歇斯底里似

的抽咽着,急速、断续而模糊地说了些话,在这惊慌失措的含糊话语中,我听得出在这对夫妻看来,这不是圣像龛掉落这么简单的一回事,而是圣母显示的预兆。

"这是死的预兆,死的预兆。……卡罗林·伊凡诺维奇,我亲爱的好人儿! ……你们是有学问的人,你知道:我死了不要紧。……要是我的崔文科,天保佑吧! ……那时候叫我这个举目无亲的孤儿在这世界上怎么办呢? ……啊呀,我要死了。……我好难过,好难过。"

于是她痉挛地抓住了胸前的衬衫。……

崔文科默默地收拾着玻璃碎片,下垂的髭须底下突然发出恨恨的声音:

"叫我一个人在世界上怎么办? ……我不愿意,我不同意。……不管怎的……"

他阴郁而粗暴地提出抗议,仿佛反对上级的不正确措施。我记起了阿法纳西·伊凡诺维奇和普尔赫利雅·伊凡诺夫娜[1],我知道这一场惊吓简直是危险的,特别是对于体质虚胖而带着孩子气的迷信的玛芙拉·玛克西莫夫娜。我走近圣像龛,装着老练的样子检查那根绳索。这绳索很细,全部缠着蜘蛛网,显然已经霉烂了。玛芙拉·玛克西莫夫娜恐怖地注视着我。……

"崔文科先生,你听我说,"我有把握地说,"喂,你怎么这样糊涂? 你这根绳子换了多久了?"

"根本没有换过,"他忧郁地回答,"买了这圣像龛来,一直挂在这绳

---

[1] 阿法纳西·伊凡诺维奇和普尔赫利雅·伊凡诺夫娜是果戈理的小说《旧式的地主》中的主人公。

子上。"

"哦,可是屋角里是潮湿的,所以绳子就烂了。假如这样重的一个圣像龛能够在这根霉烂的绳子上挂得再长久些,那才是真正的奇迹了。你自己瞧瞧!……"

魁梧奇伟的崔文科的脸略微开朗了些,但是那个胖女人还是照旧神经质地抽咽,抓住胸部。这时候格利涅威茨基也进来了。玛芙拉·玛克西莫夫娜对他很有好感。……她毕竟也是一个女性,而格利涅威茨基有一张眉清目秀的脸和小天使一般的淡色鬈发。他带一杯水来,坐在床边了,开始诙谐而亲切地和她谈话。……他说如果是圣母要显示预兆,那么她掉下来的时候钩子和绳子应该都是完整的。……那才是真正的奇迹。……

崔文科完全相信了,他把圣像龛侧转来,把那根腐烂的细绳子给妻子看。他拿住了绳子的另一个地方,又拉断了一段,于是摇摇头说:

"这是我们的罪过。……没有顾虑到。……会支持到现在,实在是一件奇怪的事!全靠圣母大慈大悲,没有打伤一个人。……"

这一段入情入理的解释赶走了恐怖。玛芙拉·玛克西莫夫娜不再抽咽和喘息,不再抓住胸部。

"啊,谢谢你们。……你们是有学问的人,总比我们懂得多吧?……"她转忧为喜,这样说,……"也许的确是圣母保佑我的崔文科吧?啊?……"

深夜的恐怖就从这两个纯朴的人的卧室里飞走了,我正要庆祝胜利,通我们房间的那扇门突然开开了,黑暗的长方形里出现了威塞里茨基的阴沉沉的姿态。

我必须说明,这时候我也已经完全看清楚了威塞里茨基这个人,我认为尼库林的"犬儒主义式的"评论实在是一个不幸的真理。因为他又瞒着我们偷偷地收到了两次钱,而且每次都和那个当公务员的朋友喝得精光,喝光之后就来分享我们的食粮。

这天早晨他正好做了这样的勾当回来,又企图作一番痛悔的表演;然而对于他这种企图,连我也表示极度的冷淡了。

"装腔作势的人"——我想起了戈利茨基的评语,我对于喝醉的威塞里茨基的苦痛的呻吟声,一整天毫不加以注意。威塞里茨基睡了一整天,进入了 Katzen-jammer'e[1],躺在自己床上抑郁不乐,有时独自刻毒地咕哝着,说些针对我们的刻薄的评语。现在他站在黑暗的门框子里,被灯光照亮着。他只穿一件衬衣,赤脚穿着拖鞋,像披外衣一般披着一条由五颜六色的布块拼成的被头。他似乎故意装着威严可怕的姿势。他的脸相萎靡不正,鼻子向下,嘴唇的两角阴郁地挂倒。

"不……这还有什么可以自慰呢,"他用阴沉的声音说,仿佛哈姆雷特的父亲的鬼魂,"我们家里也发生过这样的事情:你们知道,也是在半夜里,供在家里的圣像龛砰的一声掉了下来,第二天早晨女主人就归天了。……神秘的预兆是常有的,我告诉你们,是常有的。……霍拉旭老友,天地之间有许多事情……[2]当然,也有人连上帝都不相信,……"他补说这最后一句,显然是指崔文科夫妇。……

玛芙拉·玛克西莫夫娜惊慌地挺起眉毛来,突然又抓住了胸部。我气得发抖,向我从前崇拜过的偶像叫喊:

"住口,混蛋!"

威塞里茨基吃惊地向我看看,然而立刻耸耸肩膀,把他那件外衣裹

〔1〕 德文:沉醉状态。——原注
〔2〕 这句话是哈姆雷特对他的朋友霍拉旭说的。整个句子是:"……天地之间有许多事情,是你们的哲学里所没有梦想到的呢。"——译者注

一裹紧,说:

"得了吧,骂人并不能证明事实。玛芙拉·玛克西莫夫娜,信不信由你,我告诉你:这不是好兆,不是的,不是好兆,不是好兆。"

于是他装腔作势地旋转身去,拖着他那条长长的被头回去了。格利涅威茨基开心地哈哈大笑起来,这笑声又消除了玛芙拉·玛克西莫夫娜的恐怖。她转向门口,激怒地望着他的后影说:

"我不相信你,威塞里茨基,……你撒谎。他们比你懂得多。……他们常常在外面跑,见识多。……而你老是躺在家里,虐待我的猫儿瓦西卡。……"

她转向我们,激昂地说:

"他是个坏家伙,不是好人。……他以前训练我的瓦西卡听六弦琴。现在我一看:怎么搞的,只要瓦西卡一听见六弦琴响,就逃得影迹无踪。前几天瓦西卡跳出通风窗去了。……这是因为他,威塞里茨基,常常拿它来寻开心,虐待我的瓦西卡:夹住它的头,还拧它……喂,你说说看:对不对?"

崔文科转向门口,他的髭须怒冲冲地竖了起来。然而过了一两分钟,从我们房间里已经传出威塞里茨基的鼾声来。……不久我们这阁楼里就完全安静下来了。

我长久不能睡着。我感到痛苦,并且觉得懊丧:我怎么会这样长久地崇拜他! 实际上我不是一个愚笨的青年,并不缺乏观察力,然而我的想象力容易被成见所蒙蔽。……像以前对涅格利一样,我觉得威塞里茨基的形象分作两重了。在意识的后景上,威塞里茨基是一个酒徒,一个有意的骗子,曾经卑鄙地勾引娜斯佳;然而我不愿意使这个形象浮现到前景上来,因为我喜爱我的想象的创造物。……而威塞里茨基根据一种演员的本能猜测到我的心理,就扮演出适当的角色来。只有在最近几个星期内,他开始显然地手法错乱了:有时卖弄渎神,把上帝称为帖木儿,而现在又谈起"预兆"来。……

第二天发生了一场不快的情景。威塞里茨基把两手插在袋里,在我们的房间里用均匀的步子从一角走到那角;我坐在桌子旁边,对他说出了令人痛心的真心话,借以报复我从前对他的崇拜:

"你一开始就是做戏,"我说,……"你只是假装看人口统计学和法律书。……你对所有的人都说谎:你的话是谎话,你的沉默也是装假。……你完全不可怜戈利茨基,没有对罗果夫他们说劝告的话,只是硬要讨酒喝,他们打你耳光,把你赶出来,是应该的。……"

威塞里茨基依旧不动声色地从一角走到那角,用使我吃惊的自以为是的态度向我反驳:

"嘿,有什么呢。……就算是在做戏。……所有的人在某种程度上都是在做戏。……我不自讳:我不是很聪明的。……苏格拉底说过:'我只知道我是什么都不知道的。'我不认为我比苏格拉底聪明。……"

这种老面皮腔调完全使我不能自制了,我暴躁地继续说:

"而且你根本没有喝醉到看见小鬼,你根本没有看见过你那个白面孔的第二形象。……"

这时候威塞里茨基突然回转身来向我看看,仿佛想说些什么话。……现在我想,他的确看见过那些绿颜色的大耳朵小鬼,他的确看见过那个两眼灼灼的第二形象。但是那时候我连这些也不愿意相信,因为我全盘否认了以前的威塞里茨基。……

自此以后,再要同住下去显然是不可能的了。果然,我们从学校里回来,威塞里茨基已经不在了。他把枕头、由五颜六色的布块拼成的被头、果贝的年鉴和六弦琴包做一包,迁居到勃罗尼茨基街去了。

此后我们只是在小皇村街远远地看见他几次,有时他和那个公务员的姘头——一个样子很卑劣的女人——在一起。他正在帮她搬几袋东西;他已经异常迅速地蒙上新环境的色彩了。

记得那一年的复活节很迟。我和苏奇科夫决定在复活节的夜里到好几个教堂里去。我们先到伊萨基辅大教堂,后来经过城郊到米隆尼教堂,回家的时候天已经快亮了。在大皇村街和小皇村街的拐角上,我们的小教堂旁边,高高的人行道上排列着一长串男女居民,正在那里等候短祷和复活节食物被除式的结束。我们沿着人行道走,察看一群一群的人,听他们的谈话。这里都是我们这一地区的平民:从各连区里来的,从莫斯科关卡来的,从护城运河来的,——多半是女人:小店老板娘,厨娘,管院子人的妻子,职工和工匠的妻子。突然苏奇科夫扯扯我的手。

"你瞧。"他说。

在柱子旁边,在人行道的斜坡上,威塞里茨基和一个老年的穷妇人并坐着。我好容易认出了他,他的身体仿佛伛偻了,样子温顺而虔敬。这个可怜的人显然患着龈脓肿:他的面颊上绑着一条帕子,帕子的两头翘起在耳朵后面,样子很可笑。他正在和旁边那些人轻轻地谈话,谈的显然是有教益的话。我听见他在引证《圣经》里的一段文字。

"你好,威塞里茨基。"我站定在这群人旁边了,高声地说。威塞里茨基怔了一下,他转过头来,却不回答我的招呼,显然是听出了我的语气里有嘲笑的意味。他转向和他谈话的那些女人,降低了声音说话,然而我们还是听得出:

"这年头啊,我的老大娘,竟有许多人不相信上帝,嘲笑神圣的正教堂的仪式。……"

威塞里茨基配合着新环境而扮演的新角色,扮得很出色。我们很难相信眼前这个人就是不久以前卖弄渎神而称上帝为"帖木儿"（从一本禁书里引用来的话）的那个专科学生。

这一天早晨，我是最后一次看见威塞里茨基。

## 7　我对叶尔玛科夫失望。参加第一次"秘密会议"

我们的境况没有好转，心情越来越颓丧。四周的玫瑰色的烟雾都消散了，枯燥无味的现实暴露了。格利涅威茨基也忧愁起来，因为第三年眼见得要跟着第一、二两年虚度过去，而他的父母亲还以为儿子已经进三年级了。

第一次高等代数考试即将来到了。格利涅威茨基对这考试不感到困难，因为他数学很好。在我就困难得多。加之我因为缺乏衣服，不能经常按时到校，有一期没有缴制图作业。我和格利涅威茨基决定向学生救济会请求补助金。苏奇科夫和尼库林帮我凑齐了一套衣服，我写了申请书，就到学校里去。

这一天叶尔玛科夫亲自接见请愿者。这人个子很高，脸部轮廓粗大而富有表情，脸上显出不健康的苍白色，使我想起《战争与和平》中关于斯彼朗斯基的描写[1]。我觉得他的脸上有悲哀之色，仿佛失望的样子。他和挤在低栏外面的一群学生之间，仿佛隐隐地横着一道互相憎恶的暗影。他接受申请书的时候，总顺便说几句短短的阴沉沉的评语。终于轮到了我。我站在他面前了，——十个月以前我在小城市里收到的他那封

---

[1]　托尔斯泰的小说《战争与和平》中关于斯彼朗斯基的外貌这样描写："……一个高个子、秃头、金发的人，约摸四十岁光景，额角宽广，面孔长长的，脸色异常苍白。"

短短的通知书,曾经给我当时的生活带来了欢喜的光明。他接了申请书,用锐敏的眼光向我一看,就问:

"制图作业全部缴了吗?"

我感到困窘,回答说:

"没有全部缴。"

"我早就知道。"叶尔玛科夫点点头说,仿佛在显示他的明察。我想对他说:我只有一期没有缴;我请求补助金,正是为了想补偿失去的时间。但是我什么也没有说。叶尔玛科夫已经在对付另一个人了,我只得委屈地走开了。"我早就知道。"……他为什么知道呢?……是不是因为我衣服穿得不好,饿得面黄肌瘦?……

这次的失望又在我心里留下了一个痛苦的痕迹。我走到楼上的制图室里去。和我相像的那个人正伏在我们的桌子上结束一张出色的制图。我那块画板已经不在这张桌子边了。学校里学生过多,校工们已经把我的画板拿去,把位子让给别人了。这样看来,他们也已经把我正式归入"坏学生"之列了。我低下了头,走下楼去。这时候我注意到:各班的学生正在走进一个教室去。我跟着人群走进去。教室里在举行一个集会。桌子上站着一个穿工作服的学生,是一个平民模样的、骨瘦棱棱的人,他正在报告代表团向叶尔玛科夫请愿的结果。记得他讲的是要求把救济会移交学生自己办理,因为现在真正贫寒的人反而难以获得补助金,而享受补助金的都是一些"绵羊",而且往往是富裕的贵公子。这个演讲的人说话很通俗,O 字念得很重[1],听众里常常发出赞同的叫声:

---

〔1〕　标准俄语中非重音的 O 念作近于 A 的声音,有些方言则 O 字全都念作 O。——译者注

"对啊,对啊。"然而叶尔玛科夫在校务会上断然拒绝维护学生的要求。

"他已经不了解青年人了。"演说者这样结束了他的话。

"对啊,对啊!"听众大声地表示赞同,"必须另想办法!⋯⋯"

我当然全心全意地附和这个决议,并且在学生群众的喧哗叫噪中努力探求自己心中的反应。

集会将近终了的时候,苏巴列夫斯基走近我来。自从我们在火车里相遇,后来又在升天大街相遇之后,我每次碰到他,总有一种特殊的衷心的轻快之

莫斯科罗果查警察分局的牢房,
柯罗连科曾被拘留在此。
柯罗连科作
于一八七九年五月十四日

道　路
柯罗连科作
于一八九二年六月三十日

感。这个人颧骨高起，鼻子像鸭嘴，相貌不扬，然而有一种纯朴、真挚而
诚恳的神情。我没有把他归入任何文学人物类型中，只是碰到他的时候
心中感到欢喜。

"喂，你近来好吗？"他问，"你有点垂头丧气。……怎么一回事？"

"生活过得不好，"我回答着，扭转头去，"苦闷啊！……"

他拉住了我的手，想了一想，然后说："你参加过什么会议吗？"

"刚才就是……"我回答。

"不，我不是指大会。……你参加过小组没有？没有？你想参加吗？
这里组织了一个小组，都是很好的人。你愿意参加吗？好，你稍微等一
等，我马上去接洽一下。"

他跑过去，赶上了一个同学，挽住了他的手臂，开始在教室的一旁走
来走去，一面谈着些什么。这期间他们两个人时常向我看。我等候回
音，心中略微有点焦灼不安：他们这些聪明而严肃的人是不是愿意接受
我呢？我心中还体味到叶尔玛科夫的轻蔑的目光。……连我的画板也
给他们拿出制图室去了。……我觉得自己已经被赶到局外，是一个不幸
的人了。……但是和苏巴列夫斯基对话的那个人显然急于要到什么地
方去，就跟他告别，通过已经疏朗了的人群向我亲切地点点头。苏巴列
夫斯基就回到我这里来。

"事情谈妥了，"他说，"请你星期天到伊兹马伊尔团第十三连一百六
十三号某室来。人家给你开门的时候，你就说找我或者找某某人（他说
的似乎是恩道罗夫[1]）。如果我们两人都不在，他们还是会放你进去

---

〔1〕　亚历山大·梅尔库列维奇·恩道罗夫（约一八五一年生）是彼得堡工艺专科学
校的学生。一八七四年初曾经参加彼得堡民粹派的"柴科夫斯基小组"。

的。……你一定去吧,去吧。……人都是很好的。"

我欢喜地回家去。这时候已经是春天,在飞驰的白云中间常常显露出大块的明净的青天来,空中有一种新鲜之气和春天特有的生趣。然而我这几天一直被一种特殊的春愁所支配,青年人有了这种春愁,就仿佛空过了如水的流年。这种春愁和我一同来到学校里;而到了制图室里,它特别有力地侵蚀我的心。有人打开了那边的两三扇窗子,街上传来马车的辚辚声、小贩的悠扬的叫卖声、扰扰攘攘的都城生活的喧嚣声……而我的生活停滞在一个阴暗的角落里。……连我那块画板也被从桌子上拿去了。……

起初的参加大会和后来的被邀请加入小组,把这种心情略微排遣了些。我预感到一种新鲜的况味。这不会是罗果夫那里的醉酒,不会是"白天鹅"里的打台球,不会是戈利茨基的虚无主义的苦闷。这是一种新鲜的况味,仿佛是一种新的启发的预感。……

星期天傍晚,我出发到第十三连去。路很远。浓云从海上涌过来,下着小雨,昏暗的灯火(那时似乎还是油灯)在浅浅的水洼的动荡的表面发出颤抖的反光。靠其中一盏灯的光线,我找到了第一百六十三号门牌。这是一座庞大而不美观的大楼,唐突而笨拙地耸立在这僻静的街道上的许多小房子上面;住在这街上的都是华沙铁路局和彼得尔高府铁路局的职员、工厂里的职工和大学生。

我走进大门,走上右面的扶梯,走到最高的第五层不知第六层,拉一拉门铃。听见门里面有脚步声,后来又有谈话声。……

有人小心地把门开开一条缝,缝里露出一双青年人的眼睛来,一个女子的声音问:

"你找谁?"

"苏巴列夫斯基。"我回答。

"他不在。"

"那么恩道罗夫……"

"他也不在。"

"慢来,慢来,"另一个女声匆忙地接着说,"你叫什么名字?啊,请进来吧。……"门就开了。

我走进前室,脱下大衣来,放在别人的一堆大衣上了,走进大房间去的时候未免有困窘的感觉。

"诸位,这是某君,"放我进来的那个青年女子说,"是苏巴列夫斯基和恩道罗夫介绍的。请坐。"

我挤到了房间那一端的角落里,在那里察看出席会议的人。这里大约有十五个青年男女,然而门铃时时响出,不断地有新来的人。根据他们走进来、打招呼、就座的情况,可以看出这些参加集会的人还没有密切团结起来。大家都有一种拘束而不自在的感觉。新来的人看见靠墙坐着的青年里面有相识的人,就欢欣地跑过去,姑娘们互相拥抱,开始窃窃私语。没有共同的谈话。通过一扇开着的门,望得见另一个较小的房间,中央有一张桌子,挂着一盏灯。桌子旁边坐着几个学生,其中有三四个是女的。我猜想这些是主人,或者是会议的召集人;又猜想他们正在为难,不知道怎样处置我们,仿佛还在等候一个人。

门铃响了。……走进一个穿工作服、戴眼镜的身材高大的工艺学校学生来。我觉得他的外貌和举止像大会上那个演说者,然而样子比较文雅。他对坐在桌子旁边的人讲了些话,于是他们就开始低声谈话,仿佛在商量。……

这时候我们房间里还是很紧张。参加集会的人没有一个统一的中心。

我开始好奇地观察那些姑娘。女学生在我看来觉得十分新奇。以前,我们故乡还没有女子中学的时候,第一个女中学生陀林斯卡雅穿着褐色的制服从日托米尔回到她母亲那里来过假期,曾经引起众人的注意。威塞里茨基那里曾经有一个叫做叶卡捷琳娜·格利果列夫娜的三十多岁的女人来过两次。她长着一头鬈曲的短发,头发上插着一只弯弯的梳子,鼻子上戴着一付夹鼻眼镜。她的阔大而难看的牙齿中间永远咬着一支香烟。她第一次到我们这里来的时候,威塞里茨基在我眼中还没有降低地位;记得就在这天晚上,我给弟弟写了一封热情而愚蠢的信,信里叙述着我第一次看见的"女虚无主义者"。然而我记得,在这个"文学印象"的后景上也有一种模糊的现实观念,觉得这个可怜而庸俗的人还保留着女学生风度,目光里含有一种病态的热情。

现在在我眼前的都是样子很质朴的姑娘,同我一样感到困窘,像我一样地正在等候什么。

我似乎看到和我相像的那个同学坐在对面的角落里。……我想走到他那里去,然而必须穿过整个大房间。……而且我是近视眼,因此不能肯定这是他。

此后我回想起这个晚上,觉得是模模糊糊的一团,没有光辉的人物和鲜明的事件。最后到会的那个严肃的学生开始讲话了。我记不起他讲的是些什么话,只记得讲话的人和听众都感到这会开得不大成功,似乎有一个纯朴而真实的音想从这紧张的气氛中冲出来,然而不能冲出。记得所讲的是:除了专门知识以外,还必须有一种真挚的愿望——要用这些知识来为祖国人民造福。这似乎确是一种真理,然而这种真理现在在这里还没有使我们团结起来。

后来我们被邀请到隔壁房间里去,那里已经升着茶炊,这时候才觉得轻松些。有一处墙边放着一张简朴的床,上面张着白帐幔。墙上挂着车尔尼雪夫斯基和米哈伊尔·伊拉利昂诺维奇·米海洛夫[1]的肖像。……一个年约二十五岁的青年女主人给大家倒茶。另外一个黑色卷发的姑娘像猫一般缠住她;我觉得她们两人都很纯洁、美丽而善良,使我想起了我家里的亲人。……即便在无论何时,即使每星期一次,甚至一个月一次,来到像这样的一个寓所里,跟明慧纯洁的女性们一起度送一个黄昏,在我觉得是难得的至福。

然而共同的无拘无束的谈话在这里还是不能展开;后来大家走到另一个房间里,认识的人聚作几堆,低声地谈话。最后决定下次开会的日子在专科学校和女子学校里个别通知会员,于是大家散会。

我跟着最后一批人走出来。细雨落在围着高墙的四方的庭院里,好像落在井里。大门口一动不动地坐着一个管院子的人,他旁边站着两三个穿便衣的人。街上的路灯发出暗淡的光,依旧反映在颤抖的水洼里。我心里也有一种暗淡的失望。三小时以前我怀着很大的希望走进这所房子里去,现在就是这样走出来了。……女主人和卷发姑娘的形象在我的记忆中留下了一种亲切温柔的魅力。但是我觉得这美丽的印象和我的希望毫无关系。其他的一切都模糊而不明确;我不由得想起:要是戈利茨基看到这个失败的集会,他一定会说出多么刻毒的话来。

在第十三连和某胡同的拐角上,和我相像的那个同学赶上了我。在灯光之下他看看我,我也看看他。……是的,这是他。以前我们见面时

---

〔1〕 米哈伊尔·伊拉利昂诺维奇·米海洛夫(1826—1865)是革命民主主义者、政论家、翻译家兼诗人。一八六一年被捕,判处苦役刑,为的是他起草(和舍尔古诺夫合作)并散发有名的传单《致青年一代》。死在涅尔琴斯克矿山。

互相交换的眼光,竟可说是憎恶的眼光。现在我却想要叫住他,和他谈话。他的眼睛里似乎也表示着同样的愿望。但是他走得很快,而且仿佛由于惯性的作用,经过我的身旁一直去了。我也不喊他,他不久就在拐角上转弯了。当我走到这拐角上的时候,雨雪交加的暮色中还隐约地显出一个人影。……我想赶上他,同他倾心地谈谈我们两人刚才找求着而没有找得到的东西,谈谈"得不到"的缘故。但是等到我追上了走在前面的那个人,一看,他穿的是一件普通的黑大衣,而不是拆下了中学制服钮扣的灰外套。……

这样,我就没有赶上和我相像的那个人,不知道他的姓氏,我们就此永远不再见面了。

我回到我们的阁楼里的时候,格利涅威茨基已经睡了。……

"喂,那边有什么花样?"他醒过来问,"值得去吗?"

"没有什么意思。"我回答,就开始兴味索然地把这个无聊的集会讲给他听。他打个呵欠,伸一伸腰,立刻又睡着了。

第二天,我又被春愁所困。我整天坐立不安,后来和格利涅威茨基两人接受了一群化学学生的邀请,到他们那里去玩了;他们这时候正在实验室里从事蒸馏酒精的工作。他们顺便制造了几瓶"甜酒",邀请了一大伙人来尝试他们的产品,作为庆祝。大家喝酒,唱歌,拥抱,终于被杂醇油灌得烂醉,就在那里一个个横下来睡觉了。到了第二天很迟的时候,我和格利涅威茨基带着头痛和无聊心情回到我们的阁楼里。到了那里,迎面碰见玛芙拉·玛克西莫夫娜,她惊慌地告诉我们一个消息:警察来过了。三个警察一齐闯进来,把这可怜的女人吓得要死。

"就像那次捉拿我们那个房客的时候一样。……他们问起你前天晚上在哪里,是不是回来得很迟?我知道事情不妙,就撒了个谎,对他们说:你整个晚上坐在家里。……我说:'我这些租客都是安分守己的,……一直在用功。'可是你们一点也不安分守己,……整夜不宿在家里。……你们要惹祸呢!……"

此后不多天,在专科学校里,在建筑学校里,在谢苗诺夫团和伊兹马伊尔团,在各连区和大街小巷里,到处都谈论着我们的秘密会议了。我这才记起:那天我开会出来,走过了第十三连的三四条街,偶然回转头去,看见那幢大楼旁边有一种骚乱的情况。有几个模糊的人影混在一起,发出一片喧嚣声,甚至好像听见哨笛的声音。我那时候并不注意这件事。后来才知道:警察得知了关于"秘密会议"的消息,但是知道得太迟了,到了散会的时候才来,那时候最后几个参加者正从大门里走出来。记得其中有一个叫做克列斯托沃兹德维任斯基的,是工艺学校学生,像柯洛索夫一样体格魁梧而沉默寡言。开会的晚上他一直坐在主人家的那个房间里,一句话也不说。但是当那几个穿便衣的家伙(就是我看见站在管院子人旁边的)在大门口想抓住最后出去的人的时候,这个沉默的大力士突然大显身手,表现出神奇的勇气,使得这几个密探狼狈窜逃,此后他自己就影迹无踪了。我们这个失败的"秘密会议"变成了一个大事件。警察挨户查询,到处打听;关于这个"秘密团体"的集会,关于这个神秘学生的非凡的勇力,流传着种种虚构的说法。甚至在我看来,这件事也蒙上了另一种色彩。在这里产生了"政府惧怕"的事。这样看来,这里面有着一种增长起来的重要力量。

"你也到那边去过,是不是?"同学们低声问我,我已经没有勇气像回答格利涅威茨基那样说:没有什么意思,很无聊。

后来我有好几次回想起这件事。如果政府聪明些,沉着些,不那么神经质地采取粗暴愚蠢的专横措施,那么青年运动不至于这样迅速而蓬勃地发展，也未可知。现在事情很明显：所谓"到民间去"，原来是一种准备不充分的天真企图。然而政府自己引起了恐怖的幻觉。……在无辜的"秘密会议"之后突然击溃了警察的那个神秘而沉默寡言的学生，常常作为一种预兆出现在我的记忆中。……

## 8　我找到工作并认识了作家纳乌莫夫

事情很明显：这一年在我们这伙人全都已经白白地荒废过去了。这期间我的生活里发生了两件事：我找到了工作，会见了我的亲戚。

在军官街上，离开立陶宛要塞和杰米多夫花园很远的地方，住着一个中学——似乎是第二中学——教师瑞沃托夫斯基。他除了教课之外，还出版课堂教学示范挂图和植物图表。我打听得他需用一个绘图员，就奉示愿意为他服务。他给我一帖由十九张图组成的植物图表，叫我着色，作为试验。这些图是印刷所里印出来的，都是黑的轮廓线，只有叶子上印着平涂的油彩。我必须把其余的地方都填上颜色。

这第一帖图表我着色着了整整的一星期。印刷着的油彩不肯接受水彩颜料的阴影，很难涂上去。过了一星期之后，我终于把这帖图表送到军官街去了。瑞沃托夫斯基对于我的工作很满意，又给我五帖图表和一个卢布的工资。一星期工作得到这点报酬，使得我们几个人都大失所望。然而……一个卢布到底可以给我们吃五餐日常的饭。况且我希望以后工作得渐渐快起来。的确，第二帖图表就只费了我三天工夫；后来格利涅威斯基想出一个办法，用牙刷蘸些水，把那可恶的印刷油彩涂湿，这样一来，工作就容易得多，我一天可以完成一帖图表。我先调好绿颜料。格利涅威茨基把图一张一张地递过来，我就机械地把它们全部涂上绿色。十九张图就以这方式全部涂上了洋红、橙黄、丹铅、朱砂等等。过了一个时期，我的工作速度大大地增加了；如果不是瑞沃托夫斯基要限制我的贪欲的话，我每月竟可以赚到五六十个卢布了(不过当然得每天整日工作)。原来这个可怜的人全靠薪水养家，而图表的销路又没有那么快。因此我们虽然彼此都很满意，瑞沃托夫斯基却要限制我的工作量，每月只有二十帖图表。

无论怎样，我们从这时候起有了"经常收入"，于是可怜的格利涅威茨基就卸下了关于我们糊口的一部分操心。

有一次，当我正在热中于我的生产，弄得浑身都是颜料的时候，突然有一个非常体面的绅士走进我们的房间来。这人脸上带有知识分子气质，戴一付金边眼镜；他向我们几个人一看，就问：

"这位是不是……?"他说出我的姓氏，首先是对我们之中相貌最堂皇的格利涅威茨基说。后来又同样地对苏奇科夫说；最后才对我说。这人原来是比留科夫，是我堂姐[1]的丈夫，是彼得堡商业学校(在车尔尼雪夫胡同)的教师部制学监。我就同他结识了；从这时候起，星期六晚上我就常常到这位好亲戚家里去玩。

他家里是一个小小的知识分子集会所。座上常常有教授、艺术家和大学生。我心中隐隐地感觉到一种诱惑力，觉得在这里也许竟可以碰见莫尔陀夫采夫[2]，他是比留科夫的好朋友。这时候他住在萨拉托夫，但是应该到彼得堡来一次，因为他将要为他的著作《俄罗斯人民的历史运动》来打官司。但是这位名人终于没有出现在我们眼前。不过每星期六

---

〔1〕 即叶莲娜·尼克托波列昂诺夫娜·比留科娃，母家姓柯罗连科。

〔2〕 达·卢·莫尔陀夫采夫(1830—1905)是俄罗斯作家和历史学家。——译者注

我总是在比留科夫家碰见不大有名的作家亚历山大·米海洛维奇·纳乌莫夫。这不是当时很有名的那个小说家纳乌莫夫,而是一个平凡的政论家,这期间曾经在《祖国纪事》上发表过几篇关于在莫斯科举行的全俄罗斯展览会的文章。

　　这是七十年代的一个典型人物。他完全不是一个过激分子(他是《俄罗斯世界》的经常撰稿人,这就可证明这一点),然而毕竟是一个根本否定者。那时候这种情况是普遍存在的。他身材矮小,体态活泼,头顶光秃秃的,一双黑眼睛特别生动;他的情绪总是很激昂,常常诅咒"我们的制度",骂倒一切。有一次他天真烂漫而津津有味地引用了梭巴开维支[1]的一句有名的话,使得全体哄堂大笑。他说:"整个俄罗斯充满了流氓和坏蛋。……我知道只有一个像样的人,……呃,全俄罗斯只有一个! 这就是伊凡·瓦西列维奇·韦尔纳茨基[2]。……即使是这个人,如果仔细地分析起来,也是不折不扣的畜生。……"

　　他看见众人哄堂大笑,觉得惊奇,就热狂地继续说:"是的,是的,是的! ……我确实地断定这一点:是畜生,是不折不扣的畜生! ……你们自己去想吧。……"

　　于是他指手划脚地讲出自由经济协会里的一段插话来:有一次韦尔纳茨基反驳当时协会的主席基塔雷[3]以及同他并坐着的一个"将军",他把脸转向他们,把背脊向着群众……纳乌莫夫非常生动地表演这段插

---

　　〔1〕　梭巴开维支是果戈理的小说《死魂灵》中的主要人物之一。——译者注
　　〔2〕　伊凡·瓦西列维奇·韦尔纳茨基(1821—1884)是一个自由主义的经济学家,先后在基辅大学和莫斯科大学当政治经济学教授。他是作者的远亲。
　　〔3〕　莫杰斯特·雅科甫列维奇·基塔雷(1825—1880)从一八五〇年起在喀山大学当工艺学教授,从一八五七至一八七八年在莫斯科大学当工艺学教授。他是自由经济协会的会员,但不是主席。

话,把背脊向着女客们,甚至撩起外衣的后襟来,引起了哄堂大笑,男客们连忙在哄笑声中用力地把他按到椅子上去。……纳乌莫夫立刻坐在椅子里了,他懂得了大笑的原因之后,就没精打采地说:"呃,实际上我们所有的俄罗斯人不是梭巴开维支一类的人,就是玛尼罗夫[1]一类的人。……在全俄罗斯除了梭巴开维支和玛尼罗夫这两种人之外,没有第三种人。……大家都如此,大家都如此。……我第一个如此。……"

的确,他从梭巴开维支转变为玛尼罗夫,是很突如其来的。他是交通部的长官的儿子,受过贵族式的家庭教育,在一个当大学生的家庭教师的指导之下去修习了大学的初级课程,学完了主要为培养官员用的"财政系"学科,为了这一切,他大骂父亲。

"官吏,官僚,赃官,而且像所有的官吏一样,是一个坏蛋!这种人没有一件卑鄙龌龊的事不会做。……我不需要他的爱!……他的不义之财,我一文也不要用它。……"

"我听说长官身体不好。"有一个人说。……

纳乌莫夫的脸色突然悲哀起来。

"是的。"他说,"这一次还好,已经复健了。……但是结果总不见得好。唉,真的,要是他老人家有了三长两短,我真受不了呢。"

于是他那双黑眼睛里充满了眼泪。

我的堂姐是一个相貌漂亮、体态匀称的金发女郎,又是一个出色的女音乐家。纳乌莫夫,像我前面所说,身材矮小,头发黑色,样子丑陋可笑。但是这并不阻碍他爱上我的堂姐。作为一个没有偏见的人,生活在同样"有理性的人"中间,他认为不必过于隐瞒这件事;但同时,作为

---

[1] 也是《死魂灵》中的主要人物之一。——译者注

一个"现实主义者",他又不能满足于这种无希望的爱慕。他像《怎么办?》[1]中的吉尔沙诺夫一样,决定和一个烟花女子举行"不按教会仪式的结婚"。他按照程序行事,拿出一笔微薄的资金来替她办了一个简单的时装工场,把这件事通知了比留科夫夫妇。他说:伊丽莎白·伊凡诺夫娜已经"自食其力"了,所以他希望他的朋友们不要见弃他这位不按教会仪式结婚的夫人。

　　他们答应了他,虽然不免有些怀疑;不过也许的确可以看到一种意外的现象。在我看来,这又是文学在生活中的一种反映。我希望看到她是一个朴素的女人,穿着深色的衣服,目光羞涩而谦和。纳乌莫夫这行为当然是高尚的,像涅克拉索夫所说:"汝当身为正夫人,堂皇从容入我室。"[2]……他不但引导她走进自己的家里,又引导她走进自己的社交中。要一开头就不念既往而诚心诚意地接受她走进自己的环境中来,当然需要有极其圆通的修养功夫。……可是在我堂姐的漂亮而聪明的脸上,隐约地露出怀疑的微笑来。

　　我知道有一天晚上伊丽莎白·伊凡诺夫娜要到比留科夫家里去,就怀着特别的兴趣到车尔尼雪夫胡同去。所得到的印象出乎意料之外,而且非常鲜明。来的是一个将近三十岁的妇人,肤色浅黑,有显著的髭须,样子长得不坏,然而非常粗俗。她身上没有一点表示出她是一个曾经犯过罪恶而改过自新了的女人。她到这里来,显然只担心着一件事,就是希望"这些太太们不要在她面前摆架子"。因此她的举止态度过于放荡而不拘礼节。……她看见一架盖子打开着的钢琴,不经邀请,就坐在它

---

〔1〕　车尔尼雪夫斯基的作品。——译者注
〔2〕　节自涅克拉索夫的诗篇《从黑暗的迷途中》(1845)。

面前了,用一根手指弹着伴奏,挺着喉咙唱了一些完全意想不到的东西。有一个从敖德萨来的客人,是比留科夫的亲戚,向这位在音乐院以优等生毕业的女主人一看,忍不住哈哈大笑起来。这在我堂姐的确是一个很大的考验。……然而她严肃地忍受过去了。纳乌莫夫一点也没有注意到,他带着伊丽莎白·伊凡诺夫娜离开她初次出门拜访的这个地方的时候,在前室里对她说:

"喏,你瞧,伊丽莎白,……今天晚上过得很出色。我早就对你说过:这些人都是很诚恳的,很好的。"

然而她不再作第二次访问。以后的晚上都是纳乌莫夫一个人来的,不久我们就听说:这对不按教会仪式结婚的夫妇"性情不合"。那个工场没有女主人了。第一次报导这消息的,是伊丽莎白·伊凡诺夫娜自己。她在城郊大街遇见我堂姐的时候,像好朋友一样同她打招呼,毫无拘束地说:

"我告诉你,我已经抛开了我的萨霞[1]。……他这个人爱摆架子。装腔作势得很!……也算是办了个工场!……我真不在乎,……我不稀罕他是个作家!我只要吹一声口哨,二十个这样的人都找得到。……还比他好呢!……"

纳乌莫夫感到悲哀,不再说起他的失败的"婚姻"了。但是在我所经历到的可怀疑的事件中,又增添了一个理想"文学主题"的内幕。此后我对纳乌莫夫发生了一种复杂的感情。从某一点上看来,"真正的"作家似乎不应该是这样的。但是也许"真正的理想的作家"根本没有,就像没有"真正的大学生"一样。纳乌莫夫有点可笑,然而也有动人的地方。他有

---

[1] 纳乌莫夫名叫亚历山大,萨霞是亚历山大的小名。——译者注

一种稚气的惹人动心的特点。……但是,在文学中当然也是有志竟成的。

有一次,他用他所惯有的坚决态度告诉我,说目下《俄罗斯世界》需要一个内地生活的评论员。工作很轻便,只要根据通讯作评论。……他根据他对我已有的了解,保证我对付得了这工作。我犹豫不决,但是他坚持要我去,而且同我约好,叫我两三天内一定到编辑部去一趟,而他明天就把关于我的事预先通知柯玛罗夫。

这天晚上我通夜没有上床睡觉。我从车尔尼雪夫胡同出来,在街上徘徊,怀着一种特殊的心情。……我小时候就向往于文学。……我常常试把每一个显著的印象、每一个使我吃惊的形象用恰当的言词表达出来,非找到最恰当的表现法不能安心。我甚至常常做这一类的梦,有时梦见交替着出现的各种情景,有时是关于这些情景的叙述。有几次我在狂喜的状态中醒来。我仿佛写了一个出色的故事或诗篇。最后几个情景的断片、诗篇的最后几行还活生生地保留在我的脑中,正在迅速地消逝着,像呵在玻璃上的水汽一般。只是可惜我不能记起作品的内容;即使记起了这音调响亮的诗篇的最后几行,然而仔细一辨,原来这诗既无韵律,又无体裁。

纳乌莫夫的提议我起初觉得是不可能的。难道我能成为一个作家,即使是报社里的? 难道我写出来的东西会被拿去排印? ……难道罗果夫会校对它? ……难道千万人会读它? ……这是不可能的,但是我要把不可能的事想作可能。……因此我这天晚上想了一整夜。

这时候的春夜,天色已经发白了。……晚霞和朝霞还没有完全相连接,但是两者都倾向北方,模糊地在高空中融合着。我沿着运河和街道散步,观察夜间的人群,倾听薄暗中的模糊的话声,到几家营业很夜深的酒店里去转转,敏感地探求首都夜生活的这些现象。我觉得:在神秘的光线高高地照亮着的这个夜幕的笼罩之下,整个彼得堡生活着,喧噪着,活动着,在薄暗中蠢动着,——这一切都是为了让我练习观察这都市,把它的秘密在《俄罗斯世界报》上传达出来。至于这同内地生活评论有什么关系,我没有研究过这问题。

自不必说,等到我胆怯地走进了编辑室,这种愚蠢的梦想就烟消云散了。有两位先生手里拿着剪刀,耳朵里夹着笔杆,听我叙述来意,他们的样子仿佛十分忙碌,无暇及此。

"你说纳乌莫夫有信来过?请等一等,也许信在柯玛罗夫那里。……"

他走进隔壁房间里去,过了一会儿,从那里走出夹,略微耸耸肩膀。

"信收到了,不过,……有什么要对你说呢?请你写一点东西,……如果适用的话,可以刊登。……"

这正同我后来的情况一样:有许多羞涩的青年到编辑室里来同我一样天真地要求写稿,我也常常用同样的态度回答他们。或许他们也听到过这白夜的模糊的召唤,把不可能的事想作可能,而终于失望地离开编辑室。这都是司空见惯的,都是可想而知的,然而同时又很恼人。……一个个的梦想都被风吹散了。……

## 9　舅舅总结我第一年的生活:"他变坏了。"

我在彼得堡的第一年的末了,我们这个小团体突然富裕起来。父亲死后,我和哥哥在中学里的最后几年,被列为"钦赐奖学金获得者"。现在母亲写信告诉我,说全靠我父亲的朋友——和勃路多娃伯爵夫人相识的本地神甫巴拉诺维奇——的努力,这奖学金或许在高等学校里也可继续获得。我必须到冬宫去拜访勃路多娃伯爵夫人,她会指示我还应该到哪里去办手续。她也许一切都已办好。……母亲在信的末了说:"你记住,一定要去!"

假使再过两年,我一定会毫不犹豫地拒绝母亲这计划。但是在那时候,我的政治理解力同我的文学理解力一样模糊而不彻底。……我准备在柯玛罗夫的报馆里工作,虽然我同情杜勃罗留波夫;我毫不觉得用钦赐奖学金的可耻,虽然我幻想着共和政体。……母亲信上说,到勃路多娃那里去是十分必要的。我很不想去,然而终于去了。同学们合力替我打扮,东拼西凑地给我穿上了一套像样的衣服;我身不由主地从涅瓦河方面的一个小入口处走进了冬宫。但见铺地毯的宽阔的扶梯、穿宫廷制服的仆役,还有一些背着枪的禁卫兵,他们不时地举枪行礼。伯爵夫人是一个矮胖的女人,相貌极不漂亮,她很和善地接待我,说她已经收到了巴拉诺维奇寄来的种种材料,而且已经办好了一些手续。她叫我拿了她的名片到奏闻请愿局去访问戈里曾公爵。我去的时候正好是接见时间,戈里曾公爵立刻就接见了我。他已经知道了我的事情,很和气地向我说明,奖学金现在不能发,因为款子已经告罄了。

"可是,"公爵继续说,"我们,伯爵夫人的几个好朋友,知道了你父亲的功业和家庭境况,就不揣冒昧(他确是这样说的),凑集若干数目,用以表示同情和关怀。这笔款子你现在就可以领到。"

值班员递一个封袋给公爵,公爵立刻把它交给我。

我脸色通红了,敛住了手,激动地说:我并不是请求周济,也不指望周济,只是申请公家奖学金,准备按照规定在将来的职业上尽某种义务。我就匆匆告辞,走了出去,心中略微轻松了些。……

"好了，"我这样想，"我总算去过了，可以问心无愧地写信给母亲，报告她事情已经办完了。……"

然而过了几天，一个宫廷信差来按我们的寓所的门铃，送进一张官家的通知单来，叫我在某日某时再到那个委员会里去。戈里曾公爵又在那里接见我。他是一个很漂亮的、身材修长的金发男子，相貌和态度都很温和。这一次他采取办公事的态度，而且略带严肃。他叫我就在桌子旁边坐下了，把请愿书的内容口授给我，叫我笔录下来，在这请愿书下面签上"陛下的忠良的大学生某某"。接着他正式地对我说：

"你的请愿书批准了，现在付半年的款子。……伊凡·伊凡诺维奇，请你发给他。"又对我说："请你签字。"

我签了字，收到了一百七十五个卢布。

我一生中从来没有一下子收到这么大的一笔钱。在回家的路上，我到小海洋街上的点心店里去买了一大包糖食。

在我们看来，这幸福来得太迟了，因为这一年总归已经荒废过去。我们只是补充了些衣服，还清了崔文科家的房钱和另外几笔债，并且……作了几次娱乐性的然而很正当的游玩，然后大家回家去过假期。我的彼得堡生活的第一年就这样结束了。成绩如何，结果怎样呢？……

在回家的路上，我又到苏麦的舅舅家去了一趟，然后和他一同到我家去。这一年来他瘦得多了，他那双大眼睛里发出可怖的热病似的火气。他从我小时候就很喜欢我，现在又看到我，当然很高兴，但是过了些时候，我注意到他那双悲哀的眼睛盯住我看的次数越来越多了，眼光里有探究似的、担心的神色。

"你在这时期里变了样。"他说。

　　是的,我变了样。我已经不是一年前那么愚蠢地为涅格利的朗诵所激动的那个人了。现在我已经不是傻瓜,用这一套骗不过我了! 我在生活中见得多了,我眼前的玫瑰色烟雾已经消散了。我知道在"真正的大学生"的极其明慧的外表之下可能隐藏着威塞里茨基,在《祖国纪事》上可能有可怜的纳乌莫夫写的稿子,而"从黑暗的迷途中救出来的"姑娘原来就是纳乌莫夫的伊丽莎白。……这一年内的首都生活没有把我提高到它的水平上。反之,我觉得它降低到了我的水平上。我这个人枯燥乏味。……首都生活也是这样。……由它去吧! ……我仿佛为我现在这种"乖巧"而自豪。……"真正的"和"理想的"人根本是没有的,我并不比别人差,也许比别人更聪明。……

　　有一次,那时已经在乡下了,我在花园里偶然听到舅舅和母亲谈话的断片。

　　"呃,的确,"舅舅说,"他长大了,比以前放浪了,也许更加俏皮了。……不再像从前那样说一句话就脸红。可是,不管怎样,从前我喜欢他得多。……现在他变坏了。……"

　　我听了这些话觉得很难过。我很爱我这个舅舅,我伤心地承认他的话是对的:当我觉得生活是蒙着玫瑰色烟雾的时候,我这个人的品质好得多。不多天以前,我还和苏奇科夫到乡下格利涅威茨基那里去玩了几天,我们算是彼得堡来的大学生,在那里装出那么放浪不羁的傻头傻脑的态度来,——恐怕正是由于天性拘束的缘故,——甚至直到今日,四十多年之后,我回想起了这件事还觉得羞耻。现在舅舅对我作这样的品评,是可悲的,严肃的,而又真实的。……

　　"呃,不要紧,"我昂一昂头对自己说,"明年这一切全都改正。"

## 10　斯图坚斯基的校对局。我采取突然决定

在下一年,在第三年的开头,我什么都没有改正。这一年我家全部迁往北方去了。我和我的表兄很要好,这表兄就是我在这部真实的故事的第一卷里详细说过的那个上尉的儿子。

这位表兄是一个炮兵军官[1],他在我们家里住了很长的一个时期,现在被调往克朗什塔特要塞炮兵队去了。我的哥哥也决定迁往彼得堡;后来母亲为了要和我们住得近些,也决定跟这外甥一起迁居到克朗什塔特[2]。弟弟进了彼得堡的实科中学。

必须考虑到生计。我继续画图表,又接受制图,绘制印刷用的地图,和哥哥替奥克列茨[3]翻译小说,每一印张稿费十个卢布,——总之,做的都是这一类吃力的机械工作。我们兄弟三人每星期一次坐轮船到克朗什塔特去,在母亲那里休息一个星期天。第二年这样地过去了,第三年开始还是这样。

第三年秋天,我进了一个叫做斯图坚斯基的人所办的"校对局"。这在我是一个最艰苦的时期。我哥哥似乎是第一个做校对工作的。起初在杰玛科夫那里工作,后来在斯图坚斯基那里担任了经常的工作。

斯图坚斯基是一个奇特的人物,完全属于狄更斯小说中的类型。他身体瘦长,肤色发黄,脸上几乎没有髭须,容貌憔悴,满面都是皱纹,一双

[1]　即符拉季米尔·卡齐米罗维奇·屠采维奇。
[2]　柯罗连科家从罗夫诺迁到克朗什塔特,是在一八七二年秋天。
[3]　斯塔尼斯拉夫·斯塔尼斯拉沃维奇·奥克列茨(奥林斯基)是轻松读物《廉价文库》杂志和《世界劳动》杂志的发行者。

淡淡的眼睛没有一定的色彩,使人想起半透明的冰块;同时他却有一头美丽的浅栗色的波纹卷发,在这须发的框子里异样地装着这张死气沉沉的、假面具似的脸。

他表示愿意给哥哥经常的薪水,并租给他一个房间。哥哥接受了他的条件。后来斯图坚斯基对我也允许同样的待遇。他把自己的一册文学作品送给我们,作为初次相识的记念。这是一本题名很长的小册子;我想我大概不至于记错,它的题名如下:

印刷术中所应用的

法则的引经据典和分门别类

以及

这作品所提出的

星球和字母表中字母的

新布置

他的另一个作品的题名也很奇特:

哲学家、娇娘和撤消了的第三种人

这两部创作在文法和核对方面都无可批评;至于它们的内容,则是一种毫无合理性的混乱的文字游戏。

"您看过了吗?"第二天他问我。

我对题名感兴趣,已经看了一遍;然而难于说出任何评语。

"是的,这需要一些哲学修养。"作者沾沾自喜地说。

起初我竟以为我碰到了一个疯子,我感到有点恐怖。尤其是后来有一次,他告诉我,说除了按页的报酬之外,我们还将有一种按钟点计酬的特别工作,是关于他个人的一种文学研究事业的。他说:

"我要实现一个非常奇特的念头,"他用他的死气沉沉的声音说,"我想出版一本《俄法辞典》,其中单词的排列不按照头字母,而按照词尾。"

这个人虽然怀着这样幻想的念头,然而对自己的实际事业安排得很好。他创办了一个局,把大大小小的几家企业的校对工作都招揽了来。他校对《源泉》[1]、《星期报》[2]、玛卡罗夫的《法俄辞典》、一种科学周刊,以及杰玛科夫的大印刷所和其他几家小印刷所里所刊印的一切稿件。他自己是一个出色的校对者,能够很快地适应每一种出版物和每一个著作者对校对的个别要求。但是他工作得非常慢,而且当然对付不了这么许多工作。因此他把这些工作分配给贫寒的青年男女,同时善于估量他们是穷到了什么程度而来求教他。他付给他们的钱,不大会超过他自己的收入的一半。

回想起我和哥哥住在斯图坚斯基那里时我的两三个月间的生活,不能不感到战栗。他的寓所位在狭小的杰米多夫胡同里,几乎面对着流刑监狱。屋子下面的地下室里,有一个巧克力制造厂。这制造厂里发散出一种使人窒息的浓烈的香气来,同时又不绝地传出机器的隆隆声,使得地板和街子微微地震动。我们打开了向着杰米多夫胡同的窗子,往往就有浓烈的香气一阵一阵地冲进房间里来。斯图坚斯基按照他自己的奇特的趣味装饰房间,他吩咐用深蓝色的糊壁纸来糊墙。门和檐板都是黑

---

〔1〕 一种有插图的儿童月刊,发行于一八八二至一八九四年间。
〔2〕 一种自由主义民粹派的周报,发行于一八六六至一九〇一年间。

色的,甚至天花板的颜色也很晦暗。房间大体上像一只棺材。黑色的门常常被推开一条缝,里面出现一张假面具似的脸,斯图坚斯基的瘦长的手从缝里递进一大张校样来,这张校样衬托在黑暗的背景上,显得异常分明而带有丧葬的气氛。……我不禁仓皇失措。

扣除了极高的房间租金以外,我和哥哥每人净得的约有五十卢布。然而为了赚这笔钱,必须从清早工作到深夜,其间好容易抽出一小时的工夫,匆匆地到一家廉价的小饭馆里去吃一餐饭,就在那里浏览一下报纸。如果主要工作有了间断,斯图坚斯基立刻就利用这时间来叫我们做"按钟点计酬"的工作。这就是说,他从墙上取下"按词尾编制的辞典"的许多长条子来,我们就只得动手做这无穷尽的、没有意义的无聊工作。这是"老板的"工作,报酬很便宜(大约一小时六戈比),毫无意义,因此特别吃力。这个面孔像假面具一样死气沉沉而眼睛像半透明冰块似的人,在这全部时间内把我们紧紧地抓住在他的骨瘦棱棱的手里,仿佛神话里的一个吸血鬼。此外,他的心原来容易沾染一般人的弱点。因此他有时派一个姑娘作为"校读员"来帮助我们工作,然而这位小姐连这样简单的工作也不会做。我们在这环境的影响下变得神经异常暴躁,哥哥向来性情不耐烦,因此常常发怒。

"这里不是这样的。"他说,这时候他还耐着性子,希望这个"校读员"能根据原稿校正错误。但是这个可怜的女助手早已在原稿上失迷路途,就拼命地找寻哥哥所说的地方。哥哥开始不耐烦起来:

"我等着呢。"他说时已经有些愤激;然而女助手完全没有希望在原稿上找到哥哥所要求的地方,她就突然抬起眼睛来望着天花板,带着天真而好问的样子说:

"哦,我早就想问您:什么是 сквоттер[1],什么是 фермер[2]?"

哥哥实在忍不住了,抓住了自己的头,开始顿足,愤怒地说:

"去他的 сквоттер! 滚他的 фермер! 真是活见鬼! ……把原稿给我,静静地坐着吧! ……让我自己来念! ……"

这个可怜的姑娘吓得睁大了眼睛,眼眶里涌出眼泪来。……

"慢慢地来,她会进步的。"斯图坚斯基听见了这些怒骂声,这样说。……

不久,在这环境中,在这充满着颤抖的隆隆声和窒息的蒸汽的苦闷的气氛中,我从小就有的神经性哮喘病重又发作了。这毛病往往在生活苦闷的时期复发,跟着我的心情的好转而消失。……

温和明爽的秋天来到了,这时候夜渐渐长起来,彼得堡街上薄暗的暮色巾开始点起了路灯。有一次,在这样的黄昏时候,我刚刚从小饭馆里回来。哥哥不在这里,桌子上还没有放着校样。我打开窗子,躺在窗台上,把身子探向胡同里。这时候感觉新鲜而愉快。海边吹来的烈风把空气肃清,呼吸很爽快。一个路灯夫掮着一架梯子迅速地从我们窗前跑过,不久,在明亮的暮色中出现了两串灯火。……

我觉得有一种突然的、剧烈的、令人分明地想起往事的苦闷之感压迫着我的心胸。这种苦闷我每天在这时候总感觉到,我不由得自问:这种苦闷是从哪里来的? 我在饭馆里常常读《俄罗斯世界》报,这时候这报上的杂文栏里登载着列斯科夫的一篇小说《流连忘返的族人》。我读了这篇小说,心目中出现一片特殊的广漠的草原和这个具有天性好漫游的俄罗斯

---

〔1〕 俄语,偷住空屋的人。——译者注
〔2〕 俄语,农民。——译者注

性格的人的离奇事迹。也许是由于读了这篇小说,由于其中的情况同我在这棺材里的生活相反,我才感到这种苦闷,受到诱惑的召唤吧?

我顺着胡同朝前一望。这一连串路灯已经全部点燃了。现在路灯夫穿过了洗濯河和小海洋街,已经在点远处的路灯了。我恍然大悟:我的苦闷是由于看到了我初到彼得堡时使我异常吃惊的这些灯火而发生的。那时候也是这样的黄昏,也是这样的灯火闪耀在彼得堡的暮色中。当时对于远大前程的信念和对于未来的期望猛然地在我心头复活了。接着,这两年来的情况迅速地在我记忆中掠过:小皇村街上的"文星阁",饥饿,绘制图表的无聊工作,威塞里茨基,保罗·戈利茨基,专科学校里的制图板,叶尔玛科夫,一连串的失望,……直到现在这棺材。……

轻轻的一声门响,出现了斯图坚斯基的死气沉沉的脸,一只枯瘦的手递进一叠编辞典用的纸条来。我走到门边,自己也意想不到地对他这样说:

"我请你替我结一结账,因为过几天我就要到莫斯科去了。"

我们第一年结伴的人都走散了。格利涅夫茨基转学到矿山学院,迁居到瓦西里岛上最远的地区,不再从那里来看从前的朋友了。他努力用功,重新得到了父母的金钱接济。苏奇科夫到莫斯科去,在那里进了彼得农林学院。这时候在这学院里还有几个同乡人,其中有一个叫做莫恰尔斯基[1]的,是我的好朋友之一。他有一次收到了我的一封叹苦的信,劝我抛弃了彼得堡的一切,到莫斯科去进农林学院。他说虽然学年已经

〔1〕　杰米杨·伊凡诺维奇·莫恰尔斯基生于约一八五〇年,死于一九二八年。在罗夫诺实科中学和柯罗连科同学。中学毕业后进彼得农林学院,一八七五年在该院毕业。在伊兹马伊尔林务区工作了三十三年。他开辟了勃拉古希的荒地,后来这地区上建造房屋,划入莫斯科郊区。勃拉古希有一条街就用他的姓氏,叫做莫恰尔斯基街。

开始，他们会收容我的。又说我初到的时候可以和同乡们同住，以后大概也可以靠自己的绘图才能找到工作。

起初我觉得这完全不可能实现，但是现在，由于丧失了那种宝贵的期望而发生了剧烈的苦闷，又因为这个点着路灯的幽暗的黄昏向我显示出异样的意义，就使我改变了主意。过了一星期，我从斯图坚斯基那里收到了几十个卢布，就到克朗什塔特去同母亲告别。……她听了我的计划，竟很高兴。在她心目中描现出我的林务员的前程，和一所朴素的林中小屋，在她的荫庇之下，我们一家人将重新团聚在这屋子里。……

过了几天，我已经进彼得农林学院了〔1〕。

―――――――――

〔1〕　柯罗连科进彼得农林学院是一八七四年二月一日。

# 第三章　彼得农林学院

## 1　最初印象

我回忆到这地方,仿佛呼吸到了一阵新鲜空气,而且这句话是实际的,不是比喻的。从莫斯科开始,路上就已经树木夹道,闻得出新鲜的雪和松树的香气。树林里有许多空着的别墅,后来看到学院的漂亮的建筑、教堂、公园、堤坝,一边是盖着雪的池塘,另一边是辽阔的旷野,还有一个很别致的乡镇,镇上有一所二层楼的奥洛雷金旅馆(不久以前改名为惠爱旅馆)。到处只看见农民和大学生。我在杰米多夫胡同"斯图坚斯基校对局"的暗墙黑门的房间里住过之后来到这里,这一切对我的影响如何,可想而知了。从这个时候起,我的生活中开始了一个新时期,产生了一种新意境。……

彼得农林学院于一八六五年十一月二十一日创办在曾经是拉祖莫夫斯基所有的宅院里[1]。这正是农奴制改革时期,因此这学院最初的章程里反映出了当时的思潮。根据这章程,入学的时候完全不需要考试或缴验文凭。每个人可以按照自己的愿望去听课,随便听哪些课或几种

---

〔1〕　这宅院位在莫斯科近郊的彼得罗夫-拉祖莫夫斯基村中。

课。除了经常的听课者以外,还收容旁听生,每听一次课只要付十六戈比。如果能得到教授的许可,最初的三堂课还可以免费。升级不需要考试;毕业的时候也只有那些要求发给毕业证书的人才要经过考试。学程是三年制的,但是毕业考试可以在任何时期举行。……只要有一群学生提出自己的愿望,教授就指定考试的日期。所有的学科都考得及格,就发给候补博士学衔的文凭。对待听课者,"如同对待公民,他们可以自由选择事业范围,不需要日常的监督"。

鼓舞着解放时期的知识分子的一切希望,都反映在这章程中,表现在这章程中。学术研究的自由和对于正在革新的国家的青春力量的信心,便是这章程的基本原则。科学不勉强学生去研习它。它在渴望知识的人面前展开着一切可能性,威严地等候热爱知识的人去研习它,它信任他们的爱,并不用监督和规则来追求这种爱。……伊西斯[1]的神奇的幕使科学研究者觉得科学好像是一种玄秘的事业,现在这个幕卸去了。所有的人都负有使命,每个人都可以判断自己的才学程度。毕业证书不会给人知识,真正的知识没有官家的毕业证书也会替自己找到用武之地。

以上便是这章程的基本思想。这章程只实行了七年。一八七二年,来了一次改革,把这学院改得同一般高等学校相近似了。"过分自由主义的章程"经不起考验。……

我有一个同乡,是彼得堡大学的学生,姓格罗茨基,他特地到我这里来,把彼得农林学院的情况讲给我听。他比我年纪大得多,以前在莫斯科大学念书,所以很熟悉彼得农林学院学生的风气。他是一个幽默家,

---

[1]　古代埃及的丰收女神。——译者注

他的叙述中充满着对于自由主义章程的讥讽。据说从各地方来进学院的,都是些在中学里不能掌握"深奥学问"的懒惰虫,还有地主家的儿子,他们从低级班里被赶出来,他们的父母希望用最简便的方法来给他们捞到一个大学生的称号。总之,照格罗茨基的说法,这学院里的学生都有点像自由放纵的哥萨克人。……他用非常幽默的话来描写彼得农林学院学生的"自由生活"情景。在公园里,在树林中各个孤立的别墅里,在池塘上,春天和夏天的夜晚通宵响彻着歌声,举行着酒宴。莫斯科城里到处传述着彼得农林学院学生的狂妄行为,譬如说:在公园的大林荫道上散步的人群面前,突然从池塘里跑出一个穿培尔维德雷·阿波洛[1]服装的游荡者来。缺乏监督和强制,造成了这样的情况:有些学生只学了一部分课程,就参加了好几次考试,希望终于有一天能够抽到一份侥幸的考签。……格罗茨基又用非常幽默的话来叙述一个哥萨克人的事:教授问他什么叫做重心,他想了一想,后来用手按住了自己的额角,欢喜地叫出:

"啊,我知道了,我知道了。……重心,……这就是说,假使把身体挂在一根线上……"

他说到这里,教授就疑讶地驳斥他,但他不容分辩地断言:

"请您不要告诉我。……现在我确实地记起来了:假使把身体挂在一根线上,这就是重心。请您去看加诺的书吧。[2]……"

另一个人说:细胞是靠产卵器的帮助而繁殖的;昆虫是从污物中自

---

〔1〕　培尔维德雷·阿波洛(Apollo Belvedere)是罗马梵蒂冈美术馆里的大理石裸体雕像。——译者注

〔2〕　指那时流行的加诺所著的物理学教程。

然产生的,诸如此类。格罗茨基又说:《莫斯科公报》[1]对这学院作有系统的抨击,而参加制定章程的理想主义教授们,现在竟想不出论证来为这章程作辩护。……

倘在不久以前,我一定很不喜欢格罗茨基这种论调,我会称他为"犬儒主义者",像以前对尼库林一样。然而现在,两年来的彼得堡生活在我心中留下了怀疑的迹象。自由主义的章程显然是根据对"真正大学生"的信任而制定的。然而我知道:这种理想的大学生在世界上是没有的,世界上只有威塞里茨基之类的人,或者像我自己那样乏味的青年人。

现在章程改变了,改得很好。我到这学校去,将是一个规规矩矩的学生,我将按时去上课,获得毕业证书,然后就职。……浪漫的梦想结束了。……只是在心的深处还潜伏着一种希望:我想在林中小屋里写一部小说,……然后……。我对于遥远的未来的梦想就集中并潜伏在这里,而现在我且享乐我的新印象,体味和同学们会面的欢喜。

我要求进学院的申请书,还是在彼得堡的时候寄出的。如果他们拒绝我,我决定自学半年,去插二年级。然而他们答应了我。同学们说,我应该去看院长菲里普·尼古拉耶维奇·柯罗廖夫。我到院长室里去,接见我的是一个中等身材的白发老人,他的头很大,脸形很粗,表情严肃。他在获得这职务之前,是莫斯科一个以纪律良好著名的中学的校长。他似乎是受卡特科夫提拔的,卡特科夫认为他是一个能够"整顿学院"的人。他完全以院长的态度来接见我。他严肃而冷淡地通知我,说校务会议允许我在学年中途入学,是有个条件的:如果我不能升二年级,就要我

---

〔1〕　一种极反动的报纸,它代表着农奴主贵族和僧侣的利益。这报纸有很长的一个时期是由反动分子米·尼·卡特科夫主办的。

退学。我鞠躬退出,觉得自己仿佛又变成一个中学生了。

有一次我和一个同学走到通向公园的一条清洁的小路上,迎面碰见一群人,这群人的中央有一个长着蓬松的斑白卷发而面貌还很年轻的老人,特别惹人注目。我的同学向他鞠躬,老人答礼,同时用他那双生动而悲哀的眼睛来向我们一瞥。

"这是农业化学教授伊连科夫先生,"我的同学说,"是以前的章程的制定者之中的一人。"

我好奇地回过头去看看这个六十年代的典型人物,不由得回想起叶尔玛科夫来。的确,在伊连科夫对学生们的温文而冷淡的态度中,有一种疏远的感觉;后来我到他那里去考试的时候,生怕他突然像叶尔玛科夫那样看我一下,说:"我早就知道。"

他们答应我入学,我总算已经很满足了。这几年来,我一直渴望着正规的学习;我很高兴再按时地去上课,作笔记,"啃书",终于感觉到自己不是一个很坏的大学生。

学院里的全部生活环境简直使我欢喜之极。周围的一切都很别致,很有趣;特别有趣的是大学生住的地方同生活朴素的新村相邻近。就在堤坝那边,有一所二层楼大建筑,就是惠爱旅馆。这是一所十分陈旧的建筑,墙上仿佛永远渗透着烟草气和啤酒气。这房子里有两条走廊(一条在楼上,一条在楼下),各个房间的门都开向走廊里。这里的传声作用很特别:在一个房间里大声说话,到处都有回声。大学生除了住在这旅馆的房间里之外,又住在那些小别墅里;大学生的全部生活同新村居民的生活打成一片,得知得见。

## 2  老学生

我在圣诞节假期的末了来到这里,初到的时候有好几天一味贪婪地观察这新环境。街道、院子和屋顶都盖着雪,同学们劝我首先去定做一双长统靴。一个年轻的靴匠来替我量尺寸,这是一个脸色苍白的患痨病的农民。他向我握手问好,皱一皱眉头,神气活现地问:

"维尔非斯·乌尔·伊斯·爱斯?[1]"

我听了露出惊异之色,同学们笑着给我解释,说他讲的是德语。

"希普雷亨·齐·德伊契?[2]"他又神气活现地问,接着拿出表来看看,说,"爱斯·伊斯·德莱·乌尔。[3] ……"

"这是老学生们教他的,开开玩笑。"后来同学们这样解释。这个青年靴匠喜欢夸耀他同老学生们的交往,而对新学生采取轻蔑的态度。"一代不如一代,"他说,"现在没有真正的大学生了。从前有一个伊凡·谢苗诺维奇,……一拳头把门打掉。……有时候抓住狗的尾巴,要一下子把它丢到树上去。……现在这样的人已经没有了。……"

的确,新章程把彼得农林学院学生的年龄限度和外貌都截然地改变了。以前的学生只剩下小小的一群,人们就称他们为"老学生"。

我来到后不多几天,这些老学生在旅馆里举行了一次酒会。他们喝酒,唱歌,喧哗地争论。到了晚上十点钟光景,这种喧哗声激烈起来,过了一会儿,变成了骚扰声。

---

〔1〕 不正确的德语,意思是:现在几点钟? ——译者注
〔2〕 你会说德语吗? ——译者注
〔3〕 现在三点钟。 ——译者注

"他们要把奥列霍夫撺走，"隔壁房间里有一个人走到我们这里来，笑着说，"这回要闹事了。"

在这伙人里面有两个好朋友，他们的关系极像戈利茨基和他的朋友兼敌人别拉文之间的关系。佛尔弗拉姆和奥列霍夫两个都是高加索人，是中学时代的同学。他们清醒的时候非常要好，一喝醉就变成敌人。……通常是奥列霍夫先开头，他酒越是喝得多，越变得机智刻毒而吹毛求疵。佛尔弗拉姆起初让步，后来就同他打起架来。……同学们都知道奥列霍夫气力极大，喝醉了酒更加残暴，所以大家合力保护佛尔弗拉姆。这一次结果也是这样：大家合力把奥列霍夫赶出房间去了。

"现在他要在新村里另外找人打架了。"我们那个邻居又说。

我那时候正好要到小店里去买东西，就走到走廊上。楼下点着一盏幽暗的灯。我刚刚走下楼，扶梯底下突然跑出那个身材高大的美男子奥列霍夫来。他体态匀称，肩膀很宽，身材修长。他从暗角落里跳出来，突然抓住了我的肩膀；但是后来他的苍白的脸上那双炯炯发光的黑眼睛盯住我一看，说：

"你是谁？你不是他们伙里的人吗？……不是，……啊，你是新生。……那么，对不起，我跟你没有什么账要算。……"

他跟着我走出去，不久就消失在冬天雪夜的黑暗中了。第二天才知道：他在离开新村约两公里外的工厂区里大打了一场架。

酒宴一直继续到夜半之后。……天快亮的时候，我被隔壁房间里的谈话声吵醒。佛尔弗拉姆的姘妇娜杰日达·伊凡诺夫娜扶他到床上去睡觉。他哭着，说他要去找寻奥列霍夫。……他说：奥列霍夫侮辱了她，侮辱了娜杰日达，而他，佛尔弗拉姆，不许任何人侮辱她。他说：他自己对她的态度固然像忘恩负义的禽兽一般,……今年他毕业之后就要抛撇她,……坦白地说一句,的确是要抛撇她。……他说他必须开始新生活,……全新的生活,……否则他会毁灭,她也会跟着他毁灭。然而不管怎的,他毕竟是卑鄙龌龊的禽兽。……可是,所有的人都是禽兽,娜杰日达也是。……而且不止是禽兽,简直是机器。……当然是机器。……你难道不懂得这一点?你以为还有心灵之类的东西吗?……胡说!……人只是一架机器,不过如此而已。……你也是一架机器。……啊,不过你是一架多么聪明的机器啊,……竟会替我脱靴子了。……

他又说了许多话,拼命要到什么地方去,有时有一个温柔而悲哀的女声回答他些话。不久,我被兴味所驱,认识了佛尔弗拉姆和娜杰日达,后采又认识了奥列霍夫。我觉得这一伙人很像我在彼得堡认识的那些科斯特罗马人,尤其像保罗·戈利茨基。这些人是以前的学院的最后一批遗老。虚无主义时期整整的一代人物,以他们为代表而下场了。

## 3 毁坏者爱杰姆斯基

这些老学生中还有一个非常特殊的人物。这人叫做爱杰姆斯基。他还是老章程时代进来的,后来为了牵涉到涅恰耶夫事件,被开除了;流放期满,他在新章程时代又来进这学院。关于他的“涅恰耶夫事件”历史,他不喜欢谈起。学院里的人一般都不大讲起这事件,虽然我在学的时期还存在着“伊凡诺夫岩穴”的遗迹,并且还有一些人知道这悲惨事件的参与者。根据我所听到的一切传述,被涅恰耶夫分子刺杀的伊凡诺夫,是一个出色的人物,而且毫无疑问,他决不是像涅恰耶夫所确信的那样准备告发阴谋的。他只是看穿了涅恰耶夫的手段,决定退出组织;而涅恰耶夫就决定杀死他,以便用流血来巩固他这第一个秘密的基层组织。他认为可以用这种秘密小组的网来罩住整个俄罗斯;这种小组由铁一般的纪律来维系着,即使其结合是一个骗局也不管它。

每一个组员有创办同样的一个小组的义务。这样"革命"就可按几何级数发展起来。将来有一天,从上面,从中央小组发出一个命令,在俄罗斯就宣告自由体制了。命令从上而下,传到彼此并不相识的各小组;于是全国的人突然得悉,他们的国家几乎全部已经革命而获得自由了。……后来,当我已经在西伯利亚的时候,我碰到些人,他们都是被这个人用同样的手段——即欺骗和流血——来掌握过的。但是关于这些事,我以后在另外一个地方再叙述;现在我只是想说:涅恰耶夫事件是虚无主义时期的典型特征。这一代人没有任何信念可以依靠,不像后来一代人那样,例如信赖人民。……他们只是有极端的唯理主义和数学计算,比任何最幼稚的信念更加幼稚。

爱杰姆斯基是一个大俄罗斯人,以前似乎是在神学校里读书的。他的脸相像一个退化的人,下颚突出得很厉害,一双黑眼睛里闪耀着深挚的热情。他不穿大衣,而穿一件皮领大袍,手里拿一根枝节累累的拐杖。他平常沉默寡言,阴郁而沉着,只同比他年轻得多的两三个同学相友好。有时他喝醉了,样子就变得很可怕。……这时候他异常地雄辩,他怀着炽烈的热情大发议论,说非把一切都毁坏不可。同时他的手碰到图画、相片、镜子等东西,就把它们毁损。有一次,他在鞭子上缚一块石头,去敲打学院里的凸面玻璃。又有一次,他做了一大堆雪球,晚上埋伏在一个地方,怪声怪气地叫喊,用雪球来掷一个趁着马车经过的同他无冤无仇的学生。有一次他喝醉了,手里拿着枪闯进一个朋友的屋子里去,要不是有人从后面抓住了他,他大概会开枪打他的朋友了。他所爱好的凄厉的谈话题材,是必须实行血腥恐怖和牺牲"百万头颅"。

有人提到这一点时说:有一次有一个同他谈话的人吃惊地指出:

"爱杰姆斯基,你听我说,你大概想毁灭了全人类,而一个人活着。……"

爱杰姆斯基的眼睛发出凄厉的闪光,他把啤酒瓶在桌子上敲碎了,回答说:

"我要毁灭卑鄙龌龊的人类。……他妈的! 我要留下我一个人,再产生出新的人类来。……"

他的样子虽然很可怕,而且手里老是拿着一根枝节累累的拐杖,然而幸亏得他同小鸡一样羸弱,所以他的一切毁坏的企图不难镇压。有一次,就是他带着枪闹事的那一次,有一个人去叫了一个守夜人来,把爱杰姆斯基困了起来。此后两三天内,他的态度非常凄厉,使得大家都诚告那个叫守夜人的朋友,劝他提防着点儿。这件事似乎可能酿成人命案子,但是结果倒安然无事。爱杰姆斯基要求一个仲裁法庭来公断;他出席的时候态度很堂皇,宣读了一篇很长的、慷慨激昂的呈文,这篇呈文是用他所固有的凄厉的热情来写成的。

他开头是责备自己。……是的,他承认自己有过错:为了热中于原则性的争论,他带着枪闯进好朋友的屋子里去,想打死他。他承认,他应该受到任何回击;不但如此,即使他们把他打死,用他自己的枪来打死他,用脚跟来踩破他的头颅,他也决无怨言。但是他们用比这恶劣得多的手段来对付他:叫来了一个卑鄙的警察,暴力的代表者,专制制度的奴仆,政权的代表者——而这政权……

接着在好几页上,他用同样凄厉而雄辩的话来叙述俄罗斯政府的一切罪状,几乎从伊凡雷帝开始。

仲裁人困惑地面面相觑,但是爱杰姆斯基似乎竟不要求判决。他十分激动而真挚地披露了他的激情之后,就仿佛发泄了全部愤怒和复仇的渴望。他哭起来,向这个过去的朋友伸出手去。

我要提前叙述:这个奇怪的人的结局也很奇怪。他在流放中,在阿尔汉格尔斯克省的一个地方,娶了一个不受教育的普通女子,生了孩子。流放期满,他迁居到下诺夫戈罗德,由于生活贫困,在那里当了定期市场的看守人,得到微薄的工资。

“当然,同时他还从商人们那里得到一些外快。”告诉我这些消息的那个人坦率地对我说明。

我准备去访问这个旧时的同学,然而过了不久,听说他死了。

## 4　新学生格利果列夫和韦尔涅尔

不久,我当然陆续认识了我的同辈和同学们。彼得农林学院的学生生活,即使在现在也还和别的学校的生活截然不同。……过了不久,我们从新村迁居到公路旁,三个人合伙在所谓“主教别墅”里租了一个房间。正对着别墅的大门,有一个茂密的松林,有一次有一只狼放肆地把我们的狗拖了去。这别墅其实冬天是不能住人的,住在这里冷得厉害。晚上,我们尽量地把所有的东西都盖在身上,还是觉得很冷。还有同样的许多别墅——不过御寒设备较好,——散布在公路旁边别的地方和树林里。新村里住着两个宪兵,然而他们当然绝不可能监视这些孤立的别墅,因此同学们常常举行集会。记得我第一次去参加集会时的情形:我兴致勃勃地在一条盖着新雪的小路上走去,灯火从树干之间透射出来,窗子冻结了,然而还是看得见许多人影。谁都不怕有人来侦察,因为密探跑到这里来,难免有危险。记得我那时第一次来参加集会的时候,看见一个神学校出身的风姿翩翩的大学生符拉季米罗夫带着一把短剑来到会,觉得很惊奇。这个人长着蓬松的长头发,留着胡须,穿着长统靴,又带着这个武器,使人初看见的时候觉得他活像一个强盗;然而实际上他是一个极忠厚的人,后来在林务部里占据重要的地位,很有信誉。他自己对于他的威武姿态似乎采取玩笑的态度;人们问他为什么这样打扮,他微笑着,引证一些关于烧炭党员[1]的话来回答,这些党员到树林里来开会的时候是"连牙齿也武装"的。他读书过目不忘,甚至同别人争论的时候也一定引经据典。……

在这种集会上,大都毫无严重的事情发生。这一次所谈的,是柯罗廖夫竭力想采用中学的校规,他对待大学生,像对待他从前当校长的那个中学的学生一样,有几个人发言,号召大家起来抗议;然而大家都知道这问题并不严重,同符拉季米罗夫的手枪一样不严重,这手枪多半是不会用来射击的。……

举行酒会的时候总是高声地唱革命的《杭唷歌》:

> 若要船儿走得快,
> 必须叫沙皇滚蛋。……

---

[1]　十九世纪意大利一种秘密的革命组织的名称。——译者注

哎,杭唷,咳唷!

哎,杭唷,向前,

向——前……


或者:


我们抛弃旧世界,

振落脚上的尘埃。……


歌声散播到远处,在公园里发出回声。……同学们之间传观着一些革命刊物,例如索科洛夫的《叛逆者》和巴枯宁的《蒲鲁东无政府主义》。这里有许多论调是很"极端"的,甚至是粗暴的。巴枯宁竟主张同"俄罗斯国土里的盗贼"联合起来,把他们看作本能地革命的和无政府主义的分子。……现在我觉得这也是以前的虚无主义时期的残余,在新青年的心理方面完全没有根据地。大学生们读读关于无政府主义的书本,唱唱革命的《杭唷歌》,讲讲慷慨激昂的话,后来得到了毕业证书,就同化在环境中,仿佛他们对这一切是毫无责任的。在盖着雪的别墅里所举行的集会,比起从前在伊兹马伊尔团参加的秘密会议来,没有给我更深的印象。

的确,当我还在彼得堡,在工艺专科学校里读二年级的时候,在我难得去听课的几天内,我不能不注意到学生环境中有一种特殊的蓬勃气象。这种蓬勃气象表现在休息室里的一种特殊文学——启事中。在关于听讲登记和"今有宽舒房间,征求同居人"等普通启事中,这时候出现了讨论、揭发,甚至争辩。例如我记得关于"绿帽圈"的问题。那时候工艺专科学校的学生没有制服。某些揭发者写道:"可是我们已经深深地染上了官气,甚至少不了帽圈。有一天,一群放荡的知识青年在某菜馆里表演了一大丑闻,而且侮辱了一个女人。……同学们,你们以为这里面没有绿帽圈吗?"诸如此类。

当局对于这种文学,起初态度很宽大。然而有一次我看见一张纸面前密密地拥着一群人,有一个学院行政方面的人带着两个学监正在拼命地挤进人群里去。我也挤进去,看见墙上贴着一首诗,题目似乎是《战斗》。这首诗号召人们大张旗鼓地反对专制政体,末了是这样的四行:

> 如果暴君用他的巨手,
>
> 终于叉住了你的咽喉,
>
> 而你没有力量来号召战斗,
>
> 战士,你就在他脸上唾一口。

这首诗迅速地传诵开去。我那时候已经进入怀疑时期,因此这首诗没有给我什么印象。过了几天,我去访问我的一个罗夫诺同乡。这个可怜的人已经陷入了和我们相似的困境,可是他没有忍耐性和毅力。不久他简直挨饿了,脸色发青,又因为经常躺在床上,面孔竟发肿了。然而他也有幻想。他从床上起来,装个姿势,突然朗诵起《战斗》来,经他这么一朗诵,这首诗在我看来就完全不足道了。……

我在彼得农林学院的这第一年内,继续怀着这种心情。我恢复了元气,健康了,愉快了,然而对于全体同学们,已经没有以前那种兴趣和期望了。老学生们还多少能引起我的艺术的好奇心。他们的姿态比较丰富多彩,他们使人感到一种戏剧性。而在新学生中,我连这一点都没有看到,也不想看到。

　　学年告终了,我们一伙罗夫诺人,其中包括同我一样在工艺专科学校旷废了时间的苏奇科夫,都成绩优良地通过了考试。我不但升入了二年级,又得到了奖学金(那时候奖学金的额子很多),就准备到克朗什塔特去探望母亲。但在动身以前,我会见了一个人,这次会面对我的心情具有很大的决定性影响,而且是终生的莫逆之交的开端。

　　在初夏的炎热的一天,我走过学院旁边的广场上,看见一个青年军官扶着一个瘦小的老太太在那里走路。他刚刚从学院的办公室里出来,这时候向左右张望,仿佛完全是一个人地生疏的人。他看见了我,彬彬有礼地鞠一个躬,问我现在可否参观学院。我反正没有事,就表示愿意陪他们去参观。我引导他们两人走过空着的教室和研究室,然后提出请他们去看看公园。公园里也几乎空无一人,我们就谈起话来。原来他叫做瓦西里·尼古拉耶维奇·格利果列夫[1],老太太是他的母亲。他是一个军官,是工程学院二年级的学生,但是现在已经提出申请书,希望转

　　[1]　瓦西里·尼古拉耶维奇·格利果列夫(1852—1925)是统计学者和政论家。他在工程学校毕业之后,在工兵营服务,后来又进军事工程学院,但是读到二年级就离开了学院,退了职,于一八七四年进彼得农林学院。一八七六年,为了参加学生风潮,又为了同柯罗连科和韦尔涅尔一起向院长呈递学生集体抗议书,受了逮捕,被开除学籍,流放到奥洛涅茨省的普多日地方,受警察监视。和格利果列夫的会面及友谊,对于年青的柯罗连科具有怎样的意义,可以从这位作家给格利果列夫的一封信里的自白中看到。柯罗连科五十岁诞辰的时候,格利果列夫向他祝贺;他在一九○三年九月十五日回信表示答谢,信上说:"我有一时曾经展开斗争(对自己),有一时甚至曾经大大地改造自己。在这千钧一发的关头,你对我的帮助比任何人都大。假使在那春光明媚的一天,命运没有把我和你这个青年军官在彼得农林学院的院子里和林荫道上结合起来,不知道我是否会变成像现在这么一个人。大概是不会的。有好几次,我衡量自己的行为,甚至心情和思想,看它们是否同你在这种场合之下所要说的话和所要取的态度相符合。而这样一想,只要一想到你,往往就帮助我决定了选择,照明了道路;你的友谊使我在自己心目中提高了自己的地位,赋给我决心和力量。"柯罗连科和格利果列夫的友谊一直保持到底。

入彼得农林学院.他的同学康斯坦汀·安东诺维奇·韦尔涅尔[1]也和他一致行动。

这件事引起了我的突如其来的兴趣和深切的同情。这两个军官对他们的环境感到不满,正在另有所求,像我从前一样。他们能不能求得呢?……我仿佛突然感情激动起来。这时候我们走到了伊凡诺夫岩穴旁。……这地方现在只是一个废墟了。山岩的顶破裂了,岩穴的一部分已经崩坏。这地方远离大林荫道,所以很僻静。附近溪水潺潺,树木萧萧。我每次到这里来,总感到一种特殊的苦闷。我在树木的萧萧声和溪水的潺潺声中努力猜度这场凄惨的悲剧的意义。同时,被害的伊凡诺夫的性格在我心中唤起了异样的同情。也许他像我一样失了信心。……

现在我也发生这种感觉,于是我就在这个突然引起我好感的陌生人面前不由自主地倾吐了这几年来的积怨。我告诉他关于老学生们和他们所发生的戏剧性事件,关于保罗·戈利茨基的情形,又讲我们这一代,我认为这一代人非常渺小而乏味。……

格利果列夫用心地听我讲;他那双灰色的眼睛从突出的额角底下向我注视,我在这双眼睛里看到浓烈的兴味和同感。但是我觉得,引起这兴味的,与其说是谈话的内容,不如说是我的情绪。我觉得我所讲的一切在这青年军官听来并不是新鲜的,我觉得他了解我,又觉得他对于这一切已经有了他自己的见解。我就停止了叙述,开始探问他的情况,然

---

〔1〕　康斯坦汀·安东诺维奇·韦尔涅尔(1850—1902)起初就学于军事工程学院,后来当了基辅大学的旁听生。一八七四年进彼得农林学院。为了呈递学生集体抗议书,于一八七六年三月二十一日和柯罗连科及格利果列夫一同被捕。被开除学籍之后,依据一八七六年三月二十四日内务部指令,被流放到维亚特卡省的格拉佐夫地方。从一八七七年至一八七八年间,他在高加索军队中服务。一八七九年又进彼得农林学院,在该校毕业。从一八九五年至逝世,在莫斯科农业专科学校(即原来的彼得农林学院)当农业经济学教授。

而格利果列夫说话很审慎。他只说他读完了工程学校之后,曾经在军队里服务过几年。他对于这职务感到不满,就去进工程学院,然而结果才知道这也不是他的前途。……于是他就到我们这里来。……

这个新朋友身上有一种力量,能够吸引我,同时又使我敬佩他。我虽然已经活了二十年,却完全没有见过世面,有时竟觉得自己是个孩子。我面前这个人年纪比我稍微大些,然而已经见过世面了。我看出他怀着和我同样的心情,只是……他仿佛还看到过我所不会看见的东西。正因为这样,他那双灰色的眼睛里有一种非常坚定不移的神色。

以后我和格利果列夫会面的时候,有一次他由于某种机缘,引证了皮萨列夫的一句话:"怀疑主义超过了某种限度,会变成卑鄙。"皮萨列夫这句话说得略微有些不同[1],然而意思是相同的;这意思在格利果列夫口中用这形式说出来,就给我产生强烈而不可磨灭的印象。我觉得我用自己的过早的绝望来训诲他,自信太强了。

格利果列夫进了农林学院;因为我正要到彼得堡和克朗什塔特去,他就要求我务必去看看他的朋友韦尔涅尔,并且把一份教学大纲和一封信交给他。我在普希金街的一个阁楼里找到了韦尔涅尔。他是一个青年军官,穿着一套工程学院制服,外面是一件穿旧了的、腰部高得不称身的军服,头发蓬松,完全没有军人的样子。我觉得他读了信之后,好奇地向我看看。我很喜欢他。韦尔涅尔后来也进了农林学院;我过了假期回校,和这两人——尤其是格利果列夫——成了知己。从此以后所发生的

---

〔1〕 在论文《我们的大学学科》(第十五章)中,皮萨列夫说:"极度发展的爱会变成盲目信仰,而极度的盲目信仰便是愚蠢,便是偏执狂,便是 ideé fixe(法语:固定观念。——译者注);然而,反过来说,缺乏爱就变成怀疑主义,而用顽强的逻辑顺序来表现的怀疑主义,叫做有计划的卑鄙。"

许多突出事件,我们三人都是共同经受的。

我在农林学院的这第二学年内,密切地参加学生生活。有几个阿尔汉格尔斯克人进了学院,其中有普鲁加文兄弟两人〔1〕和李奇科夫。在这几年间,瓦西里·瓦西列维奇·别尔魏(弗列罗夫斯基〔2〕)正被流放在阿尔汉格尔斯克,他家里常常有许多青年人,因此这些阿尔汉格尔斯克人来进学院,怀着特别浓烈的革命情绪。再说,格利果列夫具有特殊的交际才能,因此过了不久,他告诉我,说他在我们的同学之中发现了几个很有趣味的人。他就叙述这些人怎样富有趣味。我以前因为有成见,没有注意到他们,现在我对这些人有了另一种看法了。因此我对于学生生活的兴趣也增长了。我常常去参加集会,这种集会还是照从前一样举行,然而内容比从前有生气得多了。同学们所缴的款子增加到了三倍,非正式组织的图书馆就大大地充实起来。在会上讨论了具体的生活问题,这就使得这些会议生气蓬勃起来,吸引了许多以前对此漠不关心的学生。然而情况还不止这一点。

## 5　特卡乔夫的论文和《前进报》

有一次,格利果列夫给我读一份秘密的外国报纸(似乎是《警钟》),

---

　　〔1〕　即阿列克塞·斯捷潘诺维奇(1856—1880)和维克多·斯捷潘诺维奇(1858—1896)。

　　〔2〕　瓦西里·瓦西列维奇·别尔魏是弗列罗夫斯基(1829—1918)的笔名。他是七十年代的革命环境中在政治、经济和哲学问题方面都有声望的作家。他积极参加六十至七十年代的民粹运动。曾著《俄国工人阶级的状况》(1869)和《社会科学入门》(1871)两书。《俄国工人阶级的状况》这本书曾经受到马克思的赞许。别尔魏常常受到政府的迫害;他的流放地的家广泛地接待流放到此的青年和当地青年。

上面载着特卡乔夫的一篇论文。特卡乔夫是一个很有名的作家,曾经在勃拉果斯威特洛夫所办的行动杂志社里担任工作;涅恰耶夫案件发生以后,他逃亡到外国。他和他的"不按教会仪式结婚的妻子"杰敏捷娃一同被牵涉在这案件中。他们两人在这案件中都占有特殊地位;当时关于他们的事有许多议论,就中也谈到他们的"不按教会仪式的婚姻"。格利果列夫给我看的特卡乔夫那篇论文[1]是辩论性的,是针对拉甫罗夫而写的[2];拉甫罗夫也是从流放(在沃洛格达省)中逃出来的,他在外国创办了《前进报》。我知道拉甫罗夫,是由于读了他的《历史性书简》,这些书简起初刊载在《星期报》上,后来出单行本,被检查机关取缔了(在我们的非正式图书馆里,这本子是从"星期报"上按期结集起来的)。特卡乔夫对拉甫罗夫展开论争,反对他的方案,这方案就是号召青年人"到民间去"宣传社会主义思想,而且拉甫罗夫还要求宣传者预先受一番知识的训练,这种训练需要很多的劳力和时间。特卡乔夫认为这是多余的。他另有一种观点。他也号召到民间去,但是号召他们以革命的热情去鼓动人民立刻起义。他的文章写得很优美而充满热情,他提出了钉在十字架上的受难人民,作为文章的中心点。他写道:请看,有人建议我们学习化学,以便研究十字架的化学成分;学习植物学,以便确定木材的品种;学习解剖学,以便确定哪些组织部分受了钉子的伤害。不,我们不可能作这种研究。……我们只有一个热烈的愿望——立刻把受难者从十字架

---

　　〔1〕　这里所指的,显然不是特卡乔夫的论文,而是他的小册子《俄罗斯革命宣传的任务。致〈前进报〉编者拉甫罗夫的信》。这小册子于一八七四年四月在伦敦出版。

　　〔2〕　拉甫罗夫用《致俄罗斯社会革命青年》(伦敦,一八七四年版)这本小册子来答复特卡乔夫。以后特卡乔夫对拉甫罗夫的论争,登载在《警钟》杂志上,这杂志在一八七五至一八七六年间,是由特卡乔夫编的。

上放下来，事不容缓，无须预先作不必要的考察。

　　这里我凭记忆引证特卡乔夫的话，当然不能传达他的热烈情绪。记得这篇文章起初正是由于这种热烈情绪而给我深刻的印象。我觉得真正的革命家应该这样地说话。格利果列夫并不反驳我的看法，但他不久给我一册《前进报》，这里面载着拉甫罗夫的方案，还有他的一篇论文[1]《循序渐进者的谈话》。我一口气读完了这些文章，完全被革命民粹主义的有条有理的体制所吸引了。我喜欢特卡乔夫那篇短短的论文，只是因为它是一篇美丽的文学作品。《前进报》上的方案和论文立刻激发了我的心灵深处的思想感情，这些思想感情跟直接的生活印象和文学印象迥然不同。

　　关于民粹主义，我不想广泛地论述……对于目下多数人趋向反对的那种道德真理和这一派的错误，现在都不难作出总结。在这些错误之中，最主要的当然是关于"人民"的幼稚概念（那时候还认为这名词所指的绝大多数是农民），关于人民的所谓潜在智慧的幼稚概念，——他们认为这种智慧蛰伏在人民的意识中，只要有了一种完善的定则，就可以显露出来，并且根据自己的模样使全部生活获得定形。……

　　从农奴解放的时候开始，关于"人民"的概念，在整个俄罗斯社会的人心中占有重大的地位。"人民"像乌云一样横在我们的地平线上，大家仔细观察它，力求捉摸这片大乌云中所显示的形状，看出或猜度这些形状。这时候各种流派的人所见不同，然而大家都兴致勃勃而提心吊胆地观察，大家都呼吁人民的智慧。在斯拉夫主义者的体制中，人民占有重大的地位，这自不必说了，甚至连卡特科夫和保守主义者，也都指出了

――――――――――

　　〔1〕　这里所指的显然是论文《我们的方案》和《未来属于谁？循序渐进者的谈话》。前者登载在一八七三年的《前进报》上，后者登载在一八七四年的同杂志上，两篇论文都没有具名。

"人民的智慧",照他们的说法,人民完全自觉地维护着现行制度的基础。在陀思妥耶夫斯基看来,人民是"神意体现者";而伊凡·阿克萨科夫[1]在八十年代时就喜欢在他的报纸上屡屡采用"俄罗斯庄稼汉"的语言,虽然实际上这些"庄稼汉"都是农民中的富豪,他们早已顺利地转入商人阶层了。这也没有关系。只要他们是从人民中间出来的,自有具备真正的人民智慧的特权。在兹拉托夫拉茨基[2]的一篇小说(《金心》)里,描写一个农民出身的知识分子——医学家巴希基尔采夫。这人几乎话都说不清楚,然而大家都觉得他懂得炫学的知识分子所不知道的事,到了必要的时候,他就会说出一番新鲜而真实的话来。

在这篇很不高明的民粹派小说的这个主人公和俄罗斯最伟大文学作品之一《战争与和平》中的卡拉塔耶夫之间,自然而然地有一种相近似之点。卡拉塔耶夫也不能说出正确的句子,然而他的简短的格言,使得彼埃尔·别苏霍夫终生不忘,并且竭力用一种神秘的、几乎玄妙的意义来解释它们。托尔斯泰自己对于卡拉塔耶夫作风无疑地也具有同样的态度,而所有与《战争与和平》有关的俄罗斯批评家,几乎也都同托尔斯泰一样。

正因为如此,所以革命民粹主义的体制能够那么迅速而完全地掌握我们这一代人的思想。社会生活中有它自己的预感。那片乌云的确从农奴解放的时候起就横在我们的生活的地平线上。它还没有移动过。有一时这里面竟望不见一丝闪光,竟听不见辽远的隆隆声,然而神秘的影子已经笼罩着还在闪烁发光的生活中的一切事物,人们的视线自然而

---

〔1〕 伊凡·谢尔盖耶维奇·阿克萨科夫(1823—1886)是一个有名的斯拉夫主义者、政论家。曾经先后发行《俄罗斯谈》《日报》《莫斯科》等报纸,从一八八一年起又发行《罗斯报》。

〔2〕 尼古拉·尼古拉耶维奇·兹拉托夫拉茨基(1845—1911)是民粹派小说家。

然地集中在乌云这方面。青年——社会中最富有感受性而最敏感的部分——已经作出他们的结论了。

社会的不公正是昭彰的事实。为这不公正而受难最深的,是劳动得最辛苦的人。所有的人,不分派别,全都承认在这些劳动群众中有一句话正在酝酿着,或者已经酝酿成熟了,这句话可以解决一切疑问。

正是这一点,当时广泛地散布在整个俄罗斯社会的意识中,正是根据这一点,我们这一代人——在七十年代时走向生活歧途的一代人——才作出了最彻底而又最正当的结论。既然总前提是正确的,那么结论自然就很明显了:必须"抛弃旧世界",必须"离开寻欢作乐、游手好闲、血腥染指的人",而走向"粗壮的手劳动着"的地方,走向形成着一种新生活方式的地方。

这是否幼稚?是的,然而当时俄罗斯文化界最缺乏浪漫精神的代表者们也都赞同这种幼稚的见解。一部分合法的文学作品和全部非法的文学作品由此作出了逻辑的、最合道义的结论。青年们则付出了他们所固有的热情。于是革命的民粹运动准备就绪了。年老的拉甫罗夫和还很年轻的米海洛夫斯基[1]都为这体系找出了明显的定则。米海洛夫斯基在七十年代写道:"啊,但愿我能够沉浸在这平凡的、粗陋的人民群众中,和他们打成一片,永远沉浸在这里面,然而保存着我为人民求得的真理和理想的火炬!啊,但愿你们所有的读者,尤其是火炬烧得比我更亮的人们,都作出同样的决定!……这样一来,将会多么辉煌,这辉

─────────────────

〔1〕 尼古拉·康斯坦汀诺维奇·米海洛夫斯基(1842—1904)是有名的民粹派理论家、政论家、文学批评家、社会学家。从一八六八年起,是《祖国纪事》的经常撰稿人,后来是该杂志的编辑。在七十年代时和民意党发生关系。从一八九三年到逝世,是《俄罗斯财富》杂志的编辑,曾经在该杂志上对马克思主义作激烈的论战。柯罗连科这里所引证的话,出自米海洛夫斯基的《门外汉笔记》(《祖国纪事》一八七五年十二月号)。

煌的光亮将标志出多么伟大的历史纪念日。这个纪念日在历史上是空前的。……"

在这篇情绪炽烈的长文中,充满着当时一代人的全部风尚和"到民间去"的全部理论;这种理论在《祖国纪事》中用合法的文学来叙述,而《前进报》则用非法的方式把它从外国输入。过了不久,我完全被这方案的循序性和严整性所折服了,这方案使我的全部生活印象和文学印象有了秩序。民粹主义把前一代的"思想现实主义者"所缺乏的东西带给了我们这一代人:它教我们不要仅仅相信公式,不要仅仅相信抽象观念。它使人们的志愿有了一种广泛的生活基础。

在莫斯科和农林学院里,这时候结集了许多小组,热烈地讨论拉甫罗夫的方案。就在这时候,我热中于米海洛夫斯基的论文,把这些论文向同学们宣传,指出他的思想和我们在秘密会议中讨论的问题之间有着直接的联系。……现在我找到了在彼得堡时枉费心机地求求的东西;我们在秘密会议上亲切而坦率地谈到我们怎样过正当的生活和我们应该做什么的问题。我不再求求真正的理想的大学生了。这个不可捉摸的形象现在已经被具有神秘智慧的伟大人民的更广大更诱人的形象所代替了;这伟大的人民成了我的新的探求的对象,也许又是新的幻想的对象。同时我找到了以前在学生环境中曾经找求过的许多东西,只是用比较简单的另一种方式来找到的。

# 6　戈尔登斯基

我还记得一件事。那时候我当图书管理员,在所谓官办寄宿舍中我的房间里,有一个大书橱,里面放着我们的全部非法书籍。有一次,初级班里有一个同学叫做戈尔登斯基的来到我这里,要借一本斯拉夫派的书——似乎是斯特拉霍夫所作的。我把书交给他的时候,忍不住向他指出,说这本书是"片面的"。他回答说:"我就是为了要不做片面的人,才借这本书的。"

我好奇地看看他。这个人服装异常华丽,穿着一件短小的新外衣。他的髭须的末端略微烫弯一点,他的举止几乎有军人风度,总之,我不喜欢他的外貌。他的面颊上泛着不自然的红晕。

我把他的话对格利果列夫说了,格利果列夫大感兴趣;过了不久,有一次他从莫斯科回来,告诉我一件事,这件事就同往时常有的情形一样,立刻深深地印入了我的脑中,显得十分重要而具有决定性意义。

在一次私人寓所里举行的大集会上,大家结合了蓬勃的革命精神而讨论道德问题。有人提出问题:为了正当的目的是否可以不择手段?当时关于这问题有许多意见,其中有不少是不足道的,但是这总算不是空论。而在那一次会上,有人提出了一个具体的问题:譬如说,"为了事业"而必须去偷盗,是可以的还是不可以的? 大家立刻明确地发表意见,说为正当的事业而偷盗是不可以的,即使从实利的观点出发也不行。因为等到盗窃行为被揭发了以后,这盗窃的目的所在的事业本身就会在道德上受到重大的打击。座上有一个思想精密的人,惯于彻底地考虑问题,他立刻竭力驳斥那些发言人的轻率的论证。他说:假定这盗窃行为是决不会被揭露的,盗窃的人对它是完全有把握的,那么有何不可呢? 例如,愚笨的泼留希金[1]不会计算自己有多少钱,当着他孙子面前把自己的财宝堆在桌子上,他对这孙子是完全信任的。他暂时

---

[1]　果戈理的小说《死魂灵》中的人物,是一个守财奴。——译者注

走出房间去一会儿,这个具有急进思想的孙子就得在这时候决策:为了当时正在急切需款的事业而拿些钱呢,还是放弃这个机会而不拿?……祖父失了钱根本是不会知道的。没有人为此受苦,而对于事业是多么需要。……

静默了一会儿以后,大家就发表意见。一个一个地回答,有些人说得缓和些,有些人说得激昂些:

"可以拿,……可以拿,……可以拿,……"

轮到戈尔登斯基发言的时候,他的面颊红得更加厉害了。他想了一想,然后说:

"嗯,看样子是必须拿的。……可是我个人要对我自己说:不能拿。手伸不起来。"

这答话在当时就给我强烈的印象,后来我又多次地回想起他的"手伸不起来"这句话。俄罗斯必须经受革命;为了经受革命,在鉴别传统的时候需要巴扎洛夫〔1〕的勇敢,对于种种结论也需要巴扎洛夫的勇敢。然而我常常想起:如果这种无意识的、不合逻辑的然而根深蒂固的道德文化增多起来,不容许人们的某些感情太容易地、几乎毫不反抗地去追随"拉斯科尔尼科夫式的"定则〔2〕,那么我们有许多情况就不会这样了。"手伸不起来"这句话后来在我好几次犹豫不决的时候曾经发生重大的作用。……是的,俄罗斯人的手常常太容易地伸起来,现在也正在伸起来做许多不应该做的事。

我想起了我对戈尔登斯基所发生的第一印象,觉得难为情。我还是

〔1〕 屠格涅夫的小说《父与子》中的主人公。
〔2〕 拉斯科尔尼科夫是陀思妥耶夫斯基的小说《罪与罚》中的主人公。

在那里找求理想的大学生。而且这理想包括一切,乃至服装和髭须。……这个穿短小的外衣而髭须卷曲的人所说的话,竟是金玉之言,它深深地印入我的心头,使我永远不忘。……

戈尔登斯基由于肺病而夭折。

## 7　部长和学生们

我在农林学院的第二年,就是在上述的心情中过去的。我升入了三年级。林中别墅里的集会继续举行。此外,有时又在莫斯科和技术学校的学生们、大学生们一同开会。"到民间去"的运动显著地表现出来。常常有人离开了学院,不知去向了。常常有人从彼得堡来,在莫斯科或农林学院里召开小型的会议,号召大家和他们在一起,彼此建立联系。有一次我在莫斯科看见一个熟识的医学院学生哈利左美诺夫[1]。他戴着一顶无缘帽,穿着一件腰部带褶的外衣,和两个工人在一起走路;后来他站定了,向着教堂热心地划十字。他作了一个暗号,我就装作没有认出他来。就在这时候,逮捕的事情增多起来,同时,学生环境中发生了一种特殊的骚乱现象。

有一次在暑假开始的时候,彼·亚·瓦路耶夫部长突然来视察农林学院。

我们以前在这学校里已经拜识过这位有名的国务活动家。有一次考试的时候,发生了一件意外的事:伊连科夫教授正在考我们农业化学,

---

〔1〕　谢尔盖·安德列耶维奇·哈利左美诺夫(1854—1917)是"土地与自由社"的创立者之一。这组织分裂之后,他参加"重分黑土党",但不久就脱离了民粹运动,后来是一个有名的地方统计学者。

突然停止了考试,讲起不久前乌拉尔工厂采用的炼钢搅拌新技法来。我们面面相觑,因为炼钢搅拌的专门技法对农业化学和我们农林学者的未来事业都毫无关系。……伊连诺夫并不说明理由,只是要求我们记牢他所说的话,然后继续考试。

不多时,化学教室的门开开了,瓦路耶夫由学院当局和他的随员陪同着,走了进来。他身体瘦长,态度威严,甚至有些傲慢,进来之后就坐在教授的讲桌后面了,他的随从者分别坐在课凳上了,考试就照常进行。突然瓦路耶夫彬彬有礼地请求伊连科夫允许他向学生提几个问题。伊连科夫表示遵命。这位教授的严肃的脸上隐约地闪现出一种讥讽的微笑。刚才那节奇怪的讲课的谜,这时候我们才明白了。部长大人立刻兴味津津地提出一个问题来:你们大学生知道不知道炼钢搅拌的一般技法?听大家说来,原来都知道这种一般技法的。于是他又问:那么你们还知道不知道乌拉尔工厂所采用的最新式的技法呢?有一个学生把刚才从伊连科夫那里听来的话重复说了一遍,其中有几处是说错的。这显然使部长感到满意。他威严地校正了错误,就走出教室去,样子显然很满意。他走后,伊连科夫就继续考试。我觉得这位老教授对于他的青年学生们有点难为情的样子。

瓦路耶夫的视察有时结果不大完美。有一次他来参观茨威特科夫教授的物理考试。雅科夫·雅科夫列维奇·茨威特科夫是一个非常奇特的人。他除了当农林学院的教授之外,又担任卡特科夫学校[1]的监

---

〔1〕 卡特科夫学校(实际上是皇太子尼古拉皇家学校)是一所贵族特权的高等学校,于一八六八年由卡特科夫和其他几个捐助者出资创办,这学校里的监视人负责监察学生的学业、品行和体育。

视人之职。他到农林学院来上课(路程约有十俄里[1]),总是步行的,不管天气如何。后来《星期报》上曾经刊载某旅行家的笔记,其中叙述着他在外国和茨威特科夫会面时的情况。据说茨威特科夫在外国旅行时也是步行的,而且他的裤脚管边上也是龌龊而破损的。人们以为他非常吝啬,等到他死了之后,方才知道他把自己的财产都用在奖学金上了。现在,当这个奇人正在考试的时候,瓦路耶夫也突然来向学生提出了一个问题。这学生默默不答。瓦路耶夫就把同一问题用另一种形式来提出。那学生照旧困惑地默默不答。部长转向教授,显然是希望他用一些启发性的问题来使学生免于困难。然而茨威特科夫声色不动地保持沉默,他那长着长鼻子的像鸟一样的面貌,有点类似小唐鸦的侧影,不过是戴眼镜的。这局面就尴尬了。

"大学生不懂得这问题吗?"终于部长这样说,眼睛盯住茨威特科夫看。

茨威特科夫耸耸肩膀,不客气地说:

"我也不懂。如果部长大人懂得,就请您……"

部长认为没有必要隐忍他的怒气,就站起身来走出教室去了。

这回瓦路耶夫来到我们这里,是在假期里了。考试已经结束,大部分学生都回家去过暑假了。留在校里的只是那些根本就不回家的以及假期里有实习工作的人。校工在田野里、公园里和各个别墅之间东奔西走,叫学生们快点到休息室里去集合。我们就像工作的时候一样,穿着长统靴和工作外衣,来到学院里。过了一会儿,门开开了。瓦路耶夫部长走进来。在他后面,紧跟着一个特任官,他侧着身子,向部长大人弯着

---

[1]　一俄里等于一点零六七公里。——译者注

腰,仿佛附在大船上的一只小船。在这特任官后面是穿礼服而佩剑的院长柯罗廖夫和学监们。瓦路耶夫昂然直入,没有走到四步,就站定在一群学生面前了。然后他轻蔑地转向院长和学监们,说:"诸位,请让我单独和学生们在一起。"

相貌尊严的、长着白胡须的老头儿柯罗廖夫恭敬地甚至畏缩地带着学监们踮着脚尖走了出去。穿着笔挺的文官制服的特任官取了一个宛如巴蕾舞的姿势:他的躯干的上部倾向部长,那双脚却准备载着他跟院长走。这样子非常滑稽,使得不恭敬的青年们之间发出了一阵轻微的笑声。瓦路耶夫大概以为我们是在笑学院当局。这时候他慈祥地向他的特任官点点头,说:

"你留下来。……"

特任官的身体就凝固在这窈窕的姿态中了。他脸上表出欢喜而恭谨的神情。他向我们一看,眼光中仿佛在说:"我们面临着历史事件。"

部长开始说话了。……他说他故意把我们的学院当局打发走,以便自由地跟我们谈谈。他说他了解青年们,希望我们也了解他。最近他听说学院里发生了令人遗憾的事件。学院里不能免除这种情形,在他并不认为是一个秘密。因为在青年学生之间普遍地具有反政府的倾向,这种倾向导向了最可悲的结果。大学生们被逮捕,被流放,……前程受了阻碍,或者甚至毁灭了。……国家失去了有用的人材。……因此他特为来到这里,"完全出于友爱之情"来同我们谈谈这些情况。

瓦路耶夫的声音低钝而滋润,充满着自满之情。他显然自鸣得意,卖弄着他的演讲才能。他惯于对皇上讲话,所以这一次对我们讲话,在他看来是很轻便的。他继续说:

"诸位,你们看,我为了忙于工作,胡须都变白了;可是你们知道,工作往往不能使我称心。"

这时候发生了一个小小的波折:这位显贵的讲演者讲到这里,伸起手来摸摸他所谈到的胡须。原来他的胡须新近剃得精光。学生中间又发出一阵轻微的笑声。特任官的脸上现出惊慌、愤慨、恐怖的表情。……部长继续讲话。

他说他不会对我们这样讲:我们在政府办的学校里受教育,所以应该感谢政府的领袖沙皇。……如果他这样讲,我们会反驳他,说学校的经费是俄罗斯人民出的,这就是说,我们只应该感谢人民,而不必感谢政府。……

他说他也不会对我们讲起:我们的父母、导师和监护人期望着我们学业的成就,希望我们得到证实毕业的那张文凭。如果他这样讲我们又会反驳他,说为人民服务不一定要在要求毕业文凭的事业范围中。接着他又说了好些这样的话。……

部长的话讲得畅达流利而滔滔不绝。然而,也许是为了两次发生在这群不很恭敬的听讲者之间的轻微的笑声到底还是给他听见了,或者只是为了他像夜莺一般过于出神地倾听自己的歌声,总之,他的否定的说法拉扯得太远了。他把各种论点一个一个地加以否定,卖弄他的"了解我们的观点",准备在最后作出一个颠扑不破的结论,但是最后到了他要转入论证的肯定部分而给我们一个最后打击的时候,才发现他没有留心而已经把他的全部论点统统讲完,并且"从我们的观点"把一切都推翻了。肯定的部分就没有话可讲。这位演讲者停止了讲话,显然是陷入了困境。他的特任官的富有表情的脸上显出困苦的样子。

经过了十五秒钟的苦闷的沉默,这位演讲者才觉察到他虽然惯于在高级机关里讲话,这一次却弄得难于光荣地下场了;而主要的是总不能就用这种自由主义的论调来结束这番话。……因此他突然用严肃而激昂的语调说：

"诸位，我还是应该对你们说：你们在全靠皇帝陛下而存在的学校里受教育，单是为了这一点，你们就应该尊敬陛下的政府，并且服从这政府。"

部长冷淡地略微弯一弯腰，就威严堂皇地走出去了。听众这一次当然毫无一点示威的意思，然而一种讥讽的态度像一阵显著的浪潮，又起伏在青年人之间了。部长已经跨出门槛，然而那个姿态优美的特任官站定了，用一种谴责的甚至敌视的眼光向我们一看。他一定把关于这些工作外衣、长统靴和极不恭敬态度的最坏的观念带回彼得堡去了。

我特为在谈到不久就要爆发的学生暴动之前这样详细地记录这个小小的插话，虽然它对于学生暴动没有直接的关系。这件事发生后两年，有一次我在报纸上读到一个美国人关于俄罗斯所发生的学生风潮的评论。这个美国人说："在我国，青年人不干与政治。他们沉默着，等候自己的轮到，现在则听凭格莱斯顿[1]和狄兹勒里[2]这班人说话。……"

当时我就觉得这句话说得很中肯。普遍流行在俄罗斯社会中的对官方政权代表人的极其不尊敬的态度，在青年们的风潮中当然起着很大的作用。我在第一卷里曾经讲过一个小小的插话：当我还是中学低级班学生的时候，我初次听见大人们为了"古典体制"而批评沙皇亚历山大二世。我们的日常生活中充满着这种谈话。实际上大家都谴责政府；处处都可以找到谴责的借口。只是青年人对于这种风气的反应更加露骨些。这一

---

〔1〕　威廉·格莱斯顿（1809—1898）是英国政治家，从一八六八年到一八九四年是自由党的领袖。

〔2〕　毕康斯菲特伯爵卞札明·狄兹勒里（1804—1881）是英国政治家和作家，是保守党的领袖。

次,我们俄罗斯的格莱斯顿到学院里来说服我们。我们不知道他作为一个政府人员的人品如何。我们隐隐约约地听说,瓦路耶夫代替朗斯基就任以后,在俄罗斯开始实行了反动政策。……他亲自来对我们讲话,这种显著而浅薄的卖弄手段当然无论如何不能在青年之中提高当局的威信。

## 8　彼得农林学院里的风潮

也许是部长来了之后的影响,柯罗廖夫决定采取手段来对付青年们的蓬勃发展的风气了。他认为这种手段便是完全采用中学纪律:他在办公室里对学生谈话或者在公园里、农场上、实验园地里碰见学生的时候,常常指斥学生不理发,服装不整洁,对首长谈话时态度不恭敬。就他的地位来说,这已经是最坏的措施了。这些吹毛求疵能够使学生群众中对其他方面中立的分子都恐慌起来。我记得在有一次集会上,有一个姓贝尔德尼科夫的学生,叙述他有一次和院长发生这种冲突的情况。参加集会的许多人都激动而喧噪起来。其实贝尔德尼科夫这个学生是一个养尊处优、自命不凡的青年,他双颊丰润,红光满面,是最不肯得罪人的,后来他大概做了很能干的官员。

这种刺激人心的琐事发生了许多次,这就使得学生群众在学校自尊心和同学友谊的关系上团结起来了。官办寄宿舍的门房极粗暴地阻止来探望学生的女性亲戚走进门来,因为女客不准到寄宿舍里去,只能在公共会客室里。我们处在当时的情绪之下,认为这是一种侮辱:我们确信自己决不会做出失体统的事情来。……就在这寄宿舍里,有几个同学发觉他们不在的时候有人搜查他们的箱箧。学监们开始督促学生准时上课,其实这是没有必要的。最后发生了一件事,使得对于这次运动关系较深的一部分学生大为愤慨。

被搜查的学生中有几个人住在莫斯科没有报户口。有一次,学院的门房间里出现了几张捏造的通知书,写着这些隐匿分子的名字,说他们有汇款或包裹送到。当他们来领的时候,学校当局就扣留了他们,把他们交给宪兵。这种在办公室里进行的逮捕有一次办得非常顺利而机密。另有一次,有一个学生(似乎是伏英诺夫)识破了这圈套,及时地从办公室逃出,跑过院子,逃向公园里去了。那个不幸的、瘦长的学监老头儿在他后面追出来,跑过院子,一面召唤校工们。这光景显得可鄙又可恶。记得目击者叙述这件事的时候,我听了心中留下一个很深的印象;以前那些关于理发、关于柯罗廖夫的申斥、关于不放女亲戚进寄宿舍,以及关于学生要求把食堂交给他们自己管理等纯粹学校范围内的问题,同这印象一比较,都显得十分渺小了。

我们就不断地举行集会。大家很公开地聚集在官办寄宿舍里。有一次副学监带着几个校工来了,我们把门堆塞,不让他们进来。

我们要拟订一张集体抗议书。这事件已经迁延了两星期光景,一直拟不出这抗议书的稿子来。大家都要求声明:学院当局对学生的态度引起了公愤。然而绝大多数人只赞成提出纯粹学校范围内的问题。我们的小组对于仅仅提出这一点表示不满意。我们还要求抗议学院当局的密探行为,可是大多数人不赞成这一点。

这件事沉闷地拖延下去;上课的事根本不放在心上,无论如何总得解除这危难。在一次热烈的集会之后,我和格利果列夫声明:我们不再参加讨论,我们要自己拟订抗议书,递送上去,即使这抗议书上只有我们两人签名也不要紧,总要有人肯说真话才好。我们这样声明以后,就回到我的房间里,我愤慨之余,就在那里草率地拟订了请愿书,并且签了字。格利果列夫显然不大注意文字的细节(这些细节后来给我们招致了一些不快),他完全赞成其中的要旨,即:学校当局和学生之间的关系是彼此完全不信任和互相不尊敬,而最近这种关系变得越发不成体统了,——校方竟企图逮捕某某学生,这事件使我们把学院办公室看作莫斯科宪兵司令部的分部,而把学院行政代表人看作宪兵司令部的驯服的爪牙。

我们两人在请愿书上签了字之后,就向大家声明,说我们不再进行讨论,只是请赞成这请愿书的内容的人大家都签名;但是无论如何,不管有多少人签名,我们一定要把这请愿书递呈上去。结果请愿书上签满了名。我们小组里的阿尔汉格尔斯克人——普鲁加文氏兄弟二人阿列克塞和维克多,尼科尔斯基和李奇科夫——最先加入。住在莫斯科的韦尔涅尔特地来到这里,以便参加签名。不久,签名者达九十六人,事情就此告成。大多数人看见提到逮捕,认为要牵涉到危险的"政治"问题,立刻退避了。签名者推选格利果列夫、韦尔涅尔和我为递呈请愿书的代表。集会就此结束。学院里肃静无声了。

我们三人一同来到院长那里。他严肃而冷淡地接见我们,接了请愿书,略带轻蔑的样子开始阅读,读到有几个地方耸耸肩膀。但是当他读到逮捕事件的时候,他那苍白的衰老的脸上突然泛出一阵浓重的红晕,这红晕扩展到额角上,形成界限分明的一块,然后迅速地升上光秃的头皮。我竟恐怖起来,怕他会中风。但是他控制了自己,阴沉地说:

"你们提出这样的问题,我没有权利和你们讨论。……我将把你们的请愿书交给校务会议。"

我们鞠躬告退。

学院里照常上课;教室里又充满了人,然而学生们像一窝被惊扰了的蜜蜂那样扰扰攘攘。那时候学院里大约有两百五十个学生。这就是说,签名的还不到一半。有几个人剧烈地攻击我们;甚至有人说,曾经在集会上叙述自己为了纯粹学校范围内的问题和柯罗廖夫冲突而使大家大为愤慨的那个学生贝尔德尼科夫,准备和他那志同道合的一组人递呈反请愿书。有许多人在路上遇见我们或者在教室里看见我们的时候,叫住了我们,激烈地批驳这请愿书。我特别清楚地记得一个同学叫做阿尔舍涅夫斯基。他是一个豪富地主的儿子,身体胖胖的,性情很愉快,是一个出色的同学,又是一个"布尔希"、游荡者,读书很勤勉。他热烈地赞成纯粹学院范围内的抗议,然而又激烈地反对"预闻政治"。我和格利果列夫反驳他,说这也属于学校范围内的问题,只是建立在更深的道德基础上罢了。又说在西欧,警察是不能侵犯大学的;而在我们这里,学监亲手抓住了自己的学生,把他们交给宪兵。

过了两星期。有一天晚上很迟的时候,学院的工役给我送来一件公文,公文里说,国有财产部副部长李文公爵阁下召唤某某学生去谈话。明天早晨八点钟就要去,地点在卢宾卡广场上的某旅馆里。当时住在莫斯科的韦尔涅尔和格利果列夫也收到同样的公文。

这召唤引起了同学们很大的骚动。虽然已经夜深,同学们还是跑到我这里来探问和谈论。他们从教授们那里听说,李文是这一天来到的,并且已经同总督商谈过。明天李文要到学院里来。同学们看见我对服装很不讲究,当夜就给我送了一套簇新的黑衣服来;我穿上了衣领浆硬的衬衫,戴上了华丽的领带,穿上了发亮的皮鞋;这一切都是拼凑拢来的。他们把我打扮得好像去过节日。第二天早上六点钟,我和格利果列夫就坐了新村的马车(这种马车有一个戏谑的名称叫"费阿克尔"[1])向

---

〔1〕 法国的出租马车的名称。——译者注

莫斯科出发。我们在指定的时间来到了旅馆的大门口,过了几分钟,韦尔涅尔也乘着车子来了。

虽然时候很早,公爵却已经不在旅馆里了。茶房把他的房间指给我们看,叫我们等候一下。我们等了一个钟头。街上来来往往的车马已经很热闹,可是公爵还不回来。于是格利果列夫提议:就用这里放着的一张纸来写一个字条,说学生某某人等曾经遵命在指定时间前来拜谒,然而除了茶房之外,并未遇见任何人,等了一个多钟头,只得离去。我们在字条上签了名,就回学院去。后来听人说,我们走了之后不久,李文就回来;他读了我们留在那里的那张特殊的拜访片,就到总督陀尔果鲁科夫那里去,声称他从学生代表的傲慢行为中看到学院里将发生暴动了。因此神经过敏的公爵阁下要求派军队去镇压。……但终于被劝阻了。

就在这时候,学院里已经得到指令,要把全体学生召集在大礼堂里。流传着一种谣言,说我们已经被逮捕;这情况对于镇抚学生的事可能发生不良影响。我们不知下落,使得大家非常不安,慷慨激昂的友谊之感达到了极点。当我们坐着马车回到学院门口的时候,同学们从屋子里蜂拥而出,欢喜若狂地迎接我们。他们同我们握手,拥抱我们,争先恐后地探问情况。胖子阿尔舍涅夫斯基听了我们的叙述,热烈地拥抱了我,说:

"好极。应该这样做:你们保持了学生的荣誉。现在我们大家都同你们站在一起了。"

原来在我们不知下落的苦闷期间,有人拿出一张纸来请大家补充签名。现在这张纸上已经签满了名:除了少数人以外,学院里其他全部同学都参加了我们的请愿。

十二点钟左右,我们全体被召集到休息室里。一辆四轮马车开到了院长的寓所门口。我们三个代表先被叫去。李文公爵在院长的办公室里接见我们,当时在座的有院长柯罗廖夫,似乎还有系主任、索比契夫斯基教授以及公爵的随员。他向我们声明,说他是奉圣旨而来的;陛下对于我们的集体请愿感到非常不快;我们应该知道,按照我们的章程,学生不应该有团体组织;集体请愿本身就是一种罪恶行为。他要求我们首先写悔过书来,忏悔这非法行为。他相信其他的学生群众只是盲从带头人,现在应该由我们把群众挽回到合法的路上。

然后他对我们每个人个别谈话,要求我们回答。

刚才同学们迎接我们时所表现的一致的情绪,使我们觉得欢欣鼓舞,并且确信大家完全团结一致;因此我们毫不犹豫,就怀着真挚的信心回答,说我们不是带头人,只是全体同学的意见和感情的表达者。我又补充说:否定学生的团体组织精神,是一个大错误,因为凡是在思想上和生活上具有共同趣味的一群人,他们一定有团体组织。这是活生生的事实,不管章程承认不承认它。李文听了这叛逆的声言,表示大吃一惊,他略微转向柯罗廖夫,说:

"如果学生群众的风气确是这样,那我真不敢把这种情况报告陛下。……学院只得关门。"

"可是现在,……"他又转过身来向我们说话,他说,希望我们诚意地让他去证实一下:我们的同学们完全是自觉地行动,而不是盲从我们的。因此,他要我们向他保证:当他和学生们谈话的时候,我们必须留在院长的寓所里(他郑重地说,这决不是逮捕),而不设法用任何方式来影响同学们。

我们乐愿地作出了他所要求的保证。记得在这时刻中,我热爱着慷慨激昂地拥护我们的全体青年同学。我热爱他们全体,热爱并尊敬"彼得农林学院学生"这集体称谓。我们深信全体同学的真挚而恳切的激情。因此我们乐愿地答应决不企图去影响其他同学的决意。

　　于是他们把我们三人带到一个单独的房间里，并且派人看守这房间。不久，我们听见紧闭着的房门外面有教授克里敏特·阿尔卡杰维奇·季米略捷夫〔1〕的激昂的声音。

---

　　〔1〕　克里敏特·阿尔卡杰维奇·季米略捷夫（1843—1920）是伟大的俄罗斯学者，曾著《植物的生活》《达尔文及其学说》等书。从一八七〇至一八九二年，他在彼得农林学院教植物学和植物生理学。季米略捷夫曾经不止一次地被沙皇政府指责为"可疑分子"，终于被解除彼得农林学院的教职。一九一一年，季米略捷夫为了表示抗议国民教育部长卡索的反动政策，离开了莫斯科大学。季米略捷夫对于伟大的十月革命，是无条件地接受的，他曾经当过莫斯科苏维埃的代表，在好几个苏维埃科学机关中积极地工作。

　　一九一三年七月，季米略捷夫在柯罗连科六十岁诞辰的时候拍一个贺电给他，电文中说："亲爱的符拉季米尔·加拉克齐昂诺维奇：你在学校里的时候，就不但博得你的老师们的爱护，而且又博得他们的尊重。现在你已经成为一个有名的艺术家，你的每一句话都有价值，你已经博得无数读者的爱护和尊重了。我幸而兼有两者的资格，请你接受我的衷心的祝贺。季米略捷夫。"同年七月二十五日，柯罗连科复他一封信：

　　"最敬爱的季米略捷夫老师：在您的电报里也曾提及的那几年内，命运把我们师生结合在彼得农林学院里，——我回忆那几年中的您，觉得是我青年时代最亲爱最光明的形象之一。对于一个亲爱的人所要说的话，往往是无从说起的。而我在一生之中常常在渴望着告诉您：当您同我们争论的时候，当您教我们把理智珍视为圣物的时候，当您到院长的办公室里来看我们三个被捕的人的时候，还有后来当您的响亮、坚决而正直的声音从有李文参加的校务会议的房间里传到我们这里来的时候，我们——您的门徒——是多么敬爱您啊。我们不知道您当时说了些什么，然而我们知道：隐约模糊地吸引着我们的那种美景，在您的心灵中获得了一种形式更成熟的反应。亲爱的季米略捷夫老师，请您相信我这几句话的深挚的诚恳。我觉得许多贺词——其中一部分是陈规旧套，但大部分是诚恳的贺词——之中，您的贺词具有特殊的光辉。……这贺词特别令人感动，特别明显地使我感到对这荣誉的责任心和不敢当。离开学院已经多年了。时间使得我们年龄的差别不大显著了。然而您到现在还是我的优秀的老师。我读了您的诚恳的电文，发生了一种感觉，正好比从前有时顺利地考完了一课走出来，而心中明知并无准备时的感觉，现在我收到了您对于我的小小成就的贺电，痛感我的成就的渺小，并且觉得有许多事不曾做。现在，还是同从前一样，您的贺电给我指出：在我的年龄还是应该学习，力求进步。

　　"我亲爱的老师，真正亲爱的人，我满腔热忱地紧紧拥抱您！

　　"敬爱您的学生符拉季米尔·柯罗连科"

"你不能阻止我进去,我是教授,去看我的学生。……"

房门开开了,季米略捷夫迅速地走进来。他匆忙地和我们握手,立刻对我们说:

"诸位,你们知道,你们的请愿书上我有许多地方不能同意……"

他身材瘦长,长着一头金发和一双美丽的大眼睛,年纪还轻,态度活泼而带有神经质,全身具有一种独特的优雅风度。他的叶绿素实验使他闻名于欧洲,他所作的这些实验,甚至外表上也具有艺术趣味。他说话时起初声调很平凡,有时拖长声音,格格不吐。但是当他兴奋起来的时候(这种情况在上植物生理学课的时候特别多),语言上所有的缺点都消失了,他完全吸引了听众的注意。我曾经为他的讲义绘制实物图表;我每次走进靠近学院大门口的他的木造小屋里去的时候,总是怀着从前在罗夫诺到阿甫杰夫家里去时那样的心情。季米略捷夫有一种特殊的感召力,能够把他和学生们联合起来,虽然他的课外谈话往往会转变为关于"专业以外"的问题的争论。我们觉得我们所关心的问题,他也感到兴趣。而且在他的神经质的话语中,可以听出一种真挚热烈的信念。这信念是关于科学和文化的,——他保护科学和文化,不让它们受到笼罩着我们的"平民化"浪潮的袭击;在这信念中含有许多崇高的真挚感情。青年们很重视这一点。而且我们相信,对于学院当局的密探行为,他和我们一样地愤慨。……因此我们很高兴地准备听完他的意见,然而他的话一开始就被打断了。副学监跟着季米略捷夫匆忙地跑进来,通知他说,校务会议要召集开会了,大家在院长办公室里等候他。季米略捷夫和我们的会面似乎引起了眼光浅近的学院当局的一些恐慌;虽然他们知道了如果要动摇我们的信心,当然只有季米略捷夫的话才可能。但是他的观点同官方并不一致。后来我们知道：季米略捷夫剧烈地提出抗议，反对李文查询学院当局，甚至查询和学院毫无关系的警察，而不先向校务会议提出。会议不久就开始了，季米略捷夫的响亮的声音常常传到我们这里来，虽然说什么话听不清楚。

克里敏特·阿尔卡杰维奇·季米略捷夫
一八八〇年摄

季米略捷夫去了之后，我们房间的门又开开了。走进一个地方警察局长来，他的姓氏，如果我不记错的话，是尔热夫斯基[1]。他是一个上了年纪的人，一头金发带着斑白，大体上显出灰白色，这使得他的样子很和善。他一走进我们的房间，就除下马刀，解开了制服的

〔1〕 从七十年代上半期到一八八三年间莫斯科的县警察局长其实是阿法纳塞夫。

钮扣,因此他的样子更加和善了。然后他请我们允许他在我们这里坐一会儿,立刻同我们谈起话来,仿佛一个和蔼的叔叔同子侄们谈话的样子:

"噢嗬嗬,……我为你们的事累坏了。……有什么办法! ……我自己也曾经是个青年,当时也进学校念过书,而且怀着壮志。"

于是他嘴里滔滔不绝地讲出许多故事来。他讲这些故事时的语调,仿佛是一个阅世很深的滑稽家、一个饱经世故而不易受骗的人的样子。

"喏,诸位,你们热中于谢德林。他当然是一个机敏的讽刺家,他攻击官僚和地主。你们就喜欢这一点,……唔,可是他本人是怎样一个人呢?他原来当过维亚特卡省公署的参事。他在特维尔省有领地,我为了职务关系,曾经亲自到他的领地里去镇抚农民。"

于是他讲了一段事实,其中谢德林是以农奴制拥护者的身分出现的。他讲了这件事之后,又讲第二件,第三件,这些事都是同样性质的,都是揭穿某些"知名人物"的丑恶内幕的。他讲呀讲的,过了一会儿,又讲起了谢德林那件事,但这回把它移用在屠格涅夫身上了:他说他曾经到斯巴斯克·路托维诺沃[1]去镇抚农民。格利果列夫秉性率直,就在话中表示他是胡说八道,警察局长局促不安起来。

这期间学院里的事管自在那里进行。开过校务会议之后,学院当局

----

〔1〕 屠格涅夫的领地。——译者注

的领导人都来到大礼堂里[1],李文就在这里对学生作了短短的训话。

────────────

〔1〕 一八七五至一八七六年间彼得农林学院校务会议议事录中,关于一八七六年三月二十日的大会,记录如下:

"国有财产部副部长阁下报告:彼于今日下午二时来到彼得农林学院,其事由如下:该院学生格利果列夫及柯罗连科于三月十三日向该院院长递呈七十九人签名之请愿书,院长将该请愿书呈送国有财产部部长;而三月十七日学生韦尔涅尔又递呈请愿书,书上有补签名者十一人。学生在请愿书中提出控诉:谓院方轻视并疏忽彼等之申请;又调用巨额公费补助金所办之学生食堂,伙食质量低劣;又谓彼等由于必须遵守某些规则而身受拘束。然递呈集体请愿书实属非法行为,且系对学院院长之侮辱,盖院长乃受政府任命,专为恪守章程及根据章程而定之规则者,因此,彼——国有财产部副部长——于下午二时至九时间向学院学生训话,(对其中若干人作个别谈话,余者分成二人一组,五人一组,十人一组等),说明彼等之行为实属非法,理应全体向院长请求原宥,并保证以后服从学院章程及学生守则之一切要求,借以抵偿罪愆。同时副部长向学生预示,三月十三日递呈请愿书之格利果列夫及柯罗连科,并三月十七日递呈补充签名书之韦尔涅尔,无论如何必须开除学院学籍;对其余诸人,凡享有任何奖学金者,均须剥夺此项奖学金若干时,直至彼等改过自新,消除罪愆为止。准许学生考虑之一小时已过去,故副部长命学院当局要求各班学生分别向学院院长道歉,并保证绝对服从章程及学生守则之一切要求。院方遂令学生按学级分群。低年级三班学生起初表示不愿照此办法实行,但当彼等得悉此乃副部长阁下之意旨,遂即照办。学监报告,谓全部学生已按照学级分派在校舍各室中,于是固有财产部副部长阁下由出席校务会议之人员陪同,走进四年级学生所在之室内,指出在请愿书上签名之学生所犯之非法行为,要求四年级学生向院长道歉,并保证今后服从章程及学生守则之一切要求。四年级学生表示绝对服从此项要求。继而三年级、二年级、一年级学生均作同样表示。每班学生向院长道歉后,又请求副部长尽量减轻向院长递呈集体请愿书之同学格利果列夫、柯罗连科及韦尔涅尔三人之处罚。副部长阁下说明该三人行为之严重性后,向学生表示,此三人务必令其离开学院。及出席人员回到举行大会之礼堂后,副部长声明,彼专为学生事件而来到学院,今此事件可谓已告结束,遂即宣告:(一)根据国有财产部部长指示,对所有签名之学生,暂时剥夺彼等过去一直以奖学金形式获得之优抚。(二)递呈初次请愿书之学生格利果列夫、科罗连科,以及递呈补充签名之韦尔涅尔,均已开除学院学籍;校务会议但须讨论开除后应令彼何处使学生与供给伙食者直接发生关系,而使学院当局不参预于其间;因过去所实行之食堂制度,往往使学生和学院当局发生误会,今后也在所难免。(四)命令从校务会议成员中推选一委员会,由该委员会督促在递呈院长之请愿书上签名之学生,令彼等签字,表示承认其参加集体请愿书全属非法行为,并保证今后服从学院章程之一切要求。林杰曼教授提出,谓二、三年级学生申请减轻对格利果列夫、柯罗连科及韦尔涅尔之惩罚,其理由指出该三人之所以被选,其原因主要在于院长对彼三人一向特别信任;教授又谓除此以外,该三人成绩特别优良,根据此二理由,校务会议对此三人似应尽量采取宽大处理。院长对此表示异见,谓得彼信任之事属实,但仅柯罗连科一人;至于格利果列夫,曾经院长三度训斥;韦尔涅尔入学后不久即经莫斯科宪兵司令部逮捕,因此院长认为,从中学升入学院之青年柯罗连科,应与曾在军队服务而获得少尉职衔之其他两人分别处理。

副部长退出会场后,大会决议如下:(一)呈请国有财产部部长,要求将柯罗连科开除学院学籍一年,并不剥夺其立即转入其他高等学校之权利。(二)为要求在递呈院长之请愿书上签字之学生作上述之签字,推选戈洛文、索比契夫斯基、季米略捷夫及伊凡纽科夫诸先生组织委员会。(三)关于学生膳食问题,当由校务会议下次大会讨论之。

"大会于三月二十一日午夜二时四十五分闭幕。"

"……一八七六年三月二十七日大会中,主席传达国有财产部副部长李文公爵之指令如下:'仰院长转致校务会议:该会所提关于对格利果列夫、韦尔涅尔及柯罗连科三人之惩罚,本人因对学院风潮也作出决定之权,故修改如下:开除格利果列夫及韦尔涅尔学籍,永远不再进院或其他学校;柯罗连科则开除学籍一年,但在此期间内并无转入任何高等学校之权利。大会决议:将此指令记录于本次大会之议事录中。"

(《一八七五至一八七六学年彼得农林学院校务会议议录》,一八七七年莫斯科版。)

他所讲的同对我们讲的一样,他用学院关门来威胁他们,要求各班都递呈悔过书,然后他要教授们继续说服学生,自己就离去了。我们又被叫到他那里去,他要求我们继续执行我们的诺言,到明天为止。他说他绝对没有逮捕我们的意思。他说如果我们同意今天离开这里到莫斯科去,对同学们绝不发生任何直接的或间接的关系,到明天下午两点钟为止,那么这就做得很够了。他说他相信我们的豪侠的诺言,要求我们明天上午到住在某处的他的亲戚家里去看他。我们表示同意,他们就给我们一辆马车。当我们坐上车的时候,一群同学从校舍里跑出来包围了我们。他们以为我们是被逮捕了。如果真是如此,那么友谊之情一定会像火药一般爆发起来,他们一定会把我们抢回。我们就说明缘由,说我们不是被捕,只是为了履行诺言,离开学院到明天为止。同学们让开了路,我们的马车就开走了。

这一天,莫斯科的知识界人士所谈的只是关于彼得农林学院的事件。傍晚时候,我们才知道同学们已经递呈悔过书,而且他们之所以这样做,其主要动机是为了关心我们三人的命运;他们认为如果风潮继续闹下去,我们将大大地受苦。我记得这消息使我们多么懊恼。我们仿佛完全没有考虑到我们自己的后果。我们认为我们所说的是真话,我们希望坚持真理到底。对于我们个人的顾虑竟能破坏友谊的团结,损害这全部事件的道德意义,这使我们感到很难受。

第二天十二点钟,我们来到李文那里。这一次他立刻在他亲戚家的一个简朴的书房里接见我们。他讲话非常亲切温和。后来我们才知道:他那时候怕我们,因为我们在当时还可能破坏这全部事件。……

他对我们说:绝大多数学生已经知道他们的行为是非法的;他相信学院的事件将全部顺利地解决。他只是要求我们继续履行诺言,再在莫斯科滞留一昼夜。格利果列夫对这点坚决地表示拒绝。

"当然,假如我们不会遭受逮捕……"他开始说,然而李文立刻打断了他的话:

"难道你们以为我到这里来是采用这种警察手段的吗? 请你们相信,绝没有逮捕这回事。……"然后他握住了我的手(我坐在最靠近他的地方),用几近于激动的声音说:我们是他的敌手,然而是诚实的敌手,因为我们豪侠地履行了诺言;又说他信任了我们的诚实,并不觉得后悔。……

"我们根据您这话,可以预期和我们交涉的您,也是一个诚实的敌手。"格利果列夫说。

公爵转向他,急急忙忙地回答,口气中仿佛对于这个学生的胆量有点惊奇:

"啊,当然,当然,……那么,怎么样:你们同意在莫斯科再留一昼夜吗? 这期间你们准备住在哪里呢? 仍旧住在那边寓所里吗?"

第一个回答的又是格利果列夫:

"我履行诺言的期限还有两小时。两小时以后我要回学院去。"

我和韦尔涅尔也回答了同样的话,回答了之后我们就告辞退出。

"两点钟以前我们一定会被逮捕。"格利果列夫确信地说。韦尔涅尔性情温和而宽厚,容易相信人,这时候就责备他:"你对人总是不信任。"

过了两小时,我们三人果然全部被捕,被解送到红门外的巴斯曼警察分局里。我们被分载在两辆马车里,而且格利果列夫到达那里,比我和韦尔涅尔早得多。我们在警察分局的办公室里看到他。他照常用坦然的态度问警察分局长:奉谁的命令逮捕我们? 可否把指令给我们看看?

"我没有权利这样做。"警察分局长回答。

"那么,至少请你告诉我们,这指令上是谁签名的?"

"警察总监。"

"只有他一个人吗?"

警察分局长看看逮捕我们的警察所带来的公文,放低了声音说:

"奉钦差李文公爵阁下的命令。"

记得这真情暴露使我发生一种类似道德胜利的感觉:李文所代表的"政府"卑鄙到了狡狯和诈骗的地步。……李文在我们面前装假腔。

押送我们的人拿到了字据就去了。我们被送进牢房。警察分局长表示抱歉,说他只得把这两位前任军官(他所指的是格利果列夫和韦尔涅尔)送到地下层的牢房里,因为上面都住满人了。过了几分钟,我们来到了巴斯曼警察分局的地下层的臭气熏人的走廊里。……

我们三个人之中,韦尔涅尔已经在莫斯科的警察分局里尝过一次逮捕的美味,他算是一个富有经验的人了,就尽力叫我们"往坏里想"。然而当我们被带进一个墙壁潮湿而上面的小窗洞和地面相平的牢房里的时候,原来我们三人之中最感到吃惊的是他。我们照他的话"往坏里想"了,他自己却觉得这地下室坏得出乎意料。窗子下面靠墙的地方是一张板床,上面放着三条龌龊而狭小的装麦秆的褥子。褥子上面罩着帆布制的厚褥单。然而使韦尔涅尔看了简直发抖的,却是用灰色的囚犯呢制成的被头,因为这上面爬着许多很大的警察局虱子,这些虱子在深灰色的被头上非常触目。我们推开被褥,坐在板床边上了,就拿起警察送来的锡杯子来喝茶。

我们这样坐了很久,倾听着附近的牢房里传来的各种各样的声音。其中有醉汉的歌声,有叫声,有骂声……常常从街上带进醉汉来。被带进来的人起初喧噪,反抗。于是警察就把他们痛打一顿。走廊上传来尖锐的叫喊声,不久变成了低微的苦楚的呻吟声。于是门开开了,这个驯服了的人就被推进一个公共牢房里。后来我曾经好几次记述我们各处警察局里所发生的杀害行为[1],每次我都回想起我第一次被捕时的这第一个晚上。

这两天来事绪纷繁,使我们非常疲劳。我们的眼睛渐渐黏合起来了。格利果列夫终于第一个动手铺他的床;他开玩笑地划了三次十字,然后倒身在他的冷水一般的眠床里了。我步他的后尘。只有那个不幸的有洁癖的韦尔涅尔长久地坐在板床边上,把肩膀靠在墙上打盹,不敢从事这英勇勋业。

我被捕的第一个晚上就是这样地过去了。

---

〔1〕 关于警察拷问被捕者的情形,柯罗连科记录在下列的文章中:《拷问考古学爱好者》《在平静的乡村里》《十九世纪俄罗斯的刑讯》。柯罗连科在其他许多论文中,也涉及这主题。

# 第四章　沃洛格达、克朗什塔特、彼得堡

## 1　放逐。我成了国事犯

大约过了两天，我第一个被叫到警察分局的办公室里去。

我们在板床上放一张小桌子，爬上去向窗子里探望，可以看见院子里的情形。这一天我正好在窗子里探望，看见一辆轿形马车隆隆地开进警察分局的院子里，马车里走出两个宪兵来。我们由此知道了为什么传我出去。原来是要把我放逐。由于李文一向装作"开诚布公"，因此我们完全没有准备被放逐，临走的时候没有带钱，也没有带替换的内衣。我身上穿着一套别人给我拼凑拢来的衣服和一件薄薄的大衣；浆得很硬的衣领撑住我的颈子，感觉很不舒服。

启程的准备并没有花多少时间。我们紧紧地互相拥抱，过了半小时，宪兵把我送到了雅罗斯拉夫尔车站[1]。我没有预料到事情进行得这么迅速；我没有向学院里的妹妹告别就离去了，觉得异常悲痛。

我被带进一个乘客拥挤的三等车厢里。在角落里靠壁的地方，也有一个人坐在两个宪兵中间，这人身材不高大，长着长长的黑胡须，使我想

---

[1]　这事发生在一八七六年三月二十四日。

起神话里的恶魔契尔诺莫尔。我们互相认识了。这位先生原来姓鲍奇卡廖夫，是彼特伦凯维奇小组中的地方工作者。火车将要开动的时候，站台上发生了一阵喧噪。原来有几个曾经在巴斯曼警察分局旁边守候的彼得农林学院学生，要走进我们的车厢里来，可是有人拦阻他们。我看见爱杰姆斯基穿着他那件奇特的皮领大袍，戴着高高的羊羔皮帽子，手里拿着一根粗木棍，从窗口飞奔过去。大概正是这个触目的人物引起了密探的注意。火车不久就开动了。

火车在普希金诺车站上略停片刻的时候，一个表情生动而富有戏剧性的、黑发的美貌青年女子走近我们的窗子来。她对着我们的窗子站定了，眼睛注视鲍奇卡廖夫，仿佛注视圣像一样。隔着两重窗子，不能讲话，她就一动不动地站着，脸上显出悲哀的表情，直到火车开动。鲍奇卡廖夫向她点头告别，叹一口气。

半夜里，我好像被人一推，突然醒来，很久想不出我此刻身在何处。我梦见了母亲，这时候深切地怀念着她，心头就郁结起来。车厢里烟气弥漫，使人窒息。阵阵的烟雾蒙住了暗淡的灯光。我对面和两旁的四个宪兵都在点头打盹。我终于认清了我的处境，对母亲的思念明显地浮出在意识中了。以前这一段时期我很少想到她。她是有病的人，如果报上登出了我被流放的消息，她看到了不知会怎么样。这几天来的神经疲劳现在开始感觉到了：我觉得眼睛里要流出眼泪来。……但愿早些到达目的地，好把确定的消息写信告诉她。……而现在不必沮丧，于是别的思想排挤而代替了这种苦闷。我并不后悔。我虽然已经年满二十二岁，却体会到孩子气的骄傲之感：在巴斯曼警察分局里，他们正式地向我宣告，说"奉圣旨"把我流放到沃洛格达省的乌斯特塞索尔斯克。……我回想起了在伊兹马伊尔连举行的第一次"秘密会议"。那时候只动员了警察分局的力量；而现在对付我的，却是最高政权的机关。……

我在什么地方同鲍奇卡廖夫分手，记不清楚了。我们道别的时候热烈地拥抱，仿佛兄弟会中受到共同迫害的两个会员。宪兵把我从车站上带到雅罗斯拉夫尔的警察局里，这房子的窗子开向伏尔加河。流冰期已经开始，巨大的冰块在河面上慢慢地流动。警察局里所有的人都聚集在窗口，看那个勇敢的检察官——水上救济会会长——用救生艇来引渡沃洛格达来的邮件。引渡顺利地完成之后，副警察局长，一个相貌和善的老头儿把我从宪兵手里接收了；我从他那里初次知道我是"国事犯"。

"您弄错了，"我说，"我只是一个学生，是为了向我们学校当局递呈集体请愿书才被放逐的。"

"是啊，是啊，"他肯定地回答，"正是为此。……是'奉圣旨'的，老兄，……怎么不是国事犯呢？"

我又得承认：这时候我略微有些得意之感。

不久警察局长来了，他是一个黑头发的、军人模样的、很有威势的人。他已经到省长那里去过，并且带了省长大人的指令来：把我送进监狱里。我提出十分恳切的请求：不要把我扣押在途中，尽可能今天就送我上路。我又想起了母亲，这时候眼睛里又发痒了。我这个"国事犯"大概样子十分可怜，所以警察局长对于我的请求显然表示同情。他打量一下我的体面的服装，看见我完全没有一点行李，就知道的确不应该扣押我。

"要是你不怕流冰，"他说，"那么我去同检察官商量一下，要他明天把你跟邮件一同渡送过去。可是现在有什么办法呢？你只得在监狱里过一夜。……派一个体面一点的解差。"他对他的一个下属说。

来了一个解押的警察，然而他偏偏是很"不体面"的。那时候省城里的警察的装束还很不讲究,来的那个警察很像果戈理作品[1]中的杰尔瑞莫尔达的一个属员:他的大衣上全是破破烂烂的五彩补丁,他的马刀竟挂在一根旧绳子上。

"叫他滚出去。另外派一个体面一点的来。"警察局长嫌恶地说。

来了另外一个。这人身上的补丁和大衣同一颜色,他的马刀一部分挂在皮带上,只有一部分挂在绳子上。警察局长看看他,挥一挥手,说:

"唔,请别见怪,……我们已经竭诚招待了。……有什么办法呢。"

我感谢了他的好意,就穿过整个城市,步行到监狱里去。我们一共四个人:除我之外还有一个犯人,穿着一件背上有红菱形的短囚衣,他不幸而被刚才落选的那个警察押送着。我在路上听见这个人在同他的解差顶嘴,回过头去一看,看见那个解差抓住了他的囚裤的宽大的后裆,拼命往后拉。

"怎么一回事?"我问。

"还不是不懂规矩,……"我的警察向我说明,"你看,他想跟你并排走。他说:我们是同志。"

那个人趁我们停步的时候跳向前面,敏捷地问我:

"你是放逐的吗?"

"是放逐的。"

"是要受监制[2]的吗?"

"大概是的。"

他得意扬扬地回过头去对他的解差说:

---

[1]　指《钦差大臣》。——译者注
[2]　他说错了,应该说"受监视"。——译者注

"喂,我也是受警察监视的。我们怎么不是同志呢?"

以后我们就并排走,——我穿着别人借给我的、单薄的然而很体面的衣领浆硬的服装,戴着圆帽子;他却穿着背上有红菱形的囚衣。两个警察走在后面。路上的行人怀着讥讽的好奇心向我们看。

雅罗斯拉夫尔监狱是我第一次进的监狱。他们把我带进牢房,并不关门。不久,有一个戴眼镜的、长着尖头小胡须的中等身材的犯人走进我的房间里来。这是我的邻人,是"特权阶层"中的刑事犯。原来他们把我关在贵族部门里了。他自我介绍之后,就问:

"你大概是为了伊凡钦·皮萨列夫[1]和波托茨卡雅[2]伯爵夫人的事件吧?"

伊凡钦·皮萨列夫的姓氏我那时候是第一次听到。这个新相识的人告诉我,说雅罗斯拉夫尔省里揭发了一个革命小组,伊凡钦·皮萨列夫是这小组的中心人物。许多人被逮捕了,其中有几个人现在就关在这监狱里。伊凡钦自己隐匿起来了。这个犯人常常提起波托茨卡雅伯爵夫人的姓氏,表示他是和她相识的;他说,如果我愿意的话,要我转交她一张字条。我并没有事情要去找波托茨卡雅伯爵夫人,就拒绝了这个亲切的邻人的要求,显然使得他很失望。

_____

〔1〕　亚历山大·伊凡诺维奇·伊凡钦·皮萨列夫(1849—1916)在一八七七年参加"土地与自由社",这组织分裂以后,他加入民意党。八十年代时被流放在东西伯利亚。流放回来之后,于一八八九年迁居到下诺夫戈罗德,在那里同柯罗连科相识。从九十年代起,为民粹派机关刊物撰稿,后来主持《俄罗斯财富》的经济部分。

〔2〕　玛利亚·普拉东诺夫娜·波托茨卡雅(生于一八五一年左右)曾经在维亚特卡的医疗所当助产士。于一八七四年六月被捕。按"一九三人案"受审判,被认为无罪;但是按行政命令于一八七八年被流放到尼日戈罗德省阿尔达托夫,受到警察的监视。

记得那天是一个节日,吃过牢饭之后,囚犯长——一个仪表端庄的中年犯人——拿了一杯茶和许多面包送进我的牢房里来。这些面包的样子使我惊奇:其中有几块长圆形面包,有几块粗白面包,有一小片馅饼,还有插在粗白面包里的半个面包圈。

"今天有布施,"囚犯长向我说明,"好好地吃一顿吧。"

贵族部门几乎是空的。我很早就回到自己的牢房里,几乎睡了整整一昼夜。第二天早上六点钟我被叫醒。警察局长履行了他的诺言:载送邮件到沃洛格达去的救生艇已经在伏尔加河岸上等候我。我和押送的警察及邮递员们坐进了停在岸上的装滑木的救生艇里。冰已经停止流动,只是河中央有大大小小的冰块慢慢地浮动,有时互相冲击,有时发出沙沙的摩擦声。人们靠滑木把救生艇在冰上拖动,后来船身迅速滑进,就浸入水面,漂流在细碎的薄冰块中;人们用力划桨,直到这救生艇又冲到大冰块上。这次的渡河给我十分强烈的印象。后来我们趁上了伏洛格达狭轨铁路上的火车,慢慢地前进。

## 2  在沃洛格达。当时流放的特点

这时候沃洛格达的省长是一个老年的波兰人霍明斯基,这个人颇有自由主义思想,态度很和善。大概是为了这缘故,他们不把我关进监狱里,却叫我住在警察局的值班室里。这时候正值基督受难周;我请求立刻打发我走,警察局长回答我说,他们要在复活节的第三天或第四天上送我动身。

　　这个警察局长〔1〕原来也是一个和蔼的人；他叫我住在值班室里，"像住在自己家里一样"，又问我要不要洗澡。我辞谢了，因为我没有衬里衣可换。傍晚他给我送来一套替换用的衬里衣，叫我把旧的交给他去洗。他的态度给我极其良好的印象。但是，真可惜，我必须指出，我在流放中这样接近地认识的三个很亲切的警察局长，后来齐巧都受到审判。

　　在复活节的第一天，省长霍明斯基突然来访问我。原来他有几个儿子在彼得堡的交通专科学校念书，他们从彼得农林学院的学生那里得到了消息，已经打电报给他们父亲；因此这个善良的老人来慰藉我，问我是否需要什么东西。他去了之后不久，他的办公厅里的办事员——一个年纪还轻而身材魁梧的人——也来看我。他在我这里坐了个把钟头，把有名的北方森林盗窃事件讲给我听。关于这事件，当时的报纸上发表了许多消息。这个青年公务员对于林务部官员们同某外国公司的秘密协定表示愤慨。他说已经设立了一个紧急审理委员会，然而这委员会不见得能揭发全部实情，因为这件事牵涉到很有势力的人物和巨额的外国资金。

　　省长和他的办事员的访问显然使得警察局全体人员——从尼古拉时代当兵的守卫和值日官员们到警察局长本人——都发生了强烈的印象。警察局长在复活节的第一天到我这里来行过祝福礼之后，就劝我到街上去散散步。"大概由警察押送着吧？"我问。

　　"要是你愿意的话，和我同去。"

　　我当然愿意，我们就去了。

_____

　　〔1〕　当时沃洛格达的警察局长是苏沃罗夫。

"你要不要看看我们的拘禁所?"他说着,不等我回答,就走上扶梯,来到了望台底下的屋子里。我觉得有点惊奇,因为这里仿佛是等候我们去参观的:走廊打扫得很干净,已经换过新鲜空气。他陪着我走进走廊,叫我从牢门上的小洞里望望牢房的内部,后来他突然对管理人说:

"有空牢房吗?"

"有,第九号。"

"开开来!……你要不要看看里面?"于是他做了一个姿势,仿佛一个殷勤的主人正在让客人先走的样子。

我想起了市长和赫列斯达可夫的一个场面,我就像赫列斯达可夫一样,很想拒绝这个殷勤的邀请[1]。

然而我终于硬着头皮跨进门槛,过了一会儿,平安无事地从牢房里走了出来。原来警察局长只是要夸耀一下房间的清洁。

后来我走到台阶上,看见院子里排列着一支消防队,觉得更加惊奇了。

"哪里失火了吗?"我问。

"不,这是我特地叫他们来的,我想你也许喜欢看看我们的新装备吧。"

他发了一个信号,消防队就从院子里开出去。肥壮的马向前奔腾,铃声叮当地响出,消防旗飘摇着,涂着鲜明的丹铅的新唧筒光彩夺目,消防队员的铜盔闪闪发光;我和警察局长站在台阶上看,我脸上泛红,觉得自己的确好像处在赫列斯达可夫的地位,因为在这样盛大的节日里他们为我而惊动了这么许多人马。

---

〔1〕　见果戈理的《钦差大臣》。——译者注

是的,这是俄罗斯流放中的一个异常的时期,不久这时期就结束了。原来从前有一时人们遭到流放之后,由于情况的变迁,反而加倍地增高了地位,——现在在荒僻的流放地区,显然还保留着关于这时期的模糊的回忆。省长的儿子的电报和省长的亲自访问,显然在这位和蔼的警察局长的头脑里唤起了同样的念头,因此他认为不妨把他的办得很完善的业务给我看看,以防万一。

当我们散步回来,经过警察局正门口的时候,发生了一个小小的意外事件:有一扇门突然开开了,里面露出一个小市民模样的中等身材的人来。另一个人的手紧紧地抓住他的衣领,后来用力一推,把他从不很高的梯级上推了下来。这个不知名的人挥动着两臂、东歪西斜地跌下来,要不是他的头撞在警察局长的肚子上,这一跤跌得可真厉害呢。警察局长抓住了他的衣领,愤怒地提他起来,把他抖动了两次,等他稳固地站定了,就厉声地责问他:"这是怎么了? 你喝醉了吗?"

这个小市民的确是喝醉了,然而他还是企图替自己辩解,说他是到警察局里来询问事项的,可是他们给他的答复是:抓住一把衣领把他从梯级上推了下来。……

他突然兴奋起来,满腔热情地叫喊:

"局长大人,……我们这种算什么制度? 是不是共和政体? ……"

"得了,得了,去吧。询问事项要在办公日子里来,而且要在你不喝醉的时候来。"接着他宽容地苦笑一下,转过身来对我说:"嘿,你听见了没有,他这样地理解共和政体。……"

由此可以猜测到,他自己对于共和政体的理解不是这样的。总之,我再说一遍,这个人的好意,给我留下了愉快的回忆;因此我认为不久以后他所遭逢的职务上的不快,不是特别应受责难的。

### 3　我的解差。在托特马的逗留。有意义的会晤

不久我就登程前往了。

春天很快地从南方推移过来了。在雅罗斯拉夫尔地方,伏尔加河已经开冻;可是北德维纳运河还盖着冰。雪很深,然而天气温暖了,雪底下到处潺潺地流着春泉。我们的车子虽然开得很快,可是快要到达托特马的时候,地上还是已经解冻,因此走的是非常松软的路,有几处简直是泥泞。

命运派给我的解差,是一个很奇特的人。这是一个警察,似乎姓费陀罗夫(我记不清楚了)。他身材很矮小,体格结实,头像个圆球,面颊肥胖,一个小鼻子完全陷没在两颊之间。照这丑陋的相貌看来,他简直是个加西莫多[1];实际上他却是一个和善而健谈的人。而且不知怎的,他对宪兵深恶而痛绝。

"我实在看不惯,"他说,"宪兵是最下流的人:诽谤,告密,搬弄是非。不但告发朋友,又告发亲生的父亲。"我和他同样地抱着这种反感,虽然原因不同。

在托特马的驿站上,有人对我说,县警察局长请我到他那里去。到了那里,他通知我,说今天早上收到省长的电报:叫大学生柯罗连科自己选择,是前往乌斯特塞索尔斯克,还是回故乡去受警察监视。

我想了一会儿,就写出我的意见来,说我情愿"在我母亲所住的克朗什塔特城"住满我的流放期。在故乡日托米尔,我已经一个亲人也没有

---

〔1〕　雨果的长篇小说《巴黎圣母院》中的主角。——译者注

了。此外,我还清楚地记得,我竭力渴望着不要再到故乡这一带去,因此决定这样写了,或许可以侥幸地被送到克朗什塔特。警察局长接了公文,当场交给警察,下令把我送回沃洛格达。

驿站上没有马,因为被刚才经过这里到阿尔汉格尔斯克去的邮车用去了。我们只得等候。我和我的加西莫多亲睦地坐在驿站的小台阶上谈天,忽然他脸上显出不快之色,说:

"你瞧,你瞧,宪兵来了。……这流氓,东钻西钻地在找什么呢。一定是探得了你的消息。你瞧,他装作没有看见我们的样子,可是他就要站住了。你等着瞧吧!……"

在满是稀薄的烂泥的街道的那一边,有一个宪兵正在走着。他的大衣不上钮扣,帽子歪戴着,样子好像一个游手好闲的荡子,正在无思无虑地抬着头闲望。但是突然他装作偶然把视线落到我们身上的样子。他惊喜地站定了。

"哟,过路客人,……我们很欢迎外乡人。……让我们来聊聊天吧。您是从哪里来的? 从莫斯科来的吗?"

他向左右张望一下,可是没有一个地方可以穿过街道来。于是他就下个决心,从很深的泥泞里徒涉过来,每次拔起脚来的时候样子很吃力。

"您是从莫斯科来的? 是大学生吗? 彼得农林学院的学生? 你瞧,……这叫人多高兴,……在那里我有一个同乡,实在还是亲戚呢,叫做苏罗甫采夫,你认识吗? 他身体好吗? 不知道为什么很久不写信来了。"

我的解差向我使个暗号。苏罗甫采夫这时候已经逃匿,这宪兵是在"侦察"。我就坦然地回答:

"我认识苏罗甫采夫。我们是同学。我正要动身的时候看见过他。他很健康。他说要是我碰见他那些亲戚,要我替他问好。"

"不会有这种事吧,……"宪兵愕然了,他的眼睛转动起来,"您可知道他现在住在哪儿?"

"当然知道,他住在学院里,就是他一向住着的新村里。……"

"我听了您的话很高兴,……我这就要去告诉我的妻子。……再见!"于是他很快地走开去了。……

"嘿,你呀,"我的解差带着严厉责备的表情说,"你为什么告诉他?他们正在找苏罗甫采夫呢。他现在一定是跑到电报局里去打电报了。"

我笑了,说我是跟他开玩笑的,实际上苏罗甫采夫已经逃匿了,没有人知道他的地址。我的解差听了这话欢喜若狂,他装出奇奇怪怪的鬼脸来,哈哈大笑,笑得浑身打战,东摇西摆,我竟以为他要从台阶上翻下去了。

在等马的期间,我受到了一次意外的邀请:这城里住着一个林务部官员,以前是彼得农林学院的学生。他知道我也是彼得农林学院的学生,认为是他的同学,就邀我到他那里去喝茶。我欣然地同意了,解差并没有反对。

邀请我去的人原来是木材估价人,他的神学校姓氏是乌斯宾斯基,或许是普列捷倩斯基,现在我记不清楚了。他倒是一个和蔼可亲的人,然而外貌非常消沉,甚至阴郁。他和一个森林技术员一同住在一所没有暖炉设备的屋子里,环境设备很简陋。这时候正是节日,他们两人都喝得醉醺醺了;酒对他们发生了相反的作用:估价员显然变得过度地苦闷而消沉了,技术员则愉快、放纵而健谈了。我一到那里,乌斯宾斯基立刻把这技术员带到一旁,对他悄悄地说了些话。技术员得意扬扬地回答:

"这有什么。我们不在乎此。"他说着,立刻神气活现地掏出钱包来,出门去"备办"了。

乌斯宾斯基(我以后就这样称呼他)的黝黑的脸似乎更加阴暗了。他看见他的秘密已经暴露,就低下了头说:

"他是个好人,……是我的好同事,……然而是一个贪污分子,所以生活过得很得意。可是我呢,你知道,我坚持以前的思想,大学生时代的思想。我反对贪污行为。因此他们老是找我的碴儿,……扣除我的薪水……已经是第三个月了,我只收到月薪的三分之一。"

于是他讲给我听,说因为他不同意在某一个契约上签字,他的直接上司就报复他。

"真是傻瓜,哈哈哈。"技术员走进来,听见他在说这些话,就带着一种令人厌恶的放纵态度这样说,"喂,你倒是说说,你希望谁来惊叹你的廉洁呢?这位先生,我告诉您,在我们这行业里,最重要的是会奉行非法勾当。……这样才能够生活,哈哈哈……"

乌斯宾斯基的脸上显出痛苦万状的样子。

"住嘴,你喝醉了。"他说。

"你太清醒了。……不过我是用自己的钱来喝醉的,你却是借债来喝醉的。"这个放纵的青年人回答。

过了一个钟头,一辆套着三匹马的驿站橇车开到了估价员的寓所门前。我的两位主人拿了几瓶酒,和我一起坐在这辆宽敞的驿站橇车里了,陪送我到下一个驿站。他们一路上不断地喝酒。乌斯宾斯基的样子越来越忧郁了,他的同伴却越来越愉快,越来越放纵了。他把空酒瓶向过路的农人丢过去,高声地哈哈大笑,扯着嗓子唱歌,总之,使人觉得难堪。车子开到一个地方,他突然喊住了马车夫。路旁横着几堆新砍下来的良好的建筑用木材。他虽然喝醉了,却迅速地、当然还是摇摇晃晃地跑过很深的雪地,去看了看什么东西,然后掏出一本笔记簿来,高兴地在这上面做了些记号。

"木材的粗端不放在一起,……不合规格,——包工头应该出罚金,或者让这位仁兄来行行贿,……"他高兴地说着,又爬上橇车来。……

"在人家面前怎么不惭愧。"乌斯宾斯基用悲哀的责备口气说。

我们在下一个驿站上分手。乌斯宾斯基热烈地拥抱了我,哭起来。

"我羡慕你,……你选择了有益的道路……"他口舌含糊地说,……"我却要毁灭在这里了。……你瞧:这种得意扬扬的猪猡,却是我的同事。"

"喂,你不要太过分了。你狗叫一样地嚷什么?这是谁的错?还不是你自己不懂得奉行非法勾当。"

于是他也爬上车子来同我接吻。以后我就怀着这剧烈而深刻的印象独自上路了。

人在青年时代容易迅速地作出结论。我刚刚对付了我所准备服务的部门的最高代表李文公爵阁下。自从他用狡诈行为来对待我们之后,我认为他是一个十足的坏蛋。后来省长的办事员又给我讲起林务部的大规模的盗窃案,这种盗窃案几乎风行在整个北方,司法对此却毫无办法。而现在,我又看到了一幅鲜明的插画,其中描写着乌斯宾斯基所表现的坎坷不幸的善行和这个小贪污者所表现的扬扬得意的丑态。这一切在我心中酿成了一种鲜明而完整的情绪。我不久以前关于毕业后的企图和母亲的梦想,现在都化作灰烬了。……由它去吧!……不,我决计不替这个上面有李文和瓦路耶夫这班人而下面密布着无法裁制的零碎盗窃行为的政府服务了。这是腐败的过去,……而我要去迎接不可知的未来了。

## 4  森林中的旅途。隐遁者的故事。生活中难忘的瞬间

这一连串的思想在橇车的滑木的吱吱声和车铃的叮当声中跟着我一路前去。傍晚时候我们的车子在阴森的树林中间行驶。这些树林绵亘在道路的两旁,沉寂而神秘。我的健谈的解差就讲给我听,说他年轻的时候,曾经跟着警察局长的队伍来到这些树林里,毁坏林中隐遁者们的修道龛。他们滑着雪橇,深入人迹不到的绝境,在那里找到了一些小茅屋,茅屋的主人大都已经离开这里,隐藏起来了。有时圣像面前还点着长明灯。他们把茅屋拆毁,用木材搭起篝火来,把全部家具、圣像和长明灯丢进篝火里,点着了篝火,管自去了。

"那么茅屋的主人怎么样了?"我问,"他们怎么办呢?"

"这可天晓得了。……有的人勉强走到了村子里或者有人烟的地方,那就算运气好的。有的人还没有走到,就在森林里受到严寒的袭击,或者在原野里碰到暴风雪,就此冻死了。我们看见过这样的一个人:是一个老头儿,坐在一棵树底下,全身都冻住了。两只眼睛睁开,眼睛上有雪。手指作出二指式[1]的样子。……"

"你不觉得这样做罪过吗?"我听了这段叙述,激动起来,就问他。

讲话的人轻轻地叹一口气。

"奉上司的命令……当然也许是罪过的。上司会受到报应。……可是上司也没有办法。他们也是奉命的,因为这些隐遁的人之中有许多是没有护照的流氓、逃兵,甚至是从苦役刑中逃出来的强盗。"

---

〔1〕 俄罗斯旧教徒划十字的方式。——译者注

　　我们的车子往前开去。滑木继续发出吱吱的声音,车铃叮当地响,树林早已沉浸在朦胧的夜色中,发出低钝的怒号声,向后面退却。我头脑中涌现着同样阴暗而意义深长的思想。也许现在这些树林里还有灯火点在圣像面前,而脱离了罪恶世界的神秘的长老们还在慨惜着真理的沦亡而祈祷着。解差说这些人里面常常有流氓,甚至有强盗,这句话在我仿佛是耳边风,就像从前尼库林对威塞里茨基的"犬儒主义式的"批评一样。……昧于智慧,忠于迷信,然而心地光明,——我这样地设想林中隐遁者的形象。我在精神上和他们一起反对压迫者,其中包括像我的解差一样盲目行动的人。……

　　我们的车子整夜地行驶,想趁地面还没有完全解冻时走完这段路。第二天,我们从一个驿站出发,不久就在一个大村庄里停下来。从这个驿站开始给我们驾车的那个马车夫的家眷,住在这村子里,他就跑回自己家里去一下。这一天天气晴明而温暖。在一条广阔的长长的街道旁边,有许多宽敞的房子,大都是楼屋。屋顶上还盖着雪,但是有些地方已经露出一块块黑色的木板屋顶来;整条街道沉浸在炽盛的春光中,街道旁边融雪的水滴发出愉快生动的闪光。没有一个庭院,没有一条长的篱垣。我想起了有人曾经称我们北方的自然界为患瘰疬腺病的。

　　我的解差走到那所屋子里去找我们的马车夫,屋子的主人就走出来,他大概是马车夫的父亲。他身材很高,样子显得年轻,长着淡棕色的的头发和同样颜色的、不很长的口髭和胡须。他肩膀宽阔,显然很壮健,一双手粗大有力,然而他的胸脯凹进,整个身体同这生气蓬勃然而患瘰疬腺病的北方自然界异常调和。他不穿短皮袄,不戴帽子,手里捧着一个大木壶。……他走到我们的橇车旁边,带着虔诚而端庄的亲切态度向我鞠一个躬。

"朋友，请你喝一点儿，不要嫌味道不好，这是为过节而酿造的，……"他说着，就把一壶家酿啤酒递给我。

我喝了，衷心地向他致谢。他走了之后，我突然发生一种特殊的情感，觉得这个人极其亲切可爱，不，可爱的不但是这个人，而且是所有这些人，还有罗列着许多盖着雪的不平整的屋顶的整个村庄，以及整个贫瘠的北方自然界：雪白的田野，幽暗的树林，冬天的阴沉的寒气，春天的生气蓬勃的融雪，辽阔的旷野所蕴蓄着的意味……我的命运安排好要我在北方体验到这种动人的感情。如果同样的瞬间和同样的环境出现在我的故乡，出现在沃伦或乌克兰，那么也许我会更加感觉到自己是乌克兰人。但是后来这种难忘的瞬间又联系到了大俄罗斯或西伯利亚的印象。……

现在，我在涅克拉索夫、屠格涅夫的作品中和一切民粹派文学中所读到的东西，突然涌上心头，照明了这些日子的感觉，尤其是在这条茂林夹道的路上听了关于荒僻的隐遁所及其破坏者的故事后的感觉。而在这一切感觉之上，仿佛高高地显出着这个身材修长而惫于尘劳的勇士的面貌，他庄严地鞠着躬，说着亲切的话语，向一个受迫害的陌路人走来。

## 5　沙皇的恩典。和彼得农林学院同学们的会面。警察局长在《声报》上的文章

我们来到了沃洛格达。

又是警察局里的以前那个值班室，又是以前那个殷勤的警察局长。

我到达的时候是傍晚,半夜里我的弟弟[1]突然闯进我的房间里来。原来他得悉了农林学院闹风潮的事,又知道我是代表,立刻赶到莫斯科来。学院里的同学们把我的行踪告诉了他,他就来到沃洛格达。到了这里,他猛烈地袭击那个值班员,使得他措手不及,我在弟弟的拥抱中突然醒来。第二天早晨,这个个子不高、面孔圆圆、髭须像蟑螂须的值班员已经喝得醉醺醺(是为了节日,或者为了壮壮胆),对我说:

"你的亲爱的弟弟,你知道吗,吓了我一跳,你知道吗!……他闯了进来,你知道吗,他说:我的哥哥在哪里?我心里想:会不会是小偷,你知道吗?原来他不是小偷,是你的亲爱的弟弟。……"我们两人听了他的话,都哈哈大笑。

早晨警察局长来了,他听见了这突然袭击的事件,只是摇摇头。这也是那时候流放中比较宽大的作风的一种表现,这种情况在后来是绝对不可能再有了。……

就在那一天,霍明斯基省长手里拿着我的表示情愿回克朗什塔特的申请书,又来看我。

"难道克朗什塔特是你的故乡吗?"他问。

我坦白地回答,为什么要申请到克朗什塔特去。又说如果不能到那地方,那我情愿到乌斯特塞索尔斯克。霍明斯基想了一想,挥一挥手。

"好,我听了你的回答很满意,我把你解送到彼得堡去。至于那边是否同意,倒是个问题。也许他们还是会把你送到沃伦省去。"

过了两天,我由一个装束很体面而甚至华丽的警察押送着,趁了沃洛格达狭轨铁路的火车,走上归程。弟弟当然和我趁在同一个车厢里。

---

〔1〕　即伊拉利昂·加拉克齐昂维奇。

　　第二天早上我们到了莫斯科。到彼得堡去的火车似乎要下午四点钟开出,我已经同我的和善的解差商量好:我到叶卡捷琳娜学院去看看我的妹妹,他也去望望他的一些住在莫斯科的亲戚,然后到车站上来。我们就这样办;但是这个警察显然还是有些怀疑,因此他不到车站上,却提早到学院里来找我。学院里的人看见来了一个警察,押送着我出去,大为惊骇。窗子里闪现出许多青年人的好奇的脸来;那个尊严的门房用惊讶而仿佛尴尬的眼光目送我出去。在学院的年鉴里,这样的访问恐怕还是第一次。

　　火车在离莫斯科十二公里的彼得农林学院站上停下来的时候,弟弟才上车来和我们在一起了。知道我要经过这里的一群彼得农林学院学生,和弟弟一起涌进车厢里来。我们热烈地拥抱,然而我注意到他们都有一种黯淡的情绪。记得这里面有波兰人凯尔斯诺夫斯基。他本来长着美丽的波浪形头发,现在剃得很短了。我开玩笑地批评他这一点,他懊丧地别过头去,他的秀气而神经质的脸上就泛起一阵浓重的红晕来。

　　"应该把头发统统剃光。"他说,"我们受了骗,就像最没出息的白痴一样。"

　　他们把我们离开莫斯科以后学院里所发生的事情讲给我听。据说教授们开导学生,劝他们服从。劝导得特别热心的,是神学教授——莫斯科有名的雄辩的布道者——戈洛文神甫,还有伊凡纽科夫教授。学校当局看到,对付全体群众是困难的,因为某些班级会影响其他班级,于是他们就要求学生分散,一班一班地个别解决问题。

　　有一时所有的争执都集中在这一点上。学生们已经有好几次开始分散了,但是每次都在半途中被爱杰姆斯基阻止。他站在广大的休息室的窗子上,情绪激昂,眼睛发出凄厉的光辉,吆喝几声,喝住了散出去的人,于是群众就退回来。他们被一种异常激昂的情绪所笼罩了。教神学的神甫发表了一篇热烈的讲话,讲到最后哭起来了。他的话起了一些作用,然而这时候队列中跑出一个淡黄色毛发的矮小的学生来。这人以前是神学校的学生。他脸色苍白,身体虚弱,不大受人注目。他生活孤独,不同任何人交往。大概他在远方的某种学校里受尽了教会当局的气,所以他心中满怀着病态的仇恨。他跑上前去,用歇斯底里的声音喊出先知者的一段话,然后继续说:

"啊,你们看到你们的王国的末日来到了,巴尔的王国的末日来到了。是的,来到了,末日来到了!"

他就像发狂一般跑出休息室去了。主张服从的人们的主要理由之一,是顾到三个代表的命运。这理由想得真不错,群众终于让步了:起初按班级分散了,后来一班一班地派代表向李文悔过。

事情平息了,然而其代价是什么呢? 当我们终于被流放的时候,这些青年都发觉自己是受了骗;他们不久即将为政府服务,而这政府的代表者,在他们看来都成了骗子。

同学们陪我坐了两三站路的火车。如果我是一个"危害性的煽动者",那么在这次的会面中,在这会面所引起的热烈情绪中,无疑地表现出了"叛乱"对于官家"制度"的道德上的胜利。

在这事件之前和之后,有好几代俄罗斯青年曾经通过这种热狂情绪的浪潮。在这一点上表现出了现行制度在道德上的严重的弊病。周期性地激动着我们青年人的,并不是关于食堂或同乡关系的问题,并不是学院生活的个别问题,却是对国家体制的基础根本失去了尊敬。青春是公正无私而光明正大的。它还没有受到实际生活和个人利害的羁绊,它站在生活的大门口,正在犹豫不决,是否要用自己的力量来替它所认为基础不正当的体制服务。于是,在第一次的感情爆发中,它抓住了任何机缘,就准备用它所最容易做到的形式来坦白地倾吐出这种感情。官方采用暴力、过度的压迫或者像在我们这事件中那样采用狡诈和欺骗的手段,达到了对"制度"的形式上的服从。而后来,青年们度过了这个危险时期,就堕入职务的苦闷中,从此没有出路了。然而他们走进这里面去的时候往往意气极度消沉。试同任何一个为职务而老倦了的公务员谈谈,在他说坦白话的时候,你一定可以在他心中发现一个角落,这角落好像一个小教堂,他在这里面像保存圣徒遗物一般保存着一些回忆,即"我们也曾经是青年人,我们也曾经怀着壮志"。当他还站在生活的交界线上,而觉得自己是现在所服务的体制的敌人的时候,他一定认为这过去的经历是他生活中最美好的时期。……

同学们告诉我,说韦尔涅尔被流放到维亚特卡省的格拉佐夫,而格利果列夫被流放到奥洛涅茨省普多日去了。皇上(亚历山大二世)减轻对我的处分,似乎是要表出他们两人和我之间的差别:他们曾经当过军官,应该受到更严厉的惩罚。我就是为此而受到在故乡住满流放期的恩典的。

我所趁的火车是一班慢车,我到达彼得堡,被押送到市政府的大厦里的时候,已经很夜深了。办公室里早就一个人也没有了,他们带我经过了一些地方,来到底层的一个房间里。我在这里等了很久,等他们把我的公文送交市政府秘书——如果我不记错的话,这秘书叫做富尔索夫。

我的弟弟是一个勇于敢为的青年,他从车站上直接跑到我们的一个要好的同学——同乡人勃尔若佐夫斯基那里,他们两人就接踵地来到市政府。我真不知道他们到了这里之后,怎么会找到我正在等候的这个房间里来,我们三个人就亲切地谈话;这时候房门突然打开了,那个秘书走进房间来。他是一个身材很高的男子,穿着便服,长着一大绺蓬松的髭须。他显然是被人从床上叫起来的,因此样子很不高兴,甚至怒气冲冲。他一走进来,就惊讶地站定了。

"这,这些是什么人? 你们怎么会来到这里,谁放你们进来的? 我立刻要逮捕你们。"

他迅速地开开了门,出去叫人;这时候我开开了另一扇门,把弟弟和勃尔若佐夫斯基放走了。当富尔索夫带着一个警察回进来的时候,他们两人已经影迹全无。他向我的沃洛格达来的解差提出责问,可是解差只能回答他说,来的两个人里面一个是我的弟弟,是和我一同趁火车来的,另一个他不认识。他愤怒地问我,我泰然地回答,说我认为完全没有必要把我的朋友的名字告诉他。

这使得他冲冲大怒。他把沃洛格达省长的公文粗率地看了一遍,说:

"嘿,胡说八道! ……克朗什塔特怎么可以算是流放地! ……不行,老兄,你的故乡不是沃伦省吗? ……那得立刻把你送到流刑监狱里,然后再送到日托米尔去。"

他从狭小的螺旋形扶梯上走上去了。

"他到特列波夫将军那里去了,"富尔索夫带来抓我的访客的那个警察悄悄地对我说,"你的事情糟了:他把将军叫醒,……将军会动怒,……一定会把你送进流刑监狱去。……"

然而过了半个钟头,这位怒气冲冲的先生仍旧从那架扶梯上走下来,他穿进房间来的时候,耸耸肩膀,说:

"真奇怪。将军认为可以的。……往克朗什塔特的轮船明天早上九点钟开,可是往奥拉年包姆的火车要开得早些。由你选择吧。而你呢,"他对沃洛格达来的警察说,"把他送到那地方,交给克朗什塔特的警察局长。我马上就会给你公文。"

我决定到奥拉年包姆去,我们就出发到车站上去等火车。第二天清早,我们趁奥拉年包姆开出的轮船来到了克朗什塔特码头[1]。

我的第一次流放的路程就这样结束了。

为了要把我们学院的事件也交代一下,我还得讲几句话。在六十年代末几次有名的大规模的学生风潮之后,在涅恰耶夫案件之后,青年人之间的显著的运动平息了,学生风潮没有了。……内外科医学院里曾经发生了些事,然而很快地平息下来。我们这次实际上并不重要的事件发生在这风平浪静的期间,仿佛晴天一个霹雳。社会上关于这件事有许多议论,然而没有在报上发表。发表的只有几个极短的报导,其中提及我们三人的姓氏。报纸大概都在等候政府的报导,然而政府也没有表示什么。后来克拉耶夫斯基的《呼声》上终于决定刊登了关于这事件的一个短评[2],大概是因为这短评来自最"可靠"方面:是我们已经认识的那个老滑稽家县警察局长尔热夫斯基送来的。他按照自己的看法来叙述这件事。他说学生们递呈了一个幼稚的请愿书,其中有一项是"要求给他们女人"。又说他们骚扰起来,不肯递呈悔过书;幸而这时候来了一个地方警察局长——一个富有经验而懂得青年心理的人。这个爱护青年而受青年爱戴的老人仅仅说了几句坦率而诚恳的话,风潮立刻就平静了。

---

〔1〕 根据第三厅的档案材料,柯罗连科于一八七六年四月十日来到克朗什塔特,受警察监视("一八七六年,第一三二号案件,彼得农林学院学生风潮案")。

〔2〕 这短评刊载在一八七六年三月三十日的《呼声》上,不署名。

弟弟把这短评拿来给我看的时候，我已经在克朗什塔特了。他和另外几个同学到报馆编辑部里去辩解，编辑部里的人告诉他们，说正因为这篇短评是县警察局长写的，所以刊登出来。社会上有许多流言和传闻，可是全都不能登载。因此报馆"大胆地"登了这篇来自"可靠方面"的报导。因为这里面说起三个代表者的姓氏，其中包括我，所以我认为我有正当的权利写一封"致编辑部"的信，我在这信里怀着青年的愤慨驳斥县警察局长的捏造。然而他们回答我说，上头规定绝对禁止谈到这事件。

这件事在我心中留下了对克拉耶夫斯基的"自由主义"报纸的轻蔑和愤怒的痕迹。我又写了一封信，虽然不是为了发表的；我在信中说，报纸登载了"来自警察方面的卑鄙龌龊的毁谤"，在道德上有责任加以更正，不管有什么禁令。……

当然没有回音。

## 6  在克朗什塔特。警察局长戈洛瓦契夫

克朗什塔特在那时候就处于特殊地位：由海员管辖。警察局长是海军大尉戈洛瓦契夫；而类似省长的司令员是海军上将柯札凯维奇。城里的人给戈洛瓦契夫起个绰号叫做"鼻子大尉"，因为他的鼻尖上有几颗很大的蓝色的肉瘤。这人年纪还不老，穿着海军制服，带着短剑，干练活跃，喜怒形于色，非常好事多端，以致不久以后就被人一下子控告他三十二条罪状而受到审判。其中有一条罪状是这样的：他在教堂祈祷结束前五分钟走到市场上，看见商人们违反法令，已经在那里提早开店门，他就站在广场中间，大声疾呼：

"水兵弟兄们,……去抢他们的东西吧,由我负责;这样好让他们记住法律。"

话犹未了,各种民族的水兵就都奔向货摊去,喊着:"好啊! 奉鼻子大尉的命令。"似乎在祈祷结束以前,市场就被抢劫一空了。

这件事实在做得太过分了,于是这位果敢的警察局长终于受到审判。但是当我来到克朗什塔特的时候,他的势力还很强盛,他的作风十分符合于海军最高当局的见解。

海员们当时都是自由主义者。戈洛瓦契夫把公文约略地看了一遍,就殷勤地同我握手,说:

"啊,我知道你的。你的姓名曾经在报上提到过。……哦,没有问题,我们欢迎你。……我们马上到海军上将那里去。"

我的解差被打发走了,我就和警察局长坐了他的马车到海军上将的公馆里去。时间还很早,我只得在一间家具全都套着套子的客堂里等候。后来海军上将和戈洛瓦契夫一同走出来了。戈洛瓦契夫表现出一种态度,仿佛他给上司带来了一件珍品,上司看了一定会高兴的。海军上将显然是被从床里叫起来的,有点睡眼惺忪的样子,然而接待我的时候态度很亲切。

"欢迎,"他说,"我很高兴和你相识。……可惜我们是在这种情况之下相识的。唔,不过也许时间不会长久。我希望我和你之间不会发生纠纷。现在你自由了。"

我跑出海军上将的公馆,就雇了一辆马车,到表兄家里去[1]。

---

〔1〕　表兄即符拉季米尔·卡齐米罗维奇·屠采维奇,作者的母亲和妹妹同他住在一起。

母亲身体不好，躺在床上。她的病完全是神经性的，这几天来她注意到别人瞒着她一件事，她猜测到这事情是和我有关的。当我由表兄和表嫂陪着跑进她的房间里，欢天喜地地拥抱她的时候，她睁大了眼睛，又惊又喜。我就利用这欢乐兴奋的时间，立刻告诉她，说她的关于在林中小屋里度日的理想已经变成空花泡影了。然而今后我们可以住在一起。她笑了，同时又哭了。

于是，我就像我的雅罗斯拉夫尔的监狱同志所说，开始在克朗什塔特度送"受监制"的生活了。我的妹妹从学院毕业了，我们就决定另找房屋，同表兄分居。弟弟这时候在建筑学校当旁听生，住在彼得堡。哥哥照旧做校对工作，然而已经是独立的了。他也从斯图坚斯基的魔爪中逃了出来。小妹妹和母亲住在一起。我必须在克朗什塔特找工作，就在当地的《通报》上登了一个广告，说"大学生找求工作"。我还列举了下列各项：教课，制图，绘图和……校对。

就在这一天，我接到了戈洛瓦契夫的紧急通知，要我到他那里去。

"老兄，……你怎么这样同我开玩笑？"他说着，把广告指给我看。我觉得奇怪：教课，制图，校对，——哪一样使得他这样愤怒呢？

"喏，喏，就是这校对呀。教课还没有什么，可是校对，……这是不可以的。……制图倒又是一回事。哦，我倒想起来了，你能不能替我们警察局绘制一列新式的消防车队？不过要像真的一样着色。……行吗？那好极了。我们马上到分局里去。"

这位性急的警察局长就带我到一个警察分局里，这里面停着一列新式的消防车队，就像有一次沃洛格达的警察局里表演给我看的那种样子。我按照实物测量了大小，描出了轮廓；过了一星期，整列消防车队连水桶、唧筒、载消防梯和搭钩杆的车子在内，都已经着上了鲜明的丹铅和青色,送到戈洛瓦契夫那里去了。又过了一星期,这列消防车队的图就被放进漂亮的镜框里,装饰在警察局里局长办公室的墙上了。

"这才对了,"戈洛瓦契夫欢喜地说,"这不是校对可比的。这种工作你尽可以做,……你能不能设计一个救护站的图样?"

"这我可不在行了,"我说,"我不是建筑师。"

"咳,哪儿的话,……你到奥拉年包姆去一趟,把那边的救护站画下来,像画这列消防车队一样,就万事大吉了。"

"可是我已经签过字,保证不离开这城市。"

"没关系,你尽管去好了,只要不去闹事。你知道,要是你是有过罪行记录之类的捣乱分子,那当然是麻烦的。现在让我们去看看我所选定的设救护站的地点。我已经把这块地筑起围垣来。……议会里的无赖汉告了我一状,说我强占地皮。这些挑剔寻衅的家伙!……"他叹一口气,"你们以为我们不会斗争的吗?老兄,我们斗争起来不比你们差。"

这一次"议会里的挑剔寻衅的家伙"胜利了,我们的救护站没有建成。

有一次戈洛瓦契夫又叫我去,对我说:

"我有一个朋友,是水雷军官班的主任,叫做符拉季米尔·巴甫洛维奇·威尔霍夫斯基。我对他讲起你,并且把消防车队的图给他看了。……你愿意到水雷班里去当制图员吗?"

我对于这个意想不到的提议有点惊讶:戈洛瓦契夫听说我要做校对工作,曾经表示惊骇,而现在却劝我到这种机关里去工作。然而也许我是在过后看来才感到惊讶的,因为那时候恐怖政策还没有炽盛起来,化学和爆炸物在革命中不起任何作用。不久以后,我就每天在水雷军官班的制图板前度送上午的时间了。

## 7　在海员们中间。威尔霍夫斯基和务实哲学。海军上将波波夫

无论是这个机关,或是这机关里的工作,或是这机关的首长,都很有趣味。我的桌子里放着所有的水雷的图样,其中也包括当时水雷技术的奇迹——威特海德水雷。这种水雷得到指令之后,能够以一小时三十俄里的速度在无论怎样深的水底上潜行,炸毁兵舰的水面以下的部分,如果炸不到兵舰,自己会回来。就在我工作的房间里,军官们给水兵们上课;而在隔壁房间里,有一个很大的混凝土塑成的蓄水池,有人在那里作小规模的水底爆炸实验。还有人在那里制造装有雷酸汞的爆炸性子弹。有一次这房间里忽然发出爆炸声。原来一个水雷手被炸掉了一只手。人们就把他送进医院里;军官立刻召集水雷手,给他们讲了一堂关于制造子弹的课。他列举了一切预防法,最后说:

“但是,虽然有这种种预防法,可是因为雷酸汞有时会无缘无故地爆炸,所以每一个水雷手在每次工作的时候所持有的雷酸汞,不可以超过三十颗子弹所需的分量。那么,爆炸起来只是把水雷手炸死,也许还会炸坏房间,但是整幢房子是不会被炸坏的。”

我从这里得出一个有趣的结论:原来我在这里工作,可能逢到这种意外事件。俄罗斯人是糊里糊涂的。我每天去洗澡,走过一条伸出在海里的长长的堤堰。这堤堰的斜坡上建造着一所晾硝棉的小屋;我不止一次地看到:水兵们把硝棉装进圆筒形的水雷里去,同时嘴里衔着点燃的烟斗。

我向他指出这件事的危险性,有一个水兵确信地回答我说:“万事

听天。"

　　这理论不久就获得了辉煌的证实:硝棉过分干燥了,忽然燃烧起来。应该指出,爆炸和单纯的硝棉燃烧,结果是不同的。这一次只是把硝棉烧光了。然而那所小屋还是由于迅速增长的瓦斯的压力而毁坏了;不过当时站在开开的窗子边的那个水兵(也许就是说出那句哲学格言的人),只是被抛到约四十沙绳[1]之外的海里,仅仅受到一次惊慌、洗一个澡而已。

　　我来到了一个新环境里,海员们的环境里;我怀着好奇心观察这环境。水雷军官班的主任威尔霍夫斯基,我觉得是一个出色的人物:中等身材,体格丰满,面孔和头发有点像拿破仑,他是一个优秀的数学家,又是一个卓越的行政人员。

　　他的指令常常是迅速、确切而明晰的。我觉得他的前程远大。但是,……他毕竟是一个俄罗斯人,住在俄罗斯的环境中,这环境使我想起托特马这地方,想起那意气消沉的估价员乌斯宾斯基和跟他住在一起的那个愉快的贪污者。

　　有一次,威尔霍夫斯基要我绘制一个藏水雷的阁楼的小型图样。我就执行了这工作,而且设计了两个窗子,因为我认为光线不够充足;又设计了一架有柱形栏杆的梯子和围绕着阁楼的同样的栏杆。威尔霍夫斯基看了很不满意。

　　"唉,"他懊恼地说,"你要知道不是我们自己建筑的,是军事工程部建筑的。咳,他们每一个栏杆柱子要算我们几十个卢布呢。……这些都让我们自己来造吧,不要打在图样里。"于是我只得把图样改作。

────────

　　[1]　一沙绳等于二点一三米。——译者注

过了不多时,一个军事工程师带着工头库兹玛来了。这工程师是一个仪表非常优雅的老人,他的相貌端妍到近乎高洁的地步。他看看图样,对我说:

"青年人,你不懂得业务。照你这样子光线太暗,而且栏杆完全没有。"我微笑一下,默默不语。威尔霍夫斯基赞许地看看我,也不说话。这个圣洁的老人似乎懂得了这意思,就走开去了;工头库兹玛留在这里。青年军官们包围了他,同他说笑。

"怎么样,库兹玛,这一次没有好处了吧?"

库兹玛似乎是梁赞的农民,穿着藏青的外衣,长着一脸大胡子,颧骨很高,相貌聪明而狡猾。他就反驳:

"就是有栏杆和窗子,一共也值不了多少。要知道什么都有规定价格的。"

"噢,这是不是为了让你和你的工程师没有办法揩油?"说这句话的人,记得是彼列列欣,他后来是死在"灶神星号"〔1〕上的。

库兹玛用明亮而狡猾的目光看看他,说出坦白得使我吃惊的话来:

"嘿,谁说没有办法……我们的脑袋里总不见得是装锯屑的。有办——法!这一回我们要狠狠地敲你们大尉一笔了。……叫他以后不要太精明!"

库兹玛笑了,军官们也笑了,只有我看不惯,觉得这种厚颜无耻

---

〔1〕 "灶神星号"是俄罗斯航运贸易公司的轮船,在一八七七至一八七八年同土耳其交战的期间被海军部征用,改作巡洋舰。在海军尉官巴拉诺夫的指挥下,"灶神星号"曾经在土耳其沿岸作了多次勇敢的侦察,于一八七七年七月十一日同土耳其的装甲舰"菲特希-蒲连德"作战。战斗中死了三个军官和九个水兵,其中一个军官是海军尉官米哈伊尔·彼列列欣。

的坦白令人吃惊。在托特马有一个森林技术员,这里有库兹玛和他的工程师。"到处衰朽腐败。"我在众人的笑声和青年军人的戏谑中这样想。

又有一次,威尔霍夫斯基叫我把铜质圆筒形水雷的各部分画出图样,以便向克朗什塔特本地的炮兵工厂定一大批货。兵工厂估定了价格,把图样送回来。我看一看价格,简直吃了一惊,这分明是荒唐之极的敲诈:普通的一英寸长的铜螺丝钉每只要七卢布。我年纪轻,头脑简单。我觉得威尔霍夫斯基是一个很规矩的人,于是我忍不住露出惊讶之色。他脸色微微发红,立刻就派一个水兵去叫那个估价的技师来。这人来了,他穿着一身军部官员的制服,相貌是犹太式的。我在门外听见威尔霍夫斯基急躁地喊着:"我要控告你。我要亲自去见海军上将。这是敲诈。"

这个人用温顺而略微尖锐的声音反驳了些话。当他从办公室里走出来的时候,他的脸色发红,满面是汗,然而嘴唇抽动着,显出一种讥讽的、在我看来还是得胜的微笑。过了一两天,估价单修正了送回来,但是这修正简直是开玩笑。大概威尔霍夫斯基又看出了我有怀疑之色。他懂得了"少不更事的大学生"的心情,就用他的明慧而坚定的眼光向我看看,说:

"我本来早就可以控告这个坏蛋了。但是我知道:要是他走了,继承他的职位的将是某将军的一个宠臣,一个俄罗斯人,然而是一个贪污比他厉害十倍的强盗。对付起这个人来更加困难。可是我,"他用坚决而清楚的语调来结束他的话,"要使我的业务顺利进行,……我没有工夫同一般制度作斗争。我是一个务实的人。"

克朗什塔特的全部气氛中都充满着这种"务实"哲学。这种哲学竟制胜并吸引了正直的人们。当时有许多人谈起下面这件事。有一艘军舰上任命了一个新舰长。这是一个富有天才而勤勉干练的青年人,受到船员们的崇拜,为人非常正直。他初到任的时候,就拒绝接受完全不合规格的一大批煤。那个工头在海军部里和军官们之间是很有势力的。不但海军方面的人,连别的人也都怀着兴味等待着,看这个显然正直的人和那个显然贪污的人之间的冲突怎样结束。

这冲突结束得出乎意料之外:有一天,舰上来了海军上将康斯坦汀·尼古拉耶维奇大公(大家都知道他是一个自由主义者,又是拥护改革的人)。舰上一切都秩序井然。大公态度沉着地巡视这军舰,从甲板上走到舱房里,临去的时候说:

"很好,……但是听说你压迫工头。这是不可以的。"

这位舰长就得采取一个完全革命性的措施了:或者辞职表示抗议,或者服从。……他似乎终于服从了规定的"制度"[1]。

在海军环境中,他们对我这个"流放学生",总算是好的。

有一次,我正在制图室里趴在一块很大的制图板上工作,突然走进一群军官来。走在前面的是年老的海军上将,由威尔霍夫斯基陪伴着,上将身材不高,体格丰满,颜貌粗拙而缺乏表情。我站起身来迎接走进来的人,同相识的人打了招呼,然后回复以前的姿势,继续工作。这显然是违反了海军上将所见惯的尊敬态度,他认为他在房间里的时候制图员应该一直站着。这人就是当时有名的在海军部里很有权威的波波夫[2],是同样有名的"波波夫式圆形装甲舰"的创造者,这些装甲舰实际

---

〔1〕 这里所说的,可能是指发生在七十年代中叶的尼古拉·叶甫格涅维奇·苏哈诺夫的与此相类似的一件事。

〔2〕 安德烈·亚历山大罗维奇·波波夫(1821—1898)是海军上将。

上是毫无用处的。波波夫是一个有名的粗暴而刚愎自用的人。如果我不记错的话,后来斯塔纽科维奇[1]经把他描写在小说中,称他为"严厉的海军上将"。

全部人员都站定在这房里的圆筒形威特海德水雷旁边了,但是在开始视察之前,海军上将注意到了我这个不恭敬的制图员。

"这是谁?"他向我这方面点一点头,高声地问。

"制图员,是个大学生。"威尔霍夫斯基回答,接着又低声地补说了几句话。

"噢,……"这个严厉的海军上将就平静下来。他们视察了水雷的构造,就走了。

过了一会儿,威尔霍夫斯基从另一个房间里跑到我这里来,匆忙地打了一个草图,要我绘制像一架短而阔的铁梯子似的一个器械。这就是所谓"钟式裙",是波波夫发明的,他打算用这东西来保护装甲舰,使它们在行驶的途中不受敌人的水雷的袭击。威尔霍夫斯基激烈地反对这设计,他提出理由,说"钟式裙"会大大地减低船行的速度。过了一个月,塞瓦斯托波尔停泊场上举行"钟式裙"的试验,威尔霍夫斯基把试验的结果告诉给我听。

试验的结果很精彩:接着就大批地制造。然而在有一个朋友写给威尔霍夫斯基的信里说,这试验结果完全是卑鄙的伪造:装"钟式裙"的舰上趁着海军上将波波夫的时候,就开得很快。但是只要他一离开甲板,这装甲舰不但走不快,而且几乎立刻慢了一半。"衰朽腐败,"我又一次

---

〔1〕 康斯坦汀·米海洛维奇·斯塔纽科维奇(1843—1903)是一位作家,本来是海员,以《海上故事》著名于时。

地在心中断定,"从上到下都是虚伪。"

　　在结束关于水雷军官班的回忆的时候,我要提到一点,就是后来我曾经关心地注意,我所认为优秀人物的威尔霍夫斯基的名字有没有在社会上所发生的种种事件中出现。他的名字果然出现了。在谈到有约翰·克朗什塔特斯基[1]参加的一次短祷式的时候,有一两次提及他的名字。我记起了威尔霍夫斯基是虔信宗教的,他每次走过水雷班隔壁领航学校的教堂上的十字架旁边的时候,总要划十字。我当时喜欢他这种举动,认为这是他的特点。有一次他当我面前说:"没有到过海上的人,不会祈祷上帝。"但是现在发生了这样的事:在日俄战争的时候,有一个痴子,或者简直是个骗子,找到了一个显灵的圣像,同时他恍恍惚惚地做一个梦,看见一个庄严的长老来对他预言,说只要把这个圣像送到战场上去,俄罗斯军队就会胜利。这圣像就被郑重其事地护送到满洲里,当然没有得到任何胜利,——当我读到这滑稽事件是由威尔霍夫斯基助成的时候,觉得有点悲伤。那时候他正以一个军货工厂的主持人闻名于海军界。

　　这股巨大的力就这样熄灭在官僚主义和陈腐旧规中了。我这个年轻的"流放学生"关于体制"衰朽腐败"的想法,显然不是那么幼稚的。

## 8　青年军人们。契若夫和杰加耶夫

　　读者大概记得这故事的第一卷里提到过的我那个当炮兵军官的表

---

　　〔1〕　约翰·克朗什塔特斯基(即约翰·伊里奇·谢尔吉耶夫,1829—1908)是克朗什塔特的安德列耶夫大礼拜堂的司祭长,伪称自己是奇迹创造者。他是一个有名的黑暗主义者和黑帮分子。

兄吧。他也是非常急进的人。他读过许多书，醉心于鲍克尔、别林斯基、杜勃罗留波夫和皮萨列夫，总之，满怀着新思想；他对兵士很仁爱，结交着志同道合的人。他迁调到克朗什塔特之后，到他这里来访问的大部分是知识阶级的青年军人。

伊凡·阿克萨科夫〔1〕曾经写信给他的父亲和哥哥，谈到当时社会的风气，说如果要在内地找一个诚实的人，应该到别林斯基崇拜者里面去找求。他说，"在对被压迫者的不幸能表示同情的人的身上，在准备斗争的诚实的医生和诚实的预审员身上"，你们一定能够看到别林斯基的面影，或许也可以看到他给果戈理的信〔2〕。关于杜勃罗留波夫和车尔尼雪夫斯基的作品所培养出来的下一代，当然也可以这样说。

亚历山大二世的改革事业使得良好的愿望在全国复活起来，唤起了许多力求继续革新生活的新生力量。可以毫不夸张地说：凡是决心同单纯的舞弊行为作斗争的人，在当时都被认为同别林斯基、杜勃罗留波夫、车尔尼雪夫斯基有关，而算是可疑分子。反之，官场的驯良品性是保持贪污舞弊的旧传统，或者至少是容忍这种传统。在轰动一时的小说《海市蜃楼》（克留希尼科夫〔3〕著）中，坦白率直地指出着这一点。小说的主人公（作者用最理想的特点来描写他）有一个下属，是一个贪污分子，有

---

〔1〕　伊凡·阿克萨科夫（1823—1886）是俄罗斯社会活动家、政论家和诗人，是作家谢尔盖·阿克萨科夫（1791—1869）的儿子。——译者注

〔2〕　是指别林斯基给果戈理的一封论及《与友人书信选集》的有名的信。这封信是一八四七年写的，在一九〇五年以前一直被检查机关禁止发表。

〔3〕　维克多·彼得罗维奇·克留希尼科夫（1841—1892）是一个反动作家。他的小说《海市蜃楼》于一八六四年刊登在《俄罗斯通报》上。皮萨列夫在《愤怒的虚弱》这篇文章中给这小说毁灭性的评价。

一次公然地对他说:"您原来是一个好人。起初我们听说您要上任,大家多么怕您啊。"他之所以被称为"好人",是因为他不认为自己是一个正直的人,不同风俗习惯作"不必要的、傲慢自大的斗争",却和生活中的因循的一般风气同流合污。

如果当时懂得这种悲剧性的矛盾,听到这显而易见的真理的呼声,——即要求哪怕是逐渐地然而必须坚决地继续革新生活,——那么亚历山大二世的统治就可以像开始时一样成功地结束,而且可以成为历史上最光荣的朝代之一。但是要达到这目的,需要更大的智慧和气魄,这是亚历山大二世所没有的。因此他开始的时候提出伟大的号召,叫他的人民走向自由,可是结果是"从高高的宝座上"发出滑稽而可怜的训谕:"屋主们,当心你们的守门人。"〔1〕

总之,那时期在我看来仿佛是开始涨潮时的海岸,整个海滨汹涌沸腾着往返冲击的波浪。所谓驯良品性终于在俄罗斯官场中战胜,改革以前的贪污和盗窃的风气自然也就跟着它复活了。起码的正义感变成了可疑行为。因此,最极端的革命行动在当时的知识分子社会中获得了极广大的同情。

在军界也有同样的情形。有一大群青年从米留青军事学校涌进军队里,他们都是熟读别林斯基和杜勃罗留波夫的作品的。而在兵营里,这些青年碰到了改革前沿传下来的或者重新复活起来的舞弊行为,军纪和驯良传统助长着这种行为的发展。这两股潮流是不能和睦共处的,于是米留青改革就被排除了。

─────────────

〔1〕 这里所指的是亚历山大二世于一八七九年十一月二十日在克里姆林宫对各阶层代表所作的讲话,这是他被谋杀未遂的下一天的事。

　　我来到克朗什塔特之后不久，我的妹妹从学院毕业了，我们就同表兄分居，这时候和他同事的青年军官们就常常到我们的新居里来玩，这里面有三个人后来参加了革命工作。其中一个叫做瓦西列夫〔1〕的，后来似乎侨居国外；另一个叫做契若夫〔2〕被流放到东西伯利亚；还有一个被注定获得广大而可悲的声望：这人叫做杰加耶夫〔3〕，是一个热烈的革命者，一个恐吓主义者，后来变成了叛徒，曾经出卖薇拉·菲格涅尔〔4〕，最后终于设计谋杀了劝诱他当叛徒的苏杰金。

　　我们的小小的寓所实际上只有一个大房间，隔成两个小房间，我和母亲以及两个妹妹住在这寓所里。晚上，这里常常充满着生气蓬勃的谈话。这些青年军人到我们这里来，多少是由于受我的大妹妹的吸引，她是一个活泼可爱、聪明伶俐的人。

---

　　〔1〕 这姓氏可能是改换了的，因为在米·阿申勃连涅尔的《民意党的军人组织及其他回忆》一书中所记载的七十年代末八十年代初军人革命小组组员的名单中，并没有瓦西列夫这姓氏。

　　〔2〕 德米特利·伊凡诺维奇·契若夫（约生于一八五三年）是地雷连的大尉。被杰加耶夫告发，说他参加敖德萨和尼古拉耶夫两地的军人革命组织（"七三人案"）。被流放西伯利亚五年。

　　〔3〕 谢尔盖·彼得罗维奇·杰加耶夫（1858—1917）七十年代末参加革命运动，是民意党中央军人组的成员。为敖德萨印刷所事件，于一八八二年被捕，结交了宪兵上校苏杰金，出卖了民意党里好几个重要的活动家。在确凿罪证的压力之下，他对民意党的侨民中心组织招供了实情，就被责成设计谋杀苏杰金。一八八三年，柯纳舍维奇和斯塔罗德伏尔斯基在彼得堡杰加耶夫的寓所里杀死了苏杰金，事后杰加耶夫逃往美国。

　　〔4〕 薇拉·尼古拉耶夫娜·菲格涅尔（1852—1942）是俄罗斯革命运动的著名活动家，民意党执行委员会委员，民意党军人组织的创办人。她被杰加耶夫出卖，于一八八四年被判处死刑（"十四人案"），后来被改判为无期苦役刑。在这次案件中受审的还有阿申勃连涅尔、波希托诺夫和被杰加耶夫出卖的其他诸人。罗加乔夫和施特隆别尔格被处死刑。薇拉·菲格涅尔在施利色堡要塞中被单独禁闭了二十年之后，从一九○四年至一九○六年过流放生活。一九○六年至一九一五年间她住在外国，后来回到俄罗斯。她曾经著作《难忘的劳动》和许多回忆录。

　　这小团体里面最突出的人物无疑是杰加耶夫。他身材矮小,肩膀宽阔,躯干瘦削,性情很活泼而带有神经质,喜欢作奇谈怪论,容易激动。契若夫的样子远不及他那么动人。他的身体庞大,略微有点笨拙,军人的仪表很差,态度并不轩昂,然而诚恳而认真。他和杰加耶夫是朋友,然而他们之间常常发生思想冲突。契若夫被任命为连长,立刻就碰到了一连串的经济管理上的舞弊行为。

　　他立即开始向舞弊者进行斗争,使得军界里都纷纷议论这件事。杰加耶夫嘲笑他这种"唐吉诃德式的行为",并且剧烈地讥讽他"同风车斗争"。契若夫用简单而不能动人的话来替自己辩护。我的妹妹热烈地支持契若夫。……杰加耶夫立刻激动起来,他在论战的热情中发表了如下的见解:军队是奴役人民的主要工具。谁掌握着暴君政权之下的整个俄罗斯? ……是丘八。因此这些贪污的管理员和别的舞弊者对于这些畜生的折磨越厉害越好。妹妹听了这论调大为激怒,于是这争论就变得非常剧烈。第二天,出乎人们意料之外,杰加耶夫给我妹妹一封信,表示道歉,说他昨天的争论过分热情了,说"经过深思熟虑之后",他承认自己的见解实际上是不正确的。

　　又过了一个月,我在奥拉年包姆的火车里遇见他。他显然是刚刚读过或者重读过杜勃罗留波夫关于卡富尔[1]的论文;他认为这篇论文同他对契若夫的争论有关。他把契若夫归入卡富尔一类的人物中,把自己

――――――――――

　　〔1〕　卡米洛·本佐·卡富尔伯爵(1810—1861)是意大利统一时代的一个政治家。杜勃罗留波夫在《同时代人》杂志上写过两篇论文,揭穿卡富尔的表里不一的政策。这两篇论文就是《来自都灵》(一八六一年第三号)和《卡米洛·本佐·卡富尔伯爵的生和死》(一八六一年第六号和第七号)。

归入加里波的[1]的类型中。这又使他坚持以前的观点了。后来我得悉了杰加耶夫的离奇生涯之后，常常回想起他当时的这些动摇不定的行为。

我还要提到一件表现出当时军界特色的事实。我表兄有一个同事，是一个炮兵军官，姓弗兰克，他想调任宪兵职务。为此，他必须请求退职，并申请对新上级的推荐书。青年军人们对于这件事表示不能遏制的愤慨。年纪较大的军官们态度不像青年人那么坚决，但是大体上是赞同青年们的见解的。弗兰克突然被召唤到彼得堡军管区的炮兵队首长那里，记得这位首长的姓氏是巴兰佐夫。弗兰克到了那里之后，那位将军从自己的办公室里快步地走到接待室里，一直走到弗兰克身边，把他从头到脚打量一番，说：

"我叫你来，为的是要看看一个决心用正直的炮兵制服去换间谍制服的军官。"说过之后，并不向他点头告别，毅然地回转身去，就走了。许多军官从此就不同弗兰克握手了。甚至有人说：海军俱乐部——炮兵也参加在内——里的干事们向他提出，要他退出俱乐部组织。

## 9　在彼得堡。契尔内肖夫的葬仪和"一九三人案"

过了一年，我们（我、格利果列夫和韦尔涅尔）的流放期满了，我首先

---

〔1〕　朱赛普·加里波的（1807—1882）是意大利的人民英雄，是争取意大利统一、反对外国奴役、反对封建专制制度和教权的反动势力的意大利革命民主主义的重要领袖之一。

向内务部申请恢复自由,这申请获得了成功[1],于是格利果列夫就援我的例。韦尔涅尔早就提出了申请,希望参军。他被派到高加索去当军官,在俄土战争中建立了功勋;战后回到俄罗斯,成了自由人,又进农林学院,后来就在那里当教授。

我记得在克朗什塔特度过的最后几个晚上之中某一晚的情形。我最后一次到海军俱乐部的图书馆里去还书,走出来的时候忽然想起:我在克朗什塔特的无思无虑的流放生活已经结束,现在要负担着家庭的未来生活的责任来了。这是一个沉静的夏夜,明月挂在林荫路的树梢上。我在一张长凳上坐下来,一直坐了两个钟头光景。这期间许多念头通过我的头脑里。必须把十分明确的严肃的家庭责任和关于社会工作的虽不明确却有诱惑力的幻想同时结合起来。我回到家里已经很夜深,母亲为了我出门太久而表示惊诧。我没有带回任何明确的决定。结果我们迁居到彼得堡[2],我通过了矿山学院的会考,就开始找工作。

我们卜居在离伊兹马伊尔桥不远的封坦卡河岸街上,买了些最廉价的家具和器什。有一次弟弟跑回家来报告,说他经过干草市的时候在那里买了一张很好的躺椅,不过要马上去搬。我们就跑到干草市,两个人把这躺椅扛了回来,使得管院子的人惊奇而轻蔑地向我们看。

----

〔1〕 根据内务部一八七七年五月十四日的指令,柯罗连科从警察监视下恢复自由。此后,柯罗连科向莫斯科的彼得农学院校务会议提出申请,要求准许他回到该学院三年级。校务会议答应了他的申请,然而院长认为柯罗连科政治上有问题,不批准校务会议的决议。柯罗连科受到农林学院的拒绝,就进了彼得堡的矿山学院。

〔2〕 柯罗连科的家庭从克朗什塔特迁居到彼得堡,是在一八七七年秋天。

　　我只得再从事校对工作。这时候,曾经以《经济学家》的出版者著名的、同车尔尼雪夫斯基进行过论战的伊凡·瓦西列维奇·韦尔纳茨基,决定出版一种新的周刊《经济指南》。这是一种很可怜的小报,每月出四次,内容充满着数目字。这刊物需要校对人员,我和弟弟就担任了这工作。报酬很微薄,每月不过二十卢布左右,工作却很吃力,全是数目字。但是这工作算是一个立脚点,因为《经济指南》是在韦尔纳茨基自办的位在花园街和封坦卡河岸街之间的豌豆街上的斯拉夫印刷所里印行的,而在这印刷所里可能碰到其他的工作。果然不久我被《新闻报》聘请为第二校对员,我在这报馆里一直工作到第二次被从彼得堡放逐出去。这工作是夜里做的,不妨碍我白天到矿山学院去上课。

　　然而必须说明,这一次我又不是一个好学生。在彼得堡热烈地展开着运动。喀山示威运动的参加者受到了审判〔1〕。我们有几个朋友被牵连在内,而我的弟弟作为见证人出场。原告分析了他的供词之后,尖刻地指出,说这个见证人是由于审讯时的疏忽而坐在见证人席上的,其实他应该和被告坐在一起。我被认为曾经流放过的人。警察立刻就注意到我们两人。

　　后来发生了值得纪念的"一九三人案"〔2〕。这是所谓"到民间去"的第一次浪潮的牺牲者。现在这整个运动已经被许多参加者的回忆所阐明了。这运动所根据的完全是一种幻想的概念,即认为人

---

　　〔1〕　这是俄罗斯初期革命示威运动中的一次,于一八七六年十二月六日发生在彼得堡的喀山广场。被捕的示威运动参加者于一八七七年二月十八日在彼得堡受审。

　　〔2〕　"一九三人案"是关于"在帝国进行革命宣传"的案件。这案件的审讯拖延了三年之久,而且俄罗斯各地的被告者和被捕者达二千人之多。这案件从一八七七年十月十八日至一八七八年一月二十三日由参政院审理。

民有"永久的革命性",人民常常准备推翻现行制度而在最理想的基础上创造新制度,所以这运动实际上并没有危险性。革命知识分子和人民之间既没有共同的语言,也没有相互的了解。然而沙皇政府照例是怕得要命。恐怖传遍了全俄罗斯:到处逮捕对这运动表示"同情"的和有危险思想的嫌疑分子,把他们带到彼得堡,关在羁押所或彼得保罗要塞里,至三四年之久。审判的时候,原告瑞列霍夫斯基用愚痴的坦白态度说:绝大多数被告坐在被告席上,只是"作为背景"而已,在这背景上应该突出主要凶犯来。果然,根据审判的结果,这些青年男女中有几个人被判处了一两个月的徒刑,然而他们已经"作为背景"被拘留了四年了。

这整个案件在审判以前早就暗暗地激动着青年们。在这基础上发生了一次意外的、空前大规模的示威运动。

一八七六年三月,大学生契尔内肖夫死了。这是这个大案件中的牺牲者之一。他也被"作为背景"拘捕,在羁押所里患了痨病。他们把他送进实验医院,他就死在那里了。

三月三十日出殡的时候,起初来的大学生人数不多,但是后来走在街上,人数越聚越多了。走到横列街和铸造大街的拐角上,羁押所的近旁的时候,群众挡住了棺材的进行,把它抬高到人头上面,举行了连祷。这次的示威运动进行得很顺利,甚至警察在事后也没有觉察;大批群众毫无阻碍地来到了墓地上,一路上向关心这件事的群众解释示威运动的意义。直到在墓地上开始公然的革命演讲的时候,当地的警察才觉察到,然而无可奈何。我那时候还住在克朗什塔特,没有参加葬仪。但是弟弟亲眼看见这一切,就把一个可怜的区警察局长的悲喜剧情状讲给我听。他说这个区警察局长看见自己处在显然的政治示威运动的中心,然而毫无办法。他踉跄地冲向演讲者去,可是青年们紧紧地围住了他,他看见自己处在被捕的状态中了。不但如此,主要的讲演完毕之后,有一个喝得醉醺醺的大学生爬到墓地的围墙上,发音不清地作了一番短短的即兴讲演:

"除此以外,我们郑重地应诺,要去打这种警察的嘴巴。……"

他指点一下那个区警察局长。区警察局长拼命地向他冲过来,嘴里嚷着:

"不行,诸位,这是不可以的。这样的人我就应该逮捕他。"

那个学生也向区警察局长冲过去,然而周围的人笑着把他们拉开了。当警察队伍和骑马的宪兵赶到的时候,一切已经结束,一个人也没有抓到。

这一切激动了社会舆论,在彼得堡就有许多人谈到当前的大案件。起初大家以为是所有的人一起受审判的,但是后来官方对这一群被告觉得害怕,因为他们由于多年的被监禁和"司法"的公然虚伪而变得凶暴了。官方决定把这一大群被告分成若干组。当他们把这办法向被告宣布的时候,参政院的特别法庭里发生了声势汹汹的情景。被告们表示反抗,不愿意被带出去,他们作了热烈的抗议讲演。法庭上容许旁听的人数很有限,报纸上的消息受严格的审查,然而还是每天有关于这事件的消息像电光一般传遍彼得堡。据说有一个叫做罗加乔夫[1]的,曾经当

〔1〕 德米特利·米海洛维奇·罗加乔夫(1851—1884)在"一九三人案"中被判处十年苦役刑。一八八一年,柯罗连科在伊尔库茨克的监狱中同罗加乔夫会面。在这以前,他曾经读过罗加乔夫的用手抄本流传的《宣传者笔记》。这些笔记中所叙述的一个插话,后来曾经作为柯罗连科的未完成小说《格露娘》的根据(这篇小说载在柯罗连科逝世后印行的文集第十五卷中,乌克兰国家出版社一九二三年版),关于这个插话以及同罗加乔夫的会面,均见《我的同时代人的故事》第三卷第五章第一节。

过军官,体格魁梧奇伟,他冲向法庭上的栅栏边,用两手拼命地把栅栏摇动,使得参政员们大为惊骇。还有一个叫做梅希金〔1〕的,为人不十分沉着,性情热狂而激烈,具有非凡的讲演才能,他讲了一番话,其中把参政员法官们比作妓女,他说:"那些可怜的女人由于贫穷而出卖自己的身体,你们却为了官衔和勋章而出卖灵魂。"这番话在演说者、赶过来拉他出去的宪兵们和其他被告们之间的斗争中结束,因此它的效果更加强烈了。

大家争先恐后地探听这种消息。我正好在这时候来到克朗什塔特,熟识的军官们和他们的夫人都聚集到表兄这里来探听最近的消息。我把我所知道的告诉了他们。甚至军界里的人听了也愤愤不平,夫人们都哭了。一般共识的社会主义理想引起了人们的热烈的同情,尤其是女人们。有一个军官,是一个老怀疑派,他作出了一个实际的推论:

"可是,夫人,要知道到那时候大家都平等了。……"

"那又有什么!……这样该多好。"女人们的声音打断了他。

"对不起,我没有说完。……到那时候,譬如说,厨娘和丫头之类的人都没有了。"

---

〔1〕 伊波里特·尼基齐奇·梅希金(1848—1885)是七十年代民粹运动中著名活动家之一,是秘密印刷所的组织者,曾经在农民中间进行宣传工作。一八七五年,他企图营救车尔尼雪夫斯基,但是在车尔尼雪夫斯基当时的流放地威吕斯克附近被逮捕了。一八七七年,为"一九三人案"受审;由于他在法庭上作出明显的革命的讲话,他受到了这案件中最重的判决:十年苦役刑。在到卡拉去的途中,经过伊尔库茨克的时候,为了他在德莫霍夫斯基的葬仪上的讲话,又被判处十五年苦役刑。一八八二年,他从卡拉逃走,但在海参崴被抓住了;起初被送到彼得保罗要塞,后来被送到施利色堡,在那里为了侮辱监狱看守人,于一八八五年一月二十六日被处死刑。柯罗连科和梅希金,是在伊尔库茨克的监狱里相识的(见《我的同时代人的故事》第三卷第五章第二节)。柯罗连科对梅希金的个性很感兴趣,预备替他写传记。这作品的遗稿保存在作者的档案中。

夫人们的脸都沉了下来,她们说:

"呃——……这在实际上的确不大方便。……"

法院呈请大大地减轻对一切被告的判罪,然而亚历山大二世不但不减轻,反而对某几个被告加重了判罪;因此有许多已经被释放而正在等候减罪核准的人,重又被逮捕了,关进监狱里。这使得人们发生了很不利于沙皇的印象。

后来有一次,我从尼古拉·费多罗维奇·安年斯基[1]那里听到了下面的一段有趣的对照:

"在那次大案件中,天真的理想主义者和幻想家曾经叫骂,拼命地摇动栅栏,使得法官们大为恐怖。这是一八七八年的事。可是过了两三年,同是在这些参政员法官面前,亚历山大·克维特科夫斯基[2]以及后来的瑞略波夫[3]情况就不同了,他们穿着一套无可疵议的黑衣服,带着浆硬的领子,以极其得体的态度说出了下面的供词:'我已经禀明法院,谋害皇上用的那颗炸弹是在某某地方制造出来的,由以下的成分组成。'"

---

〔1〕 尼古拉·费多罗维奇·安年斯基(1843—1912)是一个统计学家、新闻工作者、社会活动家;他是柯罗连科的好朋友,又是柯罗连科在《俄罗斯财富》杂志编辑部里的同事。

〔2〕 亚历山大·亚历山大罗维奇·克维特科夫斯基(1852—1880)是"土地与自由社"和民意党的创始人之一,又是这两个组织的著名活动家之一。一八八〇年十月二十五日至三十一日,他为民意党第一次"十六人案"而受到彼得堡军管区法院的审判。被判决绞刑,在彼得堡要塞与普列斯涅科夫一同就刑。

〔3〕 安德烈·伊凡诺维奇·瑞略波夫(1850—1881)是民意党的著名活动家之一,又是民意党的执行委员会委员。他在一八八一年三月一日的前两日被捕,后来他宣称自己在这事件中担任领导角色,要求把他的案件归并在三月一日的案件中。一八八一年四月三日被处死刑。

## 10　涅克拉索夫的葬仪和陀思妥耶夫斯基在他墓地上的演说

　　一八七七年末,涅克拉索夫逝世。他病得很久了,而到了这一年的冬天,他简直已经奄奄一息。但是即使在这最后的几个月里,《祖国纪事》上还发表他的诗篇。陀思妥耶夫斯基在他的《作家日记》中说,涅克拉索夫这些最后的诗篇并不亚于他的创作盛期的作品。这就容易想见,这些诗对青年们起了怎样的作用。大家知道这诗人的寿命将要告终了,于是各地的人都纷纷向涅克拉索夫表示真挚而深切的关怀。

　　那时候我有一个朋友,是矿山学院的学生,这个人思想很急进,然而他的急进主义中含有很多温厚、滑稽而天真的成分。他告诉我说,所有大专学校的学生纷纷地在对涅克拉索夫的致辞上签名,他用他那生动而天真的语言来简洁地叙述这致辞的意思:

　　"涅克拉索夫兄,请听我们说:你反正不久就要死了。那么请你把全部真理写出来告诉这些卑鄙的人;而我们,请你放心,一定会把这些真理传遍全俄罗斯。"

　　我听了笑起来。学生们对这个卧病的诗人的致辞,自然是写得很有见识,很温暖,很出色的。据说涅克拉索夫看了非常感动。

　　他死了(一八七七年十二月二十七日)之后,殡葬的时候当然不能没有庄严隆重的示威游行。这一次青年们的感情和整个知识界的感情相一致,在彼得堡从来不曾有过类乎此的情况。出殡在上午九点钟开始,大批人群直到黄昏才从新圣母墓地上散去。警察当然很担心。普希金在他的《阿尔兹鲁姆旅行记》里说:他在格鲁吉亚和亚美尼亚交界处的一条大道上遇见一辆简陋的大车,上面载着一口木棺材。那些赶车子的格鲁吉亚人告诉他说:"我们载的是格利鲍耶陀夫。"大家都知道,普希金自己的遗骸也是这样不体面而偷偷摸摸地被从彼得堡载出去的。这种时代早已过去了,现在当局已经没有力量来制止社会同情心的表现了。涅克拉索夫的葬仪很隆重,在墓地上有许多人致辞。我记得巴纽津[1]朗诵了诗篇,然后由扎索金斯基[2]和其他几个人讲话,然而陀思妥耶夫斯基的讲话最有意义。

我和两三个同学从石围墙的顶上爬到了十分靠近坟墓的地方。我站在围墙的盖铁皮的尖顶上,抓住一棵树的枝条,听到了他的全部讲话。陀思妥耶夫斯基说话声音很轻,然而非常富有表情而动听。他这篇演说后来在报刊上引起了纷纷议论。当他把涅克拉索夫的名字列在普希金和莱蒙托夫后面的时候,在场的人们之中有些人认为这是小看了涅克拉索夫。

"他在他们之上。"有一个人这样叫,另有两三个声音附和他,说:

"对啊,在他们之上。……他们只是拜伦模仿者。"

斯卡比切甫斯基[3]在《证券公报》上坦白率直地声言,说"成千成万的青年异口同声地推崇涅克拉索夫为首位"。陀思妥耶夫斯基在《作家日记》[4]中对这一点作了答复。但是后来当我在"作家日记"中重读这

---

〔1〕　列夫·康斯坦汀诺维奇·巴纽津(1829—1882)作品大都用笔名"尼尔·阿德米拉利"。他是中庸自由主义的《声报》的小品文作者,是《闹钟》和《星期报》两杂志的撰稿人。

〔2〕　保罗·符拉季米罗维奇·扎索金斯基(1843—1912)是小说家、民粹主义者(笔名伏洛格金)。

〔3〕　亚历山大·米海洛维奇·斯卡比切甫斯基(1838—1910)是批评家、文学史家和自由主义民粹派的政论家。这里所指的是斯卡比切甫斯基的论文《关于当前文学的见解。作为一个人、一个诗人和编辑者的涅克拉索夫》。这论文登载在《证券公报》一八七八年第六期上。

〔4〕　陀思妥耶夫斯基一八七七年所作。

篇论战的时候，我没有在这里面看到曾经对我和我的许多同辈人发生比首位争执强烈得多的印象的那段话。这段话当时有许多人都不会注意到。原来是这样一回事：陀思妥耶夫斯基用他那在我看来既动人而又有预言性的声音把涅克拉索夫称为"绅士"中的最后一个伟大诗人，说将来总有一天(而且这一天已经很近了)，会从人民本身中产生出和普希金、莱蒙托夫、涅克拉索夫并驾齐驱的新诗人。……

"对啊，对啊，……"我们向陀思妥耶夫斯基热情地叫喊，这时候我险些儿从围墙上掉了下来。

的确，这话在我们听来多么高兴，多么亲切。现今的全部文化都有不正确的倾向。这种文化有时达到了高度发展，然而它的形式至今仍是片面的、狭隘的，只有当人民参加在内的时候，它才会无限地充实起来，因而提高起来。

陀思妥耶夫斯基和他的热情的听众在见解上当然有许多重要的歧异。后来他曾经说：只有能尊敬人民所尊敬的对象的诗人，人民才把他当作自己的诗人；这所谓对象，当然是指专制政体和正式的宗教。然而这是为他的话作注释。后来我很久不能忘记陀思妥耶夫斯基的演说，这简直是透彻的社会变革即将临近的预言，是关于即将出现在历史舞台上的人民的一种预言。

在这几年内，我那怀抱已久的做作家的愿望甚至也消失了。既然像普希金、莱蒙托夫、涅克拉索夫这样的人，也只不过是在人们惯走的老路上作为显著的灯塔标志而已，那么究竟是否值得做作家呢？我从来不曾对皮萨列夫风格迷恋到否认普希金的程度；我记得陀思妥耶夫斯基的话：涅克拉索夫在诗才方面比普希金和莱蒙托夫都要差得多，但是……将来总有一天——而且这一天似乎很近了，——会出现"新天地",会出现另一种普希金和另一种涅克拉索夫。我们这一代所面临着的任务就是要促成这日子的来到,而不是重复旧文化的片面性——这种旧文化曾经在不公正和奴役的基础上获得蓬勃的然而片面的繁荣。

我曾经提到过,说我从小就有一个习惯,喜欢把自己的印象用言词表达出来,为它们找求最好的形式,不找到不能安心。但是在我这一段生活时期中,这种习惯即使没有消失,至少也减弱了。这时候支配着我的基本思想,即作为我感受和观察现象时的一种背景的,是关于未来的变革的思想,我们必须为这变革铺好道路。

大约就在这时期内,我的同乡人之中发生了一个悲剧。我们有一个朋友叫做古恩科,是一个很有才能的青年,在中学里常常考第一。他是我弟弟和勃尔若佐夫斯基的朋友。起初他们三人很要好,但是不久在思想上就开始有了分歧,弟弟和勃尔若佐夫斯基热中于民粹运动,而古恩科对这运动表示冷淡和讥讽。他脱离了小组,找到了一班新朋友,是铁道学院的学生。有一次,他从六层楼上跳下来,跌死在马路上了。

这自杀的原因我们始终没有弄清楚。他的新朋友们也不能作任何解释。也许这件事和恋爱有关。但是那时我认为,这个青年人自杀的原因,除了他缺乏我们当时的信仰之外,是不能作别的解释的。我想:"如果他不脱离这种引人入胜的共同气氛,他就不会做出这种事情来。他也会恢复精神的健康,正像我从我倒霉的那几年的沮丧心情中恢复过来一样。"古恩科的其他的朋友们也都这样想。

## 11　《新闻报》及其出版者诺托维奇

《新闻报》是在斯拉夫印刷所里印刷的。为这报纸当校对的是陀里宁[1],他有时也写论文。但是一个校对不够,诺托维奇就请我去当第二校对员。我们两人隔日轮流工作,因此我有充分的空时间。

这报纸销路很差,我的薪水不大容易领到,而且要依照出纳处的收入而分期领取。为此,我每星期必须到编辑部和办事处去两三次。出纳员每次都叫我去问诺托维奇。诺托维奇尽力避免谈到钱的问题,直到出纳处积集了二三十个卢布的时候;因此我和《新闻报》编者谈话的时间很多。

这位编者还是一个青年人,有犹太贵族的秀气的面貌,受过法科教育。他曾经把鲍克尔的一本书改编为通俗本[2]而出版,并且以此自傲,声称他只是"排除了鲍克尔的水分"。他具有特殊的编辑才能:只要稍加删节,稍加修改,往往就能使一篇文笔完全不通的原稿变成富有文学性的作品。他有卓越的技巧,善于利用送到编辑部来的一切写满字的纸片,而且他做这工作很热心,因为对通讯稿他是完全不付报酬的。

关于这一点,报界曾经宣扬着这样的一个小笑话:《新闻报》上有一时常常登载古谢夫从萨拉托夫寄来的生动流畅的短篇论文,这人后来是以斯洛沃-格拉果尔这笔名广泛闻名的。那时候他刚刚开始他的文学生

---

〔1〕　见《我的同时代人的故事》第四卷第一章第二十四节。

〔2〕　所指的是《欧洲思想家》一书,这是法学硕士诺托维奇根据鲍克尔的《英国文明史》(两卷)改编的通俗本,一八七六年圣彼得堡出版。

涯。诺托维奇立刻赏识了这个"初出茅庐的"青年人,乐愿刊登他所寄来的一切稿子,但是一向不付一文稿费。这个不幸的作者在几次坚决要求之后,终于忍不住了,就写了一封很激烈而动人的谩骂信寄给编者,在信里描写一个内地工作者的困难境况,把诺托维奇称为蜘蛛,称为贪婪的剥削者,又加上类乎此的其他名号。

诺托维奇这时候态度还是坚持不变:他立刻赏识了这封谩骂信的文学价值,就在这信上加一个标题"内地通讯员们和首都出版者们",很巧妙地把文章里对他自己的称呼改成了第三人称,于是《新闻报》上就出现了一篇出色的短评,这短评的作者还是一文稿费也没有收到[1]。

然而应当指出:当时这报纸的境况十分困难。广告很少。这种可悲的情况,影响了新广告的进路,为了要掩饰这情况,这家报纸就采用诡计:转载别家报纸上的广告。这在登广告的人似乎只有便宜,因为给一个报登载的广告,被免费地转载在另一个报上了。可是有一次,我照例到编辑部来领取不拘多少的校对薪水,碰到那里刚刚发生过了一桩大乱子。有一个运动家,似乎是波罗的海沿岸地带的一个男爵,他登了一个广告,求售一匹赛马用的马。在赛马会上,另一个运动家走到这运动家那里来,说他曾经在《新闻报》上看到他的广告。

"你不可能在《新闻报》上看到。"第一个运动家说。第二个运动家坚持他的话。于是第一个运动家就提议:"你肯和我打赌吗?"那个就说:"遵命。"

他们赌很大的一笔钱。第一个运动家赌输了,因为《新闻报》上的确

---

〔1〕　这件事被记载在霍凡斯基的《萨拉托夫城及萨拉托夫历史随笔》一书中古谢夫(С. С. Гусев)的传记里。——原注

登着他的广告。这位激怒了的男爵就闯进编辑部来,要求赔偿他赌输的钱。诺托维奇坚持他在合法范围内转载的权利。发生了一场激烈的争吵,男爵拿了手杖追赶绕着桌子逃避的编者。

另一件事略微带有哀伤的性质。一个"殷实的中年鳏夫"要征求一个相貌端正的中年女友,就把这意思在《新时代报》上登了一个广告。《新闻报》讨好地转载了这广告。这鳏夫的事成功了,他找到了一个相貌中意的女友,于是这位中年绅士就开始过家庭生活了。但是过了一个时期,突然门铃又接连地响出,又有一大批中年的相貌端正的应征者涌进这鳏夫的寓所里来了。原来《新闻报》的排版工人为了缺乏广告,拿了一块久已不用的旧锌版来补充,于是这广告又一次地出现在《新闻报》上了。这个倒霉的鳏夫到报馆里来,并不吵闹,只是苦苦地哀求停止登载他的广告。诺托维奇慷慨地答应了。

还有,他对于中流社会的庸俗趣味特别敏感,这种庸俗趣味可以受到街头零买顾客的特别欢迎。有一时,彼得堡发生了尤汉采夫的一个大案件,这人是某银行的出纳员,犯了巨大的盗窃罪[1]。这时候有一个叫做吉林的美国人住在彼得堡。他出版了一小册拙劣的小说集[2],在序言中表示,希望"俄罗斯群众支持这个为俄罗斯文学写作的青年美国人"。这个吉林向诺托维奇提议,要替他写一篇关于这巨案的骇人听闻的小说,只取低廉的报酬。诺托维奇欣然地接受了这建议,以后就屡次派人到印刷所里来打听,小说有没有开始送来。我终于读到了开头几章

─────────────

〔1〕　这里所指的是曾经在土地互助信贷公司里当出纳员的尤汉采夫盗用公款两百多万卢布的事件,这事被揭发于一八七八年三月二十七日。

〔2〕　指阿诺尔德·Л·吉林的《新大陆的回声》,小说和随笔(记美国生活),一八七九年圣彼得堡版。

的初校。这简直是异常拙劣而庸俗的胡言乱道,我以为诺托维奇受了欺骗,一定要懊恼了。这一天深夜里,诺托维奇来到印刷所。

"喂,怎么样?"他兴致勃勃地问。

"难道您要登载这种庸俗的东西?"我问,"这完全不是文学作品呢。"

诺托维奇的脸色阴沉起来,他就担心地审读校样。他读着读着,脸上的表情逐渐改变了:口角上显出一种赞许的微笑,直到读完为止,这微笑一直不消失。读完之后,他带着显然满意的样子抬起头来。

"你真不懂事,"他说,"这是出色的作品。"

过了几天,他得意扬扬地对我说:

"喂,严格的批评先生,我们两人哪一个不错? 报贩们都来问:'有没有登吉林的文章? 如果有的话,给我五十份报。如果没有吉林的文章,给我一半就够了。'"

我懂得了:这不仅是从出版的观点出发,他自己原来也具有和这报纸的读者同样的趣味[1]。

他是一个受过大学教育的人(法科出身),然而他对其他方面的极度不学无知使我吃惊。有一个晴明的春日,我去看他。我们照例谈到我的分期付款的校对薪水。

"哦,你又要谈这个了吗?"他带着开玩笑似的懊恼说,"你们这些现代青年都是实利主义者,仿佛除了金钱之外没别的想头。……请到这里来看看。"他就引导我到窗口。那时候的编辑室正对着尤苏波夫花园,花园里的暗沉沉的树枝这天早上突然发出嫩绿的萌芽来了。

---

〔1〕 吉林的小说《周旋于百万富翁身旁(凑巧的故事)》于一八七八年刊登在《新闻报》上,其中用一个显著的匿名乌曼采夫来代表尤汉采夫。

"请看，伟大的秘密在我们眼前实现了：这些枝条昨天还是晦暗而死气沉沉的。可是现在，……你瞧：大自然在深夜里——仿佛是为了不让任何人窥破它的秘密——完成了它的工作；到了早晨，你就看见它打扮得像一个年青的新娘了。你们这些自然科学家算什么呢！……他们的科学研究多么无能。他们之中从来没有一个人能够窥破这决定性的创造瞬间。"

我正好刚刚买了一本托梅的植物学课本。这书的插图里画着幼芽以及从开始发芽到叶子冲破了叶芽而舒展的演变情况。

"这是最近研究出来的吗？"诺托维奇问。我并不回答，只是指一指课本的封面。

关于精确科学微不足道的论调，是诺托维奇的经常的拿手好戏。他在《新闻报》的星期附刊上连载了好几篇杂文（似乎是该罗格里福夫写的），其中指出：我们的青少年在学校里被用物理之类的名义强迫灌输着种种偏见。这种偏见之一就是……空气有重量。作者用机智的笔调分析并推翻了这种他所谓显著的谬论[1]。

"这不是说得很妙吗？这些自然科学家和物理学家的确在我们的孩子们的头脑里装进了完全胡说八道的东西。"诺托维奇说的时候带着和读吉林的小说时同样得意的神情。我对他说，这种"批评"都是由于作者对于他所要推翻的教科书完全不熟悉而来的；我就当场举了几个确凿的例子来证明这一点。

"就算这样吧，……"诺托维奇表示同意，"可是这篇文章还是写得很

---

〔1〕 这里所指的几篇文章，用伊·库-诺夫的署名登载在一八七七年的《新闻报》上，总题目是《自然科学者的笔记》。

机智,这可以发人深思。……"

"嗯,"我回答,"可是如果《证券公报》在杂文栏里批评起这篇文章来,那你可就要受责难了。……"

我这想法显然发生了作用。诺托维奇坐在桌子旁边了,在稿子上加了一个附注:"编辑部声明:这论证由作者负责。"富于求知心的图书学家也许现在还可以在公共图书馆里找到这些可笑的杂文和这个编辑部附注。

## 12  扎苏里奇行刺。社会上和新闻界的风气

一八七八年一月二十四日,我坐上敞篷马车,这马车从矿山学院开出,似乎是载着教授们和学生们渡过涅瓦河开到伊萨基辅广场去的。在乘客之中,坐在我正对面的,是矿山学院的院长贝克教授。他认识我,因为我进学院之后他曾经叫我去作单独谈话,谈的是彼得农林学院发生的那件事。这一次他回答了我的行礼以后对我说:

"你知道吗?市长特列波夫被害了。凶手是一个姑娘,据说是一个绝色美人,……当然已经被逮捕了。……"

马车里的人对这件事都很关心。原来在一八七七年七月,特列波夫曾经命令鞭打因参加喀山示威运动而被判罪的鲍果留波夫[1]。据说有一次鲍果留波夫在散步的时候经过市长面前,没有脱帽。

这是对政治犯的第一次肉刑。这件事发生了极大的影响。社会上

〔1〕 这名字是指阿列克塞·斯捷潘诺维奇·叶美良诺夫。他为了参加一八七六年十二月六日喀山广场的示威运动而被捕,于一八七七年一月被判处十五年苦役刑。他在羁押所里的时候,由于彼得堡市长特列波夫的命令,曾经受到肉刑。

的人都很愤慨;羁押所里发生殴打事件,有些人被禁闭起来,秩序大乱。社会上和革命人士中间都发生了一种特殊的情绪,使得大家怀着共同的期待:这件事不会白白放过。

然而半年过去了。后来才知道:内地常常有人到彼得堡来谋刺特列波夫[1]。但是"一九三人案"还没有结束。中央革命集团阻止了复仇的人,生怕这行刺会影响到大群被告的命运。因此,当扎苏里奇[2]的枪声响出,用初次的恐怖行动来对付初次的肉刑的时候,社会上的人几乎已经忘记了鲍果留波夫的事件。

扎苏里奇行刺的事件现在大家都还记得。关于这件事曾经有许多记载,我不再在这里详述了。我只是要指出,她立刻变成了一个女英雄。她的案件交陪审法院审理,单是这一点,就无疑地表明了统治集团对特列波夫和扎苏里奇的态度。三月三十一日,扎苏里奇在地方陪审法院受审。审判长是阿纳托里·费陀罗维奇·康尼[3],他报告了这案件的概况,为此,他的辉煌的司法前程有一个时期受到了阻碍。陪审员们开了

---

〔1〕 米·费·弗罗连科在他的论文《回忆薇拉·伊凡诺夫娜·扎苏里奇》(《苦役和流放》杂志一九二四年第三期)中提到:他和奥辛斯基·伏洛申科、波普科四人曾经在一八七七年末来到彼得堡,开始窥伺特列波夫,企图刺死他,但是扎苏里奇比他们先下手了。

〔2〕 薇拉·伊凡诺夫娜·扎苏里奇(1851—1919)于一八七八年一月二十四日为了特列波夫命令鞭打鲍果留波夫,把特列波夫刺死。她在彼得堡受到地方陪审法院的审判,被判为无罪,获得自由,由朋友们帮助,渡海出国。回到俄罗斯之后,她参加了"重分黑土党"。一八八○年移居外国,一八八四年参加创办"劳动解放社"。从一九○○年起,加入《火星报》《曙光杂志》的编辑部。分裂以后,她参加了孟什维克。

〔3〕 阿纳托里·费陀罗维奇·康尼(1844—1927)是一个自由主义的审判家和作家。他在对陪审员的讲话中把所有的控告和辩护的论证作了详细的公正的分析,指出了一切对被告有利的情状,因而得以宣告扎苏里奇无罪。他这番话曾经登载在一八七八年四月五日至六日的彼得堡各报纸上。

一个短短的会议,就宣布无罪的判决。

政府准备着,万一法院宣告扎苏里奇无罪,政府就拘捕她;但是现在这宣判进行得那么突如其来,竟使得政府来不及下令拘捕。因此康尼宣告释放她,而羁押所的看守人也没有阻拦她,扎苏里奇就获得了自由。大门口已经有马车等候着。这时候,地方法院门口和羁押所门口一方面聚集了大批群众,来欢迎这个被宣告无罪的人,另一方面已经开来一小队宪兵,要来逮捕她了。两方发生冲突。群众不让宪兵逮捕,但在这时候发现打死了一个人——西陀拉茨基。起初彼得堡的人都确信西陀拉茨基是被宪兵开枪打死的,但是后来发生了很大的疑问。我的一个朋友告诉我,说他亲眼看见在示威运动时的混乱状态中,有一个青年人跑到人行道上离开他几步的地方,把手枪对准自己的太阳穴开了一枪。这事件中另外没有人被打死,可见这就是西陀拉茨基。据说宪兵拦住马车的时候,西陀拉茨基向他们开枪,可是打得很不正确,把马车里的或许是驾车台上的一个人稍微打伤了些。有一个人叫喊,说扎苏里奇受伤了,这就是那个青年自杀的原因。

这一次突如其来的宣告无罪,给人的印象比扎苏里奇的行刺更深刻。那时候我有一个叔叔[1]叶甫格拉夫·玛克西莫维奇住在彼得堡。我以前在堂姐家会客的日子里早就碰见过他,但那时候他把我当作一个小孩子看待。自从发生了彼得农林学院事件而我初次流放之后,他对我改变了态度。有一次他埋怨我,为了我不常到我的远亲伊凡·瓦西列维奇·韦尔纳茨基那里去。同时他坦率地告诉我,说这位以前出版《经济学家》的远亲那里,聚集着一群在彼得堡有势力的自由主义立宪主义者,

---

〔1〕 叶甫格拉夫·玛克西莫维奇·柯罗连科是作者的堂叔叔,曾经当过军官。

连以前的彼得堡省长卢特科夫斯基也参加在内。

"我们和上面有联系,你们年富力强。我们应该联络起来。"老头儿说。

老实说,我对于这种联盟完全不抱什么希望。我的叔叔年纪已经很老了,虽然心里还沸腾着一种特殊的热情。他说话的时候很急躁(他常常是急躁的,尤其是在争论的时候),脸色变成深红,有引起中风的危险。这老人很有趣味,天资聪明,性情奇特,然而和他争论,甚至在他面前表示不同的意见,都是不可能的,由此也就不可能取得协议。韦尔纳茨基这时候差不多已经衰朽了。他患了一次中风,连话也说不清楚了。然而我和弟弟还是在他家的一个会客日子里去访问了他一次。这是在扎苏里奇行刺之后,可是还在审判之前。我记得聚集在韦尔纳茨基家里的所有的重要人物,从韦尔纳茨基本人和我的叔叔开始直到替《新时代报》撰稿的历史学家别略耶夫,对扎苏里奇都满怀同情。这里的人也都谈到关于扎苏里奇异常美貌的神话性的传说,又传述着种种幻想的细节,使得行刺的情景显得尤加生动了。

就中有这样的传说:当沙皇去探望受伤的特列波夫的时候,特列波夫请求他"照拂他的遗孤"。但是后来发现,原来这市长在遗嘱里给他的遗孤们留下了几百万家产,亚历山大二世对他就很冷淡了。

陪审员们的认为无罪的裁决,使得大家欢喜若狂。革命潮流和广大群众的愿望似乎开始融合起来了。在斯拉夫印刷所里,除了《新闻报》之外,又印刷一种《北方通报》,是一个名作家的儿子柯尔希律师发行的。这报纸销路不好,大蚀其本。大概是因这关系,柯尔希冒险登载了潜匿的扎苏里奇的一封信。这家报馆当然被封闭了。我记得发行者柯尔希听到报纸被禁刊的消息的时候,样子多么高兴。大家纷纷抢购这一期登着信的报纸。扎苏里奇的信里写着,说她的隐匿不是避开法院,如果需要作合法的重判,她准备重新在代表公众良心的法庭上出席。她的隐匿只是避开政府的无法无天的迫害。

有些事件能够改变——即使是暂时改变——两种力量现有的对比关系,扎苏里奇的行刺便是这种事件之一。检查机关立刻惊慌失措,软弱无力了。障碍削弱了,社会舆论就迸发出来。报纸上常常出现对法院的赞颂,对扎苏里奇的英勇行为的同情、暗示,有时竟是公然的赞扬。柯尔希的《北方通报》上登载出特别大胆的文章来,这就鼓动了诺托维奇。他竟写了一篇洋洋大文。这篇文章开头是很动人的呼吁:"读者,薇拉·扎苏里奇被宣判无罪了! ……"接下去是语调非常激昂的文句。但是在《北方通报》遭难之后,检查员常常到印刷所里来窥探,《新闻报》的编者就胆小起来。那篇雄辩论文的排版被置诸高阁了。然而诺托维奇要求印刷所还是不要拆去这排版。

"也许还有用。"他说。

后来这篇文章果然有用了。扎苏里奇事件过去之后几个月,又开始审理延库瓦托夫的案件,地点似乎是在敖德萨。这是很能表示那时代的特性的一件事。延库瓦托夫爱上了一个女郎,同她结了婚,这女郎也爱他。不幸而延库瓦托夫的哥哥也热烈地爱上了他的弟媳。造成这戏剧性事件的两个人都是急进青年。兄弟两人之中有一个曾经被流放过(或者竟是两个人都被流放过)。他们两人热烈地互相亲爱。在这基础上,兄弟之间成立了一个特殊的协定:弟弟暂时放弃夫妻权利,哥哥可以对他的妻子表示求爱。这位青年女子爱她的丈夫,她就率直地声明了这一点,但是在特殊协定期满以前,她处在很难堪的地位上。疯狂地热恋着的哥哥超过了协定的界限。有一天夜里,睡在"中立房间"里的丈夫听见

哥哥走进了他妻子的卧室里,接着就听见求救的叫声。这就突破了任何
"理性"容忍的界限。丈夫立刻跑进卧室里去,用手枪打死了这情敌哥
哥。陪审员们宣判他无罪。

关于这案件的报导刊登在所有的报纸上,其中包括《新闻报》。当宣
判无罪的电报送到的时候,诺托维奇那篇久已置诸高阁的文章又出现
了,我看到了这个老相识,又惊又喜。这篇文章的开头照样是很动人的
呼吁:"读者,延库瓦托夫被宣判无罪了!……"接着照旧用那些雄辩的
文句,只是把扎苏里奇的姓氏改成了延库瓦托夫的姓氏。

## 13　阿普拉克辛胡同里的暴动和我最初发表的文章

我讲了上面这段小小的插话之后,要同《新闻报》和它的编者分手
了,但是我还要补叙一件事,那就是由于诺托维奇具有特别精明的出版
天才,我有一次也曾经作为一个免费撰稿人供他驱使过。就在他的报上
登载了我初次发表的文章。

这是一八七八年六月初头上的事。傍晚时候我和朋友玛米科年在
花园街上走路。在干草市附近,我们看见街上的群众都集中注意在涅瓦
大街方面。许多人都急急忙忙地向那里跑,一路上探问碰见的人。原来
阿普拉克辛市场附近发生了"暴动"。我和玛米科年也立刻坐上了有轨
马车,向那方面去。我们在阿普拉克辛胡同口下车,看见那里有一大群
人堵塞了胡同口子。我们钻进人群里去,有人阻止我们,说到那里去很
危险,又说那边发生了很厉害的暴动,已经有军队开过去,就要开枪了;
而且群众本身也是有危险性的。原来在这狭窄的胡同里住着许多做粗
工的人,还有一些在劝业场里糊口的人,现在发起暴动的就是他们。在

那时候,群众性的暴动在俄罗斯从来不曾有过。农民骚动的风潮在一八六一年之后到处都平息了;城市里向来都很平静。这些话引起了我们的好奇心,我们就一直挤进胡同里面去。差不多在胡同的中央,在第五号门牌的七层大楼房旁边,有一队宪兵勒住了马站在那里。有一个将军在听取警察的报告。这光景很像军队的露营。楼房的大门关闭着。院子里发生了什么事情,深深地引起了全体群众的注意。警察和宪兵把群众推开去,不让他们走近大门紧闭的屋子来;有时这群众里发出"乌拉"的欢呼声。这时候警察队里就慌张起来。警察们、警察巡官们和宪兵们都冲向那地方去,欢呼声就静息了。

我和我的朋友到处挤进聚集着的人群中去,听他们谈论。原来在这所住满贫民的五号房子里,有八个管院子的人,都是鞑靼人。这一天,他们要把一个水兵送进警察局去。坐在对面饭店里的职工们从那里跑出来,不让他们欺侮这水兵。管院子的人就拿扫帚来殴打这些干涉的人。"他们不管三七二十一,随手乱打。"群众里面有人这样说。于是众人大为愤慨,喊着"鞑靼人造反!"向管院子的人冲过去。他们逃进院子里,纷纷跑上楼梯,躲进各个寓所里去。群众抓住了他们,把其中一个从六层楼上摔到了院子里。

"这件事和民族问题有关。"玛米科年猜测。

但在这时候,我看见有几个人站在五号房子的大门口。他们显然是住在这幢房子里的,现在警察不放他们走进院子里去。其中有一个人手里拿着一只很大的圆面包和一条青鱼,显然是从店里买来的,买来之后就不能回到自己家里去了。别的人也是同样情形的。我向这些人打听,拿着面包的那个人就把全部事由照他自己的看法讲给我听。

"这些管院子的人横凶霸道,……你回来得迟些,大门就关上了。你敲敲门,他们放了你进去,把你大骂一顿,要是你喝了些酒,他们就骂得更厉害。他们敲诈勒索,又乱打人。我们报告过警察局,可是有什么用!……"讲话的人只是挥一挥手。

"警察局和他们一鼻孔出气的。自己人当然互相照顾。——不用说,他们是分赃的……"别的人激动地补充解释。

这一切引起了住户们的激怒。他们早就想同这些管院子的人算账。水兵的事件就成了导火线。最初向这些管院子的人袭击的,是住在这房子里的职工们。大门口立刻聚集了一大群人,他们不许警察来祖护管院子的人。警察分局长一到,他们就抓住了他的胸部,喊着:

"留神些,你也会挨打呢。你们同他们是一鼻孔出气的!"

夜里十一点钟光景,宪兵们骑着马离去了。一队兵开进了院子里,留在那里守夜。群众渐渐散去。大家谈论着一个被摔死的和几个受伤的人的情形。

在以后的几十年内,这种事件越来越多;但在那时候还是空前的,因此阿普拉克辛胡同里的杀害事件引起了人们的惊慌的情绪和深切的注意。第二天报纸上关于这件事一点也没有登载,然而我知道有一个"记者"是和警察一同来到现场的。我从外貌上猜测到这个人是尤里·施列耶尔,当时人们称他为"访员大王"。他和警察局的亲善关系常常是他的消息的主要源泉,警察局就通过了他而"报导事件"。

我和玛米科年在那里待到了半夜里才回去。第二天早上,我又来到诺托维奇那里,还是为了那件事,就是说,为了钱。我看见他正在十分懊恼。他抱怨着说,"我那些采访员"太疏忽了。

"现在阿普拉克辛胡同里正发生了一桩大事件。可是他们一个人也没有……"

他说"我那些采访员",这未免说得太夸大了,因为诺托维奇当时的采访工作也是利用偶然的撰稿和转载的。我微笑着说,我昨天晚上在现场,所以知道阿普拉克辛胡同里所发生的事件。他一把抓住了我,说:

"亲爱的,帮帮忙,请你写吧!……"

"好的,诺托维奇先生,"我回答,"只是有一个条件。我知道你是怎样校改别人寄给你的文章的。我替你写,要先讲明白:你必须不加修改,照样登载。"

"还有这样的条件吗?我碰到了莎士比亚了。……"

"随你的便。"

"好,好,赶快写吧。"

我写了一篇短评交给他。第二天,这篇稿子虽然已经排好,却还没有登出去。因为要等尤里·施列耶尔先报导。我和诺托维奇见面的时候,他对我这篇短评表示很不满意。他说一开头就写得不好:应该表明这报馆有自己的采访员,他们是及时来到现场的。可是这里写的是一个偶然的目击者的话。他说从整篇文章里可以看出,你到底是没有经验的。这篇稿子必须修改。

我不同意修改;诺托维奇这枝校改的笔虽然发痒得厉害,然而他终于忍住了,没有改动。后来,似乎是在六月七日,我那篇短评登出了[1],同时也登出了尤里·施列耶尔的一篇报导,这是一下子分发给几家报纸登载的。施列耶尔把这件事描写成对鞑靼人的民族仇恨的爆发,总之,他所报导的消息完全是警察局的见解。

---

〔1〕 柯罗连科这篇初次发表的短评,题目是《阿普拉克辛院子里的殴斗(致编辑部信)》,用"B. K."这两个字母署名,登载在一八七八年六月七日的《新闻报》上。

"喏,这才叫做采访员的报导。"诺托维奇羡慕地说,可是他没有钱替自己请到这位"访员大王"。

然而过了一个时期,他的看法就改变了。原来《新闻报》上的这篇短评(签着我的姓名的头字母的)受到了人们的注意。

于是诺托维奇就说:"嗯,嗯,你那篇文章成功了。你瞧,连苏沃林[1]也根据了你这篇文章来同波列齐卡辩论。我们的报纸改变了所有的报刊的观点,证明了阿普拉克辛胡同里的暴动不是民族仇恨所引起的,而是警察局和管院子人的压迫所引起的。……好极,好极!……"

我当时买了一份还带着油墨气味的《新闻报》;就在这情况之下,我体验到了作者们所了解的、作品最初发表时的感觉[2]。我对于我的"莎士比亚条件"当然很满意。要是没有这条件,我这篇报导就被改得同"访员大王"的理想报导相类似了。

在结账的时候,诺托维奇当然绝不考虑到给我这个校对者支付那篇临时稿件的稿费。我也不向他要求。

## 14　西陀拉茨基追悼会

"大案件"(这是"一九三人案"的另一种名称)不但没有削弱"到

---

〔1〕 阿列克塞·谢尔盖耶维奇·苏沃林(1834—1912)是一个反动的新闻工作者,黑帮派报纸《新时代报》的出版者兼编辑者。

〔2〕 柯罗连科的另一篇早期文学作品也是属于这时期的(一八七八年四月),那就是他和哥哥尤里安合作从法文译出的密什雷的著作"L'oiseau"(《鸟》),以及为这译本所写的序言。这译本用"Kop-o"署名,于一八七八年由韦尔纳茨基在圣彼得堡出版。

民间去"的运动,在有一个时期中反而加强了它。这是很自然的,因为这案件的极其不良的直接后果及其经验教训不能够被广泛自由地讨论,而案件本身却使参与者获得了荣誉。我们这个亲密的彼得堡小组也怀着这种情绪,我和弟弟以及格利果列夫就决定用新的方式来安排我们以后的生活。格利果列夫没有家庭负担,我和弟弟的责任就繁重得多了。我们是拉甫罗夫派,不把"到民间去"看作带着临时宣传目的的革命巡游,而看作全部生活的改变。格利果列夫不但赞成这些方案,而且也许比大家更明确地了解它们。我和弟弟在最近期间用这样的方式来解决问题:如果有机会参加某种有被逮捕危险的活动,那么我们两人之中仅由一人去参加,另一人留在家里作"后备军"。

在扎苏里奇事件之后,不久就有了这样一个机会:在符拉季米尔教堂里要举行西陀拉茨基的追悼会[1]。这时候可能发生殴斗和逮捕。我们两人抽签,弟弟抽中了。他走了之后,格利果列夫跑到我们家里来对我说:

"杜莎·伊凡诺夫斯卡雅[2]从莫斯科来了。我以为你会去参加追悼会。她也去的。挨到你弟弟去了?……唔,那就算了……回头见。"他

[1]　在一八七八年四月二日举行。
[2]　叶芙朵卡(亦名阿芙朵佳)·谢苗诺夫娜·伊凡诺夫斯卡雅(1855—1940)后来在一八八六年,做了柯罗连科的夫人。她在都拉的教区学校毕业,以后又进莫斯科的卢边卡讲习所。她于一八七六年春天被捕,受到关于在莫斯科和沃洛格达省进行宣传的事件的审讯。在搜查她的住处的时候,发现了好些禁书和伪造证件。她在市警察分局里受了一年九个月的监禁。一八七九年三月七日又在莫斯科被捕,被放逐到奥列涅茨省,受到警察的公开监视;一八七九年三月二十九日开始卜居在波维涅茨。一八八〇年,被转送到科斯特罗马去受监视,在那里住到了一八八三年,然后恢复自由。柯罗连科在一八七五年秋天彼得农林学院的一个学生小组的集会上就已认识伊凡诺夫斯卡雅。

就匆匆地去了。

伊凡诺夫斯卡雅是我们两人都认识的。在农林学院的最后一年内，我们的小组大大地扩充了，我们在彼得罗夫卡的一个已经结婚的同学玛尔科夫斯基的寓所里举行定期的集会。除此以外，我们又常常在莫斯科各处集会。在有一次集会上，我注意到了一个高身材的女郎，熟悉的人都直截了当地用小名杜莎来称呼她。我们以前在内地的小城市里，对女郎们的交往惯于采用特殊的态度：我们聚会在一起跳舞，互相爱慕，有时遭逢小小的恋爱波折；然而女郎们出现在我们面前，只限于一定的"环境"中，大都是在音乐和花朵之间。彼得堡的生活在这方面完全没有给我带来什么，只有在这里，在莫斯科，我才看到女郎们和大学生一同来参加集会。在集会上她们难得发言，但是在较亲密的小组里，她们讨论着所谈到的一切，其中有许多人的意见在我们看来是很有价值的。

我一向是怕羞的，可是这时候我已经能够在大学生的集会上自由地发言；我的名字和格利果列夫、韦尔涅尔一样，在小组里相当有名了。有一次，玛尔科夫斯基家里开会，我到得很迟，我和两三个熟人打过招呼之后，就站定了。我看见伊凡诺夫斯卡雅就在离开我不远的地方。我们曾经一同参加过两三次会议，但是没有人替我们介绍过，我还不曾同她谈过话，这时候不知怎样才好。也许是这女郎注意到了我有些狼狈，她就自动地走过来，跟我握手，称呼我的姓氏，率直地说了一声"你好"。这立刻征服了我，以后我们见面的时候就不再拘束了。我探悉得伊凡诺夫斯卡雅有两个姐姐[1],又知道她们的哥哥[2]是地方医生,在小组里有一个绰号叫做"瓦西里大公",他曾经被捕,后来从莫斯科的巴斯曼警察分局里逃出。姐妹们都受到警察局的"注意",在我们那次会面之后,伊凡诺夫斯卡雅也被捕了。传闻她在监禁中生了病。我听到了这消息心中郁郁不乐。

现在我知道她在这里,假定是我抽着了签,我立刻就可以看见她了。

<hr />

[1] 叶芙朵卡·谢苗诺夫娜·伊凡诺夫斯卡雅的两个姐姐是普拉斯科维雅和亚历山德拉。

普拉斯科维雅·谢苗诺夫娜·伊凡诺夫斯卡雅–伏罗申科(1853—1935)在都拉的教区学校毕业。参加了她哥哥瓦西里·伊凡诺夫斯基所组织的革命青年小组。一八七八年,为了参加审判柯瓦尔斯基时的示威运动,在敖德萨被捕,在解押中逃走了。一八八〇年参加民意党,是一个秘密印刷所的"女主人"。一八八三年又被捕,在"十七人案"(发生在三月一日)中受审讯。被判死刑,改为无期苦役刑,在卡拉和阿卡图依执行。一八九八年被送出去移民,一九〇三年从赤塔逃走了。她来到彼得堡,加入战斗组织,这组织于一九〇四年谋刺普列威和其他的人。她和柯罗连科在一八八六年开始通信(见《柯罗连科致普拉斯科维雅·伊凡诺夫斯卡雅书简》,一九三〇年莫斯科政治苦役犯出版社版);一九〇三年才和他会面。一九二七年革命后,她住在波尔塔瓦。

亚历山德拉·谢苗诺夫娜·伊凡诺夫斯卡雅(1851—1917)(夫家姓玛勒舍娃)曾经参加纳坦松所组织的"友谊会"。一八八二年,被放逐到东西伯利亚,在那里住了五年。在柯罗连科的未完成文学作品中,有一个中篇小说《和小弟弟吵架》的开头一部分(这篇未完成小说收集在一九二三年乌克兰国家出版社出版的柯罗连科逝世后印行的文集第十五卷中),作者在其中描写着玛勒舍夫一家在萨拉托夫省谢尔陀勃县杜勃罗夫卡的乡村生活的某些特点。

[2] 瓦西里·谢苗诺维奇·伊凡诺夫斯基(1845—1911)于一八七四年在彼得堡内外科医学院毕业,在乌拉基米尔基舍美托沃村当地方医生。一八七五年,为了"在帝国进行革命宣传"的案件(即"一九三人案")而被捕,禁闭在彼得保罗要塞中。释放后迁居莫斯科,在工人中间进行宣传,一八七六年二月又被捕。一八七七年一月一日从拘捕中逃出,侨居罗马尼亚。柯罗连科于一八九三年初次来到罗马尼亚的时候和他会面。柯罗连科一看见这位内兄,就对他发生热烈的友爱。在《多瑙河上的自己人》这篇随笔(见俄文版《柯罗连科全集》第四卷)中,柯罗连科通过医生亚历山大·彼得罗维奇这人物来描写他的内兄。他死后,柯罗连科为他写了一篇行状《纪念一个优秀的俄罗斯人》(载一九一一年第一九九期《俄罗斯公报》)。

弟弟不认识她,我相信,如果我早一些知道她来到的消息,弟弟一定会把他的签让给我。但是现在他已经去了。而且开过这次追悼会之后,天晓得会发生什么事情。

我决定到符拉季米尔教堂去找弟弟,同他们交换任务。走到教堂附近,我看见一队宪兵骑着马,跨着急速的细步走过符拉季米尔街,开进了教堂对面一个院子里,院子的大门就紧紧地关闭了。邻近的房子的大门也都是关闭着的;想来那里也有埋伏。我决定作一次小小的侦察。在离开教堂稍远的地方,附近的胡同里到处有一群一群的穿短外套和长统靴的人,站在墙壁旁边或者大门口的通路上。有几个人穿着围裙,手里拿着扫帚。他们都好像是站在那里值班。我明白了,这一定是警察局打听得了这追悼会的目的,就发动他们的"民众",来帮助警察镇压叛乱者。

当找走进挤满了人的教堂里去的时候,追悼会已经快要结束了。在炉香的缭绕的烟气中和庄严美丽的歌声中,我体会到一种特殊的心情:这些青年男女之中恐怕很少有人认识已故的西陀拉茨基;但是不久以后,这人群中遭受和他同样的命运的,也许不止一人呢。

在离开入口处不远的地方,教堂里后面的一堵墙旁边,我看到了格利果列夫;他向我做个手势,我就穿过人群走到他那里去。从外地来的她就站在他旁边。她照样率直而和悦地向我问好,过了一会儿她说:

"柯罗连科,你听我说,在教堂里是不能这样站的。"

这时候我的确是背向着祭坛、面向着她站着的。

追悼会结束之后,群众从教堂里散出。但是大家站定在门廊里了,显然是在等候着什么。这是千钧一发的时候了。黑压压的一大群人,约有五百个,在教堂的庄严堂皇的正门底下的这块地方,显得很渺小了。

那些穿围裙拿扫帚的陌生人纷纷从胡同里跑出,集合在一起。周围那些隐藏着武装人员的院子的紧闭着的大门,仿佛在向人窥伺。

有一个青年人走上教堂台阶的踏步,开始向群众讲话。这人是洛帕金(不是在急进小组中已经闻名的日尔曼·洛帕金或符塞伏洛德·洛帕金,而是尼古拉·洛帕金[1])。他讲了几句关于西陀拉茨基和追悼会的意义的话之后,就

叶芙朵卡·谢苗诺夫娜·
伊凡诺夫斯卡雅
(即后来的柯罗连科夫人)
一八七九年摄

---

〔1〕 日尔曼·亚历山大罗维奇·洛帕金(1845—1918)是著名的民粹主义者之一。自一八六二年至一八六六年,在彼得堡大学念书。一八六六年,为了卡拉科佐夫案件被捕,但是在彼得保罗要塞拘禁了两个月之后被释放了。他一生中曾经好几次遭受逮捕,监禁和流放。有几次被他逃脱。一八七〇年,他曾经帮助拉甫罗夫从流放中(从沃洛格达省的卡德尼科夫地方)逃出,和他一同潜匿到外国。他在英国认识了马克思和恩格斯,参加了第一国际,把《资本论》第一卷译成俄文。一八七一年,秘密地来到西伯利亚,企图救出车尔尼雪夫斯基,然而自己被逮捕了,这一次又被他逃脱。一八八七年,在“二十一人案”中被判死刑,改为无期徒刑,监禁在施利色堡。就在这案件中,同时又审讯了彼·菲·雅库保维奇·萨洛娃·柯诺舍维奇·斯塔罗德伏尔斯基和别的人,他们的罪状是谋杀苏杰金,出版《民意党》第十期,设立炸药工厂。日尔曼·洛帕金被监禁了十八年之后,于一九〇五年获得自由。以后就没有积极地参加政治生活。

符塞伏洛德·亚历山大罗维奇·洛帕金生于一八四八年,死于一九一七年之后,是日尔曼·洛帕金的弟弟。七十年代初期参加敖德萨的“柴科夫斯基小组”。他曾经企图从莫斯科监狱中救出伏尔霍夫斯基,结果失败,于一八七四年十一月二十一日被捕。后来为了“一九三人案”,被流放到维亚特卡省。流放回来,在维尔诺铁路局服务。

尼古拉·尼古拉耶夫维奇·洛帕金是上述两人的堂弟弟,生于一八五六年左右。一八七八年春天,加入彼得堡托尔通厂的工人互助组;和普列汉诺夫等人一同参加一八七八年二月至三月的工人罢工的组织工作。他在柯罗连科所提到的这次讲话之后不久就被捕,被放逐到阿尔汉格尔斯克省,受警察的公开监视,又从那里流放到东西伯利亚。为了拒绝对亚历山大三世的宣誓,应该被押送到雅库茨克省去,但是他在一八八一年十二月从威尔霍连斯克逃走,侨居在外国了。于一八八八年回俄罗斯。

热诚地劝告群众，要求他们对于牺牲者的态度只限于这和平的表现，劝大家各自回家，不要再有示威行动。这番话说得很好，发生了效果：经过短时间的踌躇之后，密集的群众仿佛松动了一下。我们以为有人会反驳，因为有个别的人发出不满意的叫声；但是大概因为干事们预先定下计划，所以结果并没有人发表反对的演说。一批一批的人开始离开密集的群众，不久大家纷纷向各方面散去了。还没有到涅瓦大街，在铸造大街开始的地方，这群人还是很稠密，但是以后就渐渐和普通的群众混在一起了，虽然有些地方还引起过路人的惊奇的注视。到了铸造大街的尽头，在河边的斜坡旁边，起了一阵小小的喧哗声。有人发现了一个密探，或者只是怀疑他是个密探，一群大学生就表示出要把他摔进涅瓦河岸边的冰窟窿里去的样子。然而这件事终于平安地过去了。

我送伊凡诺夫斯卡雅走到这地方，就同她告别。我走了几步，回过头去一看。有一个服装华丽的妇人刚刚走过伊凡诺夫斯卡雅的身旁，这时候也回过头去向她一看。这妇人的脸上显出一种讥讽的微笑，我懂得这微笑的意义；身材修长而瘦削的伊凡诺夫斯卡雅，服装一点也不华丽，她穿着一件深色大衣，很不称身，头上戴着一顶有饰带的漆布圆帽，饰带和辫子一起挂在后肩上。

读者一定记得，"我的同时代人"在童年时代曾经有过一次持续很久的初恋，是在音乐、儿童游戏和舞蹈中开始的。而现在，通过这个服装华丽的美貌妇人，过去的恋爱仿佛在嘲笑现在的恋爱。于是他想：

"是啊，这些漆布帽子真难看。……但是，……我多么爱她！……"

## 15　梅旬采夫[1]被刺。我第二次被捕。在第三厅

　　"大案件"、引起广泛同情的扎苏里奇行刺、她的被宣告无罪、她表示对陪审法院尊敬并愿意服从他们的制裁，——这一切都成了一种动因，似乎因此而确立了广大社会思潮和革命青年意志之间的一些协作关系。然而这情况继续得并不长久。扎苏里奇事件的印象在社会上和报刊上渐渐地消失了，而政府用以对付民粹派青年的幼稚企图的残酷镇压，引起了他们的痛恨。运动就开始转向革命知识分子孤立斗争的道路上，转向个人恐怖的道路上了。

　　扎苏里奇实在不是一个恐吓主义者。她的行为是一种直接的冲动，也许正是为此，所以能够唤起那么广泛的同情。她本人后来始终是恐怖行动的坚决反对者。但是在她的事件发生后不久，出现了克拉甫钦斯基的小册子[2]，他在这小册子里热烈地赞颂她的功绩，并且号召人们继续建立这种功绩。

---

　　〔1〕　梅旬采夫（1827—1878）是个将军，宪兵首长，是第三厅的主任。他在一八七八年八月四日被克拉甫钦斯基（斯捷普涅克）刺死。克拉甫钦斯基刺死他是为了报复，因为他坚持撤回法院关于减轻"一九三人案"的判决的申请，又毒打彼得罗要塞中的囚犯，并且批准柯瓦尔斯基的死刑判决（于一八七八年八月二日在敖德萨枪决）。

　　〔2〕　谢尔盖·米海洛维奇·克拉甫钦斯基（笔名斯捷普涅克）（1852—1895）是"土地与自由社"中的一员。他刺死了宪兵首长梅旬采夫之后，逃亡到外国。侨居伦敦，在那里参加用英语发行的报纸 *Free Russia*（《自由俄罗斯》）的出版工作。他曾经创作长篇小说《安德烈·柯茹霍夫》和随笔集《地下俄罗斯》，又曾经把柯罗连科的《盲音乐家》翻译为英文。柯罗连科和克拉甫钦斯基于一八九三年夏天在伦敦初次会面，这时候柯罗连科正在赴美国的途中，经过伦敦，耽搁一星期。柯罗连科所说的"克拉甫钦斯基的小册子"显然是指他的刊载在巴枯宁分子国外机关刊物《公社》上的一篇论文（一八七八年第三、四号）。

果然不久就有了继起者。

一八七八年八月四日,宪兵军官梅旬采夫被刺死了。这一天,他由玛卡罗夫[1]将军陪着,照例出门散步;走到米海洛夫街上,碰见两个衣冠楚楚的青年人。这两个青年人把他从他的同行者身旁拉开,其中一个人把玛卡罗夫按住在墙壁上,另一个人就在这时候用匕首把梅旬采夫刺死。有一辆轻快马车从容地开过来接这两个不知名的人,他们坐上马车,就此影迹无踪了。这件事发生在白天,而且是在首都的一条大街上。

这次恐怖行动的执行者是克拉甫钦斯基和巴兰尼科夫[2]。驾马车的是阿德良·米海洛夫[3]。在为这件事而发行的传单[4]上,表明着一个动机,这动机和扎苏里奇的相似:为被害的同志们报仇。此外,在奥尔兴[5]的一个诗篇里,在他向来所写的全部诗篇之中最有力的一篇里,有

---

〔1〕 玛卡罗夫不是将军,而是退职上校(也许是中校)。

〔2〕 亚历山大·伊凡诺维奇·巴兰尼科夫(1858—1883)是"土地与自由社"中最重要的活动家之一,这组织分裂后,他是民意党的重要活动家。巴兰尼科夫除了参加柯罗连科所记述的行刺梅旬采夫的事件以外,又参加其他许多恐怖活动。一八八二年二月十五日,为"二十人案"(这二十人是属于民意党的,他们曾经参加利彼茨克代表大会和民意党所组织的种种恐怖行动)被判处无期苦役刑,监禁在彼得保罗要塞的阿列克塞耶夫半月堡中,在那里患百日痨而死。

〔3〕 阿德良·费陀罗维奇·米海洛夫(1853—1929)曾经加入"土地与自由社"的领导集团。参加了试图释放韦纳拉尔斯基和行刺梅旬采夫的活动。于一八七八年十月十二日被捕;一八八〇年五月十四日,由军区法院判决死刑,后来由于他请求减罪,并且供出了参加行刺梅旬采夫的人,就改判为二十年苦役刑。他在卡拉服满刑期。

〔4〕 传单是克拉甫钦斯基写的,题目是《命抵命》。

〔5〕 亚历山大·亚历山大罗维奇·奥尔兴(1839—1897)是律师,又是诗人。他曾经为许多政治案件做辩护人,例如涅恰耶夫案、喀山广场上的示威运动案,"五十人案"(罪名是"组织违法集团和发散犯罪文件")、"一九三人案"等。本文中所引证的关于车尔尼雪夫斯基的两句诗,摘自诗篇《灵柩旁》,这诗篇最初发表(不具名)在一八七八年十月二十五日出版的第一期《土地与自由》中。

这样的句子:

> 在遥远的伊尔库茨克森林里,
>
> 被捐弃的科学明灯渐渐熄灭。

　　按照法律,车尔尼雪夫斯基服苦役刑已经期满,应该出来做自由移民了。然而他并没有出来,却又被禁闭在威吕斯克的特别监狱里了。据说这是由于梅旬采夫的缘故。

　　行刺那一天晚上,我在印刷所里坐了很久。我在深夜回家(那时候我们住在波多尔斯克街和克林大街的拐角上)的时候,望见屋子里灯火辉煌,吃了一惊。我情知事情不妙,就迅速地跑上扶梯,心中深深地为母亲担忧。她一直患着复杂的神经性病症,因此常常有很厉害的发作。门没有关上,屋子里挤满了警察和见证人。我首先注意到母亲,她态度十分安定。我奔向她去,拥抱了她,听见她轻轻地对我说:“比扬科夫化名为××,……就说他今天租了我们的一个房间。”

　　比扬科夫是“大案件”中的一人,被宣判为无罪,但仍然奉圣令被流放到阿尔汉格尔斯克省。最近他和巴甫洛夫斯基两人一同从那里逃走。巴甫洛夫斯基就是后来《新时代报》的有名的法国通讯记者(用雅科甫列夫这笔名)。关于这一天将要发动的事,有政治嫌疑的人都预先得到消息,因此这两个逃亡者一早就到我们这里来避难,他们认为我们这寓所是安全的。巴甫洛夫斯基不在这里,而比扬科夫我一眼就看见他坐在窗子上。

　　他们搜查了一下,搜不出什么违禁品来,然而我和弟弟还是被逮捕了。其余的人,即新近和我大妹妹结婚的我的妹夫[1]、他那刚刚从彼得罗查沃德斯克来看儿媳妇的义父以及比扬科夫,都被拿去了公民证,叫他们明天务必到第三厅来。

他们把我和弟弟带到链桥旁边的一所大厦里;虽然夜很深了,这里却还是灯烛辉煌,有许多人纷忙地活动着。他们把我带到楼上的走廊里,关进一间牢房里,叫我把衣服脱光,给他们全部带走了。然而我还是找到机会把一枝用半张信笺包好的铅笔塞进我的蓬松的头发里,藏过了它。后来我把这铅笔作为遗产,留给我这牢房的不可知的继承者了。过了五分钟,他们给我送来了一套内衣、一件薄呢罩衫和一双像病院里用的那种拖鞋。过了十分钟,我已经酣睡得像死人一样了。

清早,狱卒给我拿来了盥洗用具。他穿着一件宪兵装短外衣。那时候的宪兵还不是志愿兵,而是像别的兵种一样,直接从新兵派进军团里去的。因此他们中间有许多纯朴善良的人,并不带有志愿宪兵身上的那种特殊痕迹。当狱卒走进牢房来拿什么东西的时候,一个哨兵——也是宪兵——站定在门口了,然而不知为什么是背着牢房站的。我洗了脸,用毛巾擦着面孔,问那个狱卒"现在几点钟了",岂知他很粗暴地大喝一声:

"闭口!……不许说话。"但是接着立刻低声地对我说:"九点钟。"

我才知道这个狱卒和站在门口的那个挂着脱鞘的军刀的哨兵都没有什么可怕;所以当狱卒给我拿早餐来的时候,我就再向他探问:

---

〔1〕　即尼古拉·亚历山大罗维奇·洛希卡辽夫(1855—1912)。他曾经参加民粹运动。于一八七八年和玛利亚·加拉克齐昂诺夫娜·柯罗连科结婚。于一八七九年三月四日被捕,被监禁在立陶宛要塞中。八月间被放逐到东西伯利亚,他的夫人和岳母后来也到那地方去。流放回来之后,从一八八五年起住在下诺夫戈罗德,后来迁居到莫斯科。

"你可知道我的弟弟也在这里吗?"他又大喝一声,喝得比上次更凶了,然后轻轻地回答:"在楼下第×号。"

这个狱卒第三次给我送午餐来的时候,竟自动向我使个眼色,要我问他些什么。在一声极粗暴的吆喝之后,他轻轻地回答说:

"你的弟弟被带去审问了。你快点吃,马上要来叫你了。"

果然,不久他们就给我送来了我自己的衣服,把我带到办公室里。第三厅的走廊和房间里异常杂乱,到处都是宪兵、密探、被捕的人和被传的人。走过前室的时候,我看见洛希卡辽夫和他的义父。比扬科夫因为第三厅里的人很熟悉他,所以他听了大家的劝告,没有来。

我和弟弟很快就被审问完了,他们问我们昨天上半天在哪里,问过以后就释放了我们。一个青年宪兵军官和我们一同走到前室里,叫道:

"波多尔斯克街第×号门牌被传的人,都在这里了吗?"

"报告大人,到齐。"洛希卡辽夫的义父,以前在尼古拉时代当过士兵的,挺直了身子,这样回答。

这样一来显然解救了我们:那军官满意地向这个政治上显然很可信赖的人看了一眼,就不再一一点名,把所有的公民证都发还了他。这样,比扬科夫的不到案就不知不觉地马虎过去了。我们一群人欢天喜地地走出去,走到一个狭小的院子里,迎面碰见一个穿礼服的、体格魁梧、相貌漂亮的宪兵上校。别人对我们说,这人就是后来很有名的、亚历山大三世的亲随和私交契列文将军。

## 16　略谈我的罪行。革命玩好者和志愿密探

为了梅旬采夫被刺而逮捕我们,这件事分明告诉我们:我们已经被

视为不可救药的"可疑分子",以后无论发生什么事,我们都可能遭受这种不测。

现在,事情已经过去了多年,我回顾当时的情况,自己问问自己:关于我的事,究竟有没有确实的根据? 我究竟是不是有危险性的革命者? 固然,我家里曾经隐藏过像比扬科夫或巴甫洛夫斯基那样严重的罪犯。可是,我在前面已经说过,后来巴甫洛夫斯基担任了在政治上最没有问题的职务,常常在《新时代报》各栏里发表文章。他侨居外国之后,的确也曾用法文写过一篇小说"En cellule"(《在单人牢房里》),其中描写着一个政治犯在单人牢房里的感想。屠格涅夫曾经向一个法国编辑热烈地推荐青年作家的这篇小说,为此,卡特科夫的报纸上大肆攻击这位名作家。然而后来这篇小说翻成了俄文,收集在巴甫洛夫斯基的集子里[1],在沙皇制度下的俄罗斯出版。

全于比扬科夫,据我所知道,在他的父亲——西伯利亚的一个豪富的酒商——死后获得了一笔遗产,后来也在阿穆尔河上做了一个巨贾,曾经在俄白战争的时候出版一种爱国的甚至极端沙文主义的小报。

这样看来,我隐藏这两个逃亡者,对祖国显然没有危害性的后果,我自己已经被流放过,因此我准备庇护一切逃避暴政的人,当然不管他后来是否打算在《新时代报》社里工作或者做酒商。

除此以外还有什么呢? 我曾经配合着整个社会的模模糊糊的改造方案而建立自己生活的改造方案。为了这目的,我和格利果列夫曾经学习制靴手艺,我的弟弟开办了一个小小的钳工场。过了一个时期之后,

---

〔1〕 小说"En cellule"于一八七九年十一月十二日发表在 *Le Temps*(《时代》)报上,附有屠格涅夫的序言。这篇小说的俄译,题名是《在孤独的监禁中》,收载这小说的书是:雅科甫列夫(即巴甫洛夫斯基)所著的《怀着大苦痛的小人物》,一八九○年圣彼得堡版。

我和弟弟很可能会抽签,我们之中一个人会"到民间去"——我和格利果列夫当流动靴匠,如果是弟弟抽中,他就去当钳工。结果是和千百次类乎此的巡游同一下场,这就是说,认识到民间生活真是一片汪洋大海,要控制它的行动,并不像我们想象那么容易。在我个人,这工作会给我积集许多艺术的观察,也许我立刻会悟到我的气质不适宜做一个积极的革命者,而适宜做一个观察者和艺术家。总而言之,我当时的罪行,即使对我国说来,即使从我国的法律观点看来,至多也不过限于企图和意愿的范围内,不见得达到值得惩办的地步。

那么我究竟是不是有政治嫌疑的人?⋯⋯当然是的。嫌疑的程度正和当时俄罗斯中等文化社会中的任何一个代表者一样。拉甫罗夫在他的《前进报》里写着对亚历山大二世说的话:"陛下,您有时在街上走。如果您碰到相貌聪敏、目光明朗的受过教育的青年人,那么您要知道:这就是您的敌人。"[1]⋯⋯[2]这番话很接近真实情况。

专制政体的当局者是觉察到这一点的。照理应该同弥漫在空气中的那种情绪作斗争,可是我们的政府却追究个别的表现,惯于用大炮来射击麻雀。起初它把法律应用在这种射击上。后来它看到:要法院遵循威吓整个社会的临时需要,究竟不是那么容易的事;要法院作为一种十分灵活的斗争工具来对付情绪,而不是对付行为,是不可能的事。于是当局就造出一种更听话的机构来。根据最高当局的几条短短的法律,就创立了或者大大地扩充了一种所谓"行政命令"的机构。最高政权的这些短短的条例,简直可以称为"非法的法律"。而且这些条例不久就获得

---

　〔1〕　摘自拉甫罗夫的论文《俄罗斯人民的清算》,该文刊载在《前进报》第二期中。

　〔2〕　这几句话是我凭记忆引证的。——原注

了极广泛的阐释,亚历山大二世——"审判条例的创造者"——的统治时代带着这些条例走上了残暴专制的道路,只要略微触及政治问题,就要受到严惩。

这时候(一八七八年年底)我们住在一个狭长的穿堂院子里〔1〕,这院子一头通向涅瓦大街,正对着亚历山大·涅瓦警察分局,另一头通向沙区二路。当时叶芙朵卡·伊凡诺夫斯卡雅和她的姐姐亚历山德拉·伊凡诺夫斯卡雅同我们住在一起,她们是被从莫斯科放出来的,一直要住到她们的某"案件"(自然是行政方面的案件)结束为止。这是家长制的时代,所以她们住在这里没有报户口。

这是我生活中最幸福的时期之一,而且我相信也是我母亲和整个家庭生活中最幸福的时期之一。我们大家住在一起,只有哥哥不住在这里,他每星期回家一次。我们和伊凡诺夫斯卡雅姐妹很亲昵,像自己人一样。格利果列夫称我母亲为"妈妈",她也像爱儿子一般爱他。我们所有的男子(除了格利果列夫)分别在各家印刷所里当校对,回家都很迟。半夜两点钟,通常准备着茶炊,这时候母亲也起身,家里所有的人都围集在小小的厨房里的茶桌旁边。大家说说笑笑。直到母亲假装生气,——其实是欢喜而慈祥的,——把我们赶回各人的房间里去。在这时期,她的神经性病症也消失了,不再发作。

这时候我已经不再想到矿山学院,弟弟也不到建筑学校里去了,只有妹夫洛希卡辽夫继续在内外科医学院读书。我每天上午到城郊大街上的制靴工场里去。这工场的年青的老板和所有的工人都是芬兰人,他们已经受到"宣传"的启发,所以大家都很亲切地努力把自己技术上的秘

---

〔1〕 涅瓦大街一三四号第二十一室。

诀教给我。

从某一个时期起,我们注意到有秘密警察经常监视着我们。我们隔壁也住着有政治嫌疑的人(穆拉希金采夫一家),有两个密探被派来监视我们这两份人家。这两个密探的面孔,我们不久就看熟了。一个身材很高,长着金发,仪表很优雅,但是神气有点晦涩,面颊上永远扎着绷带。另一个是黑头发的,中等身材,相貌令人讨厌,你像一只猩猩,下巴向前突出得很厉害,一双黑眼睛阴气沉沉。他们两人分别站在我们的穿堂院子的两个出口处,有时在我们对面那幢房子的平台上设一个瞭望哨,因为从那里可以窥见我们的窗子。只要我们之中有一个人出门,走向涅瓦大街或沙区二路方面去,他们之中的一人就紧紧地跟着走。老实说,我们常常刻毒地捉弄这两个可怜虫。譬如说,我不愿意让他们知道我经常到制靴工场去,我们就采用军事诈术:弟弟走出屋子去,惊惶地东张西望一下,然后走向院子的大门去。那个密探立刻就紧紧跟随他。弟弟走过了同我要去的地方相反的几条街,甚至走进别的院子里,随便跑上一个扶梯去,然后走回家来;而我就在这时候顺利地走出院子,向城郊大街去了。两个密探跑得筋疲力尽,徒然地抄录了许多院子和扶梯的号码,但是探听不出一点重要的情形,他们心中对我们自然积集了许多怨恨。

然而我们还碰到过另外两个密探,引起了比这严重得多的后果;关于这两个人,我须得较详细地说一说。

其中一个人叫做格列鲍夫。这是一个不走运的演员。我的哥哥尤里安一向绝不参加任何"叛乱",有一次他在一个游乐园里收容了这个人,这时候这个人生活正穷困,自己连住屋都没有。这是一个青年人,具有很"高尚"的演员仪表,身材修长,体态匀称,长着一头演员风的华美的头发,然而毫无天才,因此生活困穷。他迁居到哥哥这里来的时候,只带着一只六弦琴,他常常唱着浪漫曲,用这只六弦琴来替自己作伴奏。他的歌声很甜蜜,而且唱的时候尽力用愉快的样子把嘴唇做成 V 字形。哥哥像父亲有一个时期一样,常常发生种种意料不到的幻想;当我们问他这个住客是什么人、为什么收容他的时候,哥哥十分认真地回答说:

"这是一个有天才的艺术家。他教我音乐,……他认为我有音乐天才的迹象。"

必须说明:我们家里的人都没有特殊的音乐才能,而哥哥可说是我们之中最没有音乐才能的人。所以当他在那个"艺术家"的六弦琴伴奏之下用心地挺直了喉咙唱《在半夜的天空中》的时候,我们大家——包括他自己在内——都真心地哈哈大笑。然而那个"天才艺术家"装着极严肃的态度。

有一次,这个艺术家突然失踪了,两星期没有回来,使得哥哥很不放心。这件事发生在哥德斯密斯夫人——《语言》杂志编者的妻子——出国后不久。有许多人知道:她一定带着一篇通讯稿去交给《前进报》编辑部里的拉甫罗夫。格列鲍夫是她的朋友之一。大家都注意到,他曾经到华沙车站上去给她送行,他气喘地跑到站上,这时候火车就要开了;他同她道别的时候,异样地东张西望了一会儿。火车开了两三站之后,哥德斯密斯夫人被迫下车,给他们搜查。原来巧得很,她改变了主意,不把通讯稿带在自己身上,而把它交给了一个政治上比较可靠的人。这样,就没有被搜查出任何违禁品;于是由第三厅出钱,另买了一张到华沙去的火车票,给哥德斯密斯夫人。从这时候起,我们有两三个星期不看见格列鲍夫。后来据人们说,这是他第一次的志愿立功,然而因为报告失实,这可怜的人就被拘捕起来。不管怎样,在这"艺术家"这次暧昧的暂时失踪之后,哥哥还是热诚地接待他;他又弹起六弦琴来:不过这回不是两个人奏唱,而是三个人了。原来在格列鲍夫失踪的期间,哥哥又收留了一个住客,这人叫做斯××夫,本来是民众学校的教师,现在担任着私人教课,自命为一个不顾死活的革命者。这个人性格柔和,但是见识浅薄。他不久就要跟一个青年贵族一同到哈尔科夫省的领地里去,他要求我弟弟给他弄几份当时在彼得堡出版的秘密刊物。弟弟满足了他的要求。

　　后来我到哥哥那里去,碰见斯××夫正在整理行装。格列鲍夫热心地帮助他,当我面把那些秘密刊物束成一捆,上面放着斯××夫的证件。他们高声地谈这件事,不管和哥哥的房间只隔一扇门的隔壁房间里住着几个陌生人。应该说明:我认为斯××夫是一个轻率的人,我反对他去做宣传工作。格列鲍夫整理完毕之后,稍为收拾一下,立刻跑到一个地方去了;临走的时候说,他要到车站上来送行。我突然想起了关于哥德斯密斯夫人那件事,我就埋怨斯××夫的疏忽大意:

　　"要知道我们根本不熟悉格列鲍夫这个人。你要当心,不要在第二站或者第三站上也被扣留下来;关于这个人,已经有很不好的传闻。……"

　　"哦,要是发生这样的事,那么事情就很明显:格列鲍夫是个奸细。"

　　"可是你知道吗,"我压低了声音说,"在隔壁房间里听我们讲话的是什么人?……"

　　斯××夫动身到车站上去了。他走进去的那个车厢里挤满了人。搬运夫把他随身带的这只大皮箱放在上架第十个空位置上了,但是附近没有座位,斯××夫只得坐到车厢的另一头去了。火车即将开动的时候,格列鲍夫又喘着气跑来,他在车厢里找到了斯××夫,关心地看看他的座位是不是舒服,到了最后一分钟,他还用几个犹大吻[1]来壮他的行色,然后走下月台去。

火车开到附近的一个车站上,他们请斯××夫带着行李下车,来到宪兵室里。他当然只拿了身边的一只小皮箱,另外那只大皮箱就这样平安无事地被火车载去了。全靠这么一来,斯××夫就和哥德斯密斯夫人一样,没有被查出任何违禁品。宪兵军官是一个好心肠的老人,他表示同情的样子摇摇头,说:

"斯××夫先生,你在彼得堡有一个坏朋友呢。"

这期间,那只装着秘密刊物和斯××夫的证件的箱子被运到了莫斯科,作为无主的行李被留下来。斯××夫自然只要到站长那里去领取他的"遗忘的行李"。这是可以平安了事的唯一的办法。但是斯××夫是一个不机敏而胆小的人,所以他还是到了哈尔科夫省,不声不响地在那里等候,一直等到这只无主的皮箱(里面装着斯××夫的证件)被人打开,于是皮箱的主人就被捕,押送到彼得堡。

这期间格列鲍夫曾经又一次地离开哥哥的住处,"行踪不明",像送别了哥德斯密斯夫人以后一样。这个不走运的艺术家在新职业上显然也运气不好,每一次在车站上表演过动人的送别之后,结果总是被捕。斯××夫受审讯,被盘问这些秘密刊物是谁给他的,他竟一口咬定是从格列鲍夫那里拿来的。于是格列鲍夫又第三次失踪,而斯××夫倒被释放出来了。

有一次我和斯××夫谈起这事件,我对他说:叫我做了他,从此不再从事任何秘密工作了。要知道实际上不能完全肯定出卖他的人是格列

---

[1] 犹大出卖耶稣,参看《新约全书·马可福音》第十四章第四十三节。——译者注

鲍夫(不管这一点多么近于事实),而不是隔壁房间里的陌生人。斯××夫听了我这话,在屋角里呆坐了很久,然后走过来,用感动的语调对我说:

"你知道,你的话使我良心上感到不安。……那么我明天到第三厅去领回证件的时候,怎么说呢? 要是我撤消了对格列鲍夫的诬告,那么难道我就说这些秘密刊物不是从他那里拿来的,而是从你弟弟那里拿来的吗?"

我惊奇地对他看看,说:

"费你的心,……请你说是从我这里拿去的吧!……"

他听了显然很高兴,但是他脸上立刻就露出为难的样子来。

"那么,……那么你怎么办?"他问。

"我的事请你不必担心。我就干脆对他们这样说:斯××夫在我们一伙人里是一个极恶劣的撒谎大家:他起初诬告格列鲍夫,后来因为我们责备他中伤好人,他就想诬告我们。"

他的脸色消沉极了。他是革命的玩好者,认为当局所提出的任何问题他都必须坦白回答。在他看来,革命活动是一件很有趣味而并不十分危险的事,可以装着神秘的样子把秘密刊物分发给青年们,尤其是女郎们。万一事情败露,只要用"坦白的供词"去请求当局饶恕,就可以被释放出来,然后以"受难者"的身分重操旧业。头脑幼稚的人显然完全不把这种行为看作可耻的。

"斯××夫,你听我说,"我继续说,"我弟弟并没有强迫你接受这些秘密刊物。是你自己苦苦央求他去给你弄来的。如果你认为事败之后告发他是正当的,那么得事先把这情形向你的朋友们说明。不过关于格列鲍夫,你可以放心。如果他真的不是奸细,那么你当然必须去撤消对他的诬告。究竟是不是奸细,我们不久就会调查清楚的。"

我和弟弟的确下定了决心,无论如何要弄清楚这问题。这里面还存在着一些疑问,我们觉得在这种情况之下我们还没有权利称格列鲍夫为奸细。因此我们以团体的名义邀请这个"艺术家"来,要求他对我们说明一些"可疑情节"。起初他否认一切,但是后来完全语无伦次了,就装出演戏似的姿态,激昂地说:

"就算这样吧!……可是斯××夫诬告我,在道德上讲起来究竟是不是应该呢?"

我们不同他谈"道德问题",就叫这个奸细滚蛋。

后来,这位先生在搜查的时候竟公然地出场了;我们和他辩理后不久,他的名字就列入秘密文件上所刊印的奸细名单中了。

当我写这些回忆录的时候,《俄罗斯财富》[1]上登载着有关我的传记的几个文件的摘录。其中谈到我在这些事件发生后不久被从彼得堡放逐出去的原因时,说我有谋害某奸细的宝贵生命的嫌疑。这显然是因为格列鲍夫把他和我们那次辩理过分戏剧化了。

然而,关于谋害他生命一节,第三厅并不怎么重视(这一点后来还是宪兵们告诉我的),因为显而易见:我们对于这位先生只表现了唐吉诃德式的彬彬有礼的态度,却并没有严酷行为。然而这些小事积累起来,还是日益加强了我们一家和亲近的朋友们周围的叛逆气氛。

--------

〔1〕 一个民粹派倾向的月刊,发行于一八七六至一九一八年间。九十年代初,这杂志的编者是米海洛夫斯基,他请柯罗连科经常为这杂志撰稿。从一九〇〇年起,柯罗连科当了这杂志的副编辑;一九〇四年米海洛夫斯基逝世以后,他就当了编辑。当局对《俄罗斯财富》不止一次地加以迫害,使得它不得不更改名称:起初改为《现代》,一九〇六年改为《现代纪事》,从一九一四年到一九一七年用《俄罗斯纪事》这名称。柯罗连科在这杂志上发表文学作品和政论文章,继续至二十五年以上。

　　至于斯××夫,他的革命瘾头还是没有过足。不久他又为了另一件事被捕,并作出了坦白到卑鄙程度的供词,这供词用下面这几句动人的话来结束:

　　"如果这供词被我的同志们看到了,他们应该顾念到:我在牢狱里受苦,所以这样招供了。"

## 17　林希晋被刺。我又被捕

　　有一天,我们家里来了一个青年人,这人穿着一件黑貂领的华丽的皮大衣,戴着也是黑貂皮的帽子,样子快乐而有福相,养尊处优,肥胖的脸上泛着柔和的红晕。他自称是从莫斯科来的一个普通工人,我们听了觉得有点奇怪。他要求我们供给他一些彼得堡出版的秘密刊物,并且坚决要求和编辑部直接联系。他持有我们几个朋友的介绍信,然而我们不能满足他的要求,因为即使是我们自己,也还没有和编辑部直接联系过。他恳切地要求我们去打听一下,在他下次来的时候告诉他。这一点我们也许可以办到,但是我们不大愿意为这个奇怪的工人奔走,因为他显然是在夸耀他那件贵重的皮大衣,况且他的介绍信之中有一封是前面说起过的斯××夫所写的。这个人叫做林希晋,他到彼得堡来了好几次,每次都到我们这里来提出这要求。有一次真巧,他在我们家里碰到了一个和秘密刊物的编辑部接近的人。这人叫做奥斯塔菲夫。在那次大混乱之后,留在彼得堡从事革命工作的人,外貌都完全改装了。奥斯塔菲夫(弟弟的朋友)不久以前还很不关心服装,现在到我们这里来,完全变了一个纨袴子弟,穿着一件漂亮的大衣,夹着一只皮包,真像一个神气活现的部院官僚。林希晋碰到了他,毫不拘束,就当他面前提出要求,说他是莫斯科工人的代表,是来同《土地与自由》[1]的编辑部取得直接联系的。奥斯塔菲夫立刻答应实现这个他所不认识的人的愿望,这简直出乎我们意料之外。他约定林希晋下一天在某某街和某某街的拐角上会面。林希晋离开我家的时候,显然很高兴。我们问奥斯塔菲夫,为什么他这样轻易地答应了这个连姓氏都不知道的人的要求。

"他到底姓什么?"奥斯塔菲夫问;当我们说出了林希晋这姓氏的时候,他抓住自己的头发说:"天哪,他是个奸细!……在下一期里,我们正要把他的姓名印在奸细名单上。"说着,他就迅速地从我们家里跑出去。

下一天,林希晋懊恼地来到我家,说他在指定地点白白地等了很久。现在叫他到哪里去找昨天那位先生呢?

弟弟回答他,说昨天那位先生的地址我们也不知道,因为他的姓氏和地址是保密的。

此后,林希晋就回莫斯科去;过了几天,我们才知道他被革命党人杀死了。原来他曾经在莫斯科怀着显然是挑拨性的目的设置了一个"秘密寓所",那时候隐藏在这寓所里的,有我的好朋友彼得·佐西莫维奇·波波夫,还有斯××夫和一个莫斯科工人。彼得·波波夫不久就和这个工人很要好了。这工人是政治上毫无问题的人,他不久以前从乡下出来,他之所以不报户口住在这里,完全是因为遗失了公民证,正在等候乡下补寄一张来。彼得·波波夫立刻和这个纯朴的乡下人做了好朋友。

---

〔1〕 是同一名称的民粹派组织的机关刊物。从一八七八年十月到一八七九年四月发行于彼得堡。

有一天深夜,这伙人正在安眠的时候,忽然门铃响了。斯××夫就从床里起身,问按铃的是谁。回答的是管院子的人的声音。他开开了门,一个高个子的先生和管院子的人一同走进来。在通宵灯的幽暗的光线之下,斯××夫没有看清楚这人的面貌;这人递给他一封信,立刻就走了。斯××夫从容地回进卧室里,点起灯来,打开信封。他读完了信,立刻跑到前室里,到扶梯上去喊这个陌生人回来,但是扶梯上已经空空如也了。于是斯××夫回进房里,倒身在自己床上,把头埋在枕头里;波波夫再三问他,他只是拼命地摇手,说:"请你不要问我,不要问我,……"波波夫还是从他手里拿了那张信纸,把它读完了。这信上用变更的笔迹写着大致如下的话:

"径启者:贵宅房东林希晋系一叛徒,已根据民意党执行委员会[1]决议,处以死刑。君等为自身安全计,可各自采取行动;但关于此事,即使在死刑的威胁下,也必须严守秘密。"

这事情发生以后,住在秘密寓所里的人怎样度过这一夜,可想而知了。第二天早上,斯××夫连忙逃匿。那个工人无法躲避,决定住在那里等候寄公民证来的挂号信。波波夫不愿意抛撇他,就和他在这寓所里又住了几天。

这一切详情,我是从波波夫的妹妹娜杰日达那里听来的。她在《新闻报》社里当我的助手,和我家的人很亲近。她收到她哥哥托人带来的信的时候,这谋杀事件还没有正式揭晓,林希晋的尸首还躺在旅馆里的

---

〔1〕 这通知不可能是民意党执行委员会具名的,因为"土地与自由社"这组织是在一八七九年八月分裂为"民意党"和"重分黑土党"的,而林希晋的被杀发生在这分裂以前。在这通知上具名的大概只是执行委员会或社会革命党执行委员会,正像"土地与自由社"里的人在关于恐怖行动的通知书上惯常采用的具名一样。

一个锁闭着的房间里。波波夫深信这件事犯了严重的错误。她的妹妹也这样相信,并且使我也怀疑了,虽然我心中还保留着这个戴黑貂皮帽子的肥头胖耳的工人的坏印象。我想起了这个满面福相的青年人死在锁闭着的房间里,心中起了一阵战栗。此外我又感觉到,如果林希晋的确是个叛徒,那么这又是我们一家所蒙着的疑网上的一个新环节了。在这以前,如果我不记错的话,是在二月二十二日,管院子的人走过来秘密地对我说:

"喂,先生,你们家里有没有不报户口的人? ……当心发生麻烦的事情呢。……"

"怎么?"我问。

"总之要当心,我对你说,……"

我们揣度这警戒不是无缘无故的,就决定叫伊凡诺夫斯卡雅姐妹俩提早离开这里到莫斯科去。这一天在我是一个十分悲哀的日子。一星期以前,我把我最初创作的一篇小说送交《祖国纪事》编辑部,这篇小说是送出以前不久我曾经在我们的小组里朗诵过的。这一天,谢德林在《祖国纪事》编辑部里把它退还了我[1]。我痛苦地接受了这第一篇失败的文学创作。就在这一天,又要为她们送行。……

我们住的地方离开尼古拉车站很近。我们采取惯用的手腕,引两个密探离开了大门,然后一大群人一同步行到车站去。当我回到虚空了似的屋子里的时候,火车的汽笛声一直还在我耳朵里响着。这一天夜里,当我们下班回来,大家聚集在一起的时候,忽然门铃响了。亚历

---

[1] 这篇小说是《探求者的生活插曲》。谢德林把这原稿退回给作者的时候说:"还没有成熟,没有成熟。"后来这小说发表在《语言》杂志上(一八七九年第七期),署名 K-ehko。

山大·涅瓦警察分局的警察来搜查了,进来的是一个高个子的老年的副警察分局长、几个警察和见证人,其中有我们所熟悉的两个密探:恶病质的、面颊上扎着绷带的金发男子和形似猩猩的黑发男子。我们受了管院子人的暗示,当然已经作好充分的准备,等候他们的来到,所以这些警察一点也搜查不出来,就离去了。然而过了整整一星期,一八七九年二月二十九日,他们又来搜查了[1]。这一次,警察只是到场而已,一切都由一个宪兵军官作主。搜查得并不很仔细(这宪兵在人家的住宅里态度很规矩),然而我们所熟悉的两个人这回又同来,而且显然有所担心的样子。

"请问,这两位先生是谁?"我问那个宪兵上尉,"大概是检察机关人员吧?……"

宪兵上尉懂得这话是讥笑的,就嫌恶地皱皱眉头,对两个密探说:

"你们在这里瞎忙什么? 站到前室的门边去,不准离开一步。"有一个密探想要辩驳几句,他就怒喝一声:"去呀! ……"

两个密探只得服从,勉强地站在前室的门边了,好像两根女像柱。过了一会儿,前室隔壁的厨房里传来我们的厨娘彼拉盖雅的愤怒的叫声:

"你们要做什么? 你们为什么和我纠缠不清? 留心! 我要拿拨火棍打你们。……"

显然是两个密探缠着她盘问什么。厨娘彼拉盖雅是一个很诚实的人。她不久以前从乡下来到我家,在这以前她老住在一个地方,在那里

---

[1] 二月二十九日这日期是作者记错了,因为一八七九年不是闰年。根据公文材料,柯罗连科家第一次搜查是二月二十八日,而第二次搜查是三月四日,搜查之后就逮捕。

受尽了主人的折磨；到了我家以后，对所有的人都要好，仿佛自家人一样。有时她也在半夜里起来，参加我们的夜间谈话，常常发表一些自己的见解，引起愉快的哄堂大笑。她生来性情幽默，而且自己多少也感觉到这一点。这一次两个密探看错了人。彼拉盖雅愤怒地叫喊之后，宪兵军官就老实不客气地把他们赶到了扶梯上。

后来才知道，这时候我们的屋子里演出了一场小小的奸细把戏：第二天，母亲和彼拉盖雅流着泪收拾我的空床的时候，在褥子底下找到了一张字条。这字条是斯拉夫印刷所的排字工人出面写给我的，他们通知我，说他们那里"一切准备就绪"，只等我发出预约好的信号。这字条上签名的是库兹涅佐夫，是《新闻报》社里一个最优秀而富有知识修养的排字工人。

母亲看了很惊慌，连忙把这字条毁灭了。我觉得这很可惜，因为这张字条显然是伪造的。是谁造出来的，我不知道。然而无疑是警察预料到宪兵要来搜查，因而把这字条塞在褥子底下，好让宪兵搜查时发现它。我想那个和善的副警察分局长不至于参加这勾当；至于这警察局里其他的人员，我当然不能担保。然而最可能的是两个密探被我们戏弄得懊恼了，自己私下想出这办法来。他们在第一次搜查的时候偷偷地把这"凭证"塞在褥子底下了，希望在下一次搜查的时候自己来找到它。当宪兵军官那么严厉地剥夺了他们搜查的权利的时候，他们的心情可想而知了。我从流放中回来之后过了十年，有一次走过亚历山大三世所住的阿尼奇科夫宫，突然看见我的老相识：那只令人难忘的猩猩站在宫门口，用他的阴沉的眼光来观察过路的人。在我几乎作了一次环球旅行的期间，他的职位也升迁了：本来在沙区二路的穿堂院子里对付几个顽皮的大学生，现在却站在皇宫门口了。

　　且说这一天深夜里,几乎已经是黎明的时候了,预先警戒我谨防搜查的那个善意的管院子人,用钥匙开开了通向涅瓦大街的大门,整整一队的警察把我们分别带到各警察分局去。洛希卡辽夫去的地方最近,就是亚历山大·涅瓦警察分局;我被带到大花园街的斯巴斯警察分局;弟弟又被带到另一个地方。除了我们三个人之外,这天夜里哥哥也在自己的寓所里被捕,同时被捕的还有我的表弟[1]——他完全没有参加任何叛乱活动,不过是像我们一样在印刷所里工作的。这个可怜的青年学业不能成就,因此选取了排字工人的职业。他这个人多愁善感,这一次的被捕,使他在长时期内失去了智力的和精神的常态。

　　我们这几个人都被逮捕,这情况使人推想到:警察在搜索秘密印刷所的时候,注意到了我们这个"有政治嫌疑的"家庭,因为我家所有的男子都是参加印刷工作的。他们猜想我们大概可以办到字模,所以能够领导秘密印刷所的业务。这种臆测在警察局看来是充分有理的,其实这完全是幻想。

## 18　在斯巴斯警察分局

　　我被关在三层楼上的牢房里,这牢房的窗子是开向院子的。从这窗子里可以望见居民住址查询股的墙壁和查询股主任的寓所的后楼梯。我爬上靠窗的桌子,稍微费点力,还可以望见院子的一部分和大门,有轨马车叮叮当当地从大门口经过。

　　就在这天早晨,我听见隔壁突然发出一种剧烈的叫声,其中夹着

---

　　〔1〕　亚历山大·卡齐米罗维奇·屠采维奇。

歇斯底里的号啕声;过了一会儿,两个狱卒拖着一个挣扎而号哭着的人经过我的牢房门口。这当然给了我一个很强烈的印象。此后就肃静无声了。过了一会儿,另一面的隔壁房间里传来轻轻的敲击声。我知道囚犯们是用这方法来交谈的,就用心倾听。这好像电报机的频繁的敲打声。我不懂得字母的暗号,一点也听不出来。于是我只得按照字母顺序敲出了我的姓氏,即从第一个字母敲起,敲到所需要的字母上停止。我的邻人知道我是没有经验的,迁就了我的办法,我们就开始了费力的谈话,谈了很久,谈不出什么结果来。敲打声不知怎的常常混乱而失却连贯,有时被急躁的乱敲声打断了,有时又变成了用拳头乱打。我完全摸不清头脑了。后来有一次终于被我听出:我的邻人的姓是柯罗连科。我高兴极了,连忙用心地敲出:"你是伊拉利昂[1]吗?"然而他的回答出乎我意料之外:"我名叫德米特利。"结果弄得我茫然不知所措,我就干脆地断定:他们派一个密探住在我的隔壁,这密探袭用了我弟弟的姓氏,然而不知道他的名字。这样看来,我须得提高警惕,然而我还是不停止敲打。

后来我终于懂得了字母的暗号:我的邻人拿一样东西不断地在墙上用力划,划几条垂直线和几条水平线。我留心计数:垂直线每次划六条,水平线每次划七条。我懂得了:这就是说,必须划许多格子,在每一个格子里放一个字母。结果,似乎就在第二天上,我改用了新方法来敲打;字母一共是二十八个,先敲第几行,再敲这一行里的第几个字母。例如:先敲一下,再敲三下,就是 B;先敲两下,再敲五下,就是 K;余例推。这样,

---

〔1〕 作者的弟弟的名字。——译者注

我才知道我的邻人不是姓柯罗连科,而是姓维诺格拉陀夫[1]。但是他起初企图自称柯罗连科,这一点还是使我觉得非常可疑,直到后来方才弄清楚了:原来敲打声是从两个地方传来的,我和我的贴邻通话的时候,常常有一种不大清楚的敲打声混进来,仿佛是从下面来的,这声音有时变成了一阵发狂似的乱敲。

过了一会儿,维诺格拉陀夫对我说:

"想法子同你的兄弟讲讲定吧,否则他要用脚跟把墙壁踢倒了。"

事情终于弄清楚了:原来这个敲打的人的确是我家的人,不过不是弟弟伊拉利昂,而是哥哥尤里安,我还没有知道他也被逮捕了。他被关在二楼的牢房里,就在维诺格拉陀夫的下面;我们的通话杂乱无章,弄得他实在忍耐不住了。他是一个性子急躁而不耐烦的人,要教他学会新的敲法,竟完全不可能。况且,他在墙上猛烈地敲打,被警察分局长注意到了,他就受到警告,说要把他关进禁闭室里去。以后我就无法再恢复和他之间的联系了。另一面隔壁的牢房里的病人已经被带走,房间空着了,因此我只剩维诺格拉陀夫一个人可以通话了。

这种隔墙通话的办法使人发生一种特殊的感觉:看不见对话的人,听不见他的话声,甚至也不像信里一般可以看见他的笔迹。像打电报一样,只有用敲打声来构成对话,此外全靠用想象来补充。渐渐地我也学会了捉摸敲打者的一些心情状态;虚幻的想象力就试图捏造出一个形象来:这形象一定是可亲的,对于我们的同受监禁和可想而知的志同道合一定满怀着共感。

---

〔1〕 德米特利·德米特列维奇·维诺格拉陀夫(生于一八六一年)是彼得堡工艺专科学校的学生。一八七九年一月被捕,他的罪状是参加彼得堡民粹派小组,并在沙乌工厂的工人中间进行宣传工作。

"你平常做些什么?"有一次我的邻人问我。

这时候我已经得到了书籍,我严格地安排我一天的生活:早茶以前在牢房里踱步,然后认真地看两小时书,接着又踱步,然后和维诺格拉陀夫通话;吃过午饭之后我容许自己躺着看一会儿书,但是以半小时或一小时为限,然后起身,再坐在桌子旁边看书。……曾经有几个老经验的人告诉我,说在单人牢房里最糟糕的是放荡不羁,老是躺在床里,不管束自己,失却生活规律。我把这话对维诺格拉陀夫讲了,说得更正确些,敲给他听了,他敲过来的回答是:"你真幸福。我早就放荡不羁了。……我老是睡觉,很少读书,唯一的消遣是站在窗口看。你听见手风琴的声音吗?这是副警察分局长的儿子在演奏。……这是一个好孩子,他是特地为我演奏的。……请你向窗外望望。……"

我打开了我房间里的通风窗,向发出琴声的方面望望,看见对面楼下——大概是副警察分局长家的厨房里——有一个年约八岁的男孩子在拉手风琴,从开着的通风窗里可以望见他的可爱的脸。他奏出的声音幽静而亲切;他仰着脸,一双天真烂漫的滚圆的眼睛带着同情眺望着维诺格拉陀夫的窗子。

后来大概有一个人来赶走了这个男孩子,维诺格拉陀夫就问我:"喂,你看怎么样? 简直是一个小天使,对不对? 你有没有钱币?"

我身上正好有几个零钱,那是发下来的伙食费,我没有用掉,因为小妹妹和朋友们给我送饭来的。维诺格拉陀夫就教我把一个钱币带到某地方,并且告诉我在那里怎样安放它。等我放好了以后,他就也到那地方去,取了这钱币,准备把它交送给"小天使"。

他想出了一套办法来交送这钱币。他希望我能够看见交送的经过情形。为此,他从窗子的铁丝网上折下一段铁丝来,把一头弯成一个圈圈,再从公家供给的褥子里抽出一根很长的线来,把钱币缚在线上。我们三个人就一同望着这在空中摇荡的钱币——维诺格拉陀夫从他自己的窗子里望,我从隔壁的窗子里望,男孩子则从下面仰望。不幸而还有第四个眺望者,就是停在近处屋顶上的一只麻雀。维诺格拉陀夫刚刚放下线去,那只狡猾的麻雀就飞过来,啄走了这挂着钱币的线,躲到屋顶上去了。我的墙上响出一阵激烈的敲打声:"你看见了吗?你看见了吗?……"维诺格拉陀夫失望极了。

总之,这扇窗子似乎是他的欢乐和悲哀的唯一源泉。他常常打信号给我,叫我"向窗外看"。有一次我接到了信号,向窗外一望,看见对面楼梯的平台上有一个很可爱的、体态丰满的青年女子,大概是厨娘或是女仆。她站在窗口,向我的邻人送秋波,飞吻。这种情况每天在一定的时刻出现好几次。维诺格拉陀夫就坦率地告诉我,说他爱上了她,并且是互相倾心的。这样一来,冗长的拘禁日子在他看来当然大大地缩短了。但是,呜呼哀哉!这柏拉图式的爱情结束得很可悲。要获得女人的忠诚,是多么困难啊!……有一次,我又接到一个信号:"向窗外看。"我看到了一种使我的邻人大为震惊的情景:有一个消防队员公然地拥抱着维诺格拉陀夫的情人。墙上响出敲打声:"你看见了吗?这是故意的啊!唉,这种女人!……"我敲了几句诙谐的慰藉话给他。我的邻人听了这些话也表示诙谐的态度,但是……显然很懊丧。

## 19　比特米特的事。卡奇卡·普拉斯科薇雅的案件

在我们这排牢房里,维诺格拉陀夫隔壁的房间里住着一个人,这个

人我有点认识,格利果列夫和他很熟悉。格列勃·伊凡诺维奇[1]有一篇小说叫做《三封信》。其中叙述着一个青年人的事迹。这青年人到一个由于骄奢而衰败了的贵族家庭里去当教师。他抱定目的要把这人家的纨袴子弟教养成为诚实的工人;为了这目的,他竟同他们的母亲——一个寡妇——结了婚。据说这里所描写的就是比特米特[2]的事,这人原籍英国,但是早就居住在俄罗斯,甚至参加了民粹运动。他的两个学生(姓卡奇卡)现在已经长成青年人,给人很好的印象。他们两人都是优秀的钳工,曾经帮助我弟弟开办他的钳工场。

　　他们还有一个妹妹,叫做普拉斯科薇雅,这人在此后不久获得了很大的名声。她身上显然反映着颓废腐化的贵族家庭的一切劣点。这女郎身材不很高,白面碧眼,略带波纹的淡金色头发散乱地披在肩膀上。有许多人认为她很美丽,然而我不喜欢她那暗淡而不很清爽的脸色和有时仿佛熄灭了的目光。除此以外,我又觉得她的相貌中头颅骨的轮廓太显著,使人感到仿佛是一个无生物。这个奇怪的女郎有时也到我家来玩,她很少说话,只是偶而乐愿地唱唱歌。她唱的歌也很奇怪。她特别喜欢唱当时十分流行的浪漫曲"我们不在教堂里结婚"[3]。这歌曲带有热狂的气息,里面所讲的是"半夜替我们主持婚礼",这时候"百年橡树醉倒了"。热狂的浪漫曲要用有力的嗓子来唱,然而普拉斯科薇雅的嗓子很微弱,这嗓子同她的相貌一样,使人发生一种奇怪、神秘而煽惑的印

---

　　[1]　格列勃·伊凡诺维奇姓乌斯宾斯基。
　　[2]　尼古拉·叶果罗维奇·比特米特(1842—1886)是大不列颠人。一八七六年曾经受审,其罪状是参加"莫斯科及沃洛格达街反政府宣传协会"。于一八七九年一月十六日在彼得堡被捕,被驱逐出境,不许再到俄罗斯来。
　　[3]　"我们不在教堂里结婚"是浪漫曲《婚礼》(1843)的第一句。这浪漫曲由蒂莫菲耶夫(1812—1883)作词,达尔戈梅斯基(1813—1869)作曲。

象。在我们被捕以前不久,比特米特也被捕了,这女郎就到莫斯科去了。

有一天早晨,维诺格拉陀夫把比特米特的话转敲给我,说我如果要送字条给家里,他有机会可以给我转送去。接着我被叫到办公室去会客了。

"有一件新闻你知道吗?"小妹妹会见我的时候对我说,"普拉斯科薇雅在莫斯科谋杀了她的未婚夫拜拉舍夫斯基。所有的报纸都登载着这消息。……"

我立刻想到:比特米特一定不知道普拉斯科薇雅已经到莫斯科去,他大概要写字条给她,这字条看来一定会落入当局的手里。这一点必须警告他。我和妹妹匆匆会面之后,就回到自己的牢房里,开始考虑。这时候维诺格拉陀夫不知怎的不在隔壁房间里。他大概去洗澡了,但我不能等待他。我就敲敲门。

我们这排牢房由两个狱卒轮流看守。其中一个是芬兰人,身材矮胖,样子很讨厌,他的姓氏似乎是彼尔江年。他是一个死要钱的人,有一次他劝我写一个字条给我哥哥,说他会替我送去。我问他为什么这样热心,他毫不隐讳地说:

"你会给我二十个戈比,你哥哥也会给我二十个戈比。我彼尔江年就有进账了。"

因此这时候我起了一个念头:如果我给他二十戈比,他会放我到比特米特的牢房里去。但是给我开门的是和彼尔江年轮班的另一个狱卒,这个人外貌虽然很严肃,却和蔼可亲。我没有办法,就跨出门槛去,本来只能向右转,我却迅速地向左转,奔向比特米特的房间方面去。这狱卒气力很大,他抓住了我的肩膀,把我推回牢房里去。我拼命反抗,但是只能把一只脚留在门槛和门之间,这样就使得他不能关门。他用力把门推过来压我的脚,压得我轻轻地叫了一声。他脸上惊惶地表出同情之色。这使我发生了一线希望。

"怎么,痛吗?"他尽量压低了声音问我。

"痛得很,"我回答,"可是我决不让你关门。我要跟我的朋友说两句话。"

"这是不可以的。"他坚决地回答。

我看看他的脸,说:

"请你听我说,我看你是个好人,你可知道,我有要紧的事啊!……你可以压碎我的脚,但是我决不让你关门。"于是我又冲向走廊去。

这个狱卒的严肃的脸柔和起来了。

"请你也听我说,先生,"他说,"我不能放你到这方面去,因为这边有扶梯。千万不可,要是他们看见了,尤其是彼尔江年,……那时我就完了。还是让我把你的朋友带到你这里来吧。就算他是上厕所去,你不要关门,我呢,好吧,我就到那边去看守扶梯。"

"你不骗我吗?"

"老天爷在上!……"

他的确没有骗我:过了一会儿,比特米特跑进我的牢房里来了。必须抓紧时间,我就不加准备地把那个重要消息告诉了他:

"普拉斯科薇雅在莫斯科谋杀了她的未婚夫,现在已经被逮捕了。你决不可以写字条给她。"

比特米特听到这意外的消息,竟吓得摇晃了一下。

"什么未婚夫?"他说,"她根本没有未婚夫。"

这时候那个狱卒惊慌地跑过来。

"有人走上扶梯来了,"他惶恐地说,"你们不要害了我!……"

　　比特米特只得走了出去,狱卒就把我的牢房的门关好了。刚才这些事情使我心中大为不安,我设想可怜的比特米特,不知他现在心情怎么样了。

　　我要提前说明一下:普拉斯科薇雅的案件是当时的 causes célèbres[1]之一。当时已经大名鼎鼎的普列瓦科替她做辩护人。事情安排得很动人。普拉斯科薇雅穿着重孝出席在法庭上,说了一大篇感伤的话;有些人赞许她的话,另一些人对她的话发生反感。她说她非常爱他。他曾经向她起誓,但是违背了誓约。她不能饶恕他这一点,不能把他让给别的女人。她现在经常被一种幻象所缠绕,她看见一个盖着白雪的坟墓,旁边站着一个穿重孝的悲哀的女人。……躺在坟墓里的是他,站在坟墓旁边哭得泪人儿似的是她。还有许多类乎此的话。我觉得普拉斯科薇雅这番阴险而感伤的话,同她那相貌年轻而头颅轮廓显著的颜面以及她那晦涩而异常煽惑人心的嗓子所给我的印象相融合了。谋杀的时候,在场的人们之中有几个是我很熟悉的,据他们说,这番经过情形完全是虚构的:拜拉舍夫斯基根本不是普拉斯科薇雅的未婚夫,而且,似乎连她的性情也完全不熟悉。普拉斯科薇雅这天晚上同往常一样沉默寡言,而且同往常一样唱"我们不在教堂里结婚"。后来她走近这个青年人,突然向他的太阳穴里打了一枪。

　　普拉斯科薇雅被判无罪。一八八五年春天,在下诺夫戈罗德的"3.B. K."轮船公司码头上,我和亚·伊凡诺夫斯卡雅在许多旅客之中碰见了普拉斯科薇雅。她脸上擦粉搭胭脂,给人猥亵的印象,态度异常放肆。

　　"从那时候起,我的生活丰富而多样了,"她装腔作势地说,"我从胜

_____

　〔1〕 法语:有名案件。——原注

利走向胜利。……"

亚·伊凡诺夫斯卡雅冷淡地跟她道别。

## 20　沙皇亚历山大二世和狱卒彼尔江年

自从这一次我和比特米特的事情发生之后,那个高个子的狱卒就完全眷恋着我了,这是我们对亲近的人效劳的时候所常有的情形。他值班的时候,常常走到我的牢房门口来,把门开开,我们就低声地谈话,谈得很长久。他告诉我还有哪些人被拘留在斯巴斯警察分局里,又告诉我关于他的同僚——别的狱卒——和首长的情形。

他说,二楼的牢房里有一个青年贵公子,是特任文官的儿子,姓陀罗欣科,这人神经错乱了,一直做祷告,并且骂沙皇。我听了他的话方才想起,有时的确有很响的叫声从二楼的某牢房里传到我这里来。他又说,局长杰尼秀克这个人还不错,但是脾气很暴躁。这间牢房里以前关着一个工人,叫做伊凡奈年,他对这局长说了些无礼的话。局长就命令两个狱卒拉住了他的手,亲自打他的嘴巴。后来革命党人送一封信给他,上面盖着一个图章:一个骷髅和两把斧头。现在他胆小得要命,对犯人温和些了。他又讲到狱卒彼尔江年,说他最喜欢告发同僚;譬如我们现在在这里谈天,假使被他看见了,他立刻会去告发。现在楼下的牢房里除了政治犯之外又关着一个狱卒,要关一个星期,就是为了彼尔江年的告发。他说这真是个害人精。……

他每次讲到最后总是说:这里的差使很不好,是作孽的,他不久就要辞掉不干。

不久,我和局长杰尼秀克之间就发生了一次小小的冲突。有一次,他走进我的牢房里来,正好我站在桌子上向窗外眺望。我一看见他进来,就从桌子上爬下来。

"我早就对你说过,不许向窗外眺望,……"他很严厉地说,"你想进禁闭室吗?"

"禁闭室里有通风窗吗?"我泰然地问。

"有的,……那又怎么样呢?"他疑惑地问。

"好,那么我到了那边也要向窗外眺望。"

他使劲地挥一挥手。

"嗯,我知道,……你们这些革命党人,即使千刀万剐,即使赴汤蹈火,也不在乎。……你们是亡命之徒,什么都不怕的。……你们一味跟首长们为难。你们关怀人民的幸福,我却关怀自己的家庭。我有六个孩子。……你替我想想:我生了这一大群,是不是应该养活他们?"

他的严厉的语调突然变成了哭诉的口气,他开始诉说自己的命运,说有人要陷害他:对面是居民住址查询股,那里的主任企图抢占他的位置,……常常告发他。……

我冷笑一下,就向他断言,说我对他毫无敌意,我只是要呼吸些新鲜空气,并且望望大门外面的花园街的一角。我不能答应他以后不再做这件事,可是我眺望的时候,一定竭力不让居民住址查询股的人看见我。我们就这样地妥协了。他这次突然来到我的牢房里,看来是由于彼尔江年告发了之故。

我在斯巴斯警察分局单独监禁的生活行将结束了。现在我还要略微谈谈住在这分局里的自由人和不自由人。有一次我在办公室里写信,有一个大官员模样的、仪表优雅而身材高大的老人来看杰尼秀克。他们坐在一张圆桌子旁边低声地谈话,然而我还是可以听到谈话的断片。这人原来是特任文官陀罗欣科,就是那个"神经错乱"的青年的父亲。这老人是西南某省的省长或是省税务局的主任。现在这个内地的权贵正在胁肩谄笑地同彼得堡的警察分局长谈话。

"您自己也是做父亲的,一定懂得做父亲的心。……多么伤心啊!……"

"请您放心,……他决不会感到缺乏什么,"杰尼秀克安慰他,"为了有病,自己出钱买些酒喝也可以。……"

"唔,酒倒不大需要。……您知道,要节约些。我不止他一个儿子呀。"杰尼秀克同情地点点头,分别的时候恭敬地同这"特任文官"握手。

我和陀罗欣科的儿子以后还要见面,暂时不表;现在还要谈谈狱卒彼尔江年。在他的命运中有一个短时期内发生了一次意外的、几近于荒诞的转变:他从斯巴斯警察分局的狱卒变成了一个……政治流放犯。事情的经过是这样:在我被释放之后,格利果列夫也被关在这上层楼的牢房里了,他是在我们被捕之后不久被捕的。彼尔江年表示愿意为他效劳,替他传递他和外人的通信;他就不断地同我的母亲和两个妹妹通信。这期间,犯人们从斯巴斯警察分局里托他送出去的字条之中,有几张被第三厅里的人知道了。极少有人怀疑到这事是专门告密的彼尔江年做的。然而有一次,他们还是决定也要搜查搜查他。别的狱卒痛恨他的告密,所以搜查得很热心,终于找到了格利果列夫写给我母亲的一个字条,这是巧妙地缝在衬衣的补丁里的。字条里毫无犯禁的话,然而彼尔江年还是被逮捕,"奉圣旨"被流放到东西伯利亚。

　　过了多年之后,有一次列塞维奇[1]当我面前叙述他放逐西伯利亚时所得的观感。列塞维奇是一个口才极好的人。在谈话之中,他很幽默地讲到和他同一批放逐出去的一个奇特人物。这是一个普通的芬兰人,是为了某事件奉圣旨放逐出去的,最初上路的时候,他很消沉,一直不愿意接近他的同行的伴侣;但是后来习惯了,他觉得很高兴,因为"高贵的先生们"都平等对待他,而且他所得的伙食费也和他们一样。在沿伏尔加河和卡马河开向彼尔姆去的驳船中,他很开心;而在从彼尔姆到秋明一路上的宿泊处,他已经完全走入常轨,常常第一个跑去占据板床上最好的铺位,第一个拿了碗去进餐。而且有一件事他觉得很骄傲,那就是:他是"沙皇亚历山大亲自下令"放逐的,他以为现在沙皇单单只想到他和他的流放。有一次吃过晚餐之后,他坐在板床上,把两只短小的腿挂在空中摇摆,同时由于精神饱满,自言自语地讲了一大串话,说沙皇现在一定以为他已经完了,已经没有生路了。

　　"亚历山大,亚历山大!"最后他在众人的笑声中这样说。

　　"你以为彼尔江年在哭了,在悲伤了。亚历山大,你是傻瓜。彼尔江年在笑呀!……"

　　列塞维奇一时想不起这个"政治犯"的姓氏了,但是我在他开始叙述的时候,就知道这是我认识的那个狱卒,就叫道:

　　"这是彼尔江年!……"[2]

　　关于他以后的命运,我完全不知道了。

---

　　[1]　符拉季米尔·维克托罗维奇·列塞维奇(1837—1905)是一个实证论哲学家,后来是阿威纳留斯的继承者,和民粹主义者有联系。一八七九年,为了秘密印刷所案被捕,流放到东西伯利亚。一八八二年回到俄罗斯的欧洲部分,住在波尔塔瓦省。

　　[2]　但是现在我不能保证这姓氏是正确的。——原注

## 21　唯一的一次审讯。警察分局长杰尼秀克的预感

我被捕后不久,就写申请书给检察官,要求审讯和释放[1]。有一个时期音信全无。申请书是通过杰尼秀克递上去的,这时候他耸耸肩膀对我说:"这是徒劳无益的。不止你一个人,……大家都是这样逮捕来的,都监禁着没有审讯过。"

然而过了两三天,我被叫到办公室里去了。一个宪兵军官在那里等候我,他声称他是来审讯的。经过了开始审讯时例有的手续之后,他拿出一个小小的长方形的信封来,信封上面用拙劣的笔迹写着:"本市陛下内廷所属第三厅宪兵首长德连津将军收。"

"你承认这是你的笔迹吗?"军官问我。

在开始审讯的时候,我对于那些例有的问话已经作了书面答复,所以这时候我不回答他的问话,而要求他对一对笔迹。笔迹一点也不像。

我原来希望他给我解释逮捕的理由,但是现在他没有解释,却给我看这样一个莫名其妙的信封,我觉得很失望。我就十分愤慨而苦恼地说出了这意思,使得军官有些狼狈。他在皮包里翻了一会儿,拿出一张公文来。这是几个鉴定人把这信封上的笔迹同从我那里搜出的一封信上的笔迹核对过之后所作的结论。其中说:鉴定委员会系由办公室文牍员若干人及书法教师若干人组成。此等书法专家认为信封上之笔迹系故意歪曲,然而其中某某字母之笔划以及整封信之

───────────

〔1〕　柯罗连科的申请书(不是写给检察官的,是写给宪兵首长的)上签的日期是一八七九年三月二十一十四日。

格调,均"足以证明信封上之地址"与由我签字之"致委员会信确系出
自同一手笔"。

我猜想这些书法家一定是想用他们的鉴别来讨好上司,就对军
官说:

"你们有没有试把别人的信来请另一班书法专家核对笔迹呢?"

我的猜想显然是对的,因为这军官脸上表出异样的笑容,审讯就此
结束了。他不能说明逮捕的理由,以满足我的要求。我记得这军官的姓
氏是诺仁。他似乎有些狼狈,立刻离去了,我也就回到了我的单人牢
房里。

墙上当然立刻就响出敲打声,因为维诺格拉陀夫很关心我受审讯的
结果。我把答话敲给他之后,他又敲过来:

"这样看来,德连津一定是收到了革命委员会的恐吓信,他们怀疑这
信封是你写的。"

我觉得这话很有理。德连津是代替梅旬采夫当宪兵首长的。他的
接任引起了许多议论和许多期望,所根据的理由之一是这样:德连津是
一个作战的将军,一向与警察职务毫无关系。在吉尔斯[1]所发行的
《俄罗斯真理报》——带有民主色彩的青年自由主义者的机关报——上
出现了吉尔斯所写的一篇向德连津呼吁的杂文。作者在这篇文章中所
指出的,正是德连津在过去没有接受警察传统这一点,因此希望他能够
给这个不受大众爱戴的机构的活动定下新的方向。这篇书简式的文章
大致这样地结束:"正直而忠诚的战士,请您走上新的道路吧。社会上

---

〔1〕　德米特利·康斯坦汀诺维奇·吉尔斯(1836—1886)是作家;曾在一八七八至一
八八〇年间发行《俄罗斯真理报》,用"陀勃罗-格拉果"这笔名在这报上写杂文。

的人对于当局同青年们的斗争感到厌倦了,现在对于您怀着很大的期望。"

　　社会上的人纷纷谈论着这篇文章。无论这篇文章写得多么程式化,多么有"拜占庭风",但是单凭它称第三厅为极其不受大众爱戴的机构这一点,它在当时已经可算是一篇大胆的文章了。大家都等待着,看政府怎样回答这位政论家的这番话。我记得最初几天毫无反响地过去了。检查机关仿佛给难住了,弄得犹豫不决。但是过了几天反响来了:报社受到了惩罚。然而对方自然也会反攻。

　　就在三月十三日或十四日那天,午餐之后,维诺格拉陀夫兴奋地敲打我的墙壁。他刚刚出去会了客回来,这时候告诉我一个惊人的消息:宪兵首长德连津将军被刺了。正当德连津坐着四轮马车在街上走的时候,一个骑马的青年人赶上了他,向他开了两三枪,就逃走了。这件事发生在青天白日之下行人拥挤的街路上,全城的人都纷纷谈论这件事,惊叹这个不知名的骑手的勇敢。

　　这样看来,我们的推测是对的。德连津显然收到了警告信,但是他没有预料到对方会采取这样大胆的方式。此外,我又想到,在这次行刺事件中,一定也有一份嫌疑加到我身上。

　　以后,不管我怎样固执地要求,一次审讯也不举行。在那时候,——但在过了很久、情况变更之后还是这样,——照我们俄罗斯习惯看来,这是过分的奢望。

　　有一天早晨,那个高个子的狱卒预先通知我,叫我收拾一下,因为我在斯巴斯警察分局的拘禁今天结束。此后几小时我在不耐烦的焦灼中过去。我竟敢说,这等候自由的几小时抵得上好几天的监禁。终于院子里开进一辆马车来,他们叫我到办公室里去,把我原有的物件和钱还给了我,我就坐上马车。杰尼秀克和我坐在一起。他一路上不绝地叹气。我问他我们现在到什么地方去。他不回答,却更深地叹了一口气。

"你究竟为什么叹气呢?"我问,"叹气的似乎应该是我,而不是你。"

"天下的事情难说,"他忧愁地说,"今天我押送你,可是过了一个月,也许要你来押送我呢!……"

我禁不住笑起来。据说土耳其人有一种共同的民族预感,认为他们总有一天要被逐出欧洲。我们以前的政体也不免有这种普遍的预感。后来我有好几次回想起杰尼秀克这句忧愁的话:"现在我们押送你们,以后你们押送我们。……"

这时候马车一直向前行驶,穿过封坦卡河,绕过了大剧院。我这才猜测到:向前右转弯,开过桥,就是立陶宛要塞。大门开开了。刹那间在我眼前闪过母亲的悲哀的脸,她显然是不知怎的打听到了我们移转的消息,所以来到这里。过了半个钟头,我换上了背上有 Л. T. З.〔1〕三个字母的囚衣,走进立陶宛要塞的嘈杂拥挤的牢房走廊里去了。

## 22　在立陶宛要塞中

在政治犯牢房的走廊的入口处,有一个不相识的人看见了我就高兴地叫起来:

"第三个也来了! 欢迎欢迎。你的哥哥和弟弟在等候你呢。"

果然,哥哥和弟弟立刻就来和我拥抱了,接着我又认识了其余的人。

--------

〔1〕 是立陶宛监狱的意思。——译者注

过了一会儿,他们把我们分别带进牢房里。有一个牢房里已经关着我的哥哥和弟弟,有一张空床是预备着给我用的。除了我们三人之外,这房间里还住着一个年纪已经不轻的人,外貌好像是个六十年代俄罗斯社会活动家,一头长长的灰色鬈发披向后面,相貌聪明,带着讥讽的笑容。短短的囚衣和灰色的裤子穿在他身上,样子似乎特别优雅,仿佛是特地为他缝的。我走进去的时候,他从床上站起身来,用力地和我握手,说:

"我叫格利鲍耶陀夫[1]……这位是,"他指着坐在他旁边的一个高个子青年,说,"崔布尔斯基,又叫做'娃娃'。他是为了外貌可疑而被捕的。"

我不由得笑起来,因为这个青年人的外貌是最不可能引起怀疑的。他年纪很轻,略微长些髭须,面颊上泛着柔和的红晕,长着稚气的汗毛,还有一双天真烂漫的突出的蓝眼睛。

不久我就得悉了他的来历。原来崔布尔斯基全然不知道他是为什么被捕的。那一天中午十二点钟光景,他走过夏园旁边,有一个不相识的人走近他来,请他到链桥旁边的一所房子里去,就在那里把他搜查了一下,然后解送到立陶宛要塞。这位青年被弄得莫名其妙,他赌咒说他今年才从内地出来,进了某高等学校,根本不知道什么叫做革命,他所交往的只是自己的同乡人。然而……他的头发很长,又因为是近视眼,所以戴眼镜。有一次,格利鲍耶陀夫躺在床上,望着正在牢房里走来走去的崔布尔斯基,突然问他:

---

〔1〕　尼古拉·阿列克塞耶维奇·格利鲍耶陀夫(1842—1901)在七十年代初是民粹派的"柴科夫斯基小组"的组员。曾经参加营救车尔尼雪夫斯基出狱的设计,为此而到西伯利亚去。又曾帮助日·亚·洛帕金越狱。

"告诉我,崔布尔斯基！你被捕以前有没有戴过呢绒披肩?"

"戴过的。"崔布尔斯基回答。

"有没有穿过长统靴?"

"长统靴也穿过的。"

"这就对啦——,"格利鲍耶陀夫喷出一缕烟气,拖长了声音说,"呢绒披肩,……长统靴,……长头发,……眼镜,……显而易见:你是为了外貌可疑而被捕的。……大概那时候沙皇正在夏园里散步。……"

牢房里的人大家哈哈大笑,认为这样的推想是不可靠之极的。崔布尔斯基完全是个小孩子。我们这排牢房里有一个狱卒,是一个喜欢唠叨,然而很慈善的老人,他严格地监护崔布尔斯基,他认为自己有责任像乳母对婴孩一般照管他。

"别的人由他们去吧,"他说,"他们显然是管教不好的了。……可是你,崔布尔斯基,还是个娃娃。你母亲为了你,恐怕正在哭呢。……穿上吧,穿上这件囚衣吧,别不听话。今天虽然有太阳,可是很冷,你出去散步会伤风的。"

此后大家就称崔布尔斯基为"娃娃"。可是格利鲍耶陀夫所猜想的情形还是对的。过了几天,崔布尔斯基的父亲来了,他似乎是科文省的一个地主,他到第三厅里去打听儿子被捕的原因,那里的人安慰他,一个老年官员翻查了卷宗之后,对他说:

"真是极小的事情,……你放心吧！……"

这个地主大发脾气,说:

"怎么叫做极小的事情? 我的妻子刚刚生产,听到了这消息几乎吓死了。……我丢开了她这病人,奔到彼得堡来。……你倒说是极小的事情！……"

"这是由于小小的误会,"那个官员温和地说,"你要知道,现在是非常时期,还来不及进行调查。你知道:你儿子的被捕是为了……外貌可疑。"

崔布尔斯基在他父亲来到后几天,果然被释放了,他在监狱里一共住了两个月光景。怒气冲冲的父亲立刻把他从彼得堡带走了。

但是我所讲的是后来的情形。现在我要回过去列叙立陶宛要塞中其他的犯人和他们的有趣的被捕情由。住在我们这牢房里的,还有一个一年级大学生,他的姓氏,如果我不记错的话,是雅基莫夫。他的父亲是彼得堡交易所的监理,这是一个思想保守而脾气非常严厉的人。他的儿子曾经对格利鲍耶陀夫自白,说他很怕父亲。

"你不是说过,你完全没有犯过失吗?……"听他讲的人安慰他。

"父亲不会相信的,"这个青年悲哀地说,"照父亲的意思他们不会无端地逮捕人。他说过:'既然被捕,一定是犯了事。我老实对你说:如果你被捕,我要痛打你一顿。……'"

"等到你被释放了,也许他要为了欢喜而打你吧?"格利鲍耶陀夫冷笑着说。

"也许是的。"这青年悲哀地表示同意。

这时候,即在德连津被刺之后,官方颁布了一个指令,说因为叛乱活动太猖狂,必须采取紧急措施,所以号召警察局进行搜查和逮捕,"不拘可疑分子的身分地位如何"。

于是,有一天早上,五号牢房的囚犯们刚刚喝过早茶之后,牢房的门开开了,门里出现一个体格结实的穿囚衣的中年绅士。这个中年绅士犹豫不决地站定在门槛上了,这时候青年雅基莫夫发出一个悲惨的叫声:

"爸——爸!……"

　　这人的确是彼得堡交易所的监理;他们逮捕他,是为了表示现在他们不拘身分和地位了。在这次父子相会之后,牢房里有几分钟肃静无声。父亲和儿子默默无言地互相望着,格利鲍耶陀夫则衔着那支永不离嘴的纸烟,喷着烟气,躺在床上用明慧而讥讽的眼光望着他们两人。

　　"爸爸,"终于儿子先开口了,"您可记得,您对我说过:既然被捕,一定是犯了事!……"

　　"这,这,……现在我才知道。"监理阴沉地回答,可是残酷无情的格利鲍耶陀夫还要说:

　　"你的爸爸好像还跟你说过些什么话吧?……"

　　"是的,爸爸,……您还说过:应该挨打。"

　　"不许你说话!……"可怜的监理突然迸出这样一句话来。

　　父亲被监禁得的确不很长久,后来我就只看见儿子一个人在牢房里了。但是在父亲被捕的"误会"弄清楚以前的几天之内,格利鲍耶陀夫(他在红十字会里也占有很重要的地位)着着实实地折磨了他一番。每当牢房的门上锁以后,他总是躺在自己的床上,抽着纸烟,开始质问他:

　　"喂,怎么样,(他叫一声他的名字。)好好儿想一想:一定是犯了什么事吧?……我们两个人,'不拘身分和地位',都不妨来挨几下,……就像谢德林小说里那个四等文官一样。……"

　　这时候的确是告发、通缉、搜查、逮捕和流放盛行的时期。专制政体大肆猖獗,整个俄罗斯社会就"不拘身分和地位",都被宣判为叛逆的,全无法律保障了。彼得堡所有的警察分局里都关满了像我们兄弟三人那样的罪犯,而立陶宛要塞中其他犯人的被捕情由几乎都是同崔布尔斯基或雅基莫夫的事件相类似的。在这里我还遇见了许多姓戈尔东和姓凯朗斯基的人,这群人好比一大束花。他们在被捕之前大都是彼此完全不相识的。他们中间的主要人物,犹如所谓百花之王,是一个在犹太慈善协会里当秘书的戈尔东。他初进牢房的几天内,他的两个孩子——似乎是一个男孩子和一个很小的女孩子——也和他关在一起(我进来的时候这两个孩子已经不在了)。

　　不久我就弄清楚了这件事。彼得堡的人有一时纷纷谈论着,说参加所谓奇吉陵事件〔1〕的两个人之中有一个人要逃到外国去了,这人不是杰奇,就是斯捷芳诺维奇。我甚至听说:这人为了这件事,曾经想去请教格列鲍夫,格列鲍夫已经表示同意收些报酬,用自己的名义来领取出国护照。这时候我们已经在怀疑格列鲍夫的行径,所以连忙去警告那个办护照的人(记得这人的姓氏是瑞特科夫)。后来他们就向另一方面去张罗了。有一个姓戈尔东的人也同意收些报酬,替他们领取护照。护照领到了,交付了,于是斯捷芳诺维奇(或杰奇)就平安无事地出国去了。为了要使戈尔东避免可能负担的责任,就登了一个关于遗失出国护照的启事。这件事本来可以平安无事地过去,岂知这时候他们耍了一个花样。这启事里说:倘有拾得护照者,请送交某街某号门牌凯朗斯基收。但是这地址完全是虚构的,而且凯朗斯基的名字也是捏造的,因为登启事的人知道决不会有人找到

---

　　〔1〕 指一八七七年民粹派分子雅·斯捷芳诺维奇、列·杰奇和伊·鲍哈诺夫斯基三人企图号召基辅省奇吉陵县农民武装起义的事件。由于一个农民的告密,这组织被揭发了。许多农民被捕,后来斯捷芳诺维奇、杰奇和鲍哈诺夫斯基也被捕。一八七八年五月二十七日夜里,他们靠米·费·弗罗连科的帮助从基辅的监狱里逃了出来;弗罗连科为了帮助他们越狱而特地去当监狱官的。

护照。警察局不知怎的注意到了这启事。也许是格列鲍夫把别人托他办出国护照的事告诉了警察局。警察局按照地址去找寻凯朗斯基,但是找不到;于是不假思索地下一个命令,逮捕彼得堡所有姓戈尔东和姓凯朗斯基的人。警察局派人埋伏在被逮捕了的人家里,守候了三天。这期间,犹太慈善协会正在照例发奖学金给音乐学院学生。奖学金是在协会秘书戈尔东家里发的;在逮捕这一天,所有来领奖学金的人也都被逮捕了,被解送到这立陶宛要塞里来。他们的家里也被派人看守,株连的人越来越多了。……

总之,这种由于警察蛮不讲理而产生的偶然的牺牲者,我在立陶宛要塞里看到的有好几十个。有一个七十岁的德籍老人,特别使我怜悯而感动。他是为了同另一个被捕者相认识这罪行而被逮捕的。真有趣,这另一个被捕者就是……他的亲生儿子,是当调音师的,同父亲分居。他常常去探望父亲,有一个可疑分子则常常来探望他。这情况被警察局探查出了,于是这老人就和儿子一同被捕。

这儿子似乎也是不参加任何集团的,然而多少还能猜测到被捕的原因。至于那个白发苍苍的老人呢,人家问他为什么被捕的时候,他用那双像鸟眼一样浑圆的天真的蓝眼睛向他们看看,回答说:

"我一点也不知道。半夜里他们进来,把所有的房间都搜查,连阁楼里也搜到。……他们把所有的文件都翻过,就抓住了我,把我送进监狱里。……另外我就一点也不知道了。"

当时被捕的人之中,十个里有九个可以用这几句话来说明自己被捕的情况。例如有一群"跳舞者",在某晚会上全部被抓了去。警察局怀疑他们是为了某种革命目的而跳舞的。这是一群愉快活泼的青年;他们被捕之后,即使在散步的时候也还是双双对对、跳跳蹦蹦的。

当时被关在立陶宛要塞里的人们之中,我还要提到一个人,这人叫做恰鲁希尼科夫[1],后来是一个有名的出版者;另外还有一个是西玛诺夫斯基[2]教授,就是现在有名的眼科医生。最有趣的恐怕要算这种情况,即:官方对于这一大群被捕者,并不仔细加以调查,就干脆地按行政命令把他们放逐到各城市去。虽然事情很明显,譬如同出国护照的案件有关的,只是一个戈尔东和一个凯朗斯基,然而所有姓戈尔东和姓凯朗斯基的人都被驱逐出彼得堡,分别流放到各处去。犹太慈善协会的秘书被放逐到奥洛涅茨省,如果我不记错的话,地点是普多日。

我们三人之中,只有哥哥一人避免了这命运,而且其方法是简单得妙不可言的:他的女房东向官方声明,说他是她的未婚夫,不久就要同她结婚的。官方说:"哦,既然是你的未婚夫,那么你就把他领回去吧。"

于是哥哥就被释放了。

至于我们两个人,无论别人怎样来替我们说情,都没有用。我已经说过,我们被捕后不久,格利果列夫也被捕了,此外还有波波娃两姐妹、

〔1〕　亚历山大·彼得罗维奇·恰鲁希尼科夫(1853—1913)是格拉佐夫地方一个商人的儿子。一八七九年在彼得堡当店员。同年四月,为了保存《土地与自由》报而被捕。八月,被流放到故乡维亚特卡省,受警察监视。他住在维亚特卡省的格拉佐夫地方的时候,同柯罗连科保持亲密的友谊。一八八〇年一月,格拉佐夫的县警察局长写信给省长说:"柯罗连科这个富有文学才能而根深蒂固地具有反政府思想的人,同恰鲁希尼科夫十分亲近,常常接连几夜到他那里去谈天,而且显然是在用自己的思想去煽惑刚刚开始叛逆行为的恰鲁希尼科夫。柯罗连科常常在谈话之后给人留下一种狡诈的温情;这种温情仅仅在他单独的流放生活中是看不出来的,但是当他同和他相类似的流放犯交往的时候,就显示出来,并且对于每一个同他短短相处的人都发生隐晦而狡狯的危害。"一八七九年十二月,恰鲁希尼科夫被转解到维亚特卡省的乌尔茹姆地方,又在那里过了两年左右的流放生活。一八八二年十一月被释放后,来到莫斯科。后来成了一个有名的出版者。
〔2〕　尼古拉·彼得罗维奇·西玛诺夫斯基(生于一八五四年)不是眼科医生,而是耳鼻喉专科医生。

我的朋友矿山学院学生玛米科年,以及其他我们所熟悉的几个人。他们的被捕是为了同我们相识,关于这一点,当局对格利果列夫曾经老实地说明。有一个有地位的人(似乎是前面讲起过的我的堂叔叶甫格拉夫·玛克西莫维奇·柯罗连科)到市政府里去探问关于我们的情况,那里的人干脆地回答他说:

"啊呀,单是相识就够了啊!同这个家庭相识的人全都坐在监狱里呢。"

这是事实,要否认当然是不可能的。

格列鲍夫当然已经离开我哥哥的寓所。然而另外来了一个苦命人,也很穷困,是搞文艺的,叫做李诺夫斯基[1]。哥哥暂时收容他,似乎约定直到他领得公民证为止。这时候他在替一些"政治上无问题的刊物"写稿,甚至也替公民写稿,并且在这刊物上同一个自由主义小品文作家(加玛[2])展开激烈的论战。但是他有两点致命伤:外貌阴郁,笔迹异常潦草。官方搜查的时候,在他那里搜出一篇刚开始写的稿子,这篇稿子上的字迹难以辨认,而且他们也没有空去辨认。于是李诺夫斯基被流放到了普多日;他从那里回来之后,就决计不再替公民写稿了。

还有一个被捕的人,我记得特别清楚,那是音乐学院的一个学生。他也是领奖学金的人,就是发奖学金那天在犹太慈善协会秘书家里被捕的。他是一个青年人,外貌生动,有艺术家风度。有一次他坐在我们的

---

〔1〕 尼古拉·奥西波维奇·李诺夫斯基(一八四四年生)根据彼得堡总督的指令,于一八七九年被流放到奥洛涅茨省,罪名是"结交自由印刷所的主要工作人员及刊物散播者"。后来他做了小说家和政论家。他的笔名是特罗菲莫夫和普鲁然斯基。

〔2〕 加玛是政论家格利果利·康斯坦汀诺维奇·格立陀夫斯基(1842—1920)的笔名。

牢房里,闪耀着他那双充满热情之火的眼睛,对我们说:

"我不是革命工作者,我是艺术家。……我想,凡是政府,当然是反对革命的。我在这以前一直是站在政府方面的。……给我最严格的惩罚也不要紧,把我流放出去服苦役刑也不要紧,甚至把我处死刑也不要紧,可是必须经过审判,必须有充分的法律保障。……而像现在这样……是不行的。现在我听说政府人员被刺,第一个感到高兴,因为他们本身就是反社会的极大的罪犯。"

我记不起他的姓氏,也不知道他后来情况如何。但是直到现在,我还仿佛听到他的有力的声音,记得他那双燃烧着怒火的眼睛。那时候连社会上对政治漠不关心的那班人也普遍地怀着这种心情。而大炮打麻雀的作风越来越甚了。于是在统治者的头上,在沙皇本人的头上,翱翔着的凶鸟就越来越多了。

四月二日索洛维约夫[1]行刺的时候,我们还关在立陶宛要塞里。这印象当然很强烈,然而可以说,恐怕只有在民间,这印象才是完整的。社会上的人对以前的"沙皇救星"的同情,早已由于他的公然赞同残暴反动而丧失了。

在囚犯之间,据我们所能见到的,对这件事的印象很淡然,加之有一个小小的、幽默的偶然事件,给这印象蒙上了一层特殊色彩。关于行刺这件事,我们是在散步的时候从那些刑事犯的口中听到的。为了避免"有害的影响",我们通常是在一个四方的小院子里散步的,这小院子用

---

〔1〕 亚历山大·康斯坦汀诺维奇·索洛维约夫(1846—1879)在大学法律系读到二年级就离校,六十年代末和七十年代初在普斯科夫省的托罗彼次地方当县学校教师。一八七四年离去教职"到民间去"。一八七九年四月二日在宫殿广场向亚历山大二世开了三枪,但是没有打中。最高刑事法庭判他死罪,于一八七九年五月二十八日执行绞刑。

高高的栅栏来同公共的院子隔开。刑事犯们常常走近这栅栏来,匆匆地告诉我们一些当天的突出的新闻。这一天,他们正好到监狱教堂里去做了谢恩祈祷出来。据他们说,在祈祷式中,监狱神甫演说的时候,发生了一件不快的事情。他走上说教台去解释谢恩祈祷的意义的时候,预先准备好了悲壮的态度,然后用昂奋而响亮的声音说:

"亲爱的弟兄们！又发生了对凶暴的陛下的一个神圣的行刺事件。"

这时候,监狱管理人员方面有人连忙大声咳嗽,打断他这番动人的演说,演说者发觉了错误,要再恢复原来的语调,就很困难了。

在五月初晴朗的一天,我们走廊里望得见的院子的一角里出现了二辆马车。政治犯监狱里的人就骚动起来,大家猜想:是来载某某犯人的吧？……过了几分钟,有人来叫我和弟弟出去了。我们的准备很匆促,然而我们出发时的排场很体面:每辆马车由六个宪兵护送,两个坐在车子里,三个骑着马跟在车子两旁和后面,第六个坐在驾车台上。这简直是一支队伍,引起了过路人的惊慌不安。当我们从海洋街转弯,来到劝业场对面涅瓦大街最宽阔的一段路上的时候,修马路的工人们看见了我们的车子,迅速地跳起身来,避到一旁,脱下了帽子,划起十字来。

记得这情景使我很感动。我记起了杰尼秀克和他的忧伤的叹息。是啊,我们什么时候回到这里来,在怎样的情况之下回来呢？……我当时觉得这一天为期不远了。我们回来的时候,当然已经换了环境,是回到俄罗斯的自由首都来了。

我一到车站,就看见身材高高的副市长富尔索夫。他显然是在等候我们,看见我们来了,就用一种阴阳怪气的、不知为什么怀有敌意的眼光目送我们过去。那边,在月台上,站着我的泪痕满面的母亲和两个妹妹。

押送的人只准许我们和她们拥抱一下,又让她们给我们一些钱,然后火车一声长啸,彼得堡上空的一团烟雾立刻就从地平线上消失了[1]。

---

[1]　作家柯罗连科和他的弟弟于一一八七九年五月十三日被放逐到维亚特卡省格拉佐夫地方。在彼得堡市长致维亚特卡省省长的解送公文(五月十日,第六一五四号)里说:"沙皇陛下内廷所属第三厅查核贵族伊拉利昂·柯罗连科及符拉季米尔·柯罗连科之现有资料,断定诸罪犯中此二人具有确实之罪状,因彼等勾结首要革命分子,并参与自由印刷所革命刊物之印行及散播工作。唯虽经详细调查彼等之行状而发此重要指令,但根据上诉之法律材料,不能将彼等交法庭审判,抑且不能向彼等查究其主要同谋者,因彼等行动机警,已将罪证尽行销毁。第三厅鉴于上述情由,将柯氏兄弟交由本人处理,并附加声明,除上述主要罪行外,对彼等尚有下列之指示:彼等曾图谋刺杀一秘密间谍;然其阴谋未得遂行,因该间谍及时获得情报,幸免于难。圣彼得堡临时总督根据此项呈报,按御赐职权判决如下:'将柯氏兄弟放逐维亚特卡省,受警察监视。'"(一八七九年维亚特卡省省长办公厅公文第五四九号第一、二页。)(以上所引证的,根据一九二四年《维亚特卡生活》杂志第一期所载。)

# 第五章　漂泊的流放生活

## 1　到格拉佐夫去的途中

　　从斯巴斯警察分局的单人牢房和立陶宛要塞里出来，我觉得一路上一切都很新奇，一切都给我鲜明深刻的印象[1]。在这里，我不打算详述一切情况，只想谈谈其中某几件事。

　　我们路过莫斯科的时候，我又被带到我和格利果列夫、韦尔涅尔三

-------

　　〔1〕　柯罗连科把他在流放途中所感受的印象记载在他当时的笔记本中（见一九三三年高尔基城边区出版社出版的《一八七九年柯罗连科笔记本》），又叙述在两封信中：一八七九年五月十八日从科斯特罗马城发的家信和五月三十一日从维亚特卡城寄给格利果列夫的信。他对格利果列夫说："你知道，我离开彼得堡而作这次被动的旅行，竟像过节日那么愉快。各个地方、各种景色和印象不绝地交替更换。我认识了许多新地方和新人物，虽然都是表面的认识。在寂寥的监狱生活之后看到这一切，真像过节日那么愉快。……有时我的心情竟过分快乐，不像是在流放中；于是心中起了反作用，希望早些到达一个小县城而安居下来，面临着可能不很亲切然而明晰真确的现实。啊，我希望早些到达，早些到达。我对于这一年抱着很大的希望。唉，既然生不逢辰，事与愿违，那么只有逆来顺受，而顺受的当然就是离开彼得堡，离开校对工作，等等。你可记得，我曾经渴望夏季放行；现在我虽然在缧绁之中，然而总是在旅行了。"

人初次被监禁的巴斯曼警察分局里〔1〕。不过这回他们没有把我关到地下室里去,而把我关在二层楼上朝院子开窗的一间牢房里。以前那个老狱卒已经不在了,但是那地方的风气还是照旧:牢房和走廊到处都是破破烂烂的,墙上和壁炉上被那些临时住户密密地写满了字。看守犯人的是一种特殊的警察,当时似乎只有莫斯科才有这种警察,号称"火枪兵"。这称号大概是从他们所用的装燧石的旧式"火枪"来的。这些人大部分是残废者;与其叫他们看守犯人,还不如叫他们去看守城郊卫戍部队的菜园子来得更合适些。我隐约地记得,在我来到之前,似乎有两三个"红心王子"〔2〕当着这些勇敢的火枪兵面前从这警察分局里逃走了。我认识的那个狱卒就是为此而被撤职的。我在我那本小册子上描绘了这些火枪兵的特殊的姿态〔3〕。

　　我在立陶宛要塞里最后一次同母亲和两位妹妹会面的时候,她们告诉我,说大妹夫有不久被释放的希望。我和弟弟听了这消息很高兴,因为这样一来,我们家里总算有了一个赚钱的人。但是,真糟糕,当我仔细地察看自己牢房里的壁上文献的时候,我看到了一行写得不久的题词:"尼古拉·洛希卡辽夫于某年某月某日从彼得堡经过此地。"这样看来,昨天这牢房里还住着我的一个亲近的人。希望已经成了泡影,我家一个赚钱的人都没有了;大妹妹不久以前又生了一个孩子,她的大孩子还只是一个小姑娘。我们一向认为自己人的格利果列夫被逮捕了。我们离

---

　　〔1〕　这里柯罗连科记错了。据上述的一八七九年的笔记本里说,他在莫斯科的时候,不是被送进巴斯曼警察分局,而是被送进罗果查警察分局。他第二次进巴斯曼警察分局是后来的事,是一八八〇年二月他在维亚特卡省白桦屯被捕以后的事。他从那里被解送到维什尼伏洛乔克的流刑监狱中,在那里等候发配东西伯利亚。

　　〔2〕　一个拐骗集团里的人员;参加这集团的,大都是特权阶级人物。

　　〔3〕　这些画和柯罗连科其他的旅行写生一起登载在上述的一八七九年笔记本中。

开立陶宛要塞的时候,哥哥还关在那里(他是此后约两星期才被释放的)。

我们的家庭面临着危机,然而我并不失望,因为最近几年来,我们这一伙人互相团结,大家生活在特殊的友爱气氛中。况且那时候广大的知识分子都关心被捕者的家庭。我们被捕之后,同我家亲近的人渐渐多起来了,邦凯耶夫也是其中的一人。他是当时很奇特的一个青年:他的父亲是一个百万富翁,拥有德聂伯河上卡霍夫卡的地方;但他拒绝了父亲的资助,以教课为生。他同格利果列夫做了好朋友,又通过了他同我们的家庭亲近起来,在我家困难的日子里,他常常表示热烈而友爱的同情。因此,虽然洛希卡辽夫被放逐的消息使得我大为忧伤,并且深切地关念到我家将来的生计,然而在我和弟弟定居下来以前,我把所有这些忧患和操心都搁在一旁了。

第二天,我们离开了莫斯科,被解送到雅罗斯拉夫尔去。

我们来到那里的时候是早晨,宪兵们把我们直接从火车站送到码头上,我觉得很高兴。伏尔加河又展开在我面前了。我在第一次被放逐的时候已经看见过这条河,而且,读者大概记得,我还坐了救生艇渡过去。然而那时候这条河几乎完全被冰封住,对我的想象似乎完全没有什么表示。现在,在这春光明媚的日子里,它显示出一种特殊的生气。轮船在河面上开行,驳船顺流而下,附近的码头工人唱着卸货歌,载着纤夫和女工的大划船从我们旁边顺流驶过。他们也在准备唱起一首歌来,我希望听到他们唱出这样的歌词:

我们不是强盗,不是小偷,

我们是斯捷邦·拉辛[1]的工友……

在这春光明媚的早晨,我全部身心沉浸在伏尔加河的浪漫情调的特殊感觉中了。我看到伏尔加河,就想起涅克拉索夫和俄罗斯民众运动的历史传说,想起斯捷邦·拉辛和普加乔夫[2],想起伏尔加河上的流民和列宾所画的纤夫,——我曾经怀着很大的兴趣用墨色从版画中把这些纤夫临摹下来,挂在彼得堡寓所中我的房间的墙上。

必须指出,这种伏尔加好汉的浪漫情调,当时不仅在急进青年之间广泛流传。在我们这些小组的晚会上,当时也十分热烈地唱着伏尔加歌曲《伏尔加上有巉岩》。这歌曲中叙述着:斯捷邦·拉辛怎样在伏尔加河边的巉岩上过夜,考虑他的关于人民解放的"伟大志望",第二天早晨就决定赴莫斯科。……斯捷邦已经死了,然而他把他的志望遗留给了这巉岩,而这巉岩巨人正准备把斯捷邦所想的一切转交给一个不可知的新英雄。我们的确很喜欢歌唱或听赏这首勇壮的歌曲,然而……真奇怪,这歌曲是一个叫做纳甫罗茨基的助理检察官作的,这人靠政治案件中的起诉词获得前程,是一个不很著名的杂志《俄罗斯语》的编者之一,这首歌

----

〔1〕 斯捷邦·拉辛是一六六七至一六七一年间反对封建农奴制压迫的农民战争的优秀领导者,曾经率领农民攻占城市,后被沙皇军队击败,于一六七一年六月六日在莫斯科被处死刑。——译者注

〔2〕 普加乔夫这个人常常使柯罗连科感到很大的兴趣,他的形象长久地支配着这位作家的想象。我们知道,柯罗连科曾经计划把普加乔夫起义时代的事写成一篇历史小说,并且曾经为此而下了很大的准备工夫(见俄文本《柯罗连科全集》第三卷为小说《美术家阿勒莫夫》所作的注解)。柯罗连科为这部计划中的作品所写的断片、纲要,以及他在乌拉尔笔记本中所作的关于普加乔夫到过的地方的旅行笔记和速写图,一部分发表在一九三五年国家文学出版社出版的他的《一八八〇至一九〇〇年笔记本》中。又请参看俄文版《柯罗连科全集》第八卷中他所写的论文《乌拉尔的普加乔夫传说》,以及一九三二年世界出版社出版的《书简选集》第一卷。

就是在这杂志上初次发表的。

我们从雅罗斯拉夫尔趁轮船到科斯特罗马。这样做是违反宪兵部指令的,所以那个宪兵头目要求我们不要把这件事泄露出去。我们答应了,但是作为交换条件,我也就拿出我的笔记本来,开始自由地记录我的印象。在宪兵方面,这样做可以节省许多旅费;在我方面,也可以有一会儿自由。

当柔和可亲的夜幕降落的时候,我们舍舟登陆,在码头上坐了两部马车,开向科斯特罗马的省长公署去了。他们把我们带到前室里,叫我们在这里等候省长大人。从这前室的窗子里,可以望见树木繁茂、景色优美的花园里的一条宽阔的林荫道,我看见林荫道上有两个上了年纪的男子。夕阳还斜照在林荫道上,这两位先生悠闲地而且显然幻想地谈论着一件事,有时站定了,仰起头来望望飘浮在青天上的白云,然后又慢慢地顺着林荫道走去。这两个人都是知识分子模样,态度闲雅,不知怎的使我想起屠格涅夫作品中的人物。

有一个穿着钉铜钮扣的长礼服的勤务员跑到他们面前,说了些话,大概是关于我们的。其中身材较高大的一个人点点头,他们两人又向林荫道的远处走去,显然是不愿意立刻打断这有趣的谈话,扰乱幻想的心情。

然而过了一刻钟,通过花园的门打开了,两位先生走进前室来。宪兵都立正,宪兵头目把公文呈上。我在心中称他为拉夫列茨基(《贵族之家》中的人物)的那位先生,漫不经心地接了公文,漫不经心地看了一遍,带着冷淡无聊的表情说:

"好吧,……把他们带到监狱里去。……"

"省长先生,"我开始发表意见,"您要把我们送进监狱……我可否请问,根据什么法律?"

我在心中称他为米哈莱维奇[1]的那个身材较矮的人,好奇地看看我,然后又看看省长。但省长耸一耸肩膀,回答我说:

"因为你们是按行政命令放逐的,根据这一点,你们应该住在监狱里,直到我们准备好必要的公文和前途的路费为止。……"

"那么我们为什么被放逐呢?惩罚不能没有罪名。"

省长大人的脸上还是显出那种威严而无聊的表情。

"按行政命令的放逐不是惩罚,"他说,"这只是一种预防的措施,是政府在非常时期为了维持社会安宁和方便而不得不采取的。……也许竟是为了你们的方便而采取的。"他补说了最后一句,就微微地弯一弯腰,走进内室去了。

伊拉利昂·加拉克齐昂诺
维奇·柯罗连科
符·加·柯罗连科作于一八七九年

科斯特罗马监狱里的牢房
符·加·柯罗连科作
于一八七九年五月二十二日

---

[1]　也是《贵族之家》中的人物。——译者注

我所称为米哈莱维奇的那个人好奇地看看我,又看看他的朋友。我觉得他的目光里闪露着微笑。

过了一刻钟,宪兵们拿到了公文,我们六个人就步行穿过整个城市,到监狱里去。这又是为了"节省"。我们照理可以要求趁马车,然而夕阳无限好,我们也就不反对步行,这样可以缩短在监狱里度过的夜晚。

在监狱里,他们分配给我们一间很大的空房间;不知什么缘故,我们在这里被拘留了两星期以上。这次担搁的原因我不知道。也许是因为那个好幻想的省长过分忙于同他的朋友作有趣的谈话之故。这一次又被我带了铅笔和册子进来,我就记录我的印象,描绘窗外的景物,还在前景上画了监狱的围墙的顶,上面有两只鸽子在那里接吻。但是我的可怜的弟弟寂寞得发慌,后来我们就设法把面包揉软,做成一个球,把它从牢房的一端到那端抛来抛去。当监狱看守人和哨兵长来叫我们的时候,我们两人正坐在地上抛球。我们走到办公室里,看见另外几个宪兵在那里等我们。

他们押送我们向东北方进行,起初走的是两旁种着小白桦的宽广的大道,后来路面狭窄起来,两旁夹着墙壁一般的树林。我们的车子在一个村子的驿站上停下来的时候,我看见驿站的窗框子上有许多题词:"某人经过此地。"我在这些姓氏之中发现了一个相识的人:穆拉希金采娃。这是一个青年女子,曾经在涅瓦大街和沙区二路之间的穿堂院子里同我们做邻居。我想:"这样看来,那只猩猩和面颊上扎绷带的人所监视的隔壁人家,也已经被摧毁了。"

替我们驾车的雇佣马车夫不断地调换,这些马车夫告诉我们关于上一天他们在这维亚特大道上载送的一群青年男女的情形。他们谈得最多的,是关于克拉芙季雅·穆拉希金采娃的事,据说她的嗓子很好,天天唱歌。

"唱得真美,简直跟夜莺一样,……"那些马车夫这样赞美她。

天气好极了,正是过节的时候(降灵日和圣灵降临祭),我们所经过的村子,都有人在那里跳轮舞,唱歌。早晨我们在一个村子里停车,走下来喝茶的时候,一大群跳轮舞的人走到驿站的屋子旁边来,开始在我们的窗子面前唱歌。当我们走出去坐马车的时候,农人们包围了驿站的台阶,同我们交谈起来。我和弟弟面貌相像,而且服装也一样。女人们用怜悯的声音说:"一看就知道是兄弟。"我们坐上了马车,每个人坐在两个宪兵之间,前面的车子开动了,这时候,我竟由于意外的欢乐而哆嗦了一下:我清楚地听见,有一个年纪已经不轻的高个子女人脸上带着怜惜的表情望着我们拖长了声调说:

"唉,亲爱的人,……要是我们有权柄的话……"

我不能完全肯定她所说的确实是这两句话。也许是我的想象力把欢乐的节日的一切印象搀入在她的话里了,因为这些日子对于从监狱里出来的我具有很大的魔力。总而言之,这是无疑的:所有充满节日气氛的村子,跳轮舞的青年人群,坐在土院墙上的老成的农夫和农妇,在迎送我们的时候目光中都没有敌意,却显露出惊异和同情。

在两三处地方,有老公公或老婆婆手里拿着杓子庄重地走到大路上来,劝我们喝些村酒。马车夫就勒住了马。

我们来到维亚特卡[1]的时候是早晨,他们又把我们送到省长那里。那时候的省长是特罗伊尼茨基,他就出来接见我们。这位先生身材不

---

〔1〕　即今基洛夫城。——译者注

高,脸色红润,有得意扬扬之色,这张脸嵌在深色的须发中间,好像一个假面具。我当然向他提出同样的质问——我们为什么被放逐;得到同样冷淡的回答:"政治嫌疑。"

"据我所知道,"我说,"法典里没有这样的罪名。罪名应该有确实的行为表现。"

假面具一动也不动。

"这是国家的机密。"他郑重其事地说,就命令把我们送进监狱里去。

我住在维亚特卡监狱里的时候,由一个很和善的老年监狱看守人管辖,受一个经常喝醉的狱卒的直接监视,这里的详细情形我不再记述了。监禁了几天之后,我们又由宪兵押送着乘驿马车上道,终于到达了维亚特卡省的格拉佐夫县城〔1〕。关于这县城和它当时的风习,我后来记述在《不像样的城市》这篇随笔〔2〕中。因此我现在只打算谈谈我们流放生活中当时由于审查关系而不能记述的一些情节。

## 2　在格拉佐夫时的生活。沙皇的天使卢卡·西道罗维奇

在县警察局里接见我们的是县警察局长卢卡·西道罗维奇。这是

---

〔1〕　柯罗连科和他的弟弟来到格拉佐夫是六月三日。在他到达后第二天所写的家信中,有这样的话:"我们终于拖着十分疲劳而湿透了的身子到达了格拉佐夫。这县城很小,似乎十分贫乏,不过这是无所谓的。我们从首都出来,总不见得又来到一个首都,况且我也讨厌都市了。老实说,我很想住在荒僻一点的地方。如果他们特别开恩,叫我留在维亚特卡,我实在不会怎么感恩。"

〔2〕　《不像样的城市》这篇随笔是一八八〇年在运囚犯的驳船里写作的,这时候作者正从托博尔斯克被押送到托姆斯克去(八月一日至九月)。这篇随笔于同年发表在《语言》杂志上。

一个瘦削的老人,头上完全光秃,下巴剃成尼古拉式,留着长长的灰色髭须。下垂的灰色眉毛底下的一双小眼睛,像两只小动物一般溜来溜去。他对我们提出几个问题,又说了些教训的话;我们从这些话里看出,他企图把我们保持在一种从属关系中。

那时候在格拉佐夫有五六个政治流放犯,是彼得堡的工人,为了罢工而被放逐出来的。其中年纪最大而比较严肃的一个,叫做斯托尔堡[1]。他是芬兰人,已经结过婚,以当机械技师为业。其余的是各家工厂里的青年钳工或旋工。

卢卡·西道罗维奇的威势立刻吓住了这班青年,他就用极严厉的手段对付他们。在他们来到后的第一个节日上,他派一个警察去传达命令,说大家必须到教堂里去。斯托尔堡因为是异教徒,可以避免这强制的服从;但对于其他的人,卢卡·西道罗维奇就严密地监视他们执行这命令,这些阅世不深的青年工人就顺从了。此外,卢卡·西道罗维奇又处处采用严格的从属制度,常常像父亲一般谴责他们的行为。

斯托尔堡企图用这批工人来办一个小小的钳工场,然而工具很少。弟弟随身带着些工具;过了不久,他们又把他工场里的全部工具从彼得堡送来了。他参加了这劳动互助组,不久,他自然就成了其中的杰出而

---

〔1〕　卡尔-奥古斯德·费陀罗维奇·斯托尔堡(生于一八五二年左右)是钳工。一八七七年末为"友谊会"("土地与自由社"里的人在彼得堡工人之间的宣传机构)的案件被逮捕,放逐到格拉佐夫。他的流放生活一直继续到一八八四年末或一八八五年初为止。柯罗连科初到格拉佐夫的三个月,住在斯托尔堡家里。

积极的一员。工作热烈地展开了[1]。每逢星期日,那些沃恰克人[2]从各村子里出来赶集,带来些猎枪、茶炊、锅子,托他们修理,焊接,装配扳机或枪托。我决心要学成我的靴工手艺,因此离开了朋友们,独自去住在一个所谓郊区工人村里,住在这里的差不多全是手工业者,其中大部分是靴匠。有一个叫做聂斯托尔·谢苗诺维奇的,是一个愉快而善良的人,他答应把他那并不繁难的技艺的秘诀传授给我[3],我就每天到他那里去学习六七小时。

―――――――――

〔1〕 柯罗连科在一八七九年九月十一日的家信中,叙述着他在格拉佐夫时的生活:"我刚刚下工回来。现在是晚上七点钟光景。……外面天已经黑了,我们的房间里灯光明亮,他们都在工作。我们这房间并不大,可是也不算小(同我们在涅瓦大街时的房间差不多大小);这房间的大部分被一只俄罗斯式的暖炉、一个工作台、一架旋床等物所占据了。我们没有床铺,四个人一同睡在搁板床上。我们刚刚从干草棚里迁居到这房间里来的时候,觉得气闷,睡在搁板床上总觉得不惯,现在已经无所谓,大家都习惯了。我刚才说过,朋友们都在工作台上工作。这时候胡椒儿(这是柯罗连科的弟弟在家里的绰号——俄文本编者注)不在这里,他去看朋友了;他在这里的时候,当然也参加工作。工作做得很勤劳,近来尤其热心;胡椒儿的成绩极好。在我们的工作同志之间,他虽然还不能算是通晓全部技能的人,然而不是一个劣等的工人,绝对不是。我在空闲的时候,有时也参加这些工作,我做旋工,用铁皮制造些东西,可是做得很少。不过现在我准备索性迁居到一个单独的屋子里去,制办些生产设备,我已经替自己做了一盏灯,还要制造几个放靴子上用的双帽钉的洋铁盒,打几把锉刀,再制办些别的东西。没有空闲的时间,因此也不觉得寂寞。

"现在,我正坐在桌子旁边写信。房间里锯子吱吱轧轧地响着,锤子敲打着,巨大的俄罗斯式暖炉里的火哔哔剥剥地爆响,但是这些并不妨碍我隐居在我的角落里,同你们——我的亲爱的人——谈话。总之,我现在极少感到有清静独处的必要,然而,正如前面对你们说过,我还是要迁居。问题只在于有没有适当的房间。

"……我想过经济方面完全独立的生活。如果我得到有供暖设备的房子,那很好;要是没有,我将自己生炉子,自己准备膳食等等。这里过种生活的人并不少,我很想试试看。"

〔2〕 苏联北部民族之一,乌德摩尔梯人的旧名称。——译者注

〔3〕 靴匠聂斯托尔·谢苗诺维奇的某些特征,后来被柯罗连科描写在《送神象》《天上的鸟》《出走!》这三篇小说中的靴匠安德烈·伊凡诺维奇的形象里。在随笔《不像样的城市》中也谈到过他。

起初卢卡·西道罗维奇很高兴。

"你们瞧,'我这些流放犯'真能干。"他骄傲地对居民们说,并且常常介绍顾客到工场里来。居民都乐愿接受局长的推荐。不久,这工场就变得像俱乐部一样,在锤子的敲打声和锉刀的吱喳声中,常常有人在那里问长问短,谈天说地。

可是过了不久,这种安逸的生活就被破坏了。自从我们来到之后,那些流放青年不再服从命令,开始忽视做礼拜,而且在听取卢卡·西道罗维奇的训话的时候,都嬉皮笑脸。

"你们记住,"卢卡·西道罗维奇带着极其严肃的态度开导他们,"天上有上帝,地上有沙皇;……上帝身边有天使,沙皇身边有警察局长。所以你们应该听我的话,……我不会教你们做坏事。"

在我们工人中有一个年轻小伙子叫做库兹明,是一个出色的善良青年,性情很愉快。我们来到之后,他最先挣脱卢卡·西道罗维奇的专横的掌握;这时候他听了这些话,突然嗤笑了一声。卢卡·西道罗维奇把这种不良影响完全归罪于我们的来到,特别是归罪于我。不久我和他之间就发生了直接的冲突,这些冲突,主要的又是为了所谓"合法"的问题。

我们的信件一向经过他的手:我们发出去的信,必须不封口交给他;人家寄给我们的信,由他拆看了交给我们。……有时妹妹或母亲寄来的信里,有几句句子底下被划上了粗线,卢卡·西道罗维奇无礼地要求我解释这些句子的意义。这时候他的问话往往愚蠢得可笑,然而可想而知,他这种无礼的态度使我多么愤怒。况且他是在自己家里把信件交给我的。就在第一次,他要我在厨房里等候他拿信出来,我就向他声明,说我情愿在警察局里收发我的信件,说着就走了。卢卡·西道罗维奇的一双小眼睛在他的下垂的灰色眉毛底下乱转了一会儿,从此我们之间就暗中发生了斗争。

我在前面已经说过:我离开了朋友们,迁居到了郊区工人村里[1]。每逢星期日,村子里全都要狂饮一番,一直继续到星期一,有时养成了酒癖。我自己既不请人喝酒,也不受人款待,因此我的新朋友都见怪我。为了要建立另一种交情,我从彼得堡订购了三十来种廉价的书籍来。那时候民众读物还没有受到特殊检查,凡是通得过一般检查的民众读物,都可以出版。在我所订购的书籍中,有谢德林的《一个庄稼汉怎样养活两个大官》、莱蒙托夫的《商人卡拉希尼科夫的故事》,以及屠格涅夫和普希金的几本小册子。附着通知单的信我早就收到了,但是那包书被卢卡·西道罗维奇扣留起来。他好几次约期把书交给我,然而每次到期,总说还没有看完。于是我就彬彬有礼地向他声明,说这回由我来指定一个最后日期,过期不交,我要对他提出控诉。

卢卡·西道罗维奇气极了。

"我哪里有时间来看这种废物,……"他愤怒地说。

---

[1] 柯罗连科曾经在一八七九年九月的家信里说起他在郊区工人村里的单独住所:"就在这个村子里,离开从前的住处不远的地方,我找到了一个小房间。我很喜欢这个房间,但这当然绝对不能同你们彼得堡的租屋相比拟。我房间里的墙壁是用圆木造成的,没有粉刷,不很雅观。房间中央蹲着一只俄罗斯式的大暖炉,门口甚至筑着一个鸡埘。你们瞧,我有全套的设备,的确是全套的。我有自己的壶瓶、碗盏,甚至炉叉。我的柴是自己去买来,自己劈的,我自己生炉子,还要自己做菜,虽然不是经常做的。妈妈,我恐怕您从自己的观点看了我这境况,竟会哭出来,说:'他弄到这般光景!'其实我的光景很好,如果您从我的观点来看,那么您会同我一样感到很满意。而且我还可以训练自己过有规律的生活。"

我又彬彬有礼地对他鞠一个躬,就在这一天把致省长的控诉书[1]交给他,要他转交。我在控诉书里请求省长允许我的来往信件免受县警察局长检查,因为他曾经对我声明,说他没有工夫来看这种废物。我在这控诉书里说:"莱蒙托夫和普希金、屠格涅夫和谢德林的作品,究竟坏到什么程度,以致被称为废物,这问题姑且撇开不谈。我认为,即使按行政命令而论,我也不是完全没有法律保障的;因此,既然我的来往信件必须烦劳一个人来查阅,那么我就有权利要求更郑重地处理这件事。"

老实说,我现在觉得这文件里不免滥用了讽刺式的辞藻。当我把这文件交给卢卡·西道罗维奇的时候,我想起了农林学院的院长柯罗廖夫:卢卡·西道罗维奇的秃头上同他一样泛起了一片界限分明的红晕,似乎有中风的危险,他那双拿着文件的手剧烈地颤抖。我知道我和这个"沙皇的天使"已经结下不共戴天之仇了。然而这毫不使我恐慌。

这已经是我对维亚特卡省当局的第二次控诉了。第一次我是向内务部长控诉[2]省长的批决,因为我请求流放犯每月应得的补助金,而省长的批决是"可向家人支取"。我在写给部长马科夫的控诉书里说:我认为这答复是对我的地位的不可容忍的嘲笑。部长应该知道,我们的家庭没有经过审讯和侦查,没有任何犯罪的证据,却遭受破产了;我们家里工作的男子都被夺去了,在这情况之下,省长却叫我们向这个破产了的家

----

〔1〕 柯罗连科致维亚特卡省省长特罗伊尼茨基的控诉书全文和关于柯罗连科在维亚特卡省的流放的其他文件一同发表在《苦役和流放》杂志一九三三年第一期(总第九十八期)中。又转载在柯罗连科的《一八七九至一八八五年狱中及流放中书简》(国家图书联合出版局高尔基出版社一九三五年版)中。

〔2〕 从柯罗连科致维亚特卡省省长的报告[见《苦役和流放》杂志一九三三年第一期(总第九十八期)第七十一页]中,可以看出他致部长的这份控诉书(原稿今已散佚)上的日期是一八七九年七月三十日。

庭要求帮助。

这两次控诉都获得了成功：后来部长撤消了省长的批决，而省长也把县警察局长严厉申斥了一番。然而不久我就体会到：实际上站在法律之外的人要利用法律权利来提出控诉，结果是怎么一回事。

卢卡·西道罗维奇不久就懂得了，他保护"他的流放犯"的技艺是做错了。他以前思想很单纯，认为只要"他的流放犯"不喝醉，不闹事，而从事有益的劳动，那么警察局长一定会因此而获得褒奖。但是现在，马科夫部长在全俄罗斯颁布了一个当时很有名的通令，在这通令里粉碎了他这种谬见。部长这样解释：那些不喝醉、不闹事而表面上规规矩矩的政治流放犯，才真是危险分子，因为他们受到社会的同情，可以利用这一点来传播毒害思想。

卢卡·西道罗维奇恍然大悟。有一次他在赶集的日子到工场里来。工场里挤满了沃恰克人，他们是来拿以前委托修理的东西，或者另拿东西来托修的。这些纯朴的庄稼汉之中，有一个体面的、富裕的沃恰克人走近卢卡·西道罗维奇，对他说：

"沙皇办得不好，……为什么把好人赶出来？难道他不需要好人？坏人应该流放，可是好人不应该流放。……这些都是好人：会修枪，会修茶炊，会焊水桶，……而且不喝酒。……"

这时候我也在工场里，我记得卢卡·西道罗维奇脸上显出恐怖的表情。他理解了马科夫的通令。……"对啦，他这个'沙皇的天使'，做了叛乱的工具。"于是他就开始破坏他的错误所造成的结果，开导居民们，说流放犯是非常危险的人。但是已经迟了，因为工场已经远近驰名，成效卓著了。每逢赶集的日子，工场里一定挤满了庄稼汉；而市民们也已经不愿意同这些新相识者绝交了。比较胆大的人白天上门来，比较胆小的人在黑夜里偷偷地进来,而且要求我们把板窗关好。

　　这期间我完成了我的技艺学习,我那位善良的师父对我表示,说我现在已经学会了他所懂得的一切。因此我就替自己制备了一块"型板"和几副鞋楦头。……妹妹们早已把工具从彼得堡寄给我。于是我用包糖的白纸剪出一只靴子的形状来,贴在自己的窗子上了。首先,我替自己缝了一双长统靴,作为最有力的广告;这双长统靴立刻引起了郊区工人村里和城里的人的羡慕的眼光。

　　此后就开始有人来向我订货。我结识了许多顾客。他们常常向我借书去看,到我这里来玩,我有时也去访问他们之中的某些人。我们之间的关系大致搞得不坏,不过必须说明:在这个荒僻而衰落的"不像样的"县城里,完全没有革命宣传的基础。我们所给与居民们的,就是他们从对文化水平较高而比较不受当局拘束的人们的交往中所能取得的东西。有好几次,附近村子里的农民到我这里来,向我诉说他们的受迫害,我就乐愿地替他们写控诉书。这在当地的行政方面自然引起了惊恐。这比任何革命宣传更坏,于是我就以不守本分的危害分子闻名了,——关于这一点,是友爱的居民们根据官方的谈话而预先告诫我的。

　　早秋的某一天,原野上已经铺着很深的雪,但是湍急的契普察河里还滚滚地泛着黑油油的波浪,卢卡·西道罗维奇突然带着一个警察——似乎叫做谢苗诺夫——来看我。这时候我刚刚工作完毕,坐下来吃饭。我住的是一个小小的斗室,自己煮饭吃。我在窗口工作,不必走下凳子来,就可以向任何一个角落里拿到我所需要的东西,同时看管炉子。卢卡·西道罗维奇必须尽力弯下身子,才能走进门来。

　　"你在吃饭吗?"他问,那双狡猾的小眼睛东张西望地向我的陋室里打量了一番。

在这个明朗的早晨,新降的白雪的反光把我的斗室也照亮了,我的心情愉快而舒畅。因此我微笑着回答卢卡·西道罗维奇:

"是啊,卢卡·西道罗维奇,我在吃饭。……我想这件事总不会受责难的吧。警察局长们也是天天要做这件事的。"

我真奇怪,这老头儿竟生气了。

"比得不恰当,"他说,"完全不恰当。我补养我的体力,是为了替沙皇服务,可是你,……还不知道是为什么。……赶快吃吧,我等着你。"

他就坐在板凳上等我吃饭。

我吃好了饭,他向那个警察做个手势,过了一会儿,我的房间里就挤满了人。

"我奉省长命令,来搜查你的房间。"警察局长正式地说。

在半小时之内,我的斗室里肃静无声,只是那些做见证的善良的邻人之中,偶尔有人发出深深的叹息声来打破这岑寂。警察谢苗诺夫认真地翻查我的东西。终于,翻出了最后一条裤子的最后一只口袋,他说:"什么也没有,局长大人。"同时他向我看看,眼色中仿佛表示我应该永远感谢他,虽然我的裤子里和整个斗室中实际上的确没有什么违法的东西。

警察局长作了记录,交给喜色满面的见证人签字;见证人签过字都走出去了,警察局长就转向我。这时候他那双小眼睛欢喜而又狡猾地转动。

"你的工作完毕了吗?"我冷淡地问。

"没有全部完毕。这里还有省长的公文。"

公文里写着一个指令:晓谕前大学生某某,彼即将流放白桦屯居住。

老警察局长得意扬扬了〔1〕。我应该懂得:向省长控告警察局长,向部长控告省长,结果是怎么一回事。

## 3　到天涯海角去

这次我的准备又没有花多少时间。

我向朋友们道别,他们来给我送行,替我包扎工具和什物,不久我们全体登上渡船,渡过河去了。村里的熟人之中也有一些人亲切地来给我送行。有几个女人哭了,因为她们听说白桦屯是一个苦地方。租房间给我的女房东特别使我感动。她伤心地号哭,仿佛是哭一个亲生的儿子;她还靠着女人的特权,把当局抱怨了一番。……警察谢苗诺夫也装作一个好朋友来送我,但是显而易见,他把所看到的一切记在心里,好回去报告警察局长。我同弟弟和朋友们又作了几次热烈的拥抱,然后渡船载了他们回到县城方面去,而我们的橇车就驶进阴暗的林木中间,开向近处地平线上的郁郁苍苍的森林地带去了。

如果读者看一看维亚特卡省的详图,那么就可以看到:格拉佐夫县是这省份里最靠近北面的县城之一。从格拉佐夫向东北去的路线,穿过两条河——维亚特卡河和卡马河——的上游,就是两条河互相并行着直向北流的地方。卡马河在这里是维亚特卡省格拉佐夫县和彼尔姆省契

---

〔1〕　柯罗连科被放逐到白桦屯(一八七九年十月二十五日),是格拉佐夫县警察局长向维亚特卡省省长告密的结果。警察局长在告密书中请求把柯罗连科逐出县城,叫他住到县属的村镇里去,"以防其倔强狂妄之习性影响其他青年政治流放犯"。告密书全文发表在《苦役和流放》杂志一九三三年第一期(总第九十八期)中。警察局长的报告于十月十七日送达省长处,省长在这上面批示:"移解比塞罗沃乡。"

尔登县之间的界线。这正好是比拉和瑟索伊卡[1]的县份的边界,附近就是辽阔的比塞罗沃乡,这地方人烟稀少,处处是沼地和茂林。这乡的最靠东北面有一个小地方,就叫做白桦屯。从来没有一个省长到过这个乡,从来没有一个县警察局长到过白桦屯附近的阿法纳塞夫村;而在白桦屯本地,开天辟地以来连一个区警察所长都没有来过。白桦屯的居民从来不曾看见过比巡官更高的首长。几个月之后当我又回到维亚特卡的时候,省长办公厅里有两个官员特地到监狱里来看看我这个曾经到过白桦屯的人,并且探问我那地方的情形。

在我所遭逢的上述种种事件发生以前不久,这一角地方曾经在报刊上获得广泛的、虽然是短暂的声望。有一个叫做奥古斯托夫斯基的人,似乎是一个红心王子,起初按照法庭的判决被流放到格拉佐夫县,后来为了谋杀案又被从格拉佐夫放逐到白桦屯。他从那里逃出,来到彼得堡,去看他以前的情妇。这情妇这时候已经爱上了另外一个人,就向警察局告发她以前的这个情人。奥古斯托夫斯基为了报复她的变节,就用刀把她刺伤。他受到陪审法院的审判,关于审判的情况都发表在报纸上,据说他在法庭上有声有色地描写他在白桦屯时的苦难生活,竟使得陪审员们判他为无罪,而白桦屯一时就成了杂文的鲜明的题材。

我现在就是根据了省长特罗伊尼茨基的指令被放逐到这个令人注目的角落里去,这使得警察局长卢卡·西道罗维奇大为快意。在雪橇里,有一个穿着宽大的无面皮袄,戴着有红帽圈的帽子的人正襟危坐着。这人叫做"出席者",这称号显然是从动词"出席"来的。为了县警察局的

───────────

〔1〕 比拉和瑟索伊卡是列舍特尼科夫的著名小说《波德里波夫卡的人们》中的人物。这小说中描写着由于贫困无知而沉沦着的乡村居民的可怕的生活。

需要,附近沃恰克人的各个村子负担着一种特殊的徭役:选出几个庄稼汉来送到县城里去,这些庄稼汉"出席"在警察局的前室里,随时准备派遣出差。

在实际工作中形成了一个定规:这些出席者难得更换,因为警察局手下有几个用惯的人,觉得更加便利。在实际工作中又形成了一个定规:这些乡村里庄稼汉——大部分是沃恰克人——都戴了一个有红帽圈的帽子,就像别省里贵族先生们所戴的那样。这些出席者在城里是卑不足道的,但一到乡村里,立刻变成了重要人物。

这样的一个大人物,现在神气活现地翘起了鼻子,坐在我旁边。

事情已经过去多年,现在我对卢卡·西道罗维奇的恶感当然大大地减弱了。我甚至意识到:我对于这个狡猾然而愚蠢的忠仆应用一切讽刺的手段而控诉他侮蔑俄罗斯文学泰斗,也许是做得不正确的。但在那时候我心中沸腾着怨恨和愤怒。我觉得自己成了低级的复仇的牺牲品。橇车的滑木吱吱格格地响着;憔悴的林木从两旁闪过,奔向后方;太阳向雪地和树林后面沉下去,深蓝色的影子越来越长。我的心中也黑暗起来。我的面颊上还热辣辣地留着弟弟的温暖的吻,耳朵里还响着我的善良的女房东的号哭声,仿佛哭死人一般。想象不由地把我带回到了格拉佐夫。我想见房屋的窗子里不久就要点灯了。朋友们坐在茶炊面前,伤心地怀念着我。我的斗室的窗子里黑暗而又虚空。郊区工人村里的人歪说曲解地议论着我被放逐的原因。而在一条大街上,在一所高大的木造房屋的窗子里也点着灯;从附近的铺板道上可以望见一种安闲的光景:卢卡·西道罗维奇一家团圆地坐在茶炊面前。他很快意。……但是如果我现在跳出橇车,逃向树林里……

我的想象力活跃地进展着;而在这暮色沉沉的时候,在这阴暗的树林里,我虽然只是想象着,却体会到了恐吓主义复仇者的心情。

改套了马匹,我们再向前进的时候,天色已经完全黑了。在驿站的小屋里改套马匹的时候,我的同行者注意到了我那双新长统靴。他把这长统靴察看一番,抚摸一下,和他自己的比比看,最后向我提出:

"让我们交换了吧!"

我拒绝了。在这次停车后重新启程的时候,他忽然变得很健谈了。他絮絮叨叨地叙述他将要押送我去的那些地方。……他说那里的人很野蛮,都是强盗。……他们常常把流放犯淹死在卡马河里,没有一个人知道。……因为首长们都住得很远。又说他这个出席者可以替我说情,因为他们怕他,信任他。说过之后他又立刻厚颜无耻地老实说:

"交换长统靴吧!"

"去你的! 我不肯交换。……"

他生了气,默不作声了,然而并不长久。

过了一会儿,他又用那尖锐的声音说话了。

"喂,交换了吧! ……要贴还你多少钱?"

第二天晚上,我们离开维亚特卡河已经不远了。这回的马车夫很爱说话。他说他这些马是从养马场里买来的,车子开到某一个地方,他指点一下从我们这路上支分出去的一条路,这路是通向奥穆特宁养马场的。

"车子开到这地方,马一定要转弯。你只要稍微打个呵欠,尤其是打个瞌睡,它们就把车子拖到养马场去,哪怕离开得还很远。……"

在格拉佐夫的时候,我们有一个好朋友——是一个大幻想家——讲给我听,说在这养马场里住着彼得·伊凡诺维奇·涅伏林,这是一个流放犯,一个"不顾死活的革命者"。他不仅向养马场的工人和管理人员宣传,又向所有的居民宣传,这些居民现在只要他一句话,就什么都愿意做。后来我在下诺夫戈罗德认识了涅伏林,和他很相熟,那时候他在安年斯基那里当统计员。他原来是一个出色的人,一个优秀的统计员,然而完全脱离现实,不像一个革命工作者。但在那时候我相信这些传述,不由得想起:我也许能够设法到这个强有力的人那里去。

在暗夜里我们来到了维亚特卡河的峻峭的河岸上。对岸看不清楚,但可想见是一大片辽阔而黑暗的森林。下面的一个地方有流冰沙沙地响着,白色的冰块在黑暗的河面上隐约可见。

"啊哟糟糕!……"马车夫说,"渡船夫一定都走了。你看那屋子的窗子里灯光都没有。让我去找找看:下面有没有船?"

他站在悬崖上,用响亮而拖长的声音喊渡船夫;喊了一会儿之后,他的身体消失在悬崖底下了。他把马拴在突出的木架子上;我和出席者还是坐在橇车里。天气很冷,四周黑暗而沉闷。天上推移着无定形的大云块。从对岸东北方的树林里吹上潮湿的冷风来,时常有雪花飘过。我们等了很久。

终于下面有一个地方传来一声模糊的叫喊声。出席者抖嗦一下。

"有人在叫喊,……在对岸,……"他高兴地说着,就从橇车里跳出,用我所意想不到的敏捷动作从悬崖上往下跑,临走时只抓了我的枕垫去。

但在这以前他还对我说过一次:

"喂,交换长统靴好不好?交换吧!不会叫你吃亏的。……唔,那就听便吧。"

现在我只剩下一个人了。

我随身带着一只木箱,里面装着什物和制靴工具。我把这木箱从橇车里拿下来,突然我心里起了一个使我吃惊的念头。我现在只有一个人。这些马都认识到养马场去的路。养马场里住着能够掌握居民思想的强有力的涅伏林。如果现在我解下了车上的铃,拨转马头,往那里走,那么,……那么我的全部生涯也许会走上新的道路。……

我把我的木箱放在雪地上,坐在这上面了;然后,不知道有多少时光随着冷风和黑云在我头上飞驰而过。假使我服从了最初的动机,不知结果如何?我甚至不相信我会找到涅伏林。他当时的确住在某一个养马场里,但是我不能肯定就是这个养马场。此外我所想的完全是虚幻的。即使我找到了他,无疑地也只是徒然连累了他,又害了我自己。假使我天性生成是一个革命家,而不是一个爱好冥想的文艺工作者,那么我当然还是不会放过这机会,不管后果如何!

然而这种诱惑继续得并不长久。代之而起的是像天上模糊的云块一般的一连串新念头。首先是关于母亲的念头。她怎么经受得起这个新的打击?其次,我究竟是要逃避什么?是要逃避这些树林和树林里的人呢,还是要逃避横在我脚底下河岸那面的无边无际的民间生活底层呢?然而我所企望的岂不正是到民间去吗?我岂不是希望摆脱了当局而隐秘地沉浸在民间生活的渊海中吗?现在,当局自己给了我机会,叫我和这些人民群众朝夕共处,难道我害怕了,想退却吗?

兹拉托夫拉茨基曾经写一篇小说叫做《狂人》。这里面描写一个人,用毕生精力去探求民间真理的神秘的宝物。他放弃了习惯的生活方式而到民间去。他在田野里工作,当纤夫,深入荒僻的森林中,走进地下的矿井里。他这样到处奔走,结果替世界带来了伟大的宝物,一颗魔术的珍珠——这就是人民思想的秘密。

这秘密究竟是什么,兹拉托夫拉茨基在这篇小说中和他的全部长期而热情的文学工作中都没有说明。这篇小说发表在上述的事件过去数年之后,那时它给我的印象已经是一种神经过敏的空虚。然而这篇小说在当时确是忠实地——只是略微过时了些——反映出了一种模糊而神秘的期望,这种期望把我这一代的千万颗青春的心吸引到民间去,又把当时的我也吸引进去。

## 4　和比塞罗沃乡人的初次会面。"皇恩"

从对岸左下方很远的地方,传来一声模糊的叫唤。岸上忽然现出灯光。这是荒林中有人在叫我去。我奋勇地提起那只装满东西的沉重的木箱,小心地从陡峭而冻结的小路上走下到河边去。到了下面,我看见河面上高高的细杆子上架着一座动荡不定的浮桥。这桥很狭,只有两块板,高高地悬空在黑油油的河水上。河面有许多白点子闪闪发光。小小的冰块迅速地然而不很密集地顺流而下,时时撞击那些细杆子。浮桥抖动着,我带着一只重箱子走过去,感到非常困难,然而还是平安地渡过了桥。我沿着河岸走向有灯光的地方,不久就来到了维亚特卡河彼岸的一所宽敞的摆渡屋子里。这屋里挤满着人。这里有些是渡船夫,此外还有一个比塞罗沃乡的乡长带着七个村长。他们要把从乡里收来的捐税送到城里去。但是我的出席者早已爬上暖炉,从那里探下戴红边帽子的头来,正在用坚决的口气再三地对他们说:

"回去吧,再去收些!……县警察局长有过命令。公文我带着。……乡里的文牍员会宣读的。"

农人们喧哗起来,大家纷纷议论着,争辩着,然而终于听从了。乡长,一个矮壮的、金发的农夫,站出来说:

"什么公文？他也许会读吧？"他向我点点头。

出席者从他的皮袋里拿出一件公文来，我就打开封袋，取出公文来宣读。公文里向乡长指令：征收捐税时不要限定为本届的税额，应该把收集来的捐税作为拨还旧欠，并继续加紧追索……十年来的旧欠。

这公文简直使他们大吃一惊。屋子里有好一会儿默默无声。

"你读的是不是正确？"一个神态阴郁、身躯高大、像甲虫一样黑的农人用怀疑的口吻说。

"读得不错的，正确的！"出席者从暖炉上插嘴说，"我早就对你们说过了，我知道的。……所有的乡里都有这样的公文送去。别的乡长到了城里都退回去了，"他这样解释。

农人们搔搔头皮，又谈论了一会儿，然而终于得出结论：必须执行上级的指令。

关于这个通令，必须加以说明：下一年，即一八八〇年，二月十九日，是亚历山大二世即位二十五周年。那时候要出告示豁免欠税。现在，我不知道是根据谁的创议，大概是根据中央的命令，当局着手加紧追索旧欠，好让沙皇的宽宏大量使国库少受些损失。农人们——乡长和七个村长——原以为乡里的税收已经完成，现在都很懊恼而愤慨，因为他们必须回去重新开始收税。这件事弄清楚之后，他们怀着懊恼的心情把注意转向了我，这时候我正坐在板凳上，旁边放着那只木箱。

"这个人是怎么的？"乡长问出席者。这个沃恰克人用他那双狡猾的小眼睛讥讽地向我一瞥，回答说：

"送给你们的礼物。……是到白桦屯去的新流放犯。"

农人们中间发出一阵含糊的怨声。

"又来了一个，……真糟糕！到底到什么时候为止呢？有了这些流放犯，生活过不下去了。……白桦屯里的居民已经在叫苦了。流放犯虐害他们，大家都忍耐不住了。……那个哈拉尤其坏。"

"不久以前有人诉说：波兰人哈拉偷了钱；"乡长劲道十足地插嘴说，"而且，你知道，偷的钱不少：七十个卢布。"

"不是烧了两俄亩〔1〕林地吗？冬季蜂房也烧掉了。……"

"这真糟糕，糟糕透了！……"那个像甲虫一样黑的毛发蓬松的农人哭诉似的拖长了声音说，"喏，那个列伐晓夫弄到了一件公文，现在坐了马车跑遍了整个乡，车钱一个也不付。……"

屋子里到处都发出抱怨声和叹息声。

"喂，伙伴们，你们何必在这里诉苦呢？……"乡长说过之后，走近我来，"你这个外来人，你不可以起坏心。你们在城里闯了事，上头对你们没有办法，所以送到我们这里来，是吗？你在我们这里要当心！……稍为有点不对头，我们要把你们统统丢在卡马河里。"

其余的农人都跟着乡长站起来，我坐在角落里，现在被农人们像墙壁一般紧紧地包围了。除了乡长之外，其余的人都是身躯高大、肩膀宽阔、强壮有力的。他们的样子像古代人：几乎没有胡子和髭须，头发很长，前额上剪得很平整，像古画里所描写的古斯拉夫人。……

"对啊！……老兄，你在我们这里要小心，要留神点儿！……"

"你要安分守己，不然我们要打断你的骨头。"

"把你拖到林子里去！……叫你的亲娘连骨头也找不到。"

这些话显然使得比塞罗沃乡的农人们越来越威风了：他们的眼睛炯炯发光，个个都捏紧拳头。……这时候出席者高踞在大暖炉上，

---

〔1〕　一俄亩等于一点零九二公顷。——译者注

他那双小眼睛从红帽圈底下发出狡猾的、幸灾乐祸的闪光。我觉得这个奸猾的沃恰克人的这眼光里似乎在说："喂,老兄,谁叫你不肯掉换长统靴!……"

我感觉到必须平息这种紧张气氛。因此我用拳头在我的箱子上敲一下,猛然地站起身来。出乎我意料之外,我周围的一群人竟倒退了一步,仿佛受了惊的绵羊。

"老乡们,请听我说,"我鼓着勇气断然地说,"你们说,流放犯虐害你们。对付你们这些人,看样子非这样不可。就像现在,你们没有知道我是怎样的一个人,我没有对你们做过什么坏事,而且可能我以后也不会做坏事,你们却像虎狼一般袭击我。……"

农人们站在离开我相当距离的地方,听我讲话。那个体格魁梧的农人,就是刚才抱怨一个名叫列伐晓夫的人的,这时候深深地叹一口气,温和地说:"这汉子说的不错。……的确:我们还没有看见他做过坏事。"

"不用说:如果你对我们好,我们也对你好。"

"真的。喏,村子里住着一个叫做波普拉夫斯基的,……天地良心,这个人真和气,就是跟他睡在一起,他也不会欺侮你。……"

比塞罗沃乡人的心情完全转变了:一分钟以前他们还像墙壁一般围困我,企图威吓我,现在他们说话却带着胆怯而巴结的口气了。那个机巧的出席者从他的暖炉上把这一切都看在眼里,他显然认清了新形势。

"对啊,伙伴们,"他说,"他不是那样的人。……他是一个勤勉的、会工作的人。……瞧他那双长统靴,……这是他自己做的呢! 他是一个有手艺的人,他的箱子里带着工具。……"

他意味深长地向我看看,用这目光来表示他正在为我效劳。

农人们中间发出一阵模糊的赞许声。

"哦？……"乡长高兴地说，"你原来是个靴匠！……这么说你能够替我的老婆做靴子啦？"

他回头向农人们看看，微笑着说：

"对老婆有什么办法呢？她会缠住你，说你不替我做靴子，我不要活了。……"

"这还用说吗！丈夫做了乡长，要她穿草鞋她当然是不乐意的。"

"好，我们欢迎会工作的人。"乡长说，"既然这样，我们就留你在我们的村子里。你到白桦屯去没有事情好做。那么，伙伴们，现在看样子得回去了！……把马套起来吧。"

农人们就从屋子里蜂拥而出，那个出席者从暖炉上爬下来，悄悄地坐在我旁边了。

"你看见了吗？……"他用头指点一下门的方面，问我，"这些家伙！……谁都知道：森林里的居民是野兽。……"

然后他沉默了一会儿，又格格不吐地说："我刚才帮你说话，你听见了吗？……我的话很有力呢！……"

后来，果然不出我所料，用亲热的声音继续说(不过显然没有抱着多大的成功希望)：

"那么长统靴……掉换了好吗？"

我笑起来。

我们坐了几辆橇车来到比塞罗沃村的时候，几乎已经天亮了。我打听得这里离乡公所不远的地方也住着一个政治流放犯，就是农人们说起过的那个波兰人波普拉夫斯基。我匆匆地洗了脸，过了一会儿，就走到街上去。有两三个甲长和我一同从乡公所里走出来，向各条街上分头而去。到处的房屋的窗子里都已经点起灯来，烟囱里有烟气冒到深蓝色的

天空中。甲长们用棍子敲敲板窗,窗子里探出男人的或女人的脸来,甲长们就高声地对他们说:

"开会了,乡民们,开会了。乡长回来了,……城里来了关于欠租的公文。……开会了,乡民们,开会了。……"

波普拉夫斯基的女房东已经在炉子旁边忙着家务,看见了我,显出吃惊的样子。

"啊哟糟糕!……"她略微哆嗦一下,说,"又是一个外来人,也是有胡子的。……你们那里究竟是什么样的地方:面孔看来很年轻,胡子倒像个老头儿。你到那边去,到后房里去吧。他恐怕还睡着呢。让我去拿茶炊来,他大概要请朋友喝茶。"

我们走进了一所广敞的农舍里,女房东把桌上的蜡烛点着了。这是一所宽大的房子,靠墙装着许多木炕,还有搁板床和一只俄罗斯式大暖炉,屋里有一种特殊的杂乱状态:木炕上放着一堆一堆的书,桌子上茶炊和茶具旁边,放着靴刷和鞋油,还有一双很讲究的、已经擦干净了的华沙式皮鞋也放在这里。床上躺着一个青年人,身上除了一条被子之外,还盖着一件皮袄;这人脸色苍白,长着尖形的黑胡子和艺术家一般长长的黑头发。被头和皮袄已经退落到腰部;我看见这个青年人穿着衣服睡觉,觉得很奇怪:他穿着黑色的外衣和浆硬的衬衫,还戴着领带。

"他老是这样的,"女房东带着和善的微笑说,"洗澡也难得洗。大概是要拯救灵魂[1]。"

这青年人睁开眼睛来,用没有完全自觉的目光张望了一会儿,仿佛还在做梦;后来忽然掀开了被头,匆忙地穿上了皮鞋,一股劲儿奔上来拥

---

〔1〕 修道者为了拯救灵魂,往往不重视肉体。这里是女房东误解了他。——译者注

抱了我，说：

"你大概是一个新来的政治犯吧？我多么高兴。拿茶炊来，房东娘娘，快拿茶炊来。……"

我们互相通了姓名。波普拉夫斯基是一个很漂亮的青年，相貌非常秀气而有知识分子的特点，这相貌在这些木造房屋和无面皮袄中间给人异样的印象。他是华沙人，是个作家，*Przeglad Tygodniowy*(《每周评论》)报的新闻记者。这报纸是所谓"实证"派的，那时候执笔者有年青的显克微支和斯文托霍夫斯基、鲍列斯拉夫·普鲁斯等。华沙曾经发生过一大政治案件，即所谓"无产阶级"案。处理这案件的，名义上是华沙高等审判厅的检察官乌斯齐莫维奇，这是一个古怪的人，略带些托尔斯泰主义者作风，后来在萨马拉或是萨拉托夫地方出版过一种半宗派主义的报纸。然而审讯这案件时的真正领导者和中心人物，是他的助手普列威[1]，这人是由于这案件而开始获得辉煌的前程的。波普拉夫斯基是这案件的先驱分子之一，这些先驱分子按行政命令被流放出去，直到其余的人开审的时候。他住在这里，好像住在一个驿站上，甚至不愿意好好地整理一下自己的物件而安居下来。喝茶的时候他很兴奋，对我谈论他的案件，以及他在华沙时的生活和该地的党派。他的话很有趣味，夹着幽默和奇谈怪论；然而谈到他现在的境遇时，他的眼睛立刻暗淡无光了。在这蛮荒地区，没有一样东西能够引起他的注意和好奇心。我把这情况归结到这样的原因：波兰人大都不是民粹主义者，因为波兰的农人

---

〔1〕 普列威(1846—1904)在华沙高等审判厅当检察官的时候，就获得了革命运动的死对头的名声。从一八八一年起，当警察厅的主任；从一九〇二年起，当内务部长和宪兵团首长。他对革命运动和一切社会活动的残暴镇压政策，引起了广大民众的仇恨。后来被萨佐诺夫刺死。

从卡济米尔大帝时代开始,就在历史上不起任何作用,甚至还不及我们的农人在历史上所起的作用。波兰既没有拉辛,也没有普加乔夫,那里的哥萨克人都是乌克兰来的。

我们争论起来。波普拉夫斯基是社会民主党人和民族主义者。我们的谈话不知不觉地继续了两小时之久,直到一个所谓"差遣人"跑来找我时为止,这人通知我说,乡公所里叫我去。

乡公所门口已经有密密的一大批人喧噪着,他们正在议论当局的新指令。农人们当然不知道这指令是由于即将来临的"皇恩"而发出的。人群里面闪过出席者的红帽圈和乡长的矮壮的身子。

乡公所里的文牍员——一个高个子的白发苍苍的老头儿——彬彬有礼地向我解释,说乡长本来希望留我住在这村子里,但是照县警察局长的公文看来,这原来是不可能的。所以他们今天就要打发我启程,从一个村子到另一个村子,由一个保长交给另一个保长。巡官也认为的确应该如此[1]。这是一个样子十分粗蠢的矮壮男子,是沃恰克人。他很懊恼,因为他就职不久,还没有置备制服。他一走进乡公所来,立刻问出席者,有没有从城里给他带制服来。出席者回答说没有带来,他就非常懊恼。这个沃恰克巡官穿着一件普通的无面短皮袄,这显然降低了他的威信。

一辆蹩脚的橇车停在乡公所门口等我,车里的谷草上已经放着我的木箱。我和波普拉夫斯基道别之后,就启程前进。到了最近的一个乡镇里,另外换了一个保长,重新套过了马匹。当我们从这个乡镇里动身的

---

〔1〕 这巡官的姓氏是孔德拉捷夫。柯罗连科住在白桦屯的时候,这巡官曾经诬告他,使他因此而受到严重的影响。

时候,有两部三套车赶上了我们,我看见车上有出席者的红帽圈和乡长的狼皮大氅。这是村里的行政当局的车子赶到阿法纳塞夫村里去,通知他们关于即将重新征收多年积欠的消息。保甲长们则坐着轿车、骑着马或者步行从比塞罗沃村走乡间的小路到各荒僻的村庄里去传达同样的消息。

不久我就到了阿法纳塞夫村,这村子里也同样地喧哗沸腾着;不过这里是荒僻的边区,所以当局的措施要决断得多:他们把家畜从各家院子里赶到村公所去;有几个体面的庄稼汉(后来我知道他们是收买人)已经像乌鸦一般飞集拢来承担这宗即将开始的买卖。此外这里还有一个巡官喑呜叱咤地奔忙着。

过了几年之后,当省长特罗伊尼茨基已经卸职,改任内务部统计局局长,而由一个(如果我不记错的话)叫做阿纳斯塔塞夫的人来代他管理维亚特卡省的统治区的时候,喀山小报上登出了一篇惊人的通讯稿。这篇稿子写得非常露骨,在当时实在只能登载在秘密刊物上。这里面很生动而详细地描述着维亚特卡省里征收捐税和欠租的方式。"区警察所长们、巡官们、成群的保长和甲长,好像一伙一伙杀人不眨眼的强盗,来袭击没有防御的村子,闯进人家屋子里,掠取财物、茶炊、衣服,带走牲口。……一批小商人和家畜贩子紧跟在他们后面,用极低廉的价格收买了这一切东西。居民们听说这些强盗要来了,预先带着财物,赶着牲口,逃进树林里去,在冬天的茂林深处度过几昼夜。"

我记得,在受检查的而且有反动倾向的伊略申科先生(曾经是个行政流放犯,后来成了显著的黑帮分子)所发行的报纸上看到这篇文章里所描写的完全符实的光景,令人非常吃惊。检查机关对这篇文章特别宽大,原因在于……这篇文章是前任省长特罗伊尼茨基送来的,可能还是他自己写的;他在这期间曾经去参观过他以前的统治区。我曾经想在另一份伏尔加河流域地区的报纸上补充说明这情景,指出这是维亚特卡省的传统方式。我这篇文章里叙述着我在比塞罗沃乡所看到的情景,这正是"皇恩"即将来临、特罗伊尼茨基自己当省长的时候。我的语气非常小心谨慎,远不及特罗伊尼茨基先生这篇文章那么明显露骨。然而我这篇评论终于不得问世。这是理所当然,因为这不是前任省长写的。

阿法纳塞夫村里的情形使我这叛变的心大为痛快,这村子里正在怒火冲天,这里绝对没有顺从的气氛:农人们脸色凄厉,农妇们号哭着,叫骂着,有些地方的农妇竟表示"反抗政府"。过了几天,我到达白桦屯之后,听说曾经有这样的事:有一大群牲口被赶进乡公所去,而且一部分已经预售给收买人了,这时候大批农人从村子里、从林中村落里和乡镇里赶出来,手里拿着棍棒,一齐向赶牲口的保长们袭击过去,冲散了他们,把牲口归还了主人们。这事件仿佛已经甚嚣尘上;而当时比塞罗沃乡农人们的气势大大地提高了我对他们的敬意。

## 5　阿法纳塞夫村的流放犯及其奇特的流放原因

当我在保长那里等候继续被押送上路的时候,有人告诉我,说阿法纳塞夫村里也住着几个流放犯。我就去找他们,找来找去,找到了孤立在村子外面的一所很大的阴气沉沉的房子里。在这房子的屋顶上,一根长竿子上有一个枞树枝条正在摇曳着,原来那些流放犯正在这家"弥特列诺克"酒店里消磨余闲。

其中有一个人我立刻认出来了:在我从格拉佐夫放逐出来以前约五个星期,有一辆车子经过我们的郊区工人村到渡口去,车上坐着两个显然不是本地出生的人，由一个警察押送着。其中有一个胡须剃光的、浮肿的老人，看样子是个公务员。现在我就看见这个人坐在这阴暗的酒店里的桌子旁边。他对面坐着一个漂亮的青年人，两眼神色不宁，头发卷曲，面色红润。我们互相认识了之后，我才知道这青年是莫斯科人，一个商人的儿子，是"因性情好事多端"而受行政流放处分的。他说他是由于一个区警察局长的阴谋而被流放的，他疑心这区警察局长是在追求他的年轻的妻子。此刻他收到了他妻子的一封信，信里坦白地告诉他，说这区警察局长有时到他们家里来。这消息使得做丈夫的忍耐不住了，他当我面前继续研究这封信，两眼炯炯发光，一杯接着一杯地喝酒，用拳头敲打桌子。

和他对话的那个浮肿的老人，身材矮胖，脸上的胡须刮得很不干净，上嘴唇的上面和油污的上衣上都残留着鼻烟屑，这人原来当过事务员，后来被解了雇，变成了一个地下讼师。他兴味津津地把农民和地主为土地而诉讼的极其复杂的情节讲给我听，在这诉讼中他代表农民对付当地一个优秀的"博学律师"，在两次上诉中他都占胜。

他讲到这里，兴奋之极，竟站起身来，一面继续叙述，一面兴致勃勃地指手划脚：

"他们想尽了办法，条条路都走过，……甚至行过贿。……他们向我说好话，又贿买我，又威吓我，……省长还亲自召我去。对我毫无办法。……我懂得法律和参政院决议，先生，全省里没有一个人及得上我。……我敢说：即使有一百个博学律师来对付我，我可以保证都能制胜他们，而他们没有人能够制胜我。因此，先生，我有恃无恐，竟可以说像婴儿一般放心。……"

他脸上显出异常感动的表情。他把两手拱拢来做一个姿势，仿佛抱着一个襁褓里的婴儿。

"他们这样对付我,那样对付我,……我一点也不担心,因为所有的法律和所有的参政院决议都是于我有利的。事情已经准备就绪,……可以说,像一个剥了壳的鸡蛋一样,只等着往嘴里送了。……"

我望着他的得意扬扬的脸,听着他的充满诉讼热情的话,忍不住发问了:

"请问:我觉得你是一个干练而聪明的人,是什么原因使得你跟有权势的人斗争而保护农民呢?"

他严肃地向我看看。我根据他这眼色,知道他要回答我真心话了。

"先生,你知道,农人当然是粗野的,有几个人可说是完全不足道的。但是如果多数人团结起来,那就是一股力量。……我可说完全是靠农民生活的。绅士们不来请教我。他们大都是去请教博学律师的。而我,因为是靠农民吃饭的,所以最要紧的是在他们之中维护自己的声誉。而且这场诉讼很大,是好几个村庄跟一个大富翁打官司。如果这场官司打赢了,我一生吃著不尽呢。"

"唔,结果怎么样呢?"我被他这活龙活现而真挚坦率的叙述所吸引,不禁这样问。但在这时候,他那满面春风而几乎欢喜若狂的脸突然消沉下去,变成萎靡不振,他的嘴唇歪曲而发抖了。他突然把头埋在手里,靠在桌子上,号啕大哭起来,哭得浮胖的身子全部颤动。

弥特列诺克酒店里有几分钟肃静无声。不但我们两个听者,连那个掌柜的显然也被感动,这个相貌晦暗冷淡而眼睛阴阳怪气的男子现在怀着一种惊疑的同情望着这个号啕大哭的人。这老人终于仰起他那哭丧的脸来,用一块脏手帕擦擦眼睛,带着无可奈何的绝望的表情看着我,说:

"一个宪兵上校，先生，就是这个人毁了我！……他们闯进我的家里，到处搜查。……有什么关系，请吧！我刚才不是对你说过了：我是像婴儿一样清白的。……可是，……他们把我所有的证件都拿走了。你倒是说说，这还成什么话？……这简直是白昼行劫，无法无天，这种事控告还是嫌轻的！……但是我不肯罢休，……我已经向执政的参政院上诉，还要去告御状哩。……在俄罗斯毕竟是有法律的！……"

我明白了：他对于法律和参政院决议都是有经验的，然而对于行政命令的意义的理解，完全是婴儿之见。行政命令的采用，起初具有一定的目的，是用以弹压政治叛变的，但是后来范围自然地扩大起来，专横的势力涉及了生活的其他部门。我眼前这两个人显然是俄罗斯对内政策中这种新因素的牺牲者。行政命令在这两人身上已经自然地达到了完备的地步：一个是狡诈的区警察局长的色情行为的牺牲者，另一个身受到了警察局对民事诉讼的干预。

我竭尽所能地向这个"法律家"解释，说他向参政院上诉是毫无效果的。参政院是官样文章的法律的维护者，而从官样文章的观点看来，他的敌手是正确的。近年来出现了一种法律，可以称之为非法的法律，而且是正式的法律，因为是由最高当局颁布的。这种法律在某些情况下能取消别种也是合法的法律的效力。

他专心一致地听我讲，但是听到末了，他的眼睛里显出一种愤懑而顽强的闪光。

"先生，你所说的是不可能的。……现在我们这里还不是某些人所盼望的共和政体国家。……沙皇陛下政权存在的期间，俄罗斯帝国的法律不会废除的。……请你不要对我说这种话。"

我要略微提前说一说：此后一个半月，我又来到阿法纳塞夫村，又看见这两个流放犯。当我在这个老讼师那里的时候，有一辆橇车开到他家门口，车子里走出两个农人来。这两个人都长着大胡子，显然不是本地人。果然，他们是从这老讼师流放出来的省里来的农人。他们是由同地主打官司的农村公社派来的，公社供给费用，委托他们来找寻这个农民律师，哪怕找到天涯海角。我觉得他们很像格列勃·乌斯宾斯基的小说中的"农民请愿者"。他们的脸色严肃、困疲而悲哀。

这两个农人和这农民讼师的会面表现了动人的欢乐。……他们讲给他听，说他们好容易找到了他；为了要打听他的正确的流放地点，他们曾经先后向维亚特卡和格拉佐夫的小官僚们行了不少贿赂。……

试想想：在这件事里也牵涉到了最高的政权。……专制政体顺利地破坏了民间关于沙皇公正无私的神秘传说，其实它本身也是全靠这传说而立足的。……

且说我们在弥特列诺克酒店里谈话将要结束的时候，又进来了一个"流放犯"。这是一个年青的犹太人，名叫蹉格尔，身体高大壮健，模样儿是个工人。他作了自我介绍，我记得仿佛是一个铁匠，如果不记错的话，这人确是在阿法纳塞夫村工作的。他为什么被流放，我现在记不清楚了。似乎是这样的：当局认为"行政命令"也可适用于处理"犹太问题"，就把放高利贷的犹太人判处流放刑。真正的高利贷者当然极少受到这种苦刑。……还有，我在格拉佐夫的时候，也曾经碰到过一个这一类的流放犯，郊区工人村里的居民们称他为"犹太佬莫尔赫尔"。我听人家说，这个人初到维亚特卡省这边远地区，——虽然到的还是县城，——认为自己从此完结了。但是后来他习惯了这境遇，就渐渐开始重操旧业，居然一帆风顺，竟写信去把家眷都叫了来。纯朴的村民们对他很有好感，教我制靴的师父涅斯托尔·谢苗诺维奇对这个人曾经有简洁明了的评语：

"我认为这个莫尔赫尔是一个最善良的犹太人。他固然拿佣钱，但这是他们的信仰所容许的。我们的信仰不容许这样做，可是我们那些人用巧妙的方式来大大地剥削。如果你到了贫困交迫的地步，往哪一条路走？……叫我还是走莫尔赫尔这条路。"

这样，行政命令和关于犹太人居住区的法律发生了冲突，一种荒谬法令干预了另一种荒谬法令。

为了补充这一类的事例，我还要谈到一个特殊人物，这就是流放犯"贵族列伐晓夫"。他是出身于名门贵族家庭的一个青年，他被流放……是根据父亲的要求。要是我不记错的话，旧法律中有这样的一条：如果父母声明不能管教"性情好事多端"的儿子，那么国家可以帮助父母维持权威，不过流放的川资和在流放地的费用均须由父母负担。父母必须经常将款项交付给这不孝儿子流放地的省金库，流放期限就根据这款项数目而决定。"贵族列伐晓夫"正是根据这一条法律被流放的。他的称号和关于他父亲的门第的传闻，对于他的处境起着一定的作用。的确，县政府因为也同他父亲一样管他不好，就把他打发到遥远的比塞罗沃乡，好让这个好事多端的青年离开县政府远些。但是在这里，在这荒僻的边远地区，这个诡计多端的顽皮家伙又要出许多惊人的把戏来。其中有一件事，我在摆渡的屋子里就已听到过。据说有一次他被叫到格拉佐夫去向当局解释一件事。"凭贵族身分"，他领得了一纸公文，动身时可以凭公文向地方要求两匹马。列伐晓夫到格拉佐夫去了一趟，但是回来之后，不交还公文，而继续趁着马车，叮叮当当地响着车铃游遍了全乡。乡村里的驿马车夫们载了贵族列伐晓夫东奔西走，弄得筋疲力尽；他们载他去看了许多朋友，其中包括各种流放犯，贵族列伐晓夫和他们欢畅地叙唔。终于驿站主人们的叫苦声传到了格列佐夫，区警察所长就下令收回列伐晓夫的公文。

"嘿，瞧着吧，"他用威胁的口气说，"我会另外弄到一张更加有力的。"

果然，不久他拿出一大张印着国徽和许多奖章的旅行证来，又趁着马车到处跑了。波普拉夫斯基笑着告诉我，说这张"更加有力的公文"是……"宫庭供应者 K. 波波夫和 C. 波波夫"卖茶叶的广告。

贵族列伐晓夫又在调解法官室里当诉讼辩护人。

"被告，你有什么话可以辩解？"法官问一个被告的沃恰克人。

"我们不会说话，"被告回答，"我们是没有知识的。……我们雇请着贵族列伐晓夫，还付了钱。让他讲吧。"

贵族列伐晓夫站起来，讲了一番词藻堆砌的话，声言他自己是一个尊重俄罗斯帝国法律的正直的人，因此对于这个沃恰克人的行为大为愤慨，认为应该加以最严厉的惩罚；只因其人极端愚昧无知，故辩护人认为不妨减轻一级惩罚。

这个沃恰克人非常高兴地听他说这番动人的话，确信列伐晓夫是在替他辩护；别的旁听者也不大听得懂这番掺着许多文学词藻和法律术语的话；调解法官忍着笑，作出了判决，这判决往往比辩护人所要求的反而轻些。

后来，我在白桦屯住了很久之后，有一次出乎意料之外地收到了调解法官的一张传票，传我到调解法官室去为行政流放犯——似乎是波波夫——侮辱"贵族列伐晓夫"的事件做见证人。不久波普拉夫斯基给我一封信，才解决了这个谜。原来贵族列伐晓夫无中生有地捏造事实，只是为了要给我机会和同志们见面，同时他自己也可和我结识。

　　我终于未曾享受这特殊的盛情，因为即将开庭的时候，我突然被带走，离开白桦屯了。我就此没有认识这个按照父亲要求被判处行政流放的"贵族列伐晓夫"。……

　　唉！在结束这一节的时候，我还得叙述一桩小小的事件；后来，当我这脆弱的扁舟在白桦屯重新被狂风大浪所袭击而飘向遥远的西伯利亚去的时候，有人告诉我，说这件事和阿法纳塞夫村两个流放犯的告密有点关系。在即将庆祝沙皇纪念日的时候，他们向陛下上了一个效忠的奏疏。这奏疏里首先赞颂沙皇的仁慈和公正；接着，这个前任讼师认为有必要奏闻，说我（流放犯某某）曾经对他们说，俄罗斯皇帝所颁布的法律现在已经取消了；但他们是忠良的臣民，都不相信这话，相反地，他们希望恢复他们的法权。

　　这也许是不正确的；然而我回想起当我解释行政命令的意义时这讼师的凶恶而愤懑的眼色，我认为这种逸言可能的确出自他的手笔，而且他这些话竟可能是完全出于真心的。

## 6　树林，树林！

　　第二天，保长接受了巡官的指示，带了我和我的木箱趁上橇车，从阿法纳塞夫村出发向白桦屯去。

　　这一带地方已经没有大路。我们在狭窄的乡村小路上困难地前进，常常穿进树林里去。一夜之间下了一场大雪，马和橇车陷入雪里有三尺之深，路很难走。驾车的保长把两匹马套成"一字形"，即把一匹套在另一匹前面，用一根长鞭子来灵敏地驱使它们。别的过路人的行迹几乎不大看得清楚了；我和保长以及我那只装工具的木箱不知有几次从橇车上掉落在雪地里,数也数不清了。我们从一个小村子开到另一个小村子,每次都调换马匹和解差。到了有一个地方,保长不在家,就由一个姑娘——他的女儿——来押送我,记得她的名字叫做阿普萝霞。

我不由地想起了命运的变迁:我被从彼得堡押送出来的时候,坐的是轿形马车,两旁和后面押着骑马的宪兵,连见过世面的首都居民也觉得害怕。现在我却受这个阿普萝霞姑娘的监视,她接受了这个重要任务,显然十分为难,而且很害怕我这个素未谋面的陌生人。起初,马在平路上跑的时候,还勉强可以过去,但是后来我们开到了一个小丘顶上,我眼前突然展现出一个通向河边的大斜坡。但见远远的下面,转了一个很急的弯之后,有一条不大看得清楚的狭路通向一座小桥,桥那面转一个弯,又有一条路沿着冻结的小河前进,通向一个山上。我向下面一望,心里略微有些疑惑:我和阿普萝霞是否能够平安无事地降下这个险峻的坡呢?但是考虑已经来不及了,前面的一匹马已经踏上下坡,不久我们的橇车就疾驰而下了。阿普萝霞首先跌下去,深深地陷在雪里,雪面上只露出她的一双草鞋。我那只木箱跟着她抛了出去,接着我也立刻跳下去救我这个女解差;这期间两匹马已经拖着我们的雪橇老远地飞奔下去了。

我把这姑娘从雪地里拉出来的时候,她怕得要命,啼啼哭哭地说:

“我怕,我怕,……”这是难怪的,因为四周都是雪地和树林,而她单独和一个不相识的“犯人”在一起。

幸而那两匹马和橇车在转弯的地方深深地陷在雪里了。我们重新控制了马匹,登上山去。到了山顶上,那两匹马因为爬上爬下,弄得上气不接下气,就站定了,汗流浃背地喘息着,我就不由地欣赏起风景来。极目遥望,但见雪地和树林,树林和雪地。这一带地方的树林不是针叶树林,而大都是阔叶树林,埋藏在山谷里,延绵到丘岗上。在辉煌的阳光之下,这些远远近近的树林有的呈朦胧的深蓝色,有的呈黑色,有的呈灰蓝色,上面蒙着雪,层层远去,色彩变化无穷。有几处树林上面有深蓝色的云块正在随风疾驰;有几处树林斑斓地反映着阳光。起东北风了。离开这儿不远的地方,有一个山坡上长满树木,树梢上面飞行着三个高高的雪柱,渐渐地在那里融化,留下白色的痕迹在暗沉沉的、波浪起伏的树林上。

阿普萝霞开始迅速地划十字,口中念念有词:"上帝保佑我们。"后来又像孩子一般哭了,一面说着:"我怕,我怕。"我早就知道她最怕的是我这个陌生人。此外,我在她后来的谈话中知道,她确信那边树林上有三个白柱子的地方,深幽的茂林里有三个"林妖"正在向我们走来。等到带雪的台风渐渐停息之后,她深深地透一口气,安心下来;而我仿佛对这充满肃穆的庄严和玄秘的生命的景象着了迷,呆呆地站着。

我又像在沃洛格达省时候一样体验到了一种异样的幻觉:我觉得这无边无际的树林、林间空旷的雪地、苍白的天空、低飞的云彩、潜隐在远方林端的小屋——在这全部景物上面有一个体现着北方自然界和北方人民的形象,这形象出现在我的想象中,栩栩如生,仿佛可以捉摸似的。这形象是神秘的,有点像圣像画,有点古色古香,表现着古斯拉夫的风度。辽阔的树林、盖着雪的屋子、茂林中的羊肠小径、在岸边摆渡屋子里同比塞罗沃乡人的不快的会面、他们的威胁和快意的和好、阿法纳塞夫农村公社的严肃的骚扰,甚至这三个神秘地游移在树林深处而玩弄着带雪的旋风的"林妖",——这一切综合起来,形成了这个形象,一切都在招引着我的心。我希望早些下降到这神秘地区的底奥里,在那里也许有不曾被虚伪的文明所污损的"人民精神"的一种新境地等候着我。

"阿普萝霞,我们走吧。"

略微休息过了的两匹马就精神抖擞地跑下缓坡,穿过了茂密的树林和林间空旷的雪地,经过小河、盖着雪的山谷和孤立的小树林。这姑娘现在已经和我相处得完全稔熟了,有时我们开到狭路上和转弯角上,两人都掉在雪地里,大家哈哈大笑。

在有一个地方,树林边缘有一间孤零零的小屋显出在茂林的深色的背景上,屋子里冒出烟气来。这时候已经和我完全稔熟了的阿普萝霞,望望这屋子和烟气,脸上显出一种注意的神情,为我所不能了解的。

"这是偷儿村,"她沉思着小心地说,"偷儿住在这里。"说过之后,她加速地驱赶马匹。

走了半俄里,到了一个由十间屋组成的小乡镇上,我们又停车换马。驿站主人,一个相貌沉郁而身材不高的农人,快要吃好饭。……他的妻子,一个脸色和善而略带病相的中年妇人,在给他上菜,但她自己不坐在桌子旁边。她收拾了餐具,立刻另外拿出菜来摆在桌子上,请我和我的解差吃饭。我肚子饿了,欣然地接受了她的招待。

"那些偷儿,"阿普萝霞拿起勺子,说,"到现在才煮饭吃,……刚才我们经过看见的。……"

这件事我本来不大注意到,但在这里显然含有特殊的意义。

"当然,偷儿和普通人不同,"主人阴沉地说,"他们什么时候偷到东西,就什么时候煮来吃。……哼,一个已经捉进牢狱里去了,那个老头子也是迟早免不了的。至于那几个小家伙,那些个妖精,我们自己也对付得了。"

主妇带着一种特殊的表情倾听着她丈夫的话,后来又转向炉子,说:

"有什么对付不了呢,……这是你们农人的拿手好戏。"

"谁叫他们偷。"农人说着,从凳子上站起来。

农妇愤愤地把炉子里的一件东西推一下,反驳道:

"他们没有东西吃,没有东西吃呀,……一个人到了要饿死的时候只得偷了。"

农人什么也不回答,却对阿普萝霞说:

"你给我载来的是谁? 为了啥事?"

阿普萝霞把手探入怀里,取出一个封好的文件来。

"有公文的,"她说,"送交白桦屯村长。……大概是一个流放犯。"

"噢,……"农人拖长了声音说,"不久以前巡官也打从这儿经过。据说是为了征收欠税。……"

他穿上短皮袄,从屋子里走了出去。

主妇气哄哄地在炉子旁边摸索着,一面丢掷东西,一面咕哝地自言自语。

"麻烦事儿一件接着一件,"我听见她喃喃地说,"一会儿征收欠税啦,一会儿送流放犯来啦。……这个小地方真可恶,……只管把你们这些讨厌的人载到我们这里来,到什么时候才完结呢? ……你要不要再加点白菜汤?"

我从桌子旁边站起来,把一个十五戈比的钱币丢在桌上了。

"谢谢你的款待,"我说,"我已经吃够了。"

这女人显出惊恐的表情,拍一下手,呆立在炉子旁边了。

"啊呀,你这个陌生人神思不清了吗? ……你是从哪里来的? 难道你们那里款待过路客人要收钱的?"

"有时候要收的,"我回答,"不过在我们那里,既然款待了,就不骂人。"我说着,就坐在旁边的木炕上了。

这时候她脸上所显出的痛苦表情,是笔墨难以形容的。

她从桌子上拿了钱币,走到我面前来,深深地鞠一个躬。

"发个慈悲,收回了吧。请你原谅我这个愚蠢的女人。看上帝面上,……不要让我丢脸。"

她的语气非常诚恳,我受了感动,就收回了钱币。她这才安心了;过了几分钟,我们就开始了坦率而真挚的谈话。我问她关于"偷儿村"及其住民的情况,这个心地善良的女人就用呜咽的声音把一个单纯、严肃而不可避免的悲剧讲给我听。这悲剧的详细情形我现在已经记不起了。大致是这样:这份人家运气不好,一个儿子死了,另一个儿子病了很久。……在初冬时候,乡镇上和邻近的村子里常常发生失窃事件。后来当场捕获了那个刚刚病好的儿子。这个人就被带进城里,关进牢狱里。家里只剩下一个老人和两个孩子。盗窃事件还是继续发生。

"以前怎么样?"我问。

"以前吗?以前那个大儿子没有死的时候,他们境况很好。……为什么要偷东西呢?可是现在没有饭吃,不得已才走上这条路。总不能和孩子们一同饿死。"

这时候主人走进来,叫我动身了。我就向这个好心肠的主妇和阿普萝霞告别,坐上了轻便的橇车。我们又一次经过"偷儿村",我留神地看看这个不可避免的悲剧的发生地。……大祸临头,这些人就濒于毁灭,仿佛焦土中的野兽或者失群之鸟。周围只有像这个农人那样的阴郁的冷淡,或者像他妻子那样的无力的怜惜。

我这一天走得很慢,从一个乡镇到另一个乡镇,由一个保长交给另一个保长,因此晚上又得在一个小乡镇上过夜,这地方似乎叫做柯罗果夫。这里的甲长的屋子里,有一个年轻而相貌俊俏的妇人手里抱着一个婴孩,和一个老婆婆一同坐在搁板床上。这妇人的脸色困惫而悲哀。她的声音轻微而消沉,仿佛一个完全绝望的人说话时的样子。

“看来你是个流放犯吧。”她说着,表出特别注意的样子用她那双美丽而暗淡的眼睛望着我。

“是的,我是个流放犯。”我回答。

“我的丈夫也给流放了。……这个亲爱的人不知道现在在哪里!呜——呜——……”

她低声地号哭起来,后来忍住了,抽咽着,擤擤鼻涕,开始摇她的婴孩。

“为什么流放?”我问过之后,立刻猜测到:这妇人想必是从“偷儿村”来的。大概她手里抱着婴孩,在深深的雪地里漂泊流离,向邻村挨户乞讨。

“唉,……为什么,”她回答我说,……“那么你为什么被流放呢?”

“说来话长,好大娘,……”

“正是这样呀,……这是命里生成的。也许是无缘无故的。……”

“恐怕正是这样吧,……”

“我丈夫就是这样,……命里生成的。……”

我在深夜里醒过来。……屋里又有了一个客人。那个沃恰克巡官坐在点着松明的桌子旁边,正在向主人吩咐些什么话。他们讲的是关于我的事。……提到了几个农人的名字,想必都是白桦屯的居民,又讨论了些事。

“他肯接受吗?”巡官问。

"不,杜拉菲·伊凡诺维奇〔1〕不肯接受。……他是一个认真的农人。"

"唔,那么那个人,他叫什么来着?就是你刚才说起过的,……叫比塞罗夫吗?……"

"这个人好说话些,……"

"你对他说:是县警察局长亲自指定的。……"

"不过他家的屋子是没有烟囱的。……"

"啊,真见鬼!唔,那也没有办法。那么你把他带到村长那里,要他想办法:他说到加甫略家,就到加甫略家。……要不,我自己去也可以。……你们这里的渡口在哪里?"

"在比特科夫的屋子旁边,……不过卡马河恐怕还没有冻结吧。……"

巡官站起来,对着圣像划了十字,就离去了。他临走以前,我还赶上了交给他一封短短的信,这是当天晚上我写给弟弟的。他郑重地接了这封信,翻来覆去地看了一会儿,然后塞入怀中。……

甲长用车子载送了巡官去,回来已经很迟了。

等到他的马休息过,他再载送我的时候,已经晌午时候了。我们在阴暗的松林里走了大约一小时,碰见一个拿着斧头的农人。

我的驾车人就停了车。

"喂,叔叔,……比特科夫屋子旁边的卡马河冻结了没有?"

"哪里会冻结!……还没有呢。"

"说不定冻了吧?"

---

〔1〕 这农民的真实姓名是保罗·陀罗菲耶维奇·施梅林。

"也许冻了。……"

我们姑且开向前去。松林越来越高，越来越密了，树梢上发出一片龙吟声。出乎我意料之外，我们突然开到了河岸上。卡马河躺在树林中间，沉静、平稳而发白。只是中央有一条黑油油的水还未冻结。对面岸滩上烧着泥炭。阴沉可怖的烟气缭绕在松林的深黑背景上。我们向右转弯，沿岸走了半俄里光景，方才找到了一处河身狭小而已经密密地冻结了的地方。带了马渡过去是想都不要想，因为冰在脚底下发出很响的破裂声。农人把他那匹阉马解下了，听任它向树林里跑去；我们每人两手各拿着一根树干，以防万一冰块崩裂而失足落水的时候可以靠树干搁住冰块的表面；然后把很长的缰绳缚在橇车的辕上了，我们自己徒步过河之后，再把橇车拉到对岸来。

"这儿附近有人住着。……大概有一匹马放在林子里的。"他说着，就走进树林里去。过了半个钟头，他拉着一匹不很大的马的鬃毛走来，竟不征求马主的同意，老实不客气地把它套在我们的橇车上了，我们就继续前进。松林里沉寂而安静。成群的鹧鸪几乎从马蹄下面飞起，逍遥自在地飞向附近的林间空地上去了。我们时常须得渡过已经冻得坚固了的较小的河流。农人告诉我，说这是卡马河的旧河床，卡马河在这一带沙地和沼地之间常常改道，仿佛创造世界的过程在这里还没有完成。

这里开始出现一些住屋，有的就在卡马河岸上，有的在稍远的砍伐了的林地上。有一处陡峭的河岸上，建立着一所小小的教堂。教堂的大门紧闭，窗子上钉着木板，屋顶坍塌了，顶上的十字架凄凉地歪斜着。小教堂过去不远的地方，路旁有一棵奇怪的树，五根枝条从树干上伸展出来，仿佛一只向上的手掌上的五根指头。

　　"这是他们这里的弗洛尔·拉甫尔教堂,"我的解差讲给我听,"有一个神甫每年一次从阿法纳塞夫村到他们这儿的弗洛尔·拉甫尔教堂里来主持祈祷,捧着圣像一家一家地走转来。"说到这里,他冷笑一下。"你听我说,真的妙不可言:他走到这棵树旁边,无论如何走不过去,……一定得站住了,唱起歌来,并且焚香。他当然是有点醉醺醺的。我们不知道他这样做是什么缘故。他是车累米西人[1],……据说大概就是为这缘故。他们这些车累米西人惯于向树木作祈祷。……喏,那边就是村长住的地方。"过了一会儿,他这样说着,把车子转向一所宽敞的、筑着很整齐的围墙的新房子,这房子里点着松明,火光忽暗忽亮,变幻不定,窗子里闪现出人影。

　　"他们在开会。"农人说着,走下橇车去。

　　村长的屋子里果然挤满着人。这个会议是依照不久以前经过这里的巡官的命令召开的,现在就要结束了。正在讨论最后一个问题。发言的是一个相貌漂亮、肩膀宽阔而身材矮壮的中年农人,他身上穿着一件很讲究的呢面皮袄,脚上穿着一双毡靴,而别的人都是穿草鞋的。

　　"弟兄们,在开春以前一定得修好教堂的屋顶,非修好不可。这屋顶完全歪斜了。"

　　"现在还可以。"有一个人打着呵欠站起身来说。

　　"还可以,还可以。没有什么关系,……等到夏天那个车累米西人来的时候我们再修吧。……"

　　"要是那个十字架倒了下来可怎么办呢?"

　　"倒下来有什么关系?我们再把它装上去。……"

　　"弟兄们,这样不好,"那个漂亮的农人激昂地高声反驳,"弗洛尔·

---

〔1〕 即今马里人。——译者注

拉甫尔会动怒的。他老人家保佑我们,真是天地良心。……你们看费克里斯特家和格列勃家,每年都有狼来咬死许多家畜,而我们这里,不敢来碰一碰。……这是为什么呢? 就是因为有他老人家保佑! 而你们却舍不得替他修屋顶。要当心呢,要是他动起怒来,那就糟了。"

"对啊,对啊,"满场的人都嚷起来,"他老人家关心我们,我们也得关心他。……现在该由谁来做这桩工作呢?"

会散了。村长[1]走近我来。这是一个瘦长的农人,肩膀宽阔,然而胸部凹进,面带病容。一双陷入的眼睛神色异常,因此会不由地惹人注意。他告诉我,说农人们奉"巡官先生命令",决定把我安插在加甫略·比塞罗夫家里,现在他就要带我到那里去。而且他们还是亲戚:他的妻子是加甫略的女儿,他的家眷随后也要去的。

"不过加甫略是否同意,还不得而知。你瞧,他刚才没有到会。……到会的人都不愿意收留你。"

加甫略·比塞罗夫的村子位在卡马河下游六俄里的地方。我一路上心绪不宁。坐着颠簸的橇车走在积雪的路上,使人感到非常疲倦。将要到达目的地的时候,我心里发生了一个疑问:他们是不是肯收容我这个无家可归的人? 我是否还得继续漂泊,去找寻安身之所? 此外我又觉得我是要居民们根据这个无赖巡官的非法命令而勉强收留的,我认为他们有权利不服从这个命令。

加甫略·比塞罗夫家里还点着松明。我们到达他家的时候,有几只狗齐声向我们吠叫。我走进屋子去,这间屋子很高大,然而墙壁都被煤

---

　　[1] 白桦屯的村长叫做雅科夫·叶菲莫维奇·克特玛诺夫,在《我的同时代人的故事》里以雅科夫·莫洛斯奈的名字出现。

烟熏黑了,因为这屋子是没有烟囱的,不过当地大多数屋子都是这样。因此屋里阴森森的。插在灯架上的白桦制的松明,只照亮了附近一块地方,其他的地方就全部隐没在黑暗中了。村长走进屋子,向圣像划了十字,同屋里的人打了招呼,然后说明他是奉巡官命令送一个流放犯来的。一个老婆婆和一个年轻妇人正坐在灯架旁边纺纱,听了他的话,皱皱眉头,自言自语地低声咕哝了几句;从上面熏黑了的暗沉沉的搁板床上,传来一个略带鼻音的、刺耳的声音:

柯罗连科在白桦屯所住的屋子的内景
柯罗连科作
于一八八〇年一月二十九日

"我不要。我不同意! 你带他到别处去吧。"

村长反驳了些话,他们就争论起来。那个看不见的主人的声音懊恼而又固执。我就出来说话。

"喂,当家人,"我说,"你可以不同意收留我,而且我想,没有人有权利强迫你收留一个不相识的人在家里。不过我要说明,我不会白住在你家里,我会付饭钱,多少由你说。"

"三个卢布,……"看不见的主人傲然地、半真半假地叫出,他仿佛以为讨这价钱等于拒绝。

"三个就三个。"我说。村长就接嘴说:

"答应了吧,加甫略,……你听我说,他是会做工的人,是个靴匠,一个勤恳的汉子。"

加甫略又用缓和的口气反驳了几句,最后显然让步了。搁板床吱吱地响起来,又听见些哼哼声,过了一会儿,一个老头儿站在我面前了,这人身材矮小,相貌不扬,脑门上略微长着几根头发,下巴上挂着一绺稀疏的黑胡子。他走近我来,深深地鞠一个躬,就说了一大篇非常流利而抑扬顿挫的话。可惜加甫略·比塞罗夫这番话,我现在连概要都记不起来了;总之,这大晚上他就用这番话把我这个疲劳的行人留住在他家里了。他的语调堂皇而亲切,我听得仿佛着迷了。末了他说:

"欢迎你光临,你从今以后在我们这里,不要把自己当作陌生人,要当作我们自己人。"说过之后,他深深地鞠一个躬,向我伸出手来,我热诚地和他握手。

后来又开到一辆橇车,载来的是叶菲姆·莫洛斯奈老翁——村长的父亲,一个老太太,是他的母亲,还有他的妻子,就是加甫略的女儿。他们在加甫略家里待了一会儿,大家开筵畅饮。原来村长家里曾经住过一个叫做波波夫的人,也是一个政治流放犯,这人留给他们很好的印象。老太太高兴地谈了许多关于他的话,说波波夫长,波波夫短。……她的口气几乎是慈爱的。

他们离去之后,我点燃了自己带来的一支蜡烛,坐在桌子旁边写信给母亲和两个妹妹。我旁边的两架纺车嗡嗡地响着;有两个少年从搁板床上挂下头来,兴味津津地对我着;加甫略老头儿的一双黑色的小眼睛炯炯发光。我在信中叙述我一路上的情况,并且怀着特殊的感情详细描写刚才这个插话。我以真挚的满意口吻写出主人的那番流畅华丽而丰富多彩的话,来结束了这段叙述。

他们全家的人都不睡觉,大家注视着这种不曾见过的光景——一个写字的人。

信还没有写完,我走到台阶上去站一会儿。记得那时候澄清的天空中闪耀着明星,松软的雪皑皑发光,一丛丛幽暗的树林模糊难辨。……

在旧河床那边不远的地方,一带黑沉沉的树林底下,有一个孤零零的松明火光,忽明忽灭。左面一俄里或一俄里半的地方,闪耀着另一个火光。我设想这些地方也住着纯朴善良的人,他们有时也会像加甫略那样讲堂皇而动听的话。

现在我已经面对着这个天真烂漫、纯洁无疵的农民世界了。我心中充溢着特殊的情绪,就用安心而恳挚的满意的口吻来结束了这封信[1]。"不过,亲爱的人,我离开你们更远了。"……但我觉得这没有什么关系。……我相信我们会在美好的日子里相见;而现在,我就像一个勇敢的游泳家一般投身在人民生活的这个令人神往的底奥里了。……

我躺在下面的木炕上,不久就睡着了。那两个女人还是点着松明在工作,她们的纺车的嗡嗡声一直响到了后半夜。

---

〔1〕 柯罗连科一八七九年十月二十九日给他母亲和两个妹妹的信发表在逝世后出版的文集《书简集》,第一册,乌克兰国家出版社一九二三年版)中,以及后来出版的柯罗连科的《一八七九至一八八五年狱中及流放中书简》(国家图书联合出版局高尔基出版社一九三五年版)中。

# 俄文版编者说明

《我的同时代人的故事》第二卷于一九〇九年开始写作,到了一九一八年才写完,单行本于一九一九年出版。这样,柯罗连科写这册书共费十年之久,其中间断的时候当然很多。

这十年间柯罗连科的生活艰苦而紧张。一九一〇年,他停止了《我的同时代人的故事》的著作,开始写《司空见惯的现象》,后来又写《军事司法的特征》。然而结束了这两篇具有巨大的政治影响的论文之后,他还是不能继续这间断了的著作。

一九一一年七月柯罗连科写给鲍格丹诺维奇的信上说:"我曾经努力写作,热狂地企图补偿时间,希望完成《特征》后就着手写《同时代人》。我曾经热切地盼望结束了这论文,送去排印,然后着手《心灵表现》的工作。现在这一切都反常了。……我在十年之间收集了关于刑讯室中拷问的惊人的材料。我每逢得到一个新消息,就越加觉得我非写完这些材料决不从事别的工作。起初我竟不耐烦起来,决定索性不写这论文了,管自继续写《同时代人》里的某段情节。然而同时心中又只管在盘算着:'这篇论文应该题名为《拷问之国》,而且从亚历山大一世的勒令开始写起。'这种可笑的选择斗争在我心中继续了好几天。我开始焦灼不安,结果是这样:先写了我准备后写的《拷问之国》,然后再写我准备先写的《同时代人》。……决定之后我就安心下来。"

　　然而在以后的几年内,积极的政论写作仍然不断地吸引着柯罗连科,使他不能连续地写《我的同时代人的故事》。也正是在这时候,沙皇政府为了许多文字案件,曾经好几次把他递交法庭审判。

　　《我的同时代人的故事》第二卷最初的八章曾经刊载在《俄罗斯财富》一九一〇年第一、二两期中。柯罗连科把它们收入在全集(一九一四年马尔克斯出版)里。第二卷全书曾在作者生前出单行本,起初于一九一九年在敖德萨出版(《俄罗斯财富》版),后来于一九二〇年在莫斯科出版(大家族版)。

　　《我的同时代人的故事》第二卷的原稿在作者的档案中没有被保存下来,现今只有柯罗连科亲手改过的大家族印刷所的校样还保留着。